ENTRE DOS AGUAS

Entre dos aguas

PLINIO APULEYO MENDOZA

EDICIONES **B**
GRUPO ZETA

Barcelona • Bogotá • Buenos Aires • Caracas • Madrid • México D.F. • Montevideo • Quito • Santiago de Chile

1.ª edición: abril 2011

© Plinio Apuleyo Mendoza, 2010
© Ediciones B, S. A., 2011
     Consell de Cent, 425-427 - 08009 Barcelona (España)
     www.edicionesb.com

Printed in Spain
ISBN: 978-958-8294-83-4
Depósito legal: B. 5.900-2011

Impreso por S.I.A.G.S.A

A Patricia

*Al coronel (r) Germán Nicolás Pataquiva, cuyas valerosas
acciones en los lugares más remotos de Colombia, muchas veces
mal comprendidas, seguí de cerca por largos años*

1

Recordándolo hoy, la historia convulsa que le ha tocado vivir empezó en la primera hora del año; la primera del siglo, del milenio. Ningún presagio oscuro. Aquella noche todo en torno suyo era exaltación y alegría. Ve luces, lluvia de luces cayendo sobre la cúpula de San Pedro. Se desgranan lentas y tan finas como tules desgarrados, mientras otras estallan en lo alto dibujando en el cielo bruscas estrellas o espléndidas corolas de fuego. Bajo su efímero resplandor, aparece de pronto, arrebatado a la oscuridad de la noche, el vasto y solemne panorama de Roma. Muchos de quienes minutos antes recibían con gritos y abrazos las doce de la noche, ahora se han asomado a la terraza del Palacio y callan, fascinados por el derroche de fuegos artificiales, de modo que puede escucharse, en el súbito silencio, el estampido de la pólvora en el aire. Él se ha quedado solo en el extremo de la terraza contemplando el reguero de luces que desciende con majestuosa lentitud sobre la Basílica, cuya cúpula parece también flotar en el aire de la noche. Ajeno a la fiesta, que minutos antes ardía en el salón y que minutos después, disipada la novedad de los fuegos de artificio, volverá a arder con mayor ímpetu, experimenta una extraña sensación de irrealidad como si estuviese soñando lo visto. Recuerda lo inalcanzable que veía el año 2000 cuando estaba en el liceo. Nunca llegó a imaginar que vería su llegada. Y ahora que en Roma, donde vive desde hace cinco años, lo recibe el nuevo milenio con resplandores de júbilo, lo asalta la zozobra de una pregunta:

¿Cuántos años le quedan por vivir y, sobre todo, dónde y cómo los vivirá?

Lo sorprende una voz a su lado:

—Te veo muy callado. ¿En qué piensas?

Apartándose de sus amigos, Simonetta se ha acercado a él. Fina, ligera, el traje negro de cóctel que lleva esta noche hace resaltar, en la oscuridad de la terraza, el rubio ceniciento de sus cabellos y el fulgor de sus ojos azules, que lo miran con un brillo suspicaz. Seguramente le inquieta percibir que él se siente de sobra en esta fiesta suya; de sobra, sí, en lo que él llama con humor su mundo de la *dolce vita* romana, mundo compuesto por gentes que rara vez se levantan antes del mediodía y que cada semana más de tres veces se acuestan a la hora en que en las calles, desiertas bajo la luz de los faroles, sólo queda algún gato furtivo o el grito de los cuervos marinos que vienen del Tíber.

Sabiendo que con ella no hay secretos que valgan, tan aguda es siempre su percepción sobre lo que encubre cualquier estado de ánimo suyo, se decide a responderle:

—Estaba pensando en cuántos años me quedan por vivir. Ya no son muchos.

La mirada de ella tiene, en la oscuridad de la terraza, un brillo de burla.

—En tu caso y en el mío es la pregunta más inoportuna que uno puede hacerse.

Ríe, y él la contempla sintiendo brotar dentro de sí, en alguna latitud secreta del corazón, un desasosiego de adolescente que lo sorprende y lo perturba. Quizás es la fascinación que le produce su aura infinitamente femenina, los cabellos que le diseñan sobre el rostro una curva rebelde dejando ver apenas en el lóbulo de sus orejas dos perlas blancas, o la manera como la risa y el resplandor de los ojos, la línea delicada de la nariz y de la boca, le devuelven, en un repentino fogonazo, toda la belleza que tuvo. La edad sólo le aparece en las finas arrugas que se le dibujan en torno a los ojos, en una expresión de la cara cuando se pone seria, en sus trajes estrictos y elegantes cortados sobre medidas, tal vez en las manos, y en todo caso en el título de condesa que le dan criados y chóferes y que corresponden a su condición de aristócrata florentina. Pero basta el ímpetu de la risa para que todo eso se disipe.

Ella se ha quedado absorta contemplando los últimos derroches de luz que siguen encendiendo el cielo de Roma y que por momentos le iluminan el rostro.

—Ahora eres tú quien debe decirme en qué piensas.

Ella tarda en responder.

—Pienso en Carlo —murmura al fin sin apartar la vista del cielo de Roma, y en su voz hay algo trémulo, muy íntimo—. Le habría gustado recibir el nuevo siglo.

«Es natural que ahora lo recuerde», piensa él.

A Carlo Corsini, el marido de Simonetta, muerto seis meses atrás, lo había conocido poco antes de su fallecimiento. Los tres habían cenado en Al Moro, un restaurante de moda cercano a la Fontana de Trevi, lleno en todas las paredes de recuerdos de Federico Fellini, quien al parecer iba allí con frecuencia. El marido de Simonetta había salido del hospital dos días antes, el mismo hospital al que luego volvería para morir; pero aquella noche, después de haber bebido dos vasos de whisky, comer un plato de espagueti a la carbonara, beber más de una botella de vino y fumar varios cigarrillos con el café, no daba la impresión de un hombre sentenciado a muerte por un cáncer, sino todo lo contrario: de un *bon vivant*, exuberante, simpático, con una chispa de humor y de maldad en todo lo que decía. Nada que hiciese pensar en una muerte próxima. Incluso lo había sorprendido la manera amistosa como cruzó dos frases en francés con la actriz Catherine Deneuve cuando ella entró en el restaurante acompañada por varios amigos.

—¿Sabes una cosa? —le habla ahora Simonetta, sin dejar de contemplar los remotos destellos de luz en el cielo de la ciudad. Su voz lenta parece avanzar entre una niebla de recuerdos—. La muerte de un hombre tan vital como Carlo me ha hecho pensar mucho en la manera de vivir cuando uno tiene ya muy poco qué esperar del futuro. Hago lo que él me pidió: seguir viviendo como él quería y entendía vivir. Por eso, en vez de quedarme sola, decidí organizar esta fiesta. «Uno no debe renunciar a nada», me decía siempre. Y yo estoy de acuerdo. *Non bisogna renunciare a niente, capiccie?* —agrega en italiano, como le ocurre cuando la vehemencia de un pensamiento no cabe en su castellano cantarín—. *A niente. Ogni giorno combato la tentazione de starmene tranquila. Libri, viaggi, teatri, concerti, tutto e bienvenuto...*

—¿Amores también? —pregunta él, y enseguida se arrepiente de haberlo dicho, porque ella vuelve a mirarlo con una expresión que él no sabe si es de extrañeza o recelo, como si buscara alguna intención en sus palabras.

—Prefiero hablar de amistades —responde al fin sonriendo.

—¡Claro está! —se apresura él a decirle. Siempre ha evadido con Simonetta cualquier intención equívoca. Desde cuando quedó viuda, y con mayor razón cuando estaba casada, se ha repetido que como amigo se ha aproximado a ella y como amigo debe quedar. Tal vez a esa actitud le debe la confianza que ella le muestra, la manera desprevenida como le acepta invitaciones a cenar o a ir al teatro. Sin embargo, no puede evitar ahora que una grieta de decepción le ensombrezca el ánimo. Algo en ella le revive las zozobras de su adolescencia frente a mujeres que consideraba inaccesibles. «Creo que no tengo cura», piensa burlándose de él mismo, de su timidez y de sus sueños extraviados de siempre.

—¡Simonetta!

Desde la puerta corrediza de vidrio que comunica el salón con la terraza, sus amigas la están llamando.

—Ven, no te quedes ahí mirando las estrellas —le dice ella invitándolo a entrar. Pero de pronto, asaltada por una duda, lo observa con un vago escrúpulo—. Dime la verdad, ¿te aburren mis amigos?

—En absoluto —miente él, incapaz de decirle que se siente de sobra («como cucaracha en baile de gallinas», piensa con humor) en aquella fiesta llena de gente que él desconoce, gente del alto mundo romano donde alternan bonitas muchachas con jóvenes italianos de buenos apellidos y algunas personas mayores vestidas con una sobria elegancia—. Lo que ocurre, Simonetta, es que debo continuar mi ronda de la noche. Prometí a unos amigos de la *stampa estera* que pasaría por la casa donde están reunidos.

Ella parece sopesar un instante estas palabras.

—Tu mundo... —dice como si fuese una íntima reflexión suya que se le hubiese escapado en voz alta.

A él esta reflexión le incomoda.

—Simonetta, he vivido en tantos lugares y con gente tan diversa que ya no sé cuál es mi mundo —le dice—. ¿Me lo crees?

—Te lo creo —acepta ella sonriendo, y en un repentino impulso le da un beso en la mejilla dejándole sentir por un instante el perfume sutil de su piel y de sus cabellos, algo que recuerda el aroma de jazmín de los veranos y jardines romanos—. Y ahora —le ordena con un simulado gesto autoritario—, escápate; *file a l'anglaise,* sin despedirte.

«Tu mundo.» Aquella frase de Simonetta despierta aún en su ánimo un eco lúgubre, mientras el taxi que lo lleva al centro de la ciudad corre a lo largo del Lungotévere; en el lado opuesto del río aparecen a trechos cúpulas o fachadas iluminadas. La idea de no pertenecer en definitiva a ningún lugar, precisamente por haber vivido en muchos, le devuelve la idea de ser sin remedio un marginado, incluso en su propio país. Piensa que tal vez ése ha sido su sino desde siempre, tal vez desde cuando desembarcó en París a los 18 años de edad y se encontró despavorido en el cuarto de un hotel vetusto sin poder asociar cuanto le rodeaba —el papel floreado en las paredes, un lavamanos en el rincón y la ventana que daba a un patio color ceniza— con la ciudad de sueños que él había creído percibir leyendo en la Biblioteca Nacional de Bogotá los poemas de Baudelaire o de Verlaine. Sin embargo —recuerda ahora, mientras a través de la ventanilla del taxi descubre en el aire frío, bajo el resplandor de los faroles, algunas prostitutas rubias o muy morenas, con botas altas y casi desnudas bajo sus abiertas pellizas de piel—, al poco tiempo de llegar estaba sumergido en el Saint-Germain-des-Prés existencialista de aquellos años, con sus cavas penumbrosas donde se oía de pronto la corneta de un Sidney Bechet o la voz ronca de Juliette Greco cantando *«je suis comme je suis, je suis faite comme ça...»*. Desde entonces, cuando aún creía que su destino no podía ser otro que el de un poeta errante (así, con esos términos, que hoy le resultan ridículos, debía decírselo), había aceptado la soledad como parte de ese sino particular; tal vez la misma soledad del niño perdido en un internado adonde fue él al morir su madre. Leía a Schopenhauer y con ayuda de sus reflexiones heroicas sobre la soledad y la manera como ella templaba el espíritu, no le importaría años más tarde cambiar de país como quien se cambia de ropa, descubrir ciudades, hacer amigos nuevos, a condición, claro está, de que las huellas de todas esas vivencias quedaran en sus poemas. En París, recuerda ahora, había empezado a escribirlos. Sólo que, como le decía su tío en aquella pensión bogotana donde iba a verlo los fines de semana y donde quedaron los pocos recuerdos de su madre, con la poesía no se come. Y era cierto; con la poesía no llegaba a comer. Sin duda, por eso había tenido que buscarse una manera de ganarse la vida, como se la había ganado Antonio Machado dando clases de francés. Después de todo —piensa ahora—, él había tenido suerte de sobrevivir en París, nada menos que en París, dando sus primeros pasos de periodista en los servicios en español de la France Presse, en la Place de la Bourse. Al cabo de los años, el periodismo había ocultado al poeta —no devorado sino ocultado, piensa defensivamente—, de ahí que su mundo más visible era aquel que iba a encontrar enseguida, cuando el taxi lo dejase en la vía de la Fontanella Borghese: el mundo de los reporteros y corresponsales. Sólo que por conocido que fuese como periodista internacional, en medio de ellos también se sentía ajeno, extraño, tanto como en el mundo de Simonetta. ¿Qué lo diferenciaba? Tal vez el hecho de que a ellos su oficio les llenaba la vida y a él no. «A mí no», repite con algo que no sabe si es melancolía o secreta ira consigo mismo, mientras desde la Piaza del Popolo le llega un frenesí de gritos y de música.

El taxi ha cruzado el Ponte Cavour, pero no puede entrar por la via Tomaselli porque se lo impide una barrera de policía. Así que él decide quedarse allí. Mientras camina hacia el apartamento, donde lo esperan sus amigos, respira el aire frío de la noche. En la calzada y la acera hay vidrios rotos de botellas lanzadas desde alguna ventana en el desvarío de las celebraciones. La fiesta arde por todas partes. Al doblar por la via Fontanella Borghese, varios periodistas que están en el balcón del apartamento adonde se dirige lo reciben a los gritos de *tradittore*. Están borrachos, lanzándoles serpentinas a las muchachas que pasan por la calle. Él los saluda con la mano, antes de timbrar y subir al segundo piso. Le abre Antonella, la dueña de casa. Corresponsal de una cadena de televisión americana, está vestida de fiesta con un body plateado y unas medias del mismo color.

—¿Dónde estabas? —le pregunta, mientras sus claros ojos de gata lo miran con picardía—. ¿Secuestrado por tus condesas?

—No te pongas celosa —bromea él entrando en su vasto apartamento donde encuentra los rostros de siempre, sólo que ahora no atentos a la pantalla de su computador, sino convertidos en figuras de carnaval con gorros y narices de payaso, y todos ya muy bebidos; unos, sentados en los rincones y otros de pie en torno a una mesa donde arde una vela, al lado de botellas vacías de *espumanti*, platos, copas y racimos de uvas.

Acepta una copa de *proseco*, mientras cambia algunas palabras con los periodistas españoles que son sus más constantes contertulios en fiestas o reuniones de la prensa extranjera. Todos oyen con risa los cuentos de la corresponsal de *El País* que está refiriéndoles algún incidente cómico pescado por ella en la misa que aquella noche tuvo lugar en San Pedro. Los borrachos del balcón, entretanto, están empeñados en invitar a unas turistas suecas que desde la calle les responden en inglés.

La fiesta, que debe de haber comenzado muy temprano, ahora languidece, de modo que muy pronto decide escapar con el pretexto de mirar lo que ocurre en las calles. Pero antes se queda un rato conversando con Antonella. A ella lo une una especie de complicidad desde cuando descubrió su secreto fervor por la literatura. Ha leído el manuscrito de una bonita novela escrita por ella y no publicada aún.

—¿Qué ha dicho tu editor milanés? —le pregunta antes de salir.

—Dos cosas, una buena y otra mala —contesta ella con una vivacidad muy suya—. La buena es que la novela le gustaba. La mala es que no sabía si llegaría a venderse. Parece que los recuerdos de infancia en una vieja casa de la Toscana tienen poco mercado.

—Claro, son más atractivas las confesiones eróticas.

—Sí, pero yo no puedo hacer ninguna —ríe ella—. Por eso, tal vez los editores tienen dudas sobre mi libro.

—Pues en mi caso esa duda no existe. Es una certeza. La poesía no se vende.

—No te quejes —lo reprende ella—. Ganaste un premio en España...

—Bueno, sí. Editaron el libro y ahora se lo regalo a los amigos. Pero dejemos a un lado las cosas tristes, Antonella. Confiemos en el milenio que comienza.

—De acuerdo. Brindemos por nuestros vicios secretos —y los ojos de ella brillan de risa mientras alza la copa que sostiene en su mano.

Antes de que la estremecedora noticia recibida horas después en la soleada paz de su apartamento derribara brutalmente la vida que se había edificado en Roma, con sus amores efímeros y sus congojas de poeta clandestino, la noche, recuerda, había terminado con un recorrido de madrugada por sus parajes favoritos, los que transitaba cada día para llegar a su pequeño apartamento del Trastevere. Cruzando la Piazza Lucina piensa que a Roma, como a ciertas mujeres, le conviene el invierno. En el aire frío todo adquiere una elegancia aristocrática y teatral. Brillan como joyas las vitrinas de los almacenes y en las esquinas se deja sentir, típico del invierno, un aroma de castañas asadas al brasero. Las terrazas de bares y cafés están llenas de gente que conversa en la lumbre oscilante de las velas sin prestar mayor atención ni a los vendedores de flores ni a los músicos ambulantes cuyo repertorio repite las viejas canciones italianas de siempre. Puestas sobre las mesas y protegidas por campanas de vidrio, las velas dan a la fiesta de la noche una atmósfera íntima. Como otras veces, él tiene la impresión de moverse en un escenario de ópera, donde todo parece de mentira, desde los palacios antiguos sabiamente iluminados hasta los carabineros que desfilan en pareja, altos y con sus vistosos uniformes, por las plazas.

En la via Campo di Marzio, más tranquila porque no hay en ella ni bares ni estrépitos de fiesta, lo sorprende la figura algo fantasmal de un ciclista vestido de negro que, al verlo, se detiene y lo saluda levantando un brazo:

—Ciao, Martín. ¡Salve!

De inmediato reconoce la gorra y la barba de Sacian, el joyero de la via del Corallo. Suele encontrarlo en el Café della Pace y siempre le ha divertido oírle decir que, además de siciliano, es el último anarquista, el último libertario de Italia. Quizá lo sea, de verdad, por su manera de vivir ajeno a normas convencionales. En su italiano risueño y veloz, le desea un feliz año, le pregunta dónde lo recibió y antes de que él pueda contestarle, le está refiriendo que acaba de comerse una langosta comprada aquel mismo día a los pescadores de Fiumicino. «¿Te das cuenta? La compré y me la dieron viva. Viva, como estamos tú y yo ahora. ¡Pobre animal! Yo era incapaz de matarla, ¿comprendes? Incapaz. Así que se la llevé a mi amiga, la dueña del restaurante que tengo frente al taller, y ella se encargó de todo. Y las mías, después de todo, resultaron lágrimas de cocodrilo. *Pianti de cocodrilo, sai?* ¡Porque estaba exquisita!» Riéndose aún, vuelve a montarse en su bicicleta, se despide con un *auguri* y se aleja por la calle de una manera tan intempestiva como llegó. «Ciudad de locos —piensa él sonriendo—. Y tan pequeña como un pueblo.»

Desquiciada parecía también la atmósfera que recuerda haber dejado atrás en la Plaza del Panteón. El monumento ideado por Agripa cuando aún no se había oído en ninguna parte el nombre de Cristo, con sus altas columnas de mármol y su soberbia cúpula redonda, parecía una obstinada afirmación del tiempo y la memoria frente a la irrisoria algarabía que reinaba en la penumbra de los cafés y en torno a la fuente de la plaza. Antes de seguir su camino habitual hacia el Trastevere, se acerca a la Piaza Navona donde arde aún la fiebre de las celebraciones. Delante de las fuentes con las soberbias figuras de mármol esculpidas por Bernini, todavía están allí los tenderetes que venden figuras napolitanas para los pesebres navideños. Caminando en medio de la multitud que va de un lado a otro sin decidirse a dar por terminada la fiesta, se detiene de pronto para contemplar con una fascinada curiosidad dos figuras doradas, perfectamente inmóviles, rígidas, que representan las momias de Tutankamón y Nefertiti. Bajo un flequillo liso, muy negro, dos líneas perfectamente diseñadas le alargan a ella los ojos a la manera de las beldades egipcias. Su compañero tiene en la cabeza la tela de los faraones convertida en un resplandeciente aderezo de metal. Ninguno de los dos parece respirar como si fuesen dos majestuosas figuras de museo en medio del vértigo de la plaza. Se dispone a seguir su camino cuando tiene él la impresión de que los ojos de Nefertiti se han movido y lo observan como si acabaran de reconocerlo. Casi enseguida la inmovilidad de la figura la rompe de improviso una mano de ella, cubierta con un guante dorado, que se agita en el aire saludándolo.

—Ciao, Martín —le oye decir.

Con alguna dificultad por la estrechez de la túnica que le ciñe las piernas, desciende del podio ante la sorpresa suya, la de Tutankamón, su compañero, y de algunos curiosos.

Él tarda apenas segundos en reconocerla.

—¡Emilia! —exclama, observando los ojos claros de ella y la sonrisa que ha quebrado la rigidez de su rostro cubierto de polvo dorado—. Es mágico verte a esta hora y en ese atuendo. Explícame un poco.

—Nada muy complicado de explicar —responde ella riendo—. Es más divertido ganarse la vida así que como camarera en un bar, ¿no te parece?

—De pronto, sí —concede él, y piensa—: «Otra loca más.»

—Es algo más cerca de lo mío. El teatro.

—¿Sigues estudiando?

—Claro, sólo que ahora no en las noches. Puedo hacerlo en buena parte del día. En el bar estaba presa. Ahora sigo cursos en el Teatro Pompeio. Espera, ¿conoces a Marco? —dice, presentándole a su acompañante, que también ha bajado del podio y ahora se limpia la cara con un trapo húmedo.

Mientras habla con ella, le resulta inverosímil asociar la figura disfrazada que tiene delante suyo con la muchacha que le servía un capuchino en el café de la Piazza Lucina adonde iba todas las mañanas para leer el periódico. Ella solía atender a los clientes de la terraza. Le gustaba su bonita silueta, el pelo negro recogido en una trenza y, sobre todo, sus ojos verdes, tan claros que le daban un aire extraño, muy atractivo. Hablaba el italiano como cualquier muchacha de Roma, de modo que le había sorprendido saber que era rumana, hija de un inmigrante. Su amistad con ella no habría pasado de ser la que se crea entre la empleada de un café y el cliente que cada mañana toma asiento en la mesa de siempre, si no se hubiesen encontrado una noche en el mismo tranvía que va del Piazzale Flaminio a la Piazza Mancini. Ella volvía de su trabajo. «¿Quieres cenar conmigo?» La invitación la había sorprendido, tratándose de un personaje que ella debía considerar de una latitud social muy distinta a la suya y por añadidura mayor, seguramente con la edad de su padre. Pero el hecho es que le había aceptado la invitación y otro día, semanas más tarde, la de ir al cine con él, sin que advirtiera de su parte intención de conquista. Él tenía en Roma amigas jóvenes con quienes actuaba como una especie de tío, de padrino o tutor, capaz de oírlas y de cambiar bromas y cuentos. De alguna manera les inspiraba confianza y también una especie de curiosidad por la manera fácil y espontánea como se relacionaba con gente de medio social muy diverso. Lo tomaban como un rasgo o una virtud de su oficio de periodista. Sin embargo, Emilia había resultado un caso distinto, y no por decisión suya, sino de ella. Lo había invitado a cenar en su pequeño apartamento de la Piazza

Mancini. Habían bebido dos botellas de vino mientras ella le hablaba con risa de todos los avances que le hacían los clientes y aun los camareros del bar, y fue al despedirse cuando ocurrió lo imprevisto. Pues ella, en vez de aceptarle los dos besos de rigor en la mejilla, lo había besado en la boca restregándose contra él antes de llevarlo a la alcoba del mismo modo, fácil y casi deportivo, como lo habría podido invitar a una pista de baile. Con la misma rápida naturalidad se había quitado la ropa descubriéndole en la penumbra del cuarto, para fascinación suya, un cuerpo fino de muchacha con dos senos breves y redondos y la sombra recóndita del pubis. Recuerda haber despertado al lado de ella con la primera luz del día en la ventana. En la plaza, se escuchaba el rumor de un tranvía mientras él, observando las fotos de familia que había en las paredes, tenía una extraña sensación de irrealidad, como si no pudiese creer en lo que había sucedido con ella. Aquellos encuentros se habían repetido durante dos o tres meses, hasta el día en que, al regresar de un viaje largo por América Latina, le había sorprendido no encontrarla en el café de la Piazza Lucina. Cuando al fin pudo localizarla por teléfono, ella le contó que había dejado su trabajo y que ahora vivía con un condiscípulo de la escuela de teatro. Probablemente con aquel Marco que ahora se despojaba de su traje de Tutankamón mientras ella hablaba con él pidiéndole que no dejara de llamarla, era un buen augurio del nuevo año —o del nuevo siglo— habérselo encontrado.

—Lo mismo pienso yo —se había despedido él regresando a los dos castos besos en las mejillas y volviendo a recuperar en un instante su papel de padre, tío o tutor de cuando la había invitado a cenar por primera vez.

Camino de su casa, se detiene un instante frente al monumento de Giordano Bruno, en la Piazza di Fiori, sólo para recordar que cuatrocientos años atrás, exactamente cuatrocientos, en 1600, había sido quemado en aquella misma plaza. Y luego, al doblar por la via Giulia, que ya duerme tranquila en medio de sus vetustos palacios, contempla la espesa hiedra que cuelga del puente de la embajada francesa, donde el 14 de julio anterior estuvo precisamente con Emilia. Siempre supo que la relación con ella, como tantas otras de su vida, era efímera. No podía ser de otro modo. Emilia, como tantas muchachas de su generación, era libre, fácil, dispuesta para cualquier aventura u oficio sin atribuirle a nada verdadera trascendencia. Simonetta, en cambio, pertenecía a otro mundo, quizás a una época a punto de extinguirse. Siempre le ha resultado secreta, refinadísima, nada banal. «No tengo remedio —vuelve a decirse mientras cruza el Ponte Sisto sobre las aguas dormidas del Tíber—, siempre me atraen las mujeres imposibles.»

La fiesta todavía se deja sentir en algunos bares del Trastevere, pero su calle, en el Vicolo del Leopardo, está desierta y en silencio. La alumbran débilmente dos o tres faroles, y en la hornacina protegida por dos querubines de piedra que adorna la fachada del edificio donde vive parpadea una eterna lámpara de aceite alumbrando la imagen casi oculta de la Madonna del Divino Amore.

Sube despacio las escaleras hasta el último piso, abre la puerta de su apartamento y, una vez dentro, permanece unos instantes sin encender la luz en el pequeño salón que le sirve también de lugar de trabajo. Allí, en la penumbra que deja la luz de la calle al filtrarse a través de los visillos de la ventana, está lo suyo: libros, muchos libros repartidos en dos estantes, una mesa, un computador, unas cuantas fotografías y un paisaje invernal de Cervetti que le regalara años atrás una pintora colombiana amiga suya. De pronto, escuchando en algún lugar de la noche el grito de un cuervo marino, tiene bruscamente conciencia de su soledad. «Qué hago yo aquí», se oye preguntar a sí mismo, y con una especie de pavor comprende que la pregunta no alude a Roma, sino a su propia vida y al oscuro sentimiento de no esperar nada del porvenir. De inmediato siente la necesidad de reaccionar contra esa visión. «Son pesadumbres de viejo y yo no quiero incurrir en ellas», se dice, mientras enciende la lámpara al lado del computador. Le parece que el verso de Machado: «Caminante no hay camino, se hace camino al andar» es la mejor respuesta a cualquier pregunta sobre el sentido de la vida. «Sí, cada cual diseña su propio destino —piensa—. Cada cual.» Él había decidido llevar una vida libre, de nómada, sin ataduras, y de ella habían quedado, aquí y allá, destellos recogidos en sus poemas, lo único quizá recuperable de todo lo vivido por él. Tal había sido desde muy joven su *choix* y no tenía por qué ensombrecerlo. La misma apuesta, a su manera, la había hecho Simonetta. «A partir de cierto momento, vivir es un acto de voluntad», le dijo alguna vez, citando la frase que había encontrado en una novela. Y de repente, mientras se despoja del abrigo y lo arroja en una silla, se acuerda de Raquel y Benjamín, sus dos medio hermanos. «Dos claros ejemplos de destinos perfectamente asumidos», piensa. Por el padre común que habían tenido los tres y también por el lado de la madre de ellos, estaban destinados a ser dos campesinos, pero se habían negado a serlo. Raquel era un caso extraordinario. Se había labrado su porvenir en medio de indecibles esfuerzos y sacrificios. Hoy era una mujer dueña de una enorme empresa en Colombia cuando habría podido quedarse con un pedazo de tierra, en Boyacá, criando cerdos gallinas o sembrando maíz. Y Benjamín, ese hermano veinte o veinticinco años menor a quien él trataba como si fuese un hijo suyo, con el afecto de un padre y no de un hermano, había vacilado, en un momento dado, entre ser cura o militar, dos vocaciones que significaban una entrega, un proyecto total de vida. A raíz de un olvidado horror visto por él, había renunciado a entrar en el seminario, se había hecho militar y vivía lo suyo como un apostolado. Soldado de la Patria, se llamaba a sí mismo. Y él, con humor, lo designaba también así cuando conseguía hablar con él por teléfono o cuando, en sus raros viajes a Colombia, lograba verlo.

«Tengo que llamarlos», se acuerda de pronto. Mirando el reloj, calcula que en Colombia son apenas las diez y media de la noche. «Todavía están en el siglo pasado», sonríe mientras busca en su agenda de bolsillo un número de teléfono. Benjamín, perdido en alguna guarnición remota de ese país en guerra, era casi siempre inalcanzable. Pero Raquel no abandona, ni siquiera para dormir, su teléfono celular. La perfecta ejecutiva, piensa él, recordando cómo, a donde vaya, está siempre recibiendo llamadas e impartiendo órdenes. Y no se equivoca, porque segundos después de haber marcado el número oye la voz de ella dominando un estrépito de gritos y de música que se escucha al otro lado de la línea.

—¡Hermano, ¿dónde diablos andas?! —exclama ella reconociéndolo de inmediato—. Deberías estar aquí con nosotros esperando el nuevo siglo. ¡La fiesta que hemos armado es grande!

—Eres tú la que debería estar aquí. Roma es mejor lugar para recibir un nuevo milenio.

—Ya iré a visitarte.

—Siempre dices lo mismo. Dime, ¿dónde esta nuestro Soldado de la Patria?

—Como siempre, en un lugar infernal. Ahora lo tienen en el Caquetá, expuesto a que la guerrilla le mande de regalo, por aire, un cilindro lleno de gas repleto de explosivos y vuele el cuartel donde está. Es el último invento de estos héroes. La última vez que hablé con él me dijo que en previsión de cualquier ataque dormía en una especie de refugio, bajo tierra. Allá, de seguro, va a recibir el año. No tiene remedio.

—¿Hay manera de comunicarse con él?

—Sólo por radio y desde la Brigada. Mejor dicho, imposible desde mi casa y desde la tuya. Pero acuérdate que ésa es la vida que a él le gusta. Y no es que sea un hombre de guerra, porque en vez de echar plomo prefiere provocar deserciones en la guerrilla con sermones de cura. ¿Sabes cómo lo llaman sus superiores? El filósofo.

—No me extraña —responde él con risa—. Siempre lo fue. Pero estaríamos más tranquilos si en vez de uniforme vistiera una sotana.

—Seguro —dice ella—. Tiene más de santo que de militar.

Los gritos siguen escuchándose en torno de ella.

—Oye, hermano, muchas cosas buenas para ti en este nuevo año. O nuevo siglo. Otro premio, una mujer definitiva. ¿No la has encontrado?

—Creo que es un poco tarde para esos proyectos. Acuérdate de la edad que tengo.

—Nunca es tarde, créemelo —se ríe ella—. Además, representas muchos años menos de los que tienes. Siempre has sido joven, debías darme la fórmula.

Cuelga el teléfono con la sensación reconfortante de que al otro lado del Atlántico todavía le queda una brizna minúscula de familia con afectos reales y una especie de admiración compartida. Y aunque Raquel debe verlo como un bohemio irrecuperable, que no tiene dónde caerse muerto —el dinero en ella es la real medida para medir el éxito de una persona—, siempre parece sorprendida de que se le cite en los diarios. Benjamín era algo más cercano a lo suyo. Se le parecía. Los mismos sueños desaforados, igual necesidad de apartarse del rebaño social donde, de no haberse empeñado en seguir un camino propio, le habría correspondido vivir. Recuerda ahora cómo en uno de esos viajes suyos como corresponsal, viajes fugaces y casi siempre repentinos a Colombia, se había tomado el trabajo, por empeño de Raquel, de ir a un pueblo de Boyacá, a Guateque, para encontrar a aquel hermano casi desconocido que estaba interno en un colegio departamental. «Es un mocoso fuera de serie», solía decirle Raquel. Y lo era, ciertamente. Recuerda el asombro que le produjo. Mientras paseaban por la plaza del pueblo, durante la tarde de un sábado, exponía lo suyo fijando en él una mirada segura y diáfana, con una aguda y tranquila convicción, como si en vez de un niño campesino, delgado, moreno, mal vestido y con los zapatos rotos, fuese un hombre algo mayor, un universitario enterado de todo, incluso de lo que en aquel momento ocurría en China o en Vietnam. Realmente —lo recuerda ahora— no salía de su asombro descubriendo aquel hermano o medio hermano veinte años menor, nacido cuando el padre de los dos ya tenía edad de ser abuelo (y a lo mejor hijo no de la madre de Raquel, sino de cualquier campesina joven, como era frecuente en esas tierras). Conversando luego con él en el comedor del hotel rural donde se había alojado, se había dado cuenta de que Benjamín, solo, sin familia, pasaba sus horas libres en la biblioteca del liceo —una biblioteca insólita por su amplitud, probablemente donada por el presidente Olaya Herrera que era oriundo de aquel pueblo—. Benjamín se había aficionado también a las matemáticas y a la geometría. Le hablaba de cosas tan extrañas como la aplicación de un principio de Pitágoras y de un teorema que desde hacía tres meses venía estructurando («tal era el término usado por él», recuerda). Asiduo al laboratorio de física de aquel liceo excepcional, pasaba horas en la noche con un catalejo explorando el firmamento. Conocía todo de las estrellas y constelaciones. «Otro loco», pensaba él sintiendo nacer por aquel adolescente iluminado un sentimiento que más de hermano mayor empezaba a ser el de un padre orgulloso de su hijo. Y por ese mismo súbito brote afectivo, que ya no desaparecería nunca, le había producido decepción oírle decir que aspiraba hacerse sacerdote. No se había atrevido a oponerle reparos. Pero, escuchándolo, pensaba todo el tiempo: «¡Qué desperdicio!» Le parecía absurdo que un muchacho tan excepcional acabara de párroco en cualquier aldea. ¿Por qué no llevarlo a Francia cuando terminara su bachillerato? Aquella idea le daba vueltas en la cabeza. Podría seguir una carrera técnica o científica. Estuvo a punto de decírselo, pero no tardó en darse cuenta de que en Benjamín era muy honda su veta mística. Hablaba de Cristo, del amor al prójimo, le citaba vidas de santos y había terminado confesándole que los fines de semana andaba de catecúmeno, siguiendo en la región correrías organizadas nada menos que por antiguos discípulos del cura y luego guerrillero Camilo Torres. «Cura, va a ser cura, no hay remedio», había concluido él con una especie de dolida resignación paternal. Al regresar a Bogotá, esperaba que este mismo sentimiento lo compartiera Raquel. Pero ella no tomó la decisión de su hermano menor con inquietud, sino más bien con humor. «Será obispo, tenlo por seguro», le había dicho con risa. Lo que ninguno de los dos llegó a imaginar en aquel momento es que, en vez de cura, Benjamín decidiera de improviso hacerse militar. La noticia le llegó a París dos o tres años después en una carta de Raquel. Militar, nada menos. Lo más opuesto a una carrera eclesiástica. «¡Dios, qué desperdicio!», se había repetido de nuevo en aquel momento. Y a lo mejor todavía seguía creyéndolo, pese a que cuanta noticia recibía de aquel hermano, desde los más peligrosos rincones de Colombia, seguían demostrándole que, capitán, mayor o lo que fuese ahora, era un hombre excepcional. «¡Diablos! —piensa entrando en su pequeña alcoba—, me habría gustado esperar el nuevo año con él, aunque fuera en alguna guarnición de la selva y no aquí.»

Mientras se desviste, oye muy cerca el grito de otro cormorán. Sólo que esta vez ese grito agudo, irreal, casi humano, no termina, como el primero que oyó, en una brusca queja, sino en algo parecido a una carcajada. «Cualquiera diría que hay una bruja en el tejado», se dice apagando la lámpara de su mesa de noche y disponiéndose a dormir.

Pese a haberse acostado al amanecer, no se ha levantado tarde, o así lo piensa descubriendo, al salir de casa, rumbo al café donde suele desayunar los días de fiesta, las calles del barrio todavía desiertas, frías y llenas de luz. Escuchando en el aire diáfano y glacial del invierno las campanas de la iglesia de Santa María del Trastevere, experimenta una confiada sensación de paz. «No hay como Roma», piensa. Bastaba respirar el aire de un nuevo día y contemplar en el resplandor purísimo de la mañana su vieja calle, las ropas colgadas en una cuerda tendida de un lado a otro y el alto muro del convento que había al fondo, para sentirse reconciliado con la vida; al menos con la que había elegido desde siempre. La noche, en cambio, le traía a veces zozobras, preguntas inesperadas que ponían todo lo suyo en duda. «Debo buscar la manera de poner todo aquello en un poema», se dice. Al llegar a la esquina donde se levanta una casa cubierta de hiedra, tropieza con una imagen insólita: al lado de una bicicleta tendida en el suelo y encadenada a una vara de metal, ve tules azules, hojas muertas espolvoreadas de confeti y, contra un muro de piedra, varias botellas de champán vacías puestas en estricto orden. No es difícil imaginar que los velos azules han servido de máscara o disfraz a una o a varias muchachas a la hora de recibir el nuevo año, y que, bajo una lluvia de confeti, los corchos de aquellas botellas debieron estallar en medio de gritos y de risas. Pero ahora, terminado el jolgorio de la noche, la ciudad está quieta, durmiendo tras las persianas cerradas, en un silencio roto apenas por el sonido claro y rotundo de las campanas.

Le gusta su café de siempre, el de la esquina de la plaza de Santa María in Trastevere; el mismo adonde venía Alberti, donde Alberti dejó un poema a *Marco*, su perro, poema que ahora está en un muro, enmarcado, con una traducción en italiano y una fotografía del animal, un poderoso San Bernardo, de esos que con un pequeño barril repleto de coñac en el pescuezo ayudan a rescatar hombres medio sepultados por la nieve. «*Marco*, te recordamos...» Encuentra en su memoria aquellos versos, mientras el camarero pone sobre la mesa un jugo de naranja, un espumoso capuchino espolvoreado de chocolate y un corneto caliente, su desayuno habitual. «Nuevo año, nueva vida», se conforta a sí mismo divisando a través de la puerta y de la terraza la vieja plaza que tantas veces debió contemplar Alberti, con su fuente en el medio y la iglesia al fondo, ahora todavía desierta y envuelta en la luz dorada que deja un cielo sin nubes.

Nada, nada hasta aquel momento —lo recuerda ahora— le hacía presagiar el horror que una hora después viviría en su casa, cuando empezaba justamente a escribir el poema meditado en el café. Oye el teléfono y llega por un momento a pensar que es Simonetta quien lo llama como a veces lo hace. Pero al descolgar encuentra la voz brusca, casi irreconocible, de Raquel.

—Tengo que darte una horrible noticia —le anuncia, y sin concederse pausa alguna agrega—: Murió Benjamín.

Él fija los ojos en el paisaje invernal de Cervetti, colgado en la pared, y tiene casi una sensación irreal, como si su cerebro fuese incapaz de procesar las palabras oídas.

—¿Cómo? —alcanza a balbucir.

—Acaban de llamarme desde el Caquetá. Está muerto.

—¿Un combate, un atentado?

—Nada de eso. Amaneció muerto en su cama. El coronel que me llamó no supo decirme qué le ocurrió. No tiene herida alguna. Quizá tuvo un infarto. Pero él piensa que pudo ser un suicidio. Me lo dijo sin dar más explicaciones.

Él reacciona con un incrédulo furor:

—¿Suicidio? ¡Está loco! El Soldado de la Patria no podría...

La voz se le corta; tiene un sabor amargo en la boca, una sensación de náusea.

—Raquel, no es posible...

La voz de ella la rompe un sollozo.

—Hermano, vente —alcanza a decir ahogada en llanto.

Él cuelga el teléfono todavía con una sensación de irrealidad, como enredado en las telarañas de un mal sueño. A través de la ventana abierta divisa un paisaje bucólico de tejados. Resplandece al sol la cúpula de una iglesia.

No sabe por qué empieza a ver a Roma como si ya fuese sólo un recuerdo.

2

Sentado en una ruidosa sala de espera del aeropuerto de Fiumicino, en medio de un vértigo de viajeros que se apresuran por salas y pasillos mientras los altavoces anuncian vuelos inminentes a Milán, Madrid, Londres, Nueva York o cualquier otra ciudad del mundo, él espera su vuelo a Bogotá sin poder desalojar de su ánimo un desasosiego sordo que no lo deja en paz desde aquel minuto trágico, ahora asociado a la claridad intensa y fría del primer día del año, cuando recibió la llamada de su hermana Raquel anunciándole la muerte de Benjamín. Recuerda que intentó volar a Colombia aquel mismo día, acostumbrado como está por su vida de reportero a tomar aviones a última hora bajo el apremio de algún acontecimiento inesperado. Sólo que nunca llegó a prever un mínimo tropiezo capaz de impedirle su viaje en un día de fiesta: su pasaporte caducado en noviembre.

Consiguió con prontitud un nuevo pasaporte gracias al cónsul de Colombia en Roma, un funcionario pulcro y cordial que era amigo suyo, pero había perdido un día y ahora temía no llegar a tiempo para asistir al sepelio de su hermano. Lo asediaba un pensamiento absurdo: quería verlo por última vez, aunque lo único que podía esperar era encontrarse con un rostro congelado por la muerte bajo el cristal de un féretro. Pero al lado de esa lúgubre impaciencia, le taladraba el corazón saber la verdad de lo ocurrido. No llegaba a aceptar la versión de un suicidio dada por el coronel que comandaba la unidad militar donde se encontraba Benjamín, en un algún lugar remoto del Caquetá, menos aún la absurda observación que de su hermano había hecho, con cautelas de obispo, aquel monseñor Arredondo encontrado en la oficina del cónsul.

Lo recuerda: suave, robusto, algo parsimonioso, con un riguroso traje oscuro y sin más rasgo de su condición eclesiástica que su *clergyman*.

—Querido amigo —lo saluda extendiéndole la mano con el ademán blando de un jerarca acostumbrado a que sus feligreses se inclinen para rozarle el anillo episcopal con sus labios.

—¿Ustedes se conocen? —pregunta el cónsul sorprendido.

—Desde luego —en el tono y en el semblante del obispo hay una reposada afabilidad que parece envolverlo como un signo inalterable de su carácter—. Martín ha venido a visitarnos en nuestra casa hogar de la Medaglia d'Oro. Compartimos ideas.

—No todas, monseñor —replica él sonriéndole.

—No todas —admite el obispo, conciliador—. No todas, pero ya lo convenceremos algún día —se vuelve hacia el cónsul como si estuviese dándole el reporte de un buen alumno—. Martín no es un caso perdido. Va por buen camino.

«Blando, algo untuoso, ¿serán todos así?», se pregunta él ahora mientras los altavoces del aeropuerto siguen anunciando vuelos en italiano y en inglés. No recuerda dónde conoció al obispo, quizás en una recepción en la embajada de Colombia. Pero en cambio no ha olvidado el almuerzo al cual, por una deferencia inesperada, lo había invitado el verano anterior para presentarle a unos cuantos curas colombianos que seguían estudios de Teología en Roma y que compartían una casa de ambiente conventual al lado de la Piazza de la Medaglia d'Oro y más allá de una heladería llamada Zodíaco desde la cual se divisaba un espléndido panorama de Roma. Era un domingo caluroso de julio y allí estaban aquellos sacerdotes, al menos una docena, sentados en torno a una gran mesa, intercambiando bromas mientras aguardaban una paella que uno de ellos, bien conocido por sus habilidades culinarias, había preparado. En camisa y bluyines, no parecían curas sino los miembros de un club deportivo o unos estudiantes que hubiesen llegado a la madurez sin haber abandonado nunca los claustros de su internado. Debían lavar ellos mismos su ropa, cenar siempre juntos y juntos también ver la televisión en las noches y asistir a la primera misa de la mañana. «Triste vida», pensaba él observando aquella reunión donde no llegaba a advertirse ni el más leve rastro de una mujer. Monseñor Arredondo, el obispo, ocupaba la cabecera de la mesa escuchando las bromas y risas de todos con un aire complaciente de abuelo. Y a su lado, ahora lo recuerda muy bien, había un sacerdote maduro y huraño, de lentes, que no parecía compartir ni las bromas, ni el vino, ni los ruidosos comentarios suscitados por la crepitante paella que el cura cocinero depositó sobre la mesa en una gran bandeja de hierro mientras un aroma de arroz y mariscos invadía el ámbito del salón. Tampoco aquel sacerdote, llamado por los demás con algo de respeto «padre Garrido», compartía la indumentaria estival de los otros. Vestido con un riguroso traje oscuro de rayas, se mantenía distante y severo como el prefecto de disciplina de un liceo de varones. Sólo hubo un asomo de interés en su rostro cuando supo que aquel desconocido invitado por el obispo no era otro sacerdote, sino el periodista de una agencia de prensa internacional. Eso bastó para quebrar su mutismo.

—¿Cómo ve usted la situación de Colombia? —le preguntó de pronto, pero no en el tono fácil o casual de quien desea iniciar una conversación con la persona que acaban de presentarle, sino más bien de un modo cauteloso, inquisitivo, como si buscase indagar la posición política de su interlocutor.

—Complicada, padre —respondió él sin ánimo de entrar en más explicaciones. Prefería compartir la charla ligera de los demás.

Durante unos instantes, aquel padre Garrido lo observó con suspicaz desconfianza, como un inspector de policía o un confesor que no se contentara con respuestas triviales.

—¿Por qué la ve complicada? —volvió a preguntarle, y su voz tenía la lenta morbosidad de quien busca crear el clima propicio para una confidencia. Pero él, Martín, experimentaba una sorda resistencia para explicar algo que a cualquiera le hubiese resultado obvio.

—Guerrilla y narcotráfico son en cualquier parte males mayores, padre —se limitó a observar.

Los ojos le brillaron al sacerdote de un modo extraño, casi triunfal, como si hubiese obtenido el esclarecimiento que buscaba.

—Así que usted ve la guerrilla como un mal...

Él había resuelto devolverle la pregunta.

—¿Usted no, padre?

—Depende.

—¿De qué, padre?

El obispo los observaba con un brillo de humor en las pupilas; parecía divertirle lo que estaba escuchando. También los otros los oían ahora con atención.

—Hay mucha pobreza en Colombia —murmuró el padre Garrido eludiendo una respuesta directa a la pregunta que él le había hecho—. Más de la que usted imagina.

—No lo dudo, padre. Hay mucha pobreza en Colombia. Mucha, como en el resto de América Latina. He escrito más de un informe sobre esa realidad. Pero, dígame, ¿usted cree que ésa sea la explicación de las guerrillas que tenemos?

—Para mí lo es —respondió el cura, ahora con una voz que transpiraba de pronto la firmeza casi colérica de una convicción inmune a cualquier réplica—. Para mí, y para muchos religiosos que hemos estudiado la realidad colombiana. ¿Conoció usted al padre Camilo Torres?

—Alguna vez, padre. Lo entrevisté cuando encabezó un movimiento político, antes de hacerse guerrillero. Pero quien resultó muy cercano a él es un hermano mío. Andaba de catecúmeno con discípulos suyos en giras por Boyacá.

—Camilo palpó la miseria que hay en Colombia.

—Sin duda.

—Palpó la miseria —insistía Garrido con una sorda obstinación en la voz y en las pupilas una especie de fosforescencia, que a él, Martín, le había parecido en aquel momento la de un predicador envuelto en el hilo pasional de su propio discurso—. Y precisamente por eso decidió entrar en la guerrilla.

—Padre, amar y ayudar al prójimo es una cosa. Matarlo, otra.

Los demás intercambiaron miradas inquietas mientras comían en silencio la paella que se habían servido, pero Garrido, en vez de sentirse agraviado, había recibido aquella réplica con una inesperada y casi jubilosa vivacidad.

—Déjeme explicarle algo que usted debe entender para comprender a Camilo, y para comprender lo nuestro —había empezado, y poco a poco, en medio de un respetuoso silencio del obispo y demás comensales, con una fogosidad que le encendía la cara y le hacía vibrar la voz, fue dándole complejas explicaciones acerca de su vocación—. Para él y para muchos de nosotros —decía—, después del Concilio Vaticano II, el sentido del amor cristiano, la condición para que él pueda ser más eficaz y no quedarse en simples acciones caritativas, es la búsqueda de una sociedad más igualitaria, una sociedad sin ricos ni pobres, sin opresores ni oprimidos, y eso no puede hacerse sin demoler primero una sociedad basada en privilegios, en injusticias, como es la nuestra.

«Ya está —había pensado él, escuchándolo—: otro apóstol de la Teología de la Liberación, otro fanático.» A lo largo de sus viajes por América Latina como corresponsal de prensa los había encontrado en todas partes, especialmente en zonas de conflicto armado: en Guatemala, en El Salvador, en el Perú, incluso en el Brasil. Conocía de sobra sus argumentos. La miseria era el resultado de una larvada, inmemorial violencia de clase, a la cual sólo podía oponérsele, como réplica efectiva, luchas armadas de liberación. Era la opción de los pobres, la única que les quedaba en nuestro continente. Tales ideas, pensaba escuchando los fogosos argumentos de aquel cura Garrido, habría podido compartirlas también él cuando era muy joven y París vivía la fiebre del mayo del 68 francés. Pero mucha agua había corrido bajo los puentes desde entonces, y de todos los embrujos ideológicos, que acaban salpicados de sangre, él venía ya de regreso. Escucharlos de nuevo le producía una especie de fatiga. No valía la pena discutirlos cuando quien los esgrimía con pasión los tomaba como artículo de fe. Así que había resuelto ponerle punto final a aquella discusión con una broma. No quería seguir envenenándoles al obispo y a los demás sacerdotes su almuerzo dominical.

—¡Caramba, monseñor! —dijo volviéndose jovialmente hacia el obispo—, cómo han cambiado las cosas. Antes, ustedes, los sacerdotes colombianos, eran todos ultraconservadores (godos, los llamábamos). En el liceo nos hacían cantar *Cara al Sol*, el himno de la Falange española. Y ahora, por lo que acabo de escuchar, le aseguro que Lenin se sentiría muy cómodo sentado con ustedes.

Todos, salvo el padre Garrido, se echaron a reír.

—Hijo mío, nunca es tarde para cambiar —dijo el obispo con un brillo de humor en los ojos—. Es el *agiornamento*.

—Tendré que recibir algunos cursos con ustedes para ponerme también al día.

—Siempre será bienvenido, Martín —respondió con una sonrisa el obispo, a tiempo que alzaba su copa de vino—. Brindemos por este encuentro, que habrá de repetirse.

Los demás lo imitaron. Finalmente, el ambiente de aquel almuerzo había vuelto a ser fácil y ligero, salpicado de bromas. El único que no parecía a gusto era el padre Garrido, refugiado de nuevo en una actitud huraña.

Y ahora, mientras observa que los empleados de la compañía aérea han llegado para ocuparse del embarque de los pasajeros que viajan a Bogotá, piensa que su encuentro de aquella mañana con monseñor Arredondo en el consulado de Colombia habría podido ser igualmente jovial si él no hubiese mencionado casualmente la muerte de su hermano provocando en el obispo un comentario atroz.

Recuerda lo ocurrido apenas se habían despedido del cónsul.

—Déjeme invitarlo a un café —le propone monseñor Arredondo tomándolo amistosamente del brazo mientras bajan las escaleras del edificio—. Hay que aprovechar estos encuentros, ¿no le parece?

—Estoy de acuerdo, monseñor. Pero la invitación es mía.

—Sólo que el lugar lo conozco mejor yo que usted, estoy seguro. Está aquí mismo, a la vuelta, al lado de las escaleras de la Plaza España. Un lugar más inglés que italiano. Se llama el Babinton, tea room, ¿no ha oído hablar de él? Era el punto de encuentro de las nodrizas o *nannis* inglesas en los años cincuenta o sesenta.

—Veo que usted conoce a Roma mejor que yo.

—Es mi ciudad —dice el obispo con una brizna de nostalgia en la voz—. Aquí me ordené sacerdote. ¡Cómo pasa el tiempo!

La luz del sol, muy viva, hace vibrar, en torno a la Plaza España, la infinita gama de colores, del ocre hasta el rojo Siena, de los palacios. Pese al frío, la plaza hierve de turistas. «El mundo siempre se congrega aquí», piensa él viendo pasar a su lado, en medio de los vendedores de flores y postales, de los taxis amarillos, de los viejos coches de caballo que pasean a turistas por las calles del centro y que ahora los esperan con paciencia, resplandecientes rubias escandinavas, gringos o japoneses que se toman fotografías en torno a la fuente o delante de las escaleras que suben hacia Trinidad del Monte. Flota en el aire el olor a castañas asadas.

Para entrar en el Babinton deben bajar unas escaleras. El lugar tiene efectivamente un ambiente penumbroso, íntimo. Parece trasplantado de Londres a Roma. Escasas parejas ocupan las mesas hablando en voz baja, lejos de la algarabía que reina en la plaza y del desorden vivaz que tienen los bares y cafés italianos.

—Así que usted viaja esta noche a Colombia —comenta el obispo, acomodado frente a él en una mesa del rincón—. Créame que lo envidio. Soy antioqueño y me hacen falta a veces las arepas, los fríjoles. ¿Va de vacaciones?

—No exactamente, monseñor.

—¿Trabajo?

—Tampoco. Voy porque un hermano mío acaba de morir.

La cara del obispo se ensombrece.

—Lo siento mucho —murmura—. ¿Mayor que usted?

—No, unos veinte años menor.

—Veinte años menor... —repite el obispo—. ¡Qué familias las nuestras! Prolíficas. Yo tengo once hermanos, de los cuales dos han muerto ya. Y los hay de todas las edades.

—Bueno, ése no es mi caso, monseñor. Sólo tengo... o tenía —rectifica— una hermana y un hermano por parte de padre. Mi madre murió cuando yo era niño. Mi padre volvió a casarse... y Benjamín, el hermano mío que acaba de morir, llegó muy tarde, cuando él ya esperaba tener nietos y no hijos.

—También esas grandes diferencias de edad ocurren entre nosotros.

El obispo tiene ahora el aire grave de quien está expresando condolencias. «No he debido contarle nada», piensa él sintiéndose incómodo con el giro tomado por la conversación. Pero al obispo no debe parecerle cortés abandonar el tema.

—¿De qué murió su hermano? —pregunta.

—Murió de repente en la madrugada del 1 de enero. Supongo que debió ser a causa de un infarto.

—¿Qué profesión tenía?

—Algo que siempre me resultó inesperado en él. Cuando no había cumplido aún dieciocho años, quería ser sacerdote, pero a última hora, nunca supe exactamente por qué, decidió seguir la carrera militar.

—¿Militar? —En la voz del obispo hay una nota que él no percibe si es de inquietud o de asombro.

—Pues sí, monseñor, lo más distante de una vocación religiosa. Sorpresas que da la vida. Me habría gustado más verlo de obispo, como usted.

Lo ha dicho de una manera ligera, casi jovial, esperando cambiar de tema en cualquier momento, pero el obispo parece de pronto asaltado por una conjetura.

—Benjamín Ferreira, ¿así se llamaba su hermano?

—Ése era su nombre.

—¿El capitán Benjamín Ferreira? —repite el obispo como si quisiese confirmar una inquietante revelación.

—No, ya no era capitán, sino mayor, tal vez teniente coronel. ¿Usted lo conoció?

En vez de responder, el obispo parece empeñado en salir de dudas.

—¿Dígame, Martín, cuando era capitán su hermano prestó servicios en Santander?

—Así parece.

—Primero en San Vicente de Chucurí, luego en El Rosal, un pueblo de la misma región, ¿no es así?

Él mira al obispo con asombro.

—Lo veo muy bien informado sobre Benjamín, monseñor. Me sorprende. ¿Puedo saber por qué?

El obispo parece incómodo.

—Se trata de un hermano suyo, Martín. Un hermano que acaba de fallecer. Que en paz descanse. Dios, por fortuna, es infinitamente misericordioso...

—Monseñor, le ruego que sea franco conmigo.

—Por respeto y amistad con usted, preferiría no hablar. No sería apropiado ni caritativo.

Escuchándolo, él siente brotar en sí un colérico desasosiego. Siempre ha tomado como simple manifestación de hipocresía frases como las que acaba de oír, típicas de lo que él ha llamado siempre un carácter jesuítico. No puede evitar que su voz suene brusca:

—Lo menos caritativo conmigo sería que usted se guardara lo que piensa... o lo que sabe de Benjamín, monseñor. No tiene más remedio que decírmelo.

La cara del obispo tiene una expresión de malestar.

—Pues si no tengo remedio... —las palabras le brotan con algún trabajo como si le doliera pronunciarlas—. Martín, su hermano, es citado en un informe enviado por Combatientes de la Paz a la Comisión de Derechos Humanos que funciona en Ginebra. Se trata de una denuncia muy grave.

—¿Qué dice esa denuncia?

—Su hermano está... y ahora, con perdón suyo, debería decir, estaba acusado de ciento cuarenta y siete muertes o desapariciones de campesinos en la región de San Vicente de Chucurí. Eso habría ocurrido cuando era capitán y prestaba servicios en el batallón que tiene su sede en aquel municipio.

Él recibe aquellas palabras con una sensación de irrealidad, la misma que tuvo cuando Raquel lo llamó para contarle que Benjamín había muerto. Sin poder evitarlo, su reacción es impulsiva, colérica:

—¡No creo nada de eso! —exclama.

—Es natural que así lo sienta. —El obispo lo observa ahora con un aire apesadumbrado; sus palabras suenan lentas y cautelosas—. De un hermano jamás puede uno pensar nada malo.

—No es eso, monseñor...

Está acordándose de algo que alguna vez le había contado Benjamín, algo que había tenido lugar cuando llegó precisamente a aquella región dominada entonces por la guerrilla del ELN. Influido por sus lecturas sobre lo ocurrido en China, Benjamín había reunido a sus hombres en el aula de una escuela y les había dibujado en el tablero un árbol. «La subversión —les había dicho— es como este árbol. Tiene muchas ramas. Una de ellas, es la militar. Si la cortamos, con una acción efectiva, tarde o temprano vuelve a retoñar. Lo que debemos tomar muy en cuenta son las raíces. Ahí está la vida del árbol. Y las raíces de la subversión, ¿saben ustedes donde están? Lo dijo Mao Tse Tung. Yo lo he estudiado muy bien. Están en el apoyo que pueda tener entre los campesinos. Allí está su fuerza. Así que, si en vez de provocarles temor, conseguimos su confianza, los ayudamos —reparando una cerca o un puente por ejemplo, o trabajando con ellos en un camino vecinal—, la guerra empezaríamos a ganarla. No es sólo con tiros como podemos derrotar a los subversivos, metan eso en su cabeza.»

«Así era Benjamín —piensa—. Así era.» Más tranquilo, se dirige al obispo:

—No reacciono simplemente como hermano, monseñor. Es que, en el fondo, la vocación religiosa de Benjamín era también visible en su manera de proceder como militar, yo lo sé. Tuve pruebas de ello. Por eso no entiendo cómo puede recogerse en un informe semejantes barbaridades. ¿Qué ONG es esa que lo envió?

—Una ONG llamada Combatientes de la Paz. Se ocupa de la defensa de los derechos humanos en Colombia. La dirige el padre Andrés Garrido.

El nombre aquel le dice algo. De pronto, recuerda al personaje huraño, de lentes, vestido de oscuro, sentado al lado del obispo, que en la casa hogar de curas colombianos le hablaba con tanta exaltación de Camilo Torres, de la opción de los pobres y otras cuantas teorías propias de los curas revolucionarios.

—¿El sacerdote que usted me presentó en aquel almuerzo?

—Sí, el mismo.

«El fanático», piensa él con recelo.

—Monseñor, me gustaría ver ese informe.

—Pues si usted va a Bogotá, yo le recomendaría, por doloroso que resulte, que hable con el padre Garrido. Nada pierde con ello. Incluso —el obispo alza las cejas con un gesto que podría ser el de una disculpa— si usted tiene razones para poner en duda ese informe y pedir una rectificación, debe decírselo. El padre Garrido es un hombre recto.

—Cómo no, hablaré con él —concede al fin él con un amargo sabor en la boca.

El obispo, recuerda ahora, había intentado luego explicarle que en una guerra todo era posible; aun los hombres más limpios podían verse envueltos en la terrible lógica que se deriva de la necesidad de ganarla a cualquier precio. En el ámbito militar, prevalece la fuerza, decía, como si diera por cierto que Benjamín había sido el autor de ciento cuarenta y siete muertes o desapariciones de campesinos. Él, Martín, había salido de aquel salón de té, a la claridad ruidosa de la Plaza España, con una agria sensación en la boca. Y luego, al llegar a su casa para preparar su equipaje y llamar a Raquel para anunciarle vuelo y hora de llegada, había recibido de ella, y a propósito de Benjamín, otro informe atroz, igualmente inverosímil. Todavía le parece escuchar, en la voz de Raquel, aquella fatídica palabra relacionada con la autopsia que le habían practicado al cadáver.

—Cianuro, hermano. Cianuro. Ésa fue la causa de su muerte. Le encontraron cianuro en la sangre y en los cabellos. Por eso el coronel que me ha estado suministrando esos informes cree confirmada la hipótesis del suicidio.

«No lo creo», había vuelto a repetir Martín con la misma sorda irritación que tuvo aquella mañana escuchándole al obispo sus informaciones a propósito del reporte enviado a Ginebra sobre Benjamín. No lo creo, se dice ahora, sin permitirse siquiera una grieta de duda, a sabiendas de que vive una pesadilla. Simonetta entendía perfectamente su decisión de viajar de inmediato a Colombia. Había pasado por el apartamento de ella aquella misma tarde, antes de salir para el aeropuerto, creyéndola del todo ajena a lo que podía contarle a propósito de su hermano, pero ella tuvo una reacción muy suya, terminante. «La duda destruye», le había dicho mirándolo muy seria con sus grandes ojos azules en la penumbra de aquel salón cuya ventana dejaba ver un dilatado paisaje de la ciudad en torno a la cúpula de San Pedro. «La incertidumbre», también. Y, de pronto, había agregado unas palabras que le habían hecho latir más deprisa el corazón. «Ve, investígalo todo, húndete en lo tuyo, pero no olvides lo que dejas acá.»

Se levanta cuando oye que están anunciando la salida de su vuelo.

3

Ahora que lo piensa, volver a un país, precisamente el suyo, cuya vida tormentosa ha seguido siempre a distancia, primero desde París, luego desde Madrid y finalmente en Roma, es recobrar de un golpe la memoria y encontrarse con una realidad que el tiempo había ido desvaneciendo y que ahora reaparece idéntica al recuerdo, tal vez más paciente y sufrida, como un pariente pobre que uno vuelve a encontrar a la vuelta de los años, ensombreciéndole el corazón. Lo cierto es que la ciudad de su infancia le inspira un sentimiento donde se mezclan ahora, después de vivir media vida en Europa, una brizna del asombro con algo de afecto y de piedad. Lo experimentó así desde el primer momento, desde cuando alcanzó a vislumbrar por la ventanilla del avión, minutos antes de aterrizar, el paisaje de la Sabana en la luz del amanecer. Era un brumoso tapiz de parches verdes tiernos y verdes profundos que se extendía hasta los cerros. Hileras de eucaliptos, sauces, potreros, alguna casa, pequeños lagos de aguas recónditas, todo ello vislumbrándose a través de cendales de niebla, hacían pensar en un paisaje de Escocia y no del trópico. Lo único que ahora alteraba sus recuerdos eran los invernaderos que aquí y allá, vistos desde el aire, extendían láminas de plástico sobre los cultivos de flores. A esta primera visión se había añadido luego otra, que ya no era bucólica sino maltrecha: la de la propia ciudad observada desde el automóvil de su hermana Raquel, con la luz del alumbrado público todavía encendida en las calles y un tráfico de autobuses algo desvencijados recogiendo en las esquinas a escolares, empleados y otros madrugadores. Todos ellos parecían ateridos y modestos en la luz gris del amanecer. Contrariando sus recuerdos, lo que iba viendo le parecía revestido de una pobreza furtiva y desmedrada, semejante a la que alguna vez había encontrado en perdidas ciudades de la Europa del Este, tal vez en Sofía o en Cracovia. De muy poco valían, para borrar esta impresión, torres y edificios modernos de bancos o centros financieros que aparecían en el ángulo de la Carrera Séptima o de la avenida de Chile, pues de nuevo se sucedían antiguas edificaciones maltratadas por los años, cuyos bajos daban abrigo a modestos comercios, a fruterías, loncherías paupérrimas o una escuálida farmacia. De igual manera, las arborizadas avenidas residenciales del norte, con grandes quintas o bonitos edificios de apartamentos, no impedían vislumbrar en el flanco de algunos cerros barrios de invasión con apretadas casas de adobe y calles de tierra. De allí o de las extensas barriadas del sur debían venir las niñas muy pequeñas que en los semáforos se aproximaban al auto para ofrecer rosas, los vendedores ambulantes de frutas o caramelos, o los viejos, con aspecto de campesinos, que pedían abiertamente limosna por el amor de Dios con una voz que daba lástima.

Nada de esto, después de todo, le resultaba extraño. Era sólo una realidad olvidada que ahora volvía a hacerse presente mostrándole sus fastos y remiendos. «Esto es lo mío, de aquí soy, no debo olvidarlo», pensaba él sintiendo que de ese mundo había salido él, de sus tristes internados, de los cuartos de pensión que de niño compartía con su madre, de las bibliotecas públicas y de los cafés llenos de humo donde alguna vez, recién salido del liceo, había visto como posible el sueño ardiente de irse a París. Pero ahora que lo piensa, en medio de largos desastres, el país enseñaba milagros inesperados. El más visible para él era el de su propia hermana. Raquel parecía nadar en dinero. Lo veía en sus ropas, en el Mercedes Benz conducido por un chófer que lo había recogido en el aeropuerto o en el amplio apartamento de dos plantas donde vivía, con muebles, tapetes y cortinas de lujo, y con ventanales muy amplios desde los cuales se divisaba todo el panorama de la ciudad hasta la remota línea azul de la cordillera. Raquel parecía el paradigma de las ejecutivas colombianas que ahora manejaban bancos y empresas. No cesaba de hacer y recibir llamadas por un teléfono móvil, impartiendo órdenes o solicitando rápidos informes, incluso en la mesa donde, llegando del aeropuerto, se habían sentado a desayunar. Sólo un leve toque indígena, heredado sin duda de su madre —la tez morena, los ojos vivos, algo rasgados—, le recordaban a él la niña campesina, su hermana o media hermana de cinco o seis años de edad que él había conocido la primera vez que fue a Tierra Negra. De ese mundo suyo nada parecía quedar, aunque ella le aseguraba que nunca había perdido sus raíces y que cada cierto tiempo volvía a los parajes de su infancia. Separada de su marido desde hacía varios años, tenía una hija estudiando en Nueva York. La víspera, en la noche, sentados en la sala del apartamento que ella había dejado a su disposición —el mismo donde ahora se encuentra— con ánimo de hacerlo sentir más libre, él le había escuchado por primera vez un largo relato de su fantástica carrera, algo que antes él sólo había percibido a retazos durante los viajes ocasionales que había hecho a Colombia, viajes realizados siempre bajo la presión de su oficio y del tiempo. «¡Qué hermanos excepcionales!», pensaba él escuchándola, mientras por el ventanal divisaba, dilatadas hasta el horizonte, las luces de la ciudad.

El mismo pensamiento le venía una y otra vez a su mente, la víspera, mientras asistía a las exequias de su hermano Benjamín en el Cantón Norte del Ejército. Había sido muy duro, recuerda ahora, dos horas después de haber llegado a Colombia, ingresar con Raquel y con un coronel amigo de su hermano a la sala de velación donde se hallaba el féretro. Había un grupo casi sigiloso de mujeres y de hombres vestidos de oscuro conversando en el lívido resplandor de las luces de neón que iluminaban la sala, pero él apenas si había reparado en ellos dominado como estaba por la oscura y apremiante necesidad de ver por última vez a su hermano, como si sólo de esa manera pudiese asumir la realidad brutal de su muerte y anular un absurdo sentimiento de incredulidad que desde el primer momento se empeñaba en confundir todas las noticias recibidas desde Colombia por teléfono con una pesadilla terrible pero disipable, efímera. Cuando Raquel abrió la ventanilla del féretro y él vio al fin, bajo el cristal, el rostro de Benjamín, aquella impresión de irrealidad no llegó a disiparse del todo. Sea porque le habían puesto un toque de color a unas mejillas que él siempre había recordado cetrinas o por una especie de sonrisa que parecía a punto de esbozársele en los labios, Benjamín tenía una expresión plácida y ausente, más allá de este mundo, muy distante del aire concentrado, alerta, muy vivo, que siempre recordaba en él, dispuesto a toda hora a explicar lo suyo con una razonada vehemencia. Parecía también más pequeño, como si la muerte lo hubiese reducido. Alguien le había puesto en las manos cruzadas sobre el pecho un pequeño crucifijo de plata. Ahí estaba, pues, su Soldado de la Patria. «Ahora tiene más cara de santo que de militar», pensaba él contemplándolo antes de que Raquel cerrara de nuevo, delicadamente, la ventanilla del féretro y él sintiera en su hombro la mano afectuosa de una mujer que se le había aproximado al lugar donde estaba. Tardó segundos en reconocer el rostro sin maquillaje y de ojos enrojecidos por el llanto, a Adela, la esposa de Benjamín. Apenas si había visto alguna vez aquella modesta muchacha que su hermano había conocido cuando se hallaba de servicio en la guarnición de Pamplona y que, luego de casarse con él, lo había seguido de guarnición en guarnición. Recordaba haberla encontrado, años atrás, en un pequeño apartamento de un bloque residencial para oficiales, al lado del Club Militar. La salita no podía ser más modesta, con un Sagrado Corazón en la pared, una esquinera llena de libros, una mesa de centro con una carpeta tejida en crochet sobre la cual había un retrato de bodas, y en torno dos o tres sillas inflables de plástico, de esas que se colocan a la orilla de las piscinas. Ahora, al lado de ella, estaban dos muchachos de diez y doce años que parecían una réplica de Benjamín cuando éste tenía su edad: el mismo aire campesino, el color de piel, un pelo negro, espeso, muy rebelde, unas cejas juntas y unos ojos oscuros que lo miraban con una respetuosa y como asombrada seriedad. Tanto a Adela como a sus dos sobrinos los abrazó sintiendo por primera vez una humedad en los ojos y un nudo en la garganta. Era imposible —pensó en aquel momento— que Benjamín se hubiese suicidado. No habría podido hacerlo dejando desamparados a aquellos dos niños. Tampoco a su esposa, la muchacha de Pamplona, que a su lado no atinaba a decir nada; toda su tristeza estaba en los ojos húmedos, así como la pobreza, una pobreza decorosa de pequeña clase media bogotana, se delataba en su traje y en el pequeño monedero que a cambio de cartera sostenía en una mano. «Tenemos que hablar», se había limitado él a decirle. Y ella había asentido.

Recuerda todo lo demás como una tumultuosa sucesión de imágenes: la capilla del Cantón Norte abarrotada; el ataúd cubierto por la bandera colombiana delante del altar y, a sus dos lados, cuatro altos policías militares haciendo guardia de honor; las coronas de flores colocadas al pie del catafalco, y la sorprendente homilía del capellán, un sacerdote joven y apasionado que hablaba de Benjamín como si éste hubiese sido su guía espiritual; un hombre bueno, decía, un seguidor de Cristo que se había encargado de redimir a través de la reinserción en la sociedad a cientos de jóvenes extraviados, con un sentido del amor rara vez visto en una situación de guerra donde siempre solía prevalecer la fuerza, el odio al enemigo. Escuchándolo, él pensaba que no eran las palabras usuales dichas por un sacerdote en un oficio fúnebre; provenían de alguien que, sin duda, había conocido muy de cerca a su hermano y sabía lo que pensaba. Cómo le habría gustado que él y aquel monseñor Arredondo encontrado en Roma hubiesen podido hablar.

Terminada la ceremonia, le había sorprendido la cantidad de gente que se había aproximado a él para expresarle sus condolencias. No esperaba aquel vértigo de abrazos, de apretones de manos y de palabras dolidas de personas que nunca había visto y que sólo hasta aquel momento se habían enterado de que era un hermano de Benjamín recién llegado de Italia. El comandante del Ejército, un general curtido, de ceño enérgico, parecía muy sorprendido. «Suelo leer sus artículos y nunca imaginé que usted fuera el hermano del coronel Ferreira», le había dicho a tiempo que le estrechaba con fuerza la mano. Parecía tener un alto concepto de Benjamín. «Un gran soldado, una gran pérdida», le había dicho clavando en él una mirada de ojos severos —la mirada de un oficial habituado a impartir órdenes— y en el tono de su voz y en el gesto la seguridad profunda de quien no está gastándose un cumplido convencional sino haciendo un obligado reconocimiento. Y a continuación, a manera de condolida reflexión, había dicho algo que suscitó en él toda suerte de cavilaciones. «El corazón, ilustre periodista, es traicionero; mata sin dar aviso.» Parecía dar por sentado que Benjamín había muerto de un ataque cardíaco. ¿Mentira piadosa que él creía acreditar para eliminar las interpretaciones y suspicacias desatadas por un suicidio? ¿O habría sido ése el informe que él había recibido desde el Caquetá? Misterio. En busca de una aclaración, todo lo que pudo hacer en aquel momento, o un poco después, cuando se hallaban en aquel cementerio llamado Jardines del Recuerdo donde Raquel había comprado una tumba, fue a acercarse al militar (¿Contreras? ¿Gutiérrez?, no lo recuerda ahora) a cuyas órdenes se hallaba Benjamín, el mismo coronel que había ordenado la autopsia, el mismo que había sustentado la tesis de un suicidio, para solicitarle una entrevista. Un sol muy vivo de mediodía iluminaba aquel paraje de la Sabana donde se abría el cementerio.

Verdes potreros se extendían detrás de los jardines y de sus ordenadas líneas de tumbas hasta la línea pacífica de los cerros. «Usted comprende —le dijo en voz baja al coronel mientras los sepultureros echaban las primeras paletadas de tierra sobre el féretro en presencia de unas cuantas personas llegadas en autos desde el Cantón Norte— que necesito saber todo acerca de la muerte de mi hermano.» Aquel coronel, lo recuerda ahora, un hombre pequeño, de aire cortés y reservado, parecía incómodo escuchando aquellas palabras. Debía de tomarlas como una indiscreción. El caso es que miraba de un lado a otro, inquieto, como asegurándose de que nadie, salvo Raquel, los oía. Finalmente, había terminado por convenir con él una cita en el Ministerio de Defensa, dos días después, ya que al día siguiente tenía una reunión con el Estado Mayor que podía prolongarse todo el día. Él habría quedado más tranquilo si en el momento de regresar a la ciudad en el Mercedes de Raquel no se hubiese acercado al auto un oficial corpulento, muy moreno, todavía joven, para presentarse como un viejo amigo de Benjamín. «Iniciamos juntos la carrera, soy el padrino del mayor de sus hijos; me gustaría que habláramos», dijo extendiéndole una tarjeta. «Me consigue en la Tercera Brigada.» Y de pronto, bajando la voz, la recomendación más sorpresiva e inesperada: «No trague cuentos, doctor. Sé por qué se lo digo.» Recuerda ahora haberse mirado con Raquel con igual desconcierto.

4

Solo, al fin, en el apartamento que le ha cedido Raquel, lo dicho por aquel oficial amigo de Benjamín le ha dejado caviloso e inquieto. «No trague entero.» ¿A qué se refería? ¿Qué se le ocultaba? «En fin, todo a su debido tiempo irá aclarándose», piensa. Por ahora, después de dos días tan intensos, estaba requiriendo un poco de soledad, y ahora la tiene. Le gusta aquel lugar donde se encuentra. De un lado, hay un ventanal muy amplio que se abre al panorama muy próximo de los cerros; al otro lado, una terraza desde la cual se divisa la ciudad extendida hasta la lejana cordillera. Raquel le ha dicho que ese apartamento lo tiene reservado para los socios o contratistas extranjeros de su empresa. Pero, viéndolo bien, tiene un carácter íntimo, muy personal, poco adecuado para ejecutivos de paso por la ciudad. Hay estantes repletos de libros, que no sabe de dónde salieron, algunos cuadros bien elegidos, un sofá de cuero negro, una amplia mesa de centro, dos sillas orejonas color vino tinto y unas lámparas que al encenderlas dejan sobre las mesas y la alfombra un anillo de luz dorada. «Buen lugar para un escritor», piensa; para él, por ejemplo, si es que alguna vez decidiera dar por terminada una larga vida de nómada y quedarse en Colombia. Pero basta que este pensamiento aflore en su mente para que le oscurezca el ánimo un desasosiego, el mismo que debe experimentar un pájaro al ser encerrado en una jaula. Es extraño, sólo tiene dos días y ya Roma le parece lejana como un sueño. La visión instantánea y ya nostálgica de Santa María del Trastevere aletea en su memoria y luego desaparece para dejarlo contemplar por la ventana, con un complacido asombro, el panorama muy próximo de los cerros en la luz viva y fugaz del crepúsculo. Siempre le gustaron los atardeceres de Bogotá. En ninguna parte había visto aquel breve, intenso y melancólico esplendor del sol minutos antes de que sin tránsito alguno cayera la noche. Y de pronto, de manera inesperada, le llega sigilosamente el recuerdo de esa misma última luz de la tarde encendiendo la copa de unos cerezos. Ocurría a esa misma hora en el internado, cuando era todavía un niño de diez u once años. Recuerda: el liceo quedaba desierto; desiertas las canchas de baloncesto, desiertas las aulas, los corredores y aquel vasto y polvoriento patio con los frondosos cerezos que a mediodía le daban sombra. Él subía a su cuarto, aquel cuarto en un piso debajo del cual se abrían los garajes donde se guardaban los buses escolares y que el rector, a petición de su tío y por amistad con él, había aceptado cederle. Era el único interno en un colegio donde nunca los hubo ni nunca los habría, así que cuando todos los alumnos se habían ido, poco después de las cinco de la tarde, todo quedaba como congelado en un silencio de muerte tras el desorden y la algarabía que a lo largo del día se hacían sentir en patios y corredores. De modo, recuerda ahora, que se quedaba en aquel cuarto de papeles de colgadura floreados con alguno de los libros que su tío compasivamente le había hecho llegar («eran los libros de mamá, los que tenía ella cuando murió», piensa), mientras al otro lado de las ventanas moría, como ahora, con una última vehemencia, la luz en los cerezos y en el flanco de los cerros. Después caía bruscamente la noche, una noche helada y siempre triste, noche de páramos, y en la oscuridad azul, rota sólo por el resplandor mortecino de dos o tres bombillas eléctricas que alumbraban los corredores, se escuchaba el croar insomne de las ranas. Luciérnagas o fuegos fatuos parpadeaban en las tinieblas, en torno a los cerezos. «Ánimas en pena», le decía Primitivo, aquel sirviente del liceo, mientras le servía un plato de comida en el desierto comedor de los seminternos. Y de verdad aquel viejo caserón del liceo se prestaba para el cuento de las ánimas. En el camino a su cuarto, después de comer, creía percibir siempre crujidos de maderas, fuegos fatuos, sombras, el golpe de alguna ventana empujada por el viento.

Recuerda, como si fuera otro, el muchacho solitario que era entonces. Tenía en aquel cuarto la colección del Tesoro de la Juventud que su madre había comprado a plazos y se la había regalado antes de morir. Pero de algún modo que no logra precisar ahora había empezado a leer poesía. Quizás había sido influencia de aquel condiscípulo suyo, Manuel González *Pajarito*. Le prestaba libros de Rubén Darío y de Machado que sacaba de la vasta biblioteca de su padre. A su tío le inquietaban aquellas lecturas. «Con la poesía no se come», le decía siempre, preocupado de que no estuviese pensando en una carrera seria, productiva, al terminar el bachillerato. Y ahora, contemplando por la ventana aquel último resplandor crepuscular del sol en los cerros, piensa que jamás hizo caso de esas prudentes advertencias. Pasaba las tardes del sábado, recuerda ahora, leyendo en la Biblioteca Nacional a Verlaine, Baudelaire y otros poetas franceses traducidos al castellano. Nunca tenía un peso para comprar libros; escasamente los cinco centavos que costaba entonces en Bogotá un viaje en tranvía y que intentaba toda la semana guardar intactos con el fin de dirigirse los sábados a la pensión donde vivía el tío Eladio, en la calle doce. Llevaba siempre un talego de ropa sucia y a veces, al final del mes, la libreta de calificaciones para que él la firmara. Recuerda al tío bajo la polvorienta marquesina que cubría el patio de la pensión, tan parecido a un notario a la antigua, con la cadena de un reloj de bolsillo cruzándole el chaleco y esos anteojos de présbita que le agrandaban desmesuradamente los ojos y ponía en ellos un constante aire de alarma. Debía pensar en el futuro, le decía siempre, una carrera de Derecho era más segura que estudios de Filosofía y Letras. ¡Pobre tío! «¡Y pobre mamá! —piensa él de pronto—, qué angustia debió ser la suya al comprender que a su muerte, ya inevitable, dejaba a su hijo, un niño de sólo siete años de edad, sin amparo o con el único amparo del modesto contador que era su hermano, a quien le había hecho prometer que lo tendría a él, Martín, bajo su custodia, en

Bogotá, hasta cuando terminara sus estudios.» De algún modo ella le había trazado su destino. Desde muy pequeño le regalaba libros y le encantaba darse cuenta de que él los leía con un interés muy raro en un niño. La recuerda en aquella especie de oficina o cuarto de trabajo que ella se había habilitado en el último patio de la pensión donde trabajaba hasta muy tarde escribiendo velozmente a máquina, quizá pasando a limpio emborronados manuscritos, para ganarse algún dinero extra, pues se había creado obligaciones que no alcanzaba a cubrir con su sueldo en el Banco de Colombia. Se había propuesto sacar adelante a su propio marido, un joven rústico, perplejo y solitario que había conocido en la misma pensión donde ella vivía y que en ese entonces no sabía qué camino tomar: si seguir en el Ejército, donde ya tenía grado de suboficial, o regresar al campo, a la finca que le había dejado su padre en Boyacá. De esos dos destinos, militar o campesino, se había empeñado en rescatarlo. Quería hacerlo estudiar ingeniería, pues había descubierto que, rústico o no, él era hábil, muy bien dotado para las matemáticas. Ella había empezado pagándole los estudios y cubriendo sus gastos en la pensión, luego de casarse con él. Aunque todo lo que había podido estudiar su madre era un llamado bachillerato comercial en la escuela de las señoritas Camargo, era tal su sentido de organización, tanto su empeño, que en el propio Banco jugaba un papel más importante que el de una secretaria. Extraordinaria mujer, le decía su tío. Debió serlo. El caso es que ella siempre fue una referencia fundamental en su vida. Nunca ha podido olvidarla, y la prueba es que vaya donde vaya siempre lleva aquel único retrato suyo que ha conservado desde siempre. Es como un fetiche de la buena suerte, un talismán para sentirse seguro, tal vez un recurso del eterno huérfano que siempre fue para seguir sintiendo de algún modo su amparo. Y ahí está el retrato, ahí lo está viendo en la mesa donde ha puesto su computador portátil y un par de libros. En un óvalo abierto en un marco de plata, muestra a una muchacha fina, espigada, vestida a la moda de los años treinta, con un sombrero redondo de ala corta, muy de la época, un abrigo tres cuartos con un toque de piel en la solapa y en los puños, zapatos de trabilla y tacón alto, un bolso de mano y unos guantes que sostiene en su mano izquierda. Nunca ha podido él compaginar esta imagen, que parece la de una joven empeñada en seguir de cerca la última moda de París, con el campesino, para él siempre remoto y algo áspero, que fue su padre. ¿Qué pudo haber visto ella en él? Tal vez, como decía su tío, todo fue obra de ese instinto protector que la llevaba a ella, su madre, a hacer suyos los tropiezos de quien iba encontrando. Y luego, está el azar que juega sus cartas. Debió ser un amor nacido de un sentimiento de lástima. Sí, se había propuesto redimir a aquel hombre joven, entonces bien parecido, según decían, pero inevitablemente extraviado en un mundo urbano donde no sabía moverse. ¿Por qué decidieron casarse? Nunca llegó él a saberlo. Aunque jamás se lo dijo su tío, aquel matrimonio apresurado, sin fiesta ni testigos, que un cura les bendijo en la Iglesia de las Nieves, pudo deberse al hecho de que ella quedó embarazada. O simplemente a que fue su madre quien tomó la decisión de casarse con él imponiéndole su fogosa voluntad a fin de enderezarle con más comodidad su destino. Muy de ella, de esa muchacha fina y morena de dieciocho o veinte años, aquel furioso empeño de vencer obstáculos, de no dejarse derrotar por la pobreza o por la vida. Al parecer, siempre tomaba por su cuenta los problemas de cuantos la rodeaban. Su propia actividad la había matado —se lo había referido muchas veces el tío—, pues por andar terminando un trabajo había descuidado los síntomas de un apéndice o de una vesícula que requería una apremiante intervención quirúrgica, de modo que cuando al fin aceptó ser llevada a la Clínica Central los médicos se encontraron con una peritonitis aguda, peritonitis que acabó con ella en menos de treinta y seis horas. «Tienes que vivir, acuérdate del niño», le decía el tío con una apenas sofocada desesperación, al pie del lecho donde ella estaba a punto de morir. Pero era inútil. Ella sabía ya que era tarde. «Mis uñas se han puesto moradas —decía con tristeza contemplándose las manos—. No creo que salga de esto. Tú, Eladio, vas a tener que ocuparte de Martín. Hazlo por mí, te lo pido. Ocúpate del niño. Sácalo adelante. No dejes que Jacobo, mi marido, se lo lleve al campo. Ése no puede ser su mundo, como no ha sido nunca el mío. Yo estuve alguna vez en su finca, y sé que allí Martín no volvería a abrir un libro.» No aguantaba, decía el tío, ni el polvo de las carreteras, ni la luz agónica de las velas o de las lámparas de petróleo acosadas siempre por enjambres de polillas, ni los alacranes o las mariposas negras que en la noche vuelan rozando el techo de los cuartos. Nada de eso era lo suyo. Su mundo, el mundo que anhelaba, se inspiraba tal vez en las revistas y películas que siempre hacen soñar a una muchacha pobre. Temía, sin duda, que, desaparecida ella, su marido, incapaz de pagarse sus estudios y de defenderse solo en una capital para él extraña, volviera a sus páramos y acabara casándose de nuevo con una campesina, como en efecto sucedió.

Y ahora, mientras afuera empieza a oscurecer y el salón va quedando en penumbras, él se pregunta qué habría sido de su vida si no hubiese sido por aquel tío modesto pero firme, inquebrantable, a la hora de cumplir la promesa hecha a su hermana. Esa promesa también se la había impuesto a su padre. «No te lleves el niño, si es que decides volver al campo», le había dicho. Y él acató su voluntad como si fuese una disposición testamentaria. Ella, que debía albergar toda clase de sueños, murió sin haber visto nunca el mar ni conocido más mundo que el del banco donde trabajaba y aquella pensión de la calle doce. Él nunca pudo olvidar el día de su muerte, la salita y el patio de la pensión llenos de mujeres sollozantes y de hombres con los ojos enrojecidos. Su padre, sentado en una silla, sufría a la manera de los campesinos, guardando en silencio todo su pesar sin compartirlo con nadie, mientras las amigas de su madre se acercaban a él, su hijo ahora huérfano, para pasarle la mano por el pelo y decirle que ahora, ella, su mamá, desde el cielo, lo estaría cuidando.

Aquella pensión... Se acuerda del vidrio esmerilado de colores que separaba el comedor del patio, los tiestos de geranios, las columnas que les servían de soporte y los cuartos penumbrosos a lo largo de los corredores que albergaban a toda clase de personajes: empleados públicos, alguna viuda, una vieja actriz de novelas radiales o ruidosos estudiantes de la Costa que armaban fiestas con cualquier pretexto poniendo a todo volumen, en la antigua ortofónica de la sala, porros y guarachas de moda para furia de Julia Sandoval, la esposa del tío, que los consideraba gente muy plebe, sin clase. Así decía. La recuerda, gorda, huraña, con bolsas moradas bajo los ojos, en aquel comedor donde la luz, al filtrarse desde el patio por el vidrio esmerilado, ponía cuadros de colores en los manteles. Allí almorzaba él todos los domingos con ella, con el tío y una hija casada que a veces venía a visitarlos. A él nunca le gustó aquella mujer que miraba con reprobación al tío cuando le daba dinero para pagar la mensualidad del liceo o se decidía a comprarle un par de zapatos. «Ojalá salga pronto del colegio y se ponga a trabajar; sería justo», decía a veces para hacer sentir que él, Martín, era una carga para ellos, aunque alguna suma debía girarles su padre cada mes. Su problema, ahora lo recuerda, era la llegada de las vacaciones. Entonces, fuera del liceo que permanecía cerrado, debía abandonar los libros en el cuarto que allí le habían habilitado sobre los garajes y compartir un cuarto en la pensión con un hijo del tío que estudiaba en la Escuela Militar de Cadetes. En esos días, o más bien meses, las pullas de la Sandoval eran constantes. Se empeñó en que él debía pasar esas vacaciones en el campo, con su padre. Y su padre, desde luego, estaba de acuerdo. Y a partir de cierto momento él no había tenido más remedio que sumergirse, cada diciembre, en ese mundo rural que era para él, como alguna vez lo fue para su madre, una pesadilla.

Ha oscurecido ya. Con una vaga pesadumbre, sin duda asociada a sus recuerdos de ese remoto pasado, se levanta de la silla desde la cual ha visto desaparecer el día y llegar súbitamente la noche. Sin encender aún las lámparas, se acerca a la ventana que al otro lado del salón no mira ya hacia el cerro sino al vasto panorama de la ciudad. En esta primera hora del anochecer, el norte de Bogotá brilla con todas sus luces hasta perderse en la línea oscura de la cordillera. Es otra ciudad, profusa, enorme, vertiginosa, inquietante, muy distinta, recuerda ahora, a la que creyó dejar un día para siempre. Aquella Bogotá concentraba toda su actividad en el centro, en una calle Real y cuatro o cinco manzanas recorridas por hombres vestidos siempre de oscuro, con enjambres de cafés, lentos tranvías, viejas iglesias y campanas que a la hora del crepúsculo sonaban al tiempo llamando al rezo del rosario. Otra, sí. Pero aunque entonces fuese una ciudad todavía provinciana y friolenta, olvidada por el mundo en un empinado lugar de los Andes, el hecho es que él, como su madre, estaba habituado a vivir en un ámbito urbano y no rural. El campo no era lo suyo. De ahí que aquellas primeras vacaciones en los páramos de Tierra Negra donde vivía su padre con su segunda esposa y con Raquel, entonces una niña de cinco años, las viviera con un constante pavor. Recuerda el largo viaje en tren hasta Tunja acompañado por algún amigo de su tío, luego el bus de la Flota Transbolívar, la carretera polvorienta, estrecha y llena de curvas, y el lugar entre Ramiriquí y Jenesano —apenas una especie de fonda repleta de costales— donde lo esperaba su padre con aquella niña todavía desconocida, su hermana. Para él, la primera vez que fue a Tierra Negra, aquel hombre con ruana y sombrero, de rostro colorado y áspero, cuarteado por los duros soles del páramo, y aquella niña campesina de rasgados ojos indígenas que lo observaba con curiosidad, eran dos desconocidos. No podía creer que él fuera su padre y ella una hermana. La sorpresa había sido aún mayor cuando, luego de caminar durante una hora por un atajo de herradura que descendía hacia el valle, en medio de un vasto paisaje de laderas con sembrados de papa y maíz, y salpicado aquí y allá de altos eucaliptos y algunos sauces, llegaron a un rancho —no a una casa, sino a un rancho— con piso de tierra y paredes ahumadas y sólo dos cuartos y un depósito para guardar aperos y útiles de labranza. El lujo que le tenían reservado era un catre, porque Raquel, la niña, dormía en una estera tendida en el suelo. La mujer que estaba echando leña en un fogón cuando llegaron resultó ser la nueva esposa de su padre. Era una campesina de cara ruda y afable que hacía lo posible por hacerle sentir bien. Pero él, lo recuerda ahora, nunca pudo habituarse a aquella vida: a comer con ayuda sólo de una cuchara de palo, a la letrina fuera del rancho y a las cucarachas que brotaban en la taza a menos que uno le arrimara un fósforo a un papel periódico para ahuyentarlas arrojándolo dentro, ni a la luz agónica de las velas y al frío de las noches, menos aún a las ratas que a veces cruzaban veloces de un rincón a otro del rancho. Su padre lo observaba como los campesinos a un inepto niño de ciudad: con una especie de compasivo desdén, a veces sorprendido por el hecho de que él no supiera sostener un gallo mientras le limaba las espuelas o pusiera las manos en la cabeza de la silla de un caballo en vez de tomar las riendas y dominar al animal. «Es muy delicado para estos trajines», le decía a su mujer moviendo la cabeza con aire de menosprecio. Debía lamentar que su madre se hubiese empeñado en dejarlo al cuidado de su tío antes de morir. «Aquí lo habríamos hecho hombre más rápido», recuerda haberle oído decir, y el único rastro de afecto que le asomaba a los ojos era cuando se quedaba absorto, mirándolo, y acababa por comentar que él se parecía a ella, a su madre. Y ahora, mientras permanece inmóvil en aquella terraza dejando vagar los ojos por las luces de la ciudad que se dilatan hasta la oscuridad de la sabana y de la cordillera, le llega el recuerdo de la noche en que su padre lo encontró llorando. Debió ser la primera o la segunda que pasó en el rancho, y todavía no puede asegurar si fue de susto o de pena. El caso es que había soñado que estaba aún con su mamá en la pensión de la calle doce. Hablaba, reía con ella, y de pronto despertó para descubrir que aquél era sólo un sueño, que ella había muerto y que en cambio estaba en aquel rancho desconocido, escuchando ahí afuera el viento, el croar insomne de las ranas y el ladrido continuo y lejano de un perro en otra finca. Con horror había descubierto también un ruido más próximo: el que hacía una rata royendo alguna cosa debajo del catre. Empezó a sollozar, recuerda. No sabe cuánto tiempo estuvo sollozando hasta que de repente le cayó en la cara la luz de una linterna. «¿Qué le pasa?» Era su padre, todavía con cara de sueño, arrebujado en una ruana. Seguramente se había levantado para iniciar las faenas del ordeño en el establo vecino al rancho, cuando lo oyó. «Hay una rata», le había dicho él a manera de excusa. Raquel, que se había despertado también, se echó a reír. Su padre se volvió hacia ella con una expresión de sorna en la cara. «¿Cómo te parece? Le dan miedo las ratas. Llora, en vez de espantarlas.»

Se aparta ahora de la ventana y empieza a encender, una tras otra, las lámparas del salón, perseguido por aquel recuerdo remoto de su padre. Piensa que entre los dos siempre hubo un menosprecio recíproco, tal vez injusto de parte y parte. Porque mientras él, años más tarde —embrujado por los poetas franceses y las películas de Jean Gabin y de Michèle Morgan que entonces llegaban a Bogotá—, sólo pensaba en cómo encontrar el dinero para irse a París, su padre andaba vendiendo en sus tierras lo que podía: ollas de barro, ovejas, papa o terneros, en un empeño feroz por dejar atrás la pobreza que había ensombrecido la vida de los suyos. Y tiempo después, mientras él andaba en aquel Saint-Germain-des-Prés existencialista de los años cincuenta, sumergido en el hervor de las cavas y de sus delirios de jazz o escuchando cantar a Juliette Gréco en las penumbras de la Rose Rouge, su padre estaba empeñado en sembrar ciruelos valiéndose de una técnica japonesa que había aprendido. Nunca se entendieron. Nunca. Quizás él renunció muy pronto a la idea de que su único hijo varón podría acompañarlo en sus aventuras agrícolas (aunque, ahora que lo recuerda, alguna vez alcanzó a proponerle que estudiara agronomía) desde que lo vio tan incapaz de moverse en sus parajes, de bajar al río para recoger agua o de ordeñar una vaca. Su propia esposa lo comprendió al segundo o tercer día de haberlo recibido en el rancho. «Este muchacho no sirve para andar por estos páramos», le dijo a él con más piedad que rigor, y acabó aconsejándole que lo dejara pasar el resto de las vacaciones en el pueblo, en casa de una hermana suya a la que todo el mundo llamaba la tía Celina. «Allá, al menos, hay luz eléctrica, y muchachos de su edad», decía. De ahí que en la memoria le quedara para siempre el recuerdo de las vacaciones que desde entonces, hasta que cumplió catorce años, pasaba todos los años en Ramiriquí, en medio de aquella ruidosa tribu de muchachos algo mayores que él, los hijos de la tía Celina, que hablaban de gonorreas y de campesinas embarazadas por ellos, y tardaban en dormirse echando, de un catre al otro, después de que se apagaran las luces, chistes verdes que los hacían reír a carcajadas en la gran pieza parecida a un campamento donde la tía Celina los había alojado. Salvo al menor de ellos, que era de su edad y se hizo su amigo, él recuerda que los miraba a todos con una especie de aprehensión como debe ocurrirles a los reclutas novatos cuando se encuentran con muchachos que ya están a punto de dejar el servicio y están impregnados hasta la médula de costumbres cuartelarias. Quizá desde entonces, por obra de algo que podrían ser los libros o la simple y escueta soledad, él había empezado a sentir cómo se ahondaba la distancia entre lo que él soñaba leyendo libros de novelistas y poetas y aquel país suyo, el de su padre, el de aquellos muchachos; mundo áspero y elemental y ahora sembrado de horrores que ha vuelto a encontrar cuando creía haberlo dejado atrás para siempre. Recuerda, por ejemplo, aquella mañana de diciembre cuando la tía Celina hizo poner en fila a todos sus hijos, como un sargento a sus soldados, para preguntarles quién había embarazado a la muchacha —una niña de quince años, en realidad— que nos servía el desayuno. Ve a la tía Celina —gorda, muy gorda, con un brillo feroz en sus ojos achinados y un mechón de pelo sobre la frente— diciéndoles: «A ver, a ver, ¿quién de ustedes le hizo el mandado? Ella no quiere decirlo, pero yo sé que fue uno de ustedes.» Iba pasando delante de ellos, llevando por el brazo a la muchacha que, ahogada en sollozos, se tapaba la cara con la punta del delantal. «¿Fue usted, Jacinto? ¿O usted, José Miguel, siempre tan solapado? Rodrigo, diga la verdad. ¿O fueron varios a la vez?» Todos callaban, algo asustados, pero no por el hecho mismo (en la noche, después de apagada la luz, intercambiaban bromas soeces sobre aquel episodio), sino por el temor que le tenían a su madre. No, él nada tenía que ver con aquel mundo suyo. Se la pasaba leyendo *El conde de Montecristo* o cualquier otra novela de Dumas, incluso cuando iban en el calor del mediodía a bañarse en un pozo del río Guayas. Todos ellos gritaban y saltaban desde las rocas a la parte más profunda del pozo y continuaban intercambiando procacidades, mientras él, siempre con un libro en la mano y a la sombra de un sauce llorón, intentaba defenderse de los mosquitos sanguinarios que pululaban en la vega del río atraídos por la flor del maíz. Su padre venía al pueblo con Raquel todos los sábados. «¿Ya le pasó el miedo a las ratas?», le preguntaba con una pizca de sorna. Quería saber si se hallaba a gusto con los otros muchachos. Se lo preguntaba a la tía Celina. «No se sabe —decía ella—; pero es juicioso, se la pasa leyendo.» Su padre movía la cabeza con aire decepcionado, algo que parecía significar que aquel hijo suyo no tenía remedio.

El único recuerdo fulgurante que le quedó de aquellas repetidas vacaciones está asociado a una muchacha (tal vez deba decir una niña) que encontró una tarde en la casa de la tía Celina. Estaba peinándose delante de un tocador de tres lunas. No debía tener más de doce años. Era muy fina, con unos rasgos bien dibujados y un pelo largo y sedoso por el que ella pasaba su mano enredándoselo y desenredándoselo con coquetería. Nunca había visto él una adolescente tan bella. Parecía una actriz de cine. Susana, una sobrina de la tía, se había acercado para maquillarla. Le había puesto color en los labios y le pintaba un pequeño lunar en el mentón como si estuviese disfrazándola para una fiesta. En realidad, aquella niña que ya empezaba a adquirir formas de mujer era la principal cantante de una compañía escolar de zarzuelas que había en Tunja y que en aquel diciembre hacía una gira por el departamento. Se presentaba sólo una vez, aquella noche, en el teatro del pueblo. Recuerda que en un momento dado lo vio a él en el espejo observándola con fascinación. «¿Qué lees?», le dijo reparando en el libro que tenía en las manos. «Una novela», fue lo único que pudo decirle. Ella tomó el libro en sus manos. «¿Una novela? A mí también me gustan las novelas», dijo, y él no supo qué añadir; sólo percibía una lumbre de simpatía en sus brillantes ojos oscuros. Eso fue todo, pero ahora que lo recuerda fue la primera vez que sintió aquel desasosiego insólito que una mujer puede producir súbitamente en un hombre. Quizá fue el primer atisbo del amor. O lo era, sin duda, porque aquella noche oyéndole cantar en el teatro las arias de *Luisa Fernanda*, vestida como una española, y sobre todo viendo la manera como se movía por el escenario con una gracia infinita, ligera, muy femenina, el corazón le latía con un desorden y una zozobra nunca antes experimentada por él. Al día siguiente, desde el balcón de la casa donde estaba alojado, sintió una profunda tristeza viendo el autobús que se la llevaba a ella y a todos los muchachos de la compañía de zarzuelas para Jenesano o para Miraflores, nunca lo supo. Y en el río, a la sombra del sauce donde se refugiaba para leer, volvía a verla enredándose y desenredándose el pelo con coquetería o mirándolo a través del espejo antes de preguntarle qué estaba leyendo.

«No tengo remedio», piensa de pronto, recordando que aquella secreta conmoción vivida entonces era la misma que había experimentado tres días atrás cuando Simonetta, con un fulgor travieso en los ojos y algo íntimo en su voz, le dijo al despedirse de ella: «Vete a Colombia, pero no olvides lo que dejas aquí.» El amor, si así puede llamarse eso que surge de pronto, a cualquier edad, ante una mujer, sea la niña de la zarzuela o la condesa italiana, era algo furtivo, inquietante, un intruso que lo devolvía siempre a las incertidumbres y dilemas de la adolescencia. «Pero los tiempos no estaban para esos sueños», se dice pensando ahora en todo lo que le aguarda, su inserción en una guerra olvidada que a los recuerdos pesarosos de su infancia guardados en aquella ciudad extendida en la oscuridad, más allá de la ventana, añade ahora una sombría carga de violencia, muertes, secuestros, delirios revolucionarios. Un mundo del que siempre quiso escapar y del cual, pese a todo, no escapa. «Vivo en dos mundos —piensa—. Entre dos aguas.»

5

«Sí, durante mucho tiempo fuiste para mí, tu única hermana (y detesto, por cierto, decir medio hermana, pues yo nada lo acepto a medias), un desconocido, un enigma. No pertenecías a nuestro mundo. El tuyo era otro, remoto, inalcanzable, que no podíamos medir en distancias, pues el lugar más lejos con el que podíamos soñar era Bogotá. Sabíamos sólo que vivías al otro lado del mundo, en París. Sí, eras un extraño para nosotros. Lo eras ya cuando, apenas con doce años, llegaste por primera vez a Tierra Negra. Sólo la víspera mi padre me habló por primera vez de ti. Me dijo que yo tenía en Bogotá un hermano once años mayor que yo, hijo de una señora que había muerto años atrás y que había sido su esposa; una señora muy inteligente, me decía con un asomo de tristeza en la cara, una señora de ciudad que había muerto muy joven y que antes de morir le había pedido que te dejara estudiando allí, en Bogotá, al cuidado de su hermano. Y yo tenía una enorme curiosidad por conocerte. Me parecía increíble que tuviera un hermano. Fuimos a la carretera para esperar el bus donde venías. Te veo con un traje de ciudad que nadie usaba en aquellos páramos, con unos zapatos que para mí (calzada aún con simples alpargatas) eran un lujo, contemplando con asombro, tal vez con horror, el rancho donde vivíamos. Eras lo que se llamaba un niño bien, no un campesino como nosotros. Pertenecías, sin duda, al mundo de tu madre, no al nuestro. Tenías pavor a las ratas, recuerdo; a las ratas y también a los murciélagos, a la oscuridad, a los perros, al ulular del viento en la noche, a la niebla, a los fuegos fatuos perforando las tinieblas a los dos lados del camino y seguramente a los fantasmas que llenan de pavores aquellas tierras nuestras. Y los había, todo el mundo hablaba de ellos. ¿No oíste hablar, acaso, de los espíritus que se oyen susurrar a orillas de una laguna llamada la Calderona o de los silbidos que se escuchan en el tenebroso monte del Vijagual cuando hay luna llena? Allí estuvo, durante siglos, el reino de los muiscas, dicen los viejos, y sus espíritus nos hacen saber, con silbidos y susurros, que aquéllos eran lugares sagrados muy suyos.

»Nada de eso lo viviste. Yo sí. También Benjamín, a quien sólo viniste a conocer cuando, todavía en aquel internado de Guateque, no se le había pasado aún por la cabeza la idea de hacerse militar. Quería ser sacerdote, ¿recuerdas? Quería entrar en el seminario de Tuta y no hablaba entonces sino de imitar la vida de los santos y otras chifladuras por el estilo. Recuerdo que te impresionó mucho descubrir, en uno de tus viajes a Colombia, a ese hermano adolescente que tenía como tú la pasión de los libros y que sin duda encontró en ti, un hombre veinte años mayor que él, hasta entonces tan lejano a nuestra vida, al padre culto y comprensivo que nunca tuvo. Tal vez, de tu lado, debiste ver en él una réplica de ti mismo cuando tenías su edad: igual necesidad de buscar otro destino. Iluminados, decía nuestro padre, y no precisamente como un elogio, sino con una especie de sorna, como se habla de gente que por andar a la deriva en un mar de quimeras no asumen las realidades de este mundo. Ovejas descarriadas, decía también. Sólo que Benjamín, el hijo que le nació tardíamente cuando ya era un hombre muy mayor, no era extraño a su mundo, pues lo formó como a mí en la dura vida del campo. Como yo, Benjamín se acostumbró desde muy niño a levantarse antes de que cantaran los gallos para pelar papas, hacer envueltos o arepas, cortar leña y dar de comer a los marranos, antes de emprender, muchas veces bajo la lluvia y casi siempre adivinando el camino a través de la niebla, un largo trayecto hasta la escuela. Nunca supiste tú lo que era eso, caminar durante tres horas en el helaje de la madrugada y otras tres horas en la tarde, de regreso a casa, bajo el sol duro de los páramos, sólo con una taza de agua panela en el estómago. Nunca he podido olvidar, como tampoco debió de olvidarlo él, la manera como al final del camino aparecía el pueblo en la primera claridad del amanecer, los altos eucaliptos que se levantan a la entrada, la torre de la iglesia surgiendo entre celajes brumosos y las luces del alumbrado público todavía encendidas en las calles. Apenas cruzábamos el puente —ese puente de piedra que parece salido de un cuento de hadas, con su río de aguas mansas y los sauces llorones a la orilla medio sumergidos en la niebla— nos deteníamos en la casa del tío Norberto —aquel hermano de papá que alguna vez llegaste a conocer— para quitarnos el barro de los pies en un platón lleno de agua y, en mi caso, cambiarme las alpargatas sucias por un par de zapatos de goma que a mí me exigían en el colegio. Fue, de niña, el único lujo que pude permitirme.

»No había reposo para nosotros ni siquiera los domingos, pues aquel día toda la familia se levantaba a la una o dos de la madrugada para llevar cabras, corderos o frutas a los mercados de Ramiriquí o de Turmequé. A la luz de la luna, cuando había luna, bajábamos por aquellos caminos de duendes con mi mamá. Antes de que Benjamín llegara a caminar, ella se las arreglaba para llevarlo cargado, a tiempo que sujetaba con un brazo un cesto repleto de cuajadas o curubas. Nuestro padre, entretanto, andaba por los páramos con una escopeta tratando de cazar algún conejo para que encontráramos algún trozo de carne en una olla a la hora de volver a casa. De modo que esa vida de campesino la conoció él, Benjamín, desde muy temprano. Aprendió, como yo, a sembrar papa y maíz, a aporcar, desyerbar, fumigar, arar. Era laborioso y callado. Jamás le oímos llorar. Jamás se quejaba como si el esfuerzo, el cargar bultos o el andar sin tregua por los caminos fuera algo tan natural como comer o respirar. No les tenía miedo a los duendes. Cuando las velas del rancho se consumían todas y quedábamos a oscuras, él se ofrecía a ir en busca de una en el rancho de algún conocido aunque tuviese que caminar muchas leguas en las tinieblas y la soledad del páramo. No le inquietaba percibir en la oscuridad silbidos, susurros, fuegos fatuos y otras tantas cosas que para los campesinos eran señales del más allá. Nunca se dejó asustar por los cuentos de las ánimas en pena. ¿Qué pueden hacerme los muertos?, decía sonriendo. En la escuelita del páramo fue el primer alumno. Aprendió más rápido que cualquier otro niño a leer y a dominar las cuatro operaciones. "Es una lástima que, terminada la primaria, no vaya a un colegio —me dijo alguna vez la maestra—. Sería un desperdicio, este niño puede llegar muy lejos." Y yo, después de oírla, me propuse desde entonces conseguirle una beca en uno de los mejores colegios departamentales temiendo que al terminar sus estudios en la escuelita del páramo nuestro padre lo convirtiera en un ayudante suyo, quizás otro jornalero más de los que ya tenía a medida que iba comprando pedazos de tierra a sus vecinos. Para él, los estudios secundarios, y desde luego los estudios universitarios, eran cosas de doctores. ¿De qué me servía —comentaba él— aprender a escribir en máquina y seguir cursos de contabilidad y dactilografía en el colegio femenino del pueblo, donde uno en ese entonces podía obtener un diploma de bachillerato comercial, si para cosas de tan poco uso en el campo me tocaba caminar tres horas al amanecer y tres horas en la tarde? No lo entendía. Le agradaba, sí, saber que yo era capitana de un equipo de baloncesto y que ganaba trofeos, luego de enfrentarnos a los equipos de otros pueblos de la región. Cuando terminé mis estudios de bachillerato me dijo: "Ahora te toca decidir qué vas a hacer con tu vida. Puedes quedarte en Tierra Negra. Te doy un pedazo de tierra, crías marranos, siembras papa o maíz y te casas con cualquier muchacho del páramo que ande en el mismo oficio. O te vas a Bogotá y buscas un empleo por tu cuenta y riesgo." Yo no vacilé ni un minuto. "Pues yo me voy, papá —le contesté—. Y me fui."

»Te juro que no fue fácil. Por dura que haya sido, la vida en el campo es una cosa y la vida en la ciudad, otra. En vez de colinas, caminos, valles, sauces, eucaliptos, pájaros o mariposas, lo que iba a encontrar era una pieza en la zona industrial de Bogotá. Allí me visitaste, en uno de tus viajes a Colombia, ¿recuerdas? Creo que aquellos barrios del sur, con sus calles sin pavimentar, llenas de charcos de agua en invierno, donde sólo hay fábricas, talleres, depósitos, postes del alumbrado público y una telaraña de cables eléctricos, debieron horrorizarte más que nuestro rancho en el páramo cuando lo viste por primera vez.

»Yo sé que también tú pasaste hambre en París. Me lo contaste en alguna oportunidad. Pero París es París, y una cosa, supongo, es andar con el estómago vacío en una ciudad que a todo el mundo deslumbra cuando la conoce y otra muy distinta la de sobrevivir en aquel mundo lleno de miseria en un país donde miles o tal vez millones de personas abandonan los campos para abrirse paso de cualquier manera en las ciudades. Aunque puedo considerarme una triunfadora porque finalmente salí adelante, y ahora tengo una empresa de transporte de carga con sucursales en todas partes, incluso fuera del país, y más de trescientos empleados y hasta una peluquera que viene a casa para arreglarme el pelo o hacerme las uñas, nunca, nunca he olvidado los años pasados en aquel suburbio industrial. Al anochecer, las luces parecen agónicas: apenas se alumbran a sí mismas. Los crepúsculos y los amaneceres son tristes y sin otro color que el de esa neblina helada que viene de los potreros de la Sabana. Alguna vez pasó por allí un ferrocarril. Ahora sólo quedan los rieles con una lengua de hierba invadida por casas de tablones, sin luz y sin ventanas, construidas de cualquier manera por invasores que vienen del campo. Las noches eran peligrosas para una niña campesina. Todavía lo son. Hay vagabundos que buscan botellas o cartones entre los desechos de las fábricas y en las pocas calles con rastros de vida todo lo que se encuentra es alguna cantina de mala muerte o un enjambre de mujeres de mala vida agolpadas ante una puerta, con faldas muy cortas y temblando de frío. Por fortuna, yo no estaba sola. Me acompañaba una condiscípula del colegio que se vino conmigo desde Jenesano. Ahora es empleada mía. Teníamos una piecita en el barrio Gustavo Restrepo, uno más de aquel vasto suburbio del sur. Era poca cosa, aquel cuarto, con un bombillo que colgaba del techo sobre dos colchones extendidos en el suelo, y una azotea, al lado del lavadero, donde nos permitían cocinar. Más tarde encontramos una casa de vecindad en el barrio de la Asunción. La dueña nos tomó cariño. Nos permitía que usáramos el único baño de la casa y dispusiéramos de un reverbero en la cocina para calentar por las mañanas una taza de agua panela.

»Me gustaría —antes de que vuelvas a perderte quién sabe por cuántos años, ahora que llegas a Colombia, desesperado como yo, para saber qué le ocurrió realmente a Benjamín, qué nos están ocultando—, me gustaría, digo, llevarte a aquella casa que entonces nunca te quise mostrar, porque prefería visitarte en el hotel donde te alojabas. Seguro que la verás como el pabellón de una cárcel. Está construida en torno a un patio estrecho y alto, cubierto a la altura del tercer piso por una sucia marquesina. Debajo cuelgan ropas y en los muros están adheridos, con soportes de hierro, algunos raquíticos tiestos de flores. En cada pieza, parecida a una celda, vive una familia. Todo lo que uno ve allí es lo mismo que yo tenía: un bombillo que cuelga al extremo de un cordón y colchones o jergones tendidos en el suelo. Más que pobreza, lo que uno siente allí, en aquella colección de cuartos abarrotados, llenos de gente que viene huyendo de las zonas donde la guerrilla o los paramilitares son la ley, es la peligrosa antesala de la miseria. Fuera de los colchones o los jergones, en los cuartos no hay nada: ni armarios ni tapetes, rara vez una silla y casi nunca un cuadro o una fotografía. Escasamente lo esencial para sobrevivir libres del frío o la lluvia de las calles.

»Nunca les dije a mis padres cómo vivía para no entristecerlos. Tuve sí un soporte milagroso para poder trabajar de día y estudiar de noche. Me refiero a dos hermanos de apellido Moncada, medio parientes de mi madre y de mi tía Celina. Agentes de aduana, tenían una importante empresa llamada La Providencia. Y lo fue para mí, de verdad. Algo providencial. Me dieron un primer empleo como secretaria. Debieron ver con cierta conmiseración a aquella medio pariente suya, que era yo, venida del campo, una muchacha que miraba estupefacta los télex, las calculadoras, las máquinas eléctricas y las fotocopiadoras. La primera vez que tuve que atender una llamada de teléfono tomé el aparato al revés, llevándome la bocina al oído y hablando por el auricular. Todos soltaron la risa. Pero muy pronto los dejé asombrados porque me di a la tarea de conocer cada uno de los departamentos de aquella empresa. Preguntándolo todo, aprendí rápidamente a manejar el télex, la fotocopiadora y a hacer con precisión guías, remesas o depósitos bancarios. Me hice amiga de mensajeros y conductores. Se parecían a mí; reían de los mismos chistes: eran gente del campo. Antes de entrar a la universidad, tomé cursos de asistencia comercial en el Sena, de secretariado ejecutivo en Incolada y finalmente de sistemas en el Institute Computer Machine. Conocí la primera familia de computadores que llegó a Bogotá, unos mastodontes que hoy podrían figurar en algún museo. Además, andaba pegada a los jefes. Los sábados, en vez de quedarme lavando ropa en la casa de vecindad, como mi amiga, los acompañaba a sus reuniones con la empresa que se hacía cargo de los transportes de carga o con los ejecutivos de compañías como la Philips, Sofasa o Colmotores. Con el tiempo llegué a tener un conocimiento exacto de las naves que llegaban a los puertos de Santa Marta, Cartagena o Buenaventura. Sirviéndome de esos informes, contrataba tractomulas —esos grandes camiones que tú encuentras en todas las carreteras de Colombia—, y en vez de ocuparme sólo de los trámites de aduana de los clientes, les facilitaba un transporte más barato de sus mercancías desde la costa del Caribe o del Pacífico hacia Bogotá u otras ciudades del interior del país.

»De esta manera me hice experta en el manejo de la carga pesada. Y fue entonces cuando empezó a hormiguearme en la cabeza la idea de fundar una empresa propia que tomara a su cargo el transporte de mercancía en el país. A nadie se lo dije. Habría parecido una fantasía descabellada en una muchacha hija de campesinos que a veces pasaba el día sin otra cosa en el estómago que un vaso de leche o una taza de agua panela y sin más ropa en su cuarto que una falda de cuadros, planchada todas las noches, y tres blusas regaladas por la esposa del patrón de La Providencia.

Fue precisamente este patrón, Josué Moncada, el que, tal vez sin proponérselo, me abrió los ojos y me enseñó la forma como podía hacer realidad aquel sueño. "Oiga, Josué —le dije una tarde—, ¿para qué cree que yo sirvo?" "Usted es perfecta para que estudie sociología", me respondió en broma recordando hasta qué punto tenía un excelente contacto con los conductores y estibadores relacionados con la empresa. Todos me querían mucho. "Pero hablando en serio —agregó después—, debería estudiar Administración de Empresas. Usted es una negociante de primera."

»Y eso fue lo que hice, estudiar Administración de Empresas y Mercadeo en la universidad central. De noche, claro. ¿Si no, con qué iba a comer? Mi papá nunca me envió un centavo. Tampoco a ti, yo lo sé. El único familiar cercano a él era Cayo, hijo de un hermano de mi mamá. Cercano a él, a sus proyectos, fue Cayo quien accedió a acompañarlo en la finca abandonando el colegio en el segundo año. En cambio, durante todos aquellos años, yo fui también, en su manera de ver las cosas, una oveja descarriada. Nunca supo lo que yo viví. Tampoco tú, tan lejano a todo lo nuestro. Pero si quieres saber la verdad, ahora que al fin puedo contártela, mi sangre quedó en esa universidad. Llegaba a los cursos a las seis de la tarde, después de haber concluido en La Providencia mi jornada de trabajo, y regresaba a mi cuarto en la casa de la vecindad a las doce de la noche con un hueco en el estómago. La dueña de la pensión debió darse cuenta del hambre que estaba pasando porque a partir de cierto momento, cada vez que me oía llegar, bajaba en una cuerda hasta la ventana de mi cuarto una olla con un poco de sopa o de arroz, a veces un pedazo de carne o un plátano asado. Eran las sobras de su comida. Me las enviaba a escondidas de su esposo, que no aprobaba generosidades con los inquilinos. Todos, te repito, estaban al borde de la miseria.

»No te voy a cansar con estos cuentos: las súplicas que debía hacerle al rector de la universidad para que me permitiera pagar a plazos la matrícula, la falta de dinero para comprar cuadernos y libros y sobre todo ese vacío constante en las entrañas, el hambre. Mis compañeros debían notarla. Me invitaban a una lonchería llamada El Mosco, cercana a la universidad. Mientras ellos se bebían una cerveza yo les aceptaba un vaso de leche y una almojábana. Temía desmayarme en clase. Pero algo me sostenía: la idea de que estaba acumulando un capital de extraordinaria importancia porque a los conocimientos académicos estaba uniendo una experiencia práctica en los procesos de facturación, manejo de cartera, manejo de personal y de sistemas. Lo demás, ya lo sabes. La manera como logré convertirme en asesora independiente de grandes empresas en todo lo relacionado con el transporte fue gracias a un primer socio que me facilitó una oficina y un teléfono. Fue la semilla de la compañía que hoy tengo. El hecho es que a esas empresas podía asegurarles yo tarifas más favorables y mayor rapidez en el transporte de carga acumulando en un solo camión mercancía de unos y otros y facilitándoles además los trámites de registro y las gestiones administrativas en la Cámara de Comercio. Jamás acepté los empleos que me ofrecieron en muchas de esas compañías, pese a que los sueldos eran tentadores. Quería ser una empresaria independiente.

»Trabajando desde el amanecer hasta las dos de la mañana, sin distraer lo producido en gastos personales —todo lo que me permití en ese sentido fue alquilar después un cuarto amueblado en el barrio de La Perseverancia—, pude pasar del alquiler de camiones a la compra de uno, luego de dos y al cabo de quince años establecer una flota propia y abrir oficinas en las principales ciudades del país. No puedo decirte si tuve suerte o si todo se lo debo a un empeño desesperado de no dejarme derrotar por la vida, como tantos otros hombres y mujeres venidos del campo a esta ciudad, ni de quedarme disfrutando de un empleo seguro. Siempre quise mandar, tú lo sabes.

»Extraña familia la nuestra. Cada cual supo abrirse paso en lo que se propuso. Tú, el hermano perdido al otro lado del mundo, acabaste sorprendiéndonos a todos con aquel premio de poesía que ganaste en España y sobre todo con los artículos que un día empezaron a salir en los diarios, no sólo de Colombia, sino de otros países, según tengo entendido. Nunca supimos —ni lo supo mi padre— con qué plata te fuiste para Europa a los dieciocho años. Ni cómo te quedaste allí. Pero te saliste con la tuya. Y luego —y aquí me saltan las lágrimas y la voz me tiembla sin poderlo evitar— también Benjamín llegó todo lo lejos que se propuso, y no quiero decirte a donde habría llegado si no hubiese muerto, si no lo hubiesen asesinado —porque estoy segura de que fue, en realidad, asesinado— en la forma tan cobarde como lo hicieron. Nunca he visto un hombre más recto, más limpio que él, así el cura ese que viste en Roma y todos los curas de cuanta ONG exista en Colombia intenten enlodar su nombre. Él nos unió en el pasado y ahora, muerto, nos sigue uniendo como nunca, ¿te das cuenta? Porque ambos lo admirábamos. Ambos lo queríamos. Tú porque cuando te tomaste el trabajo, en uno de tus viajes siempre repentinos y fugaces a Colombia, de visitarlo en el internado de Guateque, quedaste asombrado de todo lo que sabía por andar leyéndose todo lo que encontró en la biblioteca de aquel liceo. Me lo contaste. "Parece que hubiese vivido en París y no en un pueblo de Boyacá", me decías. Lo que no entendías era su misticismo. Te hablaba del amor cristiano y de los santos que habían dedicado su vida a servir al prójimo. Y a ti, que habías dejado atrás desde que eras muy joven cualquier inquietud religiosa y que no pisabas desde hacía tiempos una iglesia, te impresionaba la manera como aquel hermano tuyo, casi veinte años menor que tú, exponía lo que entonces consideraba su vocación religiosa. No te gustaba, lo sé, pero la respetabas. También me lo dijiste al regresar de Guateque, recuerdo. Y yo estaba orgullosa de oírte decir aquello, pues desde que Benjamín era un niño que aprendía a leer en una escuelita del páramo, me había propuesto sacarlo adelante. No fue fácil, te lo aseguro, pues apenas terminó sus estudios de primaria, y pese a los consejos de la maestra, nuestro padre se empeñó en dejarlo a su lado entregado enteramente a las labores del campo. "No tengo con qué mandarlo a Tunja —decía. Y luego—: conmigo va a aprender cosas más útiles que las que allí puedan enseñarle. Estas tierras, bien manejadas, dan más plata que la que gane con sus diplomas." Yo no estaba de acuerdo con semejantes razones, pero no tenía todavía dinero para sacar a Benjamín de aquella vida, la misma que yo un día había dejado atrás. Trabajaba aún en La Providencia y estudiaba de noche. Tal vez mi padre esperaba que las penurias pasadas por mí en Bogotá acabaran derrotándome y convenciéndome de que me iría mejor con un pedazo de tierra en el lugar donde había nacido. Lo que nunca imaginó es que yo, pobre como lo era aún, pudiera conseguirle a Benjamín una beca en uno de los mejores colegios del departamento, el de Guateque. Tenía fama, incluso en la capital, porque sus alumnos, al terminar el bachillerato y pasar los exámenes del ICFES —el instituto que califica la aptitud de los nuevos bachilleres del país— tenían uno de los puntajes más altos. Fue otra ayuda providencial de los Moncada. Amigos del entonces Gobernador de Boyacá, les bastó una sola llamada por teléfono para obtener lo que de otro modo habría sido imposible conseguir. Pero no fue fácil que mi padre entendiera todo lo que significaba aquella beca ofrecida a su hijo. Al cumplir éste los diez años de edad, le había regalado un novillo y debía pensar que con aquel halago lo tendría de su lado. Lo veía como un muchacho dócil y capaz, tan hábil como él para montar en pelo a una yegua o para sujetar a un ternero mientras se ordeñaba a una vaca, y dispuesto a hacerse hombre, luego casarse y llegar a viejo viendo crecer y ensanchar a su lado las sementeras de papa y maíz bajo los mismos soles y lluvias del páramo. Lo único que no esperó nunca fue que en el diseño de su destino futuro fuera Benjamín y no él quien dijera la última palabra. Pero así ocurrió. Un domingo, en el que estuve de visita en Tierra Negra, después de escuchar en silencio mis razones y las de nuestro padre —las mías fogosas y casi coléricas y las de él tranquilas, obstinadas, llenas de ese pragmatismo elemental propio de un campesino que cree conocer mejor que nadie las vicisitudes de la vida—, él, Benjamín, habló por primera vez de una manera que a él y a mí nos dejó estupefactos. "Padre

—le dijo mirándolo muy serio a los ojos—, siempre le he obedecido y mucho le debo. Mucho he aprendido a su lado. Pero yo creo que Raquel tiene razón…" Nuestro padre lo observó con desconcierto. No estaba acostumbrado a que aquel hijo, siempre dócil, diera una opinión contraria a la suya. "¿Qué es lo que quiere decir? —dijo al fin en un tono áspero que transpiraba disgusto—. Esa oportunidad, padre, es única y no la puedo perder. Yo quiero estudiar." Dijo aquello con suavidad, una suavidad que de algún modo hacía aún más inquebrantable la firmeza de sus palabras. A nuestro padre se le ensombreció la cara como si acabara de darse cuenta de que inesperadamente perdía otro hijo. Acabábamos de almorzar. "Hagan lo que quieran", dijo al fin, levantándose de la mesa, con un malhumorado desdén. Y no volvió a decirnos nada, pero yo no busqué más aclaraciones. Di por descontada su aceptación.

»Así que semanas después acompañé a Benjamín a Guateque para cumplir con todas las formalidades del internado. Nuestro padre no quiso darle dinero para comprar los libros. "Oiga, ¿usted, cómo cree que yo consigo las cosas?", le dijo cuando volvió a la casa del páramo con una lista de libros escrita en un papel y se la presentó. Benjamín no entendía lo que quería decirle. "No sé. Le respondió. No tengo ni idea." "¿Cómo que no tiene ni idea", le replicó el viejo. "Las consigo trabajando. Usted haga lo mismo. Vaya, trabaje también y consiga lo que necesita." Pues bien, Benjamín me dio otra sorpresa. Poco tiempo después de llegar a Guateque, se ofreció para arreglar por las noches una cancha de tejo que había en las cercanías del colegio. La cancha quedaba hecha un desastre los domingos con toda la gente del pueblo que venía a jugar al tejo y a beber cerveza. El dueño y propietario también de una tienda, un hombre a quien todos llamaban don Facundo, aceptó pagarle por este servicio. De modo que Benjamín, dándose cuenta de que era fácil escaparse del colegio por la parte de atrás después de las diez de la noche, cosa que hacían los alumnos mayores para ir a las discotecas o cantinas del pueblo, salía con éstos, tomaba la llave de la cancha que le daba don Facundo y trabajaba hasta las doce o la una de la mañana retirando botellas, papeles y colillas, y apisonando la tierra. Así pagó sus libros.

»¿De dónde le salió esa pasión por el estudio? Siempre me lo he preguntado. En tu caso, no hay duda de que tu madre influyó mucho para acercarte desde muy niño a los libros. Ella, por lo que he oído decir, era una mujer de ciudad que leía, tenía una posición en un banco y sabía redactar muy bien una carta —siempre me contó eso mi padre, que nunca llegó a olvidarla—, pero en nuestro caso, mirando hacia atrás, todo lo que encontramos son campesinos adheridos a su tierra, como los eucaliptos y los sauces, desde siempre. Nada nos destinaba a ser distintos, y lo fuimos. Tal vez es un asunto de los tiempos nuevos. El caso es que Benjamín descubrió que el colegio, además de dormitorios, aulas y una cantina, tenía un laboratorio de física y sobre todo una muy buena biblioteca. Le gustaban los teoremas. ¿Te acuerdas que decidió desarrollar uno por su propia cuenta? Yo pensaba que tenía algo de chiflado porque partiendo de una hipótesis duró dos o tres meses estructurándolo hasta que encontró la solución. Quedó muy sorprendido cuando, meses más tarde, descubrió que aquel teorema ya un matemático lo había hecho. Pero después de todo se sintió contento de haberlo formulado y trabajado como si fuera una invención enteramente suya. Participaba en semanas culturales y andaba con los campesinos enseñándoles la mejor manera de mezclar productos de fumigación. Era ya desde entonces un muchacho muy sano. Ningún vicio. Ni fumaba ni bebía. Los sábados y domingos se iba de paseo con dos o tres condiscípulos —siempre los mejores del curso— a comerse una lata de sardinas a orillas del río, del Zúnuba. A veces también trabajaba como jornalero en la finca de un amigo. Le pagaban ochenta pesos por el fin de semana, y con eso compraba cuadernos y alguna ropa. A mi padre no le costó nunca un centavo.

»No sé a qué horas también resultó un catecúmeno. Con permiso del rector del colegio, los jueves y los sábados en la noche asistía a lo que él llamaba una reunión de catecuminidad. Nunca entendí en qué consistían esas reuniones, pues lo único que él lograba explicarme cuando venía a visitarlo era que el propósito de todos cuantos allí se reunían era despertar el primer amor, es decir, el amor cristiano profundizando en el conocimiento de la Biblia. Algo de eso, creo, te dijo a ti también cuando lo conociste. Era acólito en las correrías que un sacerdote hacía por las veredas. Recuerdo que te sorprendió mucho saber que el principal animador de aquellas reuniones, en Guateque o en Sutatenza, había sido el padre Camilo Torres. Tú lo conociste. Creo que lo entrevistaste cuando ya eras corresponsal de una agencia de prensa francesa. Te hiciste amigo de él. Pues bien, un discípulo del padre Camilo Torres que continuó su labor luego de que éste se hiciera guerrillero y muriera en un combate, se interesó en Benjamín. Su tema predilecto también era entonces el amor, el amor cristiano. Tenían la misma idea de servir a la gente más desamparada. Y fue él quien descubrió en nuestro hermano una vocación sacerdotal. A Benjamín y a otro compañero de él los estaba convenciendo de entrar al seminario de Tuta. Ese compañero, en efecto, es hoy sacerdote. ¡Dios mío! Las vuelta que da la vida. O las vueltas que da este país tan intenso, tan loco, tan terrible también. ¿Quién iba a imaginar que el inspirador de aquella labor apostólica terminaría de guerrillero y Benjamín de militar? Si me permites algo que parece una barbaridad, creo que en el uno y en el otro, luchando en bandos opuestos, aquella idea del amor estuvo siempre latente. ¿Qué habría ocurrido si, ya dueños de ese nuevo y antagónico destino, hubiesen podido hablar? Lo he pensado siempre.

»Tú no sabes muy bien las razones verdaderas que llevaron a Benjamín a entrar en el ejército en vez de entrar al seminario. Todo ocurrió luego de un viaje que hizo por los lados de La Dorada. Allí había pasado vacaciones el año anterior en la finca de un condiscípulo y de su familia. Esperaba encontrar a todos de nuevo, encontrar la casa con sus grandes y frescos dormitorios, la piscina con mesas y parasoles alrededor, los corrales, los buenos caballos y el ganado pastando en los potreros, así como el alegre caserío vecino donde un año atrás, en medio de un derroche de pólvora, de música y grandes festejos, todos habían recibido el nuevo año. Pero cuando llegó, tras muchas horas de viaje en bus, nada de eso quedaba. Encontró el caserío abandonado. La finca había sido asaltada y saqueada días atrás por la guerrilla. No quedaban ni las puertas de la casa. Se habían llevado el ganado. Los corrales estaban vacíos y había todavía manchas de sangre a la orilla de la piscina, pues allí asesinaron al administrador y a un ayudante suyo. Al dueño se lo llevaron secuestrado. También en el pueblo la guerrilla había matado a tres campesinos en plena calle, y fue tal el terror infundido por ella que todos los demás habitantes del lugar, con excepción de un viejo, huyeron en busca de un lugar más seguro. Sólo quedaban aquel viejo solitario y una silla recargada en la pared de una casa con un libro abierto a su lado, cosas que alguien abandonó apresuradamente al oír los disparos. Benjamín supo que su condiscípulo se había salvado milagrosamente. Estaba refugiado en La Dorada, y allí fue a buscarlo. Lo encontró. Volvió con él en un auto y como si fueran ladrones, con todo sigilo y rapidez los dos lograron sacar una motobomba, que era todo lo que quedaba de la finca. El otro muchacho sollozaba conduciendo el auto. Y mientras por las ventanillas llenas de polvo Benjamín iba contemplando las calles abandonadas del caserío donde todavía parecía respirarse en el aire terror y muerte, iba pensando: "De nada me servirá predicar el amor. De nada." Creo que en ese momento decidió hacerse militar.»

6

—Es algo que debe quedar entre usted y yo.

El coronel baja la voz, con una inquieta expresión de recelo. El traje de camuflaje que lleva, con el apellido Méndez en un rótulo de tela adherido a su chaqueta, no cuadra bien con su aire cauteloso, reservado, más propio de un eclesiástico. Parece un hombre acostumbrado a vivir en un mundo de secretos, siempre desconfiado de lo que pueda filtrarse más allá de las paredes de su despacho.

—Oficialmente —agrega—, la causa de la muerte de su hermano fue un paro cardíaco. Tal es el informe que hicimos llegar al Estado Mayor. El mismo que registró la prensa. —Su mirada y su voz se tornan de pronto más sigilosas—. Créame, es mejor. De paso, corresponde al primer parte que dio el médico del Batallón. No cabía en ese momento otra explicación. Infarto o paro cardíaco.

Él asiente en silencio examinando durante un instante al coronel, sin saber a qué corresponde aquel aire confidencial, como si estuviese empeñado en compartir o, peor aún, encubrir con él algún secreto vergonzante. Desde cuando lo vio por primera vez en el cementerio, dos días antes, tiene la impresión de que aquel superior de Benjamín, pequeño, pálido, desconfiado, se siente incómodo delante suyo. Quizás habría preferido no recibirlo. Lo cierto es que no le resultó fácil concertar una cita con él. Fue la muchacha que respondía al teléfono, una sargento llamada Gloria, la que logró finalmente convenir la hora y el lugar

del encuentro: las nueve de la mañana en aquella oficina pequeña —sólo un escritorio, un archivador metálico y dos sillas— en
el último piso del Ministerio de Defensa.

—Cuénteme una cosa, coronel —se decide Martín a preguntarle para eliminar la pantanosa sensación de moverse entre simples alusiones y reservas—. ¿Qué le hizo pensar a usted que
Benjamín no había muerto de un paro cardíaco? ¿Por qué insistió en una autopsia?

—Tenía mis dudas...

—Justamente quería saber por qué las tenía, coronel —replica él, sintiendo que a pesar suyo una especie de impaciencia empieza a endurecerle la voz; siempre le han disgustado las evasivas, las palabras a medias.

El coronel ha percibido su irritación. Echándose hacia atrás
en su silla y entrelazando sus dos manos bajo el mentón, parece
cavilar antes de poner de lado sus recelos y decidirse a hablarle
con franqueza. No de inmediato, porque las palabras que le dirige lo toman a él, Martín, por sorpresa:

—Perdone que le haga una pregunta. Se la hago porque usted ha vivido muy lejos de aquí y sólo muy rara vez viene a Colombia. ¿Conoció bien a su hermano?

—Desde luego, coronel. Más que un hermano, para mí era
como un hijo.

Una lumbre de confianza hace brillar los ojos del militar.

—Benjamín era un hombre de honor.

—Lo sé, coronel.

—El honor militar era en él un valor que muy pocos tienen
en el mismo grado que él tenía. Jamás dejó de cumplir una misión, por peligrosa que fuera. Aparte de las misiones que él por
su propia cuenta cumplía aunque nadie se las hubiese pedido.
Pienso en los reinsertados, ese gran número de muchachos que
él iba sacándoselos a los bandidos de las FARC o del ELN. No
sé cómo no lo mataron. Era capaz de afrontar cualquier riesgo.

—Así es —dice él, recordando el apodo que él y Raquel le
daban: El Soldado de la Patria, ya que con esas palabras se iden-
tificaba Benjamín cuando conseguía hablar con él y con su her-

mana por teléfono. Esa fórmula y un «Que Dios te bendiga» era lo usado por él para despedirse.

—Pues bien —prosigue el coronel—. Creo que por preservar su honor, él se quitó la vida. Y permítame que le cuente por qué lo pienso.

Al principio, no entiende el motivo por el cual el coronel se dilata contándole de qué manera la guerrilla había utilizado sus infiltraciones en el Congreso y en el Poder Judicial para establecer lo que dio en llamarse en Colombia el delito de omisión. Es decir, la posibilidad de enjuiciar a un oficial si no acude a defender una población, a evitar un asalto o una masacre si se comprueba que disponía de informes donde constara que tal cosa podía ocurrir. «Tal delito —dice el coronel— tenía elementos agravantes si la acción corría por cuenta de las Autodefensas Campesinas, mal llamadas "paramilitares", pues entonces la omisión era sospechosa de haberse producido por complicidad con ellos, dando lugar a toda suerte de denuncias de las ONG nacionales e internacionales que se ocupan de los Derechos Humanos.»

«Sé que todo esto debe resultarle a usted muy extraño. Raros son los periodistas internacionales que nos creen. Siempre están más dispuestos a tomar al pie de la letra las denuncias o acusaciones de las ONG. Su fachada internacional resulta para todo el mundo muy respetable. Ojalá usted pudiera mirar de cerca lo que está ocurriendo, pues lo sucedido a Benjamín entra dentro de este cuadro que le pinto. Muchas cosas se intentaron siempre contra él. Toda clase de acusaciones le llovieron. Alguna vez alcanzó a estar detenido, pero siempre pudo demostrar su inocencia. Sólo que esta vez la trampa se la tendieron muy bien.»

—¿Trampa?

—Trampa, sí. En diciembre del año pasado él quedó a cargo de la guarnición que tenemos en Cartagena del Chairá. Misión delicadísima, porque esta población es como el límite entre dos

Estados: el nuestro y el de ellos. Por el río Caguán abajo hay extensos cultivos de coca. Salvo operaciones puntuales, que sólo sirven para alejarlos momentáneamente, la región está dominada por la Cuadrilla Catorce de las FARC o Frente Catorce, como ellos lo llaman. Cuidan cultivos, laboratorios, campos clandestinos de aterrizaje. Por allí reciben armas y exportan coca. ¿Conoce usted Cartagena de Chairá? ¿No? Debería ir. Es un pueblo ardiente, a orillas del Caguán, lleno de tiendas de baratijas y de cantinas que a toda hora dejan oír música de rancheras o vallenatos. Pues bien: hallándose allí, el teniente coronel Ferreira, su hermano, empezó a recibir cartas y llamadas anónimas con noticias de una supuesta presencia de Autodefensas Campesinas en veredas de un corregimiento cercano a Cartagena del Chairá y de una operación que preparaban contra antiguos militantes de la Unión Patriótica, organización comunista muy activa en la región. A decir verdad, aquello no era nada nuevo porque, como le decía, varias veces nos había ocurrido recibir esta clase de informes como maniobra de distracción para mantenernos lejos del lugar donde realmente las FARC se proponían perpetrar un asalto. Sólo que esta vez, gracias a un muchacho de la guerrilla que estaba a punto de desertar y con cuya familia Benjamín había establecido contacto, él tuvo noticia de que se preparaba un asalto contra el cuartel de Policía de Montañita, otro municipio de aquella parte del Caquetá. Era lógico que su hermano diera más crédito al informe obtenido gracias a sus propios contactos y no a los anónimos, así que él mismo se desplazó con buena parte de su contingente a la zona de Montañita. Creo que en alguna vereda de ese municipio hubo un cruce de disparos contra una avanzada de ellos, de los bandidos de las FARC. Y eso fue suficiente para que, informados de la presencia de tropa nuestra, se frustrara el asalto planeado. Pero...

—Pero...

—Se salieron con la suya.

—¿De qué manera, coronel?

—Luego de que su asalto fracasara, mataron a una familia en

Versalles, un caserío cercano a Cartagena del Chairá. Los informes que tenemos no indican para nada que ese crimen fuera de las Autodefensas. Al contrario. Tratándose de una familia liderada por una mujer muy valerosa que pertenecía al Partido Liberal en una zona donde la Unión Patriótica, tan cercana a la guerrilla, tiene fuerte presencia, lo más probable era que la masacre corriera por cuenta de las FARC. Les venía como anillo al dedo suprimir a aquella mujer líder incrustada en una zona suya configurando de paso el delito de omisión contra el coronel, su hermano. ¿Quién iba a creernos? De inmediato aparecieron testimonios de todos cuantos habían enviado cartas a la guarnición o habían hecho llamadas advirtiendo de un inminente ataque de las Autodefensas. Las ONG entraron en acción. La Fiscalía tomó cartas en el asunto. Y había que conocer a su hermano, había que conocer cómo era él para comprender que, incapaz de una mentira, no ocultó las cartas recibidas sino que las entregó al fiscal, un hombre nada benévolo, por cierto, enviado por la infiltrada Unidad de Derechos Humanos y quien se ensaña contra nosotros, los militares. ¿Se da usted cuenta de la acusación a la que mi coronel Ferreira estaba expuesto? ¿Se da cuenta de las pruebas que tenía aquel fiscal en su mano? Un verdadero regalo. No, no era sólo el delito de omisión. Cabía el de complicidad con las Autodefensas, supuestas autoras de la masacre.

Oyendo al coronel, él experimenta el vértigo de una realidad que no llega a comprender, algo así como un drama con demasiados actores y tramas confusas. De lejos, el mundo donde se movía Benjamín le parecía más claro. Sabía, por supuesto, que él corría riesgos combatiendo a una guerrilla que derivaba al terrorismo. Podía morir en un combate o en un atentado. Pero no llegaba a entender cómo grotescas acusaciones podían llevarlo a la muerte. Decidió hablar:

—Nunca imaginé, coronel, que también aquí se luchaba con denuncias y códigos. Y no obstante, para hablarle con toda franqueza, me resisto a creer que Benjamín se envenenara sólo porque había una acusación contra él.

El coronel lo observa con aire de desaliento.

—Quizá no me he explicado bien.

—Al contrario, usted ha sido muy claro.

—No, no me he explicado bien —la voz del coronel delata de pronto una vehemencia apenas contenida—. Si la acusación hubiese desembocado en un juicio y una condena, como era del todo presumible, la carrera militar de su hermano se hubiese desplomado y en vez de medallas y reconocimientos todo lo que había hecho tendría un nombre salpicado de barro y de sangre ante la opinión pública, una indignidad difundida a los cuatro vientos, dentro del país y fuera de él. Quizás años de cárcel. ¿Comprende el desastre que él veía venir? Su carrera, su vida entera rota.

—Habría sido una injusticia monumental, de acuerdo. Pero, coronel: nadie que tenga limpia su conciencia encuentra que la salida a esa conjura atroz sea una porción de cianuro. ¿Acaso usted tuvo algún indicio de esa decisión?

—La víspera me pareció muy sombrío. Pensaba en sus hijos, en el deshonor. —El coronel alza la mirada y fija los ojos en Martín con una dureza que él antes no había percibido—. Cualquier otro se habría resignado a perder públicamente su honor. No él, no el teniente coronel Benjamín Ferreira, su hermano. Su desaparición dejaba su nombre intacto, como en efecto ha ocurrido. Por eso, cuando me llamaron el 1 de enero para anunciarme que lo habían encontrado muerto, tuve mis dudas. Dudas terribles, se lo aseguro. De ahí que le confiara la autopsia a un médico de toda mi confianza. Es un secreto que con usted y su hermana sólo cuatro personas compartimos: había rastros de cianuro en la sangre y en los cabellos.

Él guarda silencio con una confusa tribulación. No sabe qué pensar, pero algo en el fondo de él se resiste a aceptar lo que acaba de oír.

—Benjamín era un hombre muy católico, coronel. Su religión le prohibía el suicidio.

—Lo sé. Pero... —El coronel vacila un instante; el rostro se le ensombrece y hay una real tristeza en su voz—. Debió encomendarse a Dios antes de... Debió pensar que Dios lo perdonaría.

Él calla, abrumado. Le duele imaginar que mientras el cielo de Roma se llenaba de luces, su hermano tomaba aquella decisión terrible en la soledad de un cuartel.

—Quizás así ocurrió —acepta al fin.

7

«Todavía me quedan una o dos entrevistas pendientes —refiere Martín a su hermana—. De pronto resultan inútiles para aclarar lo que ya parece lúgubremente esclarecido sobre el fin de nuestro hermano, pero lo cierto, Raquel, es que los días pasados en este país me abruman porque no llego a descubrir un espacio común entre lo que encuentro y lo que hace muchos años dejé. Tu caso es distinto: siempre has vivido aquí y la realidad ha ido cambiando para ti sin fracturas. Por dura o terrible que hoy sea, la has asumido. Como todo el mundo. No es mi caso. Desde cuando llegué, mientras voy de un lugar a otro, inconscientemente me encuentro buscando rastros de la ciudad que abandoné a los diecisiete o dieciocho años y no los encuentro. Cuando me fui a París habían desaparecido ya los tranvías que recorrían las calles con lentitud, abrasados por el fuego que consumió el centro de Bogotá aquel 9 de abril de 1948, cuando Gaitán fue asesinado, pero todavía los extraño cuando paso delante de la iglesia de San Francisco, como nuestros padres o abuelos debían extrañar el tranvía de mulas de su infancia. Cosas de viejo, sin duda, aunque dentro de mí me niego furiosamente a serlo. No quiero oír hablar de jubilación. Sigo moviéndome por el mundo en mis tareas de siempre. Pero el caso es que esta ciudad es otra. Extraño hasta los viejos cines, el Faenza, el Apolo, el Astral, con sus inmortales películas de Ingrid Bergman y Cary Grant, la pensión de mamá y del tío Eladio o los cafés del centro siempre llenos de gente y de humo y con alguna mesa ocupada por un poeta célebre o un político. Quedan las viejas iglesias de siempre, sólo que ahora, extraviadas entre altos edificios y el vértigo de un tráfico caótico, no alzan sus campanarios sobre los tejados ni dejan oír sus campanas a la hora del rosario. El centro perdió su decoro; ahora se ha empobrecido, tiene un aire de suburbio como si toda la pobreza que antes se ocultaba en el sur hubiese invadido sus calles y mostrase su desmedro hasta en el inhóspito neón que alumbra comercios, baratos almacenes de discos y loncherías. Es siniestro. En la noche, lo he visto, da la impresión de estar invadido sólo por prostitutas y maleantes. Pero hoy, cosa extraña, me detuve a mediodía con asombro y algo de fascinación ante un edificio de la calle catorce que yo recordaba como el más moderno y atrevido de la ciudad, con grandes ventanales, columnas de granito azul y un lujoso almacén de paredes de vidrio a la entrada. Encontrarlo de pronto, ahora triste y deslucido, en una calle que se ha convertido en el lugar de encuentro de los traficantes de esmeraldas, me encogió el corazón. Fue para mí como para ti sería el descubrir a la vuelta de un recodo, después de muchos años, tus páramos de Tierra Negra o ese río que a la entrada de Jenesano corre con un leve murmullo de aguas, arañado por algunos sauces: el paisaje que tú debías ver cada mañana cuando ibas a la escuela. Te lo cuento, ya que nunca antes habíamos podido tú y yo, en mis visitas a Colombia, siempre fugaces y asediadas por compromisos urgentes, intercambiar recuerdos. Porque allí, en la sede de una conocida firma comercial que ocupaba el último piso de aquel edificio, se decidió a los diecisiete años el rumbo completamente imprevisto que tomaría mi vida. Allí el sueño loco de irme a París se hizo realidad con sólo dos o tres palabras de don Julio Herrera, el jefe de mi tío. ¿Alguna vez llegaste a conocerlo? Murió hace años, millonario, según me dicen. Yo lo recuerdo como era entonces: un hombre no mayor de cuarenta años, elegante, entusiasta y simpático, que parecía irradiar energía por todos los poros desde el mismo momento en que entraba apresuradamente a su oficina solicitándole a la secretaria toda clase de llamadas de teléfono a ministros o banqueros. No tenía reposo a ninguna hora. Ningún obstáculo lo detenía. Era como el arquetipo de esos nuevos hombres de negocios formados en Estados Unidos que entonces irrumpían con ímpetu en el país dispuestos a sacudirle el polvo y la abulia a la burocracia oficial. Su firma se hacía cargo de tramitar licencias de importación y realizar operaciones bursátiles, y mi tío Eladio era, en medio de ese tráfago de gestiones, su hombre de confianza, el encargado de poner orden, método y algo de rigor en sus innumerables negocios. No era sólo el primer contador de la firma, sino el contrapeso necesario a tanta actividad desaforada e impaciente de su patrón. A él, a don Julio Herrera, lo conocí muy bien porque cuando terminé mis estudios en el liceo y obtuve el diploma de bachiller, mi tío consiguió que yo entrara a trabajar en aquella oficina suya mientras lograba convencerme de que estudiara Derecho en la universidad nacional y no Filosofía y Letras como era mi empeño. Mi oficio era prácticamente el de un mensajero capaz de hacer consignaciones en los bancos. Desde el primer día me sentí torpe, mal vestido e intimidado ante Herrera, sus rápidos y enérgicos ojos grises que parecían establecer un juicio definitivo de su interlocutor con la primera mirada, su manera directa de hablar, de dictar cartas o de impartir órdenes en aquel despacho suyo tan lujoso, con espesas alfombras, grandes sillones de cuero, un gran escritorio de caoba, varios teléfonos y el enorme ventanal que dejaba entrar, con el panorama de los cerros, toda la luz de la mañana. "No le entusiasma estudiar Derecho", recuerdo que le dijo mi tío, casi como una disculpa y en todo caso con aire de consternación, después de presentarme. Para mi sorpresa, don Julio Herrera me dio la razón. "Eladio, no se preocupe por eso. Abogados sobran en este país —le dijo—. Todos los cafés y la carrera séptima están llenos de ellos. Se convierten en pobres tinterillos, en buscapleitos, en cucarachas de juzgados." Y luego, con la misma veloz desenvoltura, dio su juicio. "Debería de estudiar Administración de Empresas o algo mejor; algo con futuro, sólo que eso tendría que estudiarlo en Estados Unidos: química industrial." Menos mal que a mi tío no se le ocurrió decirle que yo sólo aspiraba a ser poeta. Sentía que don

Julio me observaba con una leve desaprobación, con una expresión algo crítica que sólo vine a comprender al día siguiente cuando al salir de su oficina hacia la peluquería Ansonia, donde le arreglaban las uñas, me pidió que lo acompañara. "Venga conmigo, joven", me dijo. Y en el camino hacia la peluquería se detuvo en un lujoso almacén de ropa para hombre. Me hizo entrar con él. En cosa de cinco minutos me compró dos trajes, dos camisas, dos corbatas, calcetines y un par de zapatos. "Para abrirse paso en la vida lo primero es andar bien vestido", me dijo, después de hacerme cambiar de ropa en una cabina del almacén. Yo mismo me veía irreconocible en el espejo. Cuando el empleado quiso envolver mi viejo traje y los zapatos que me acababa de quitar, lo detuvo con un ademán de rechazo, casi de asco. "Eso échelo a la basura —le ordenó—. Y mándeme la cuenta a la oficina."

»Así era él, don Julio —prosigue Martín—. ¿Por qué le debo a él mi viaje a París? Te lo explico. Pero antes debo buscar en los recuerdos de entonces un amigo y condiscípulo providencial: Luis Enrique Borda. Era pobre como nosotros, de una familia bogotana de alta sociedad venida a menos, pues su padre había muerto y su madre, al enviudar, se ganaba la vida con un sueldo que le pagaba el Municipio para atender restaurantes escolares. Luis era exactamente lo opuesto a *Pajarito* González, el amigo que me prestaba libros de Machado y de Rubén Darío. Le interesaba la política, fumaba a escondidas en los recreos, bebía cerveza, se declaraba ateo y alguna vez, cuando todavía estudiábamos en el liceo, fue a una casa de prostitutas muy conocida en Bogotá haciéndose pasar por un hombre mayor de edad aunque sólo tenía un año más que yo. Se burlaba porque no lo acompañaba en esas incursiones. "Uno es realmente hombre cuando ha tenido que sufrir la primera gonorrea", me decía con una sonrisa cínica, feliz de escandalizarme. Él sí estudio Derecho en la universidad nacional. Con el tiempo, según supe, se haría conocer como abogado penalista y luego como parlamentario. Alguna vez, hace años, lo vi en París adonde había ido para asistir a no sé qué Congreso Mundial de la Paz. Tenía una posición muy cercana a los comunistas. La verdad es que me gustaría encontrarlo de nuevo. En medio de bromas, me ayudaba en lo que podía. Leía toda clase de libros. Me hizo leer *La montaña mágica*. Cuando se dio cuenta de que no iba a acompañarlo en sus estudios de Derecho, empezó a preguntarme qué me proponía hacer. "Quisiera irme", le dije yo. "¿Adónde?", me preguntó él. "Lejos, a París", le contesté, pues justamente acabábamos de ver una película francesa con Gerard Philippe llamada *El diablo y la dama*, traducción de *Le diable au corps*, basada en la famosa novela de Raymond Radiguet, y yo andaba en una especie de exaltación diciéndole que me gustaría vivir una historia igual a la del protagonista. "Usted, Martín, no tiene remedio, siempre anda soñando con películas y poetas —me dijo—. Pobre su tío." Pero un día, a las seis de la tarde, apareció por la oficina de don Julio. Con un aire apresurado, algo sigiloso, me llevó a un café cercano, no sé ahora si era el Windsor, para presentarme a un amigo suyo, estudiante de Medicina y miembro de las Juventudes Comunistas, que precisamente se preparaba para viajar a París. "Él sabe cómo es la vaina —me dijo Luis—. No es tan jodido como parece. Apenas me contó sus planes, pensé en usted y en su chifladura." El amigo en cuestión, un muchacho mayor que nosotros, pelirrojo y con una eterna expresión de sorna en una cara salpicada de pecas, sonreía explicándome cómo podía uno obtener un cupo de estudiante para adquirir hasta doscientos cincuenta dólares mensuales al tipo oficial de dos pesos, y cómo, al recibirlos en París, podía retener cien, suficientes para un estudiante en aquel momento, y devolver por correo ciento cincuenta, los cuales podían venderse al cambio negro de cinco pesos por dólar o apenas un poco menos. "Total —me decía con una sonrisa traviesa que le hacía brillar los ojos—, puedes vivir en París gratis, sólo necesitas quien te preste la plata cada mes, en la seguridad de que dos o tres semanas después puedes reembolsarla." Recuerdo haber salido del café, a la luz declinante del día y al rumor de las calles atestadas en aquella hora vespertina, con una sensación febril de irrealidad como si estuviese soñando. Luis caminaba a mi lado con un paso rápido y decidido, más dueño del proyecto que yo mismo. "No le diga nada aún a su tío —me iba recomendando con la autoridad que podía tener no un amigo sino un hermano mayor—. Le va a parecer una locura. Pero no lo es. No lo es —repetía—, sólo que no se le ocurra decirle que va tras los pasos de unos poetas que con mucha razón los llamaban en Francia poetas malditos porque eran un desastre, una partida de drogados o borrachos. Dígale más bien a su tío y a su patrón que va a estudiar algo serio, algo que algún día le sirva para comer: publicidad, técnicas editoriales, ciencias de la comunicación o cualquier vaina de esas que aquí no existen." Y sin más, me llevó a la oficina de turismo de don Víctor Bessudo, en la avenida Jiménez, para saber cuánto costaría el pasaje de barco más barato. Tercera clase, camarote común donde viajan los inmigrantes, le precisaba Luis. Cartagena, la Guaira, La Habana, Tenerife, Cannes..., los nombres que trazaban el itinerario de los barcos italianos que iban a Europa y cuyas tarifas y fechas me las daba aquel señor francés, dueño de la agencia, me chisporroteaban en la cabeza cuando llegué a la pensión, a la hora de la comida. Ni al tío ni a la bruja de su esposa le dije algo al respecto. Fue don Julio quien en menos de cinco minutos convirtió en realidad lo que para ellos no habría sido sino un delirio, un proyecto descarriado.

»Era época de Navidad, recuerdo. Había en la oficina ese ambiente propio de un cierre de labores del año con paquetes de regalo sobre las mesas, whisky o champán, ya no recuerdo, y esa especie de excitación y de alegría propias de empleados que se disponen a disfrutar de quince días de vacaciones y se encuentran por primera vez ante un patrón relajado y alegre, después de unas cuantas copas bebidas, dispuesto a intercambiar bromas con ellos e incluso a lanzarle piropos a la bonita hermana de una secretaria invitada también a aquella despedida de labores del año. Tú, Raquel, que sueles fraternizar con tus empleados, debes saber de sobra cómo son estos festejos. El caso es que don Julio, en un momento dado, se acercó a mí con un vaso de whisky en la mano y me sorprendió hablándome por primera vez de mi mamá. No la había conocido, pero tenía referencias de ella por su tío, que era aún gerente del banco donde ella trabajó. "No fue una simple secretaria —me decía—, sino una verdadera ejecutiva, tal vez la primera que tuvo el país. Tienes que seguir su ejemplo. Y a propósito —me preguntó a quemarropa—, ¿qué has decidido estudiar el próximo año?" Me sentí un real embustero siguiendo los consejos de mi amigo Luis. "Publicidad o técnicas editoriales", le contesté. Me miró con extrañeza como si le hubiese hablado de estudiar japonés. "Eso no existe aquí —exclamó con brusquedad—. Los cursos que anuncian en el periódico son pura charlatanería." "Aquí probablemente, pero no en París", le dije. Y lo vi entonces tan estupefacto que me decidí a hablarle de mi proyecto. Me oía con cara de aprobación. "Veo que tienes ambiciones y eso me gusta —fue su inmediato comentario—. Sin ellas no se va a ninguna parte. ¿Estás seguro de que puedes vivir con cien dólares?" "Eso me dicen", le contesté. "¿Lo sabe tu tío? ¿No? Pues vamos a contárselo." Y no fue una consulta la que le hizo sino un anuncio. "Eladio —le dijo apenas lo tuvo a su lado—. Este muchacho se nos va el próximo año a París." Mi tío sonrió pensando que se trataba de una broma "Es un soñador", dijo. Pero cuando escuchó el plan expuesto por su propio patrón, su expresión risueña se convirtió en alarma. "¿Y con qué plata?", alcanzó a murmurar. "No seas pendejo, Eladio —lo interrumpió don Julio—. La oficina se la presta cada mes."

»No recuerdo si fue entonces o al regreso de las vacaciones cuando don Julio me dijo que la plata del pasaje debía ganármela. "Yo regalos no hago", me advirtió. Postulaba el esfuerzo como único medio de conseguir lo que uno quería. Y de pronto, sin rodeos, me preguntó si sería capaz de trabajar como camarero para mejorar mis ingresos. "¿Por qué no?", le contesté yo, y eso pareció agradarle. "Aquí todos van a verlo como algo humillante —comentaba con una lumbre de humor en los ojos—. Incluso tu tío Eladio. Es una sociedad donde cualquiera se deja morir de hambre con tal de cuidar las apariencias. Los gringos,

en cambio, saben ganarse la vida sin vergüenzas de ese género."
Y enseguida me refirió que en Los Ángeles, cuando era un muchacho, él, "con gorro y campanita", había vendido helados en las calles. También había lavado autos y trabajado por la noche en una estación de gasolina. Lo refería con una especie de orgullo. "¿Y lo de camarero dónde sería?", me atreví a preguntarle. Se echó a reír. "En mi casa —dijo—. Sábados y domingos. En dos días vas a ganarte tanto o más de lo que ganas aquí en el resto de la semana."

»¿Te sorprendes? Pues sí, trabajando como camarero en casa de don Julio Herrera reuní a la vuelta de tres o cuatro meses el dinero del pasaje y de mis primeras semanas en París. Fue algo que nadie entendió: ni mi tío, ni su mujer, ni nuestro padre apenas lo supo, ni siquiera mi amigo Luis que llamaba oligarca a don Julio Herrera y veía mi trabajo como una prueba de su despotismo de clase. A mí, al contrario, aquella experiencia me resultó fascinante. Fue la revelación de un mundo que yo no conocía, tan distinto al nuestro, al tuyo, Raquel, al que conociste cundo llegaste a Bogotá y al que yo viví al lado de mi tío. Una latitud desconocida. Nunca he visto disparidades más grandes que las del país de entonces. Porque no es simplemente la distancia que en cualquier parte existe entre ricos y pobres. Hablo de otra cosa, de una élite social pequeña, refinada, heredera de abolengos y haciendas desde la época colonial, en nada comparable a la mayor parte de los ricos de hoy, a gente como tú que con esfuerzo consiguió hacer dinero partiendo de la nada, pero sin perder sus raíces con el mundo de donde salieron. No, aquella élite vivía de espaldas al país, a ese país que hervía de descontento soliviantado por el verbo enardecido de Gaitán, que cada viernes desde un escenario del Teatro Municipal hablaba de privilegios, explotación y oligarquías arrancando furiosas ovaciones. Por la radio, su voz llegaba hasta el último rincón del país. Yo era aún niño, pero alcanzo a recordar perfectamente cómo Gaitán era oído en la pensión del tío con una devoción febril y silenciosa de igual manera que se escucha la palabra vengativa de un apóstol. De oligarquía hablaban todos cuantos llenaban calles o cafés sin conocer exactamente quién y dónde se encontraba aquel opresor oculto y vituperable. De ahí que yo experimentara cierta fascinación de espía filtrándome con una chaqueta blanca de camarero en ese mundo de don Julio Herrera. Era para mí como un disfraz que yo llevaba con humor y sin duda con la secreta complicidad de él mismo, luego de aprender correctamente a ofrecer con guantes blancos un whisky o una ginebra, a poner rosas recién cortadas en los jarrones de cristal tallado del salón y leños en la chimenea a la hora del crepúsculo, o a servir a la mesa cuidando respetuosas jerarquías. Aquella casa, como todas las otras que se alzaban en el barrio de La Cabrera, parecía una mansión inglesa con ventanales que miraban a jardines de grama recién podada y sombreados por altos árboles, con perros dóberman que parecían ladrarles a los pobres y no a los ricos, con terrazas y vastos salones, chimeneas, cuadros antiguos, galgos y otras figuras de porcelana sobre las mesas, y alfombras espesas que ahogaban los pasos. Nada de lo que yo iba encontrando tenía algo en común con las pensiones y casas de vecindad húmedas y oscuras donde ardieron nuestros sueños y cuyo único adorno, fuera de geranios en tazas de barro, era algún Sagrado Corazón colgado en un zaguán o en una modesta sala de recibo, cuando la había. Hasta el tiempo resultaba más diáfano en este arborizado confín de la ciudad, pues si en mis recuerdos de entonces la lluvia parece eterna cayendo desde cielos color ceniza sobre patios y calles del centro de la ciudad con un triste gorgoteo de canales, allí, también en mi recuerdo, el sol encendía siempre la grama y las espléndidas hortensias que florecían en los jardines, y había en el aire, además de la luz primaveral, fragancias de pinos para mí desconocidas y un silencio, una calma acentuada por el zumbido de abejas en las flores sólo rota los sábados y domingos por la gente que invadía con una algarabía de voces y de risas la casa de don Julio. Aquellos amigos pertenecían también a un mundo muy distinto al nuestro. También ellos, como sus casas, parecían ingleses, pero ingleses de alta clase, no sólo por la desenvuelta elegancia de sus trajes cortados en Londres sino por el aire saludable, nada cetrino, que daba a sus rostros el hecho de pasar mañanas enteras jugando al golf en el Country Club. Los viejos —padre, suegros o tíos que aparecían por allí— tenían cejas y ademanes arrogantes, y lanzaban juicios despectivos contra todo aquel que no tuviese apellidos reconocibles en su propio entorno. Llamaban a Gaitán "El negro" y "chusma" a quienes lo seguían, y a más de uno le oí decir que su padre en París lavaba caballos con champán. Su pelo, al encanecer, tenía vigorosos reflejos de plata y no el gris mustio y fatigado de nuestros viejos cuando les llegaba la hora de la jubilación. En vez de los fúnebres paños, brillantes en las solapas a fuerza de ser aplanchados con esmero una y otra vez, que vestían cuantos uno iba encontrando en cafés, oficinas y bancos de la ciudad, en las ropas de todos ellos se advertía siempre una feliz alianza de tonos igualmente británicos —beis, verde hoja, azul marino o gris perla— asociados a buenos paraguas y a un calzado que encargaban a Londres en almacenes selectos donde habían registrado sus medidas.

»Naturalmente que a mí me trataban como a un criado a la hora de servirles un whisky o acercarles un cenicero. Luis, mi amigo, que alguna vez había conocido el mismo menosprecio pese a los nexos que podía tener con esa clase por su apellido paterno, acabó convertido en un furioso marxista de café por obra de esos resentimientos. Encontraba inaceptable que yo me sometiera a lo que veía como una humillación, casi un oprobio. Nunca llegó a comprender que mi manera de ver las cosas era otra. Pensaba que el lujo y el dinero me deslumbraban, pero no era así. La verdad, tú lo sabes, es que desde siempre me ha gustado incursionar en mundos distintos al mío. Me niego a identificarme con una tribu social, profesional o nacional. No me muevo en el ámbito de una sola clase. En Roma puedo ser igualmente amigo de una condesa que de una camarera y compartir con la una o con la otra algo de su vida. Tal vez ello se deba también al hecho de que, grosso modo, me entiendo mejor con las mujeres que con los hombres. Los universos exclusivamente masculinos me aburren. Por eso nunca habría podido ser cura o militar, como Benjamín. En una reunión sólo de hombres falta esa chispa de atracción, deseo, encanto, travesura o simple simpatía que me suscita una mujer. Lo descubrí, por cierto, en aquella casa de don Julio Herrera mientras hacía mi papel de camarero. Me deslumbraron algunas mujeres que allí venían sábados o domingos, esposas de jóvenes polistas, golfistas u hombres de negocios. Algunas eran tan bellas y elegantes como actrices de Hollywood. Había siempre mucha travesura en sus chistes de doble sentido, en la manera de sugerir enredos, de cruzar las piernas o de fumar un cigarrillo. La esposa de don Julio era particularmente bonita. A mí se me parecía a la actriz de *Lo que el viento se llevó*, a Vivien Leigh. Pero era muy extraña. Cuando bebía, daba la impresión de ser una mujer insinuante y coqueta. Le resplandecían de una manera muy intencionada los ojos muy claros y había como un temblor en sus finas aletas de la nariz. Tenía unos labios muy finos y unos dientes perfectos cuando un relámpago de risa le encendía la cara. Pero si algo le ofendía, fruncía el ceño con ferocidad y dejaba oír palabras heladas, para inquietud de don Julio, que siempre parecía acechar con temor sus estados de ánimo. Yo fui primero beneficiario, luego víctima de sus cambios. Cuando llegué a la casa me recibió con un exuberante afecto como si fuese un joven pariente suyo o en todo caso un protegido. Decía que yo tenía unas manos finas y una piel suave, todavía de niño, y muy buenas maneras. Como las veladas de los sábados terminaban muy tarde, decidió que yo debía quedarme en una especie de mansarda de la casa, un cuarto muy pequeño pero confortable y con un baño al lado. No me trataba como un criado. Al contrario, me sorprendía de pronto haciéndome confidencias a propósito de alguna amiga suya que suponía en enredos con algún hombre distinto de su marido, o trataba de saber si me parecía atractiva la secretaria de don Julio o si su hermana iba con frecuencia a la oficina, cosas que me intimidaban o en todo caso me dejaban incómodo. Pero toda esa actitud suya cambió cuando llegó a casa una prima suya, que vivía en

París, hija de un diplomático colombiano y de una francesa. Se llamaba Gisèle Santamaría, y te sorprenderá saber que para mí fue una mujer inolvidable.

»Para saber el sedicioso desorden que provocó su llegada en eso que los cronistas de entonces llamaban el alto mundo social de Bogotá, no bastaría pintártela como era cuando la vi por primera vez: muy bella, con unos seguros ojos amarillos de pantera y unos cabellos largos, cobrizos, con reflejos dorados, que de pronto apartaba de la cara con ademán fácil y atractivo. Tampoco bastaría agregarte que era alta, elástica, desenvuelta, con una risa fácil y una arquitectura ósea capaz de lucir con elegancia lo que se pusiera. No tenía nada de esa belleza o de esa elegancia algo plastificada de las muchachas que entonces aparecían en las páginas sociales de los diarios. Pero había en ella algo más, algo decisivo: un aura de seguridad y autonomía propias de una mujer independiente que toma decisiones por sí misma, algo tal vez muy obvio si se toma en cuenta que se había educado en Francia (era, en realidad, más francesa que colombiana) y que aunque joven estaba separada tras un efímero matrimonio con un aristócrata francés. Dueña de rasgos tan poco comunes en nuestro mundo, no es de extrañar que los hombres, solteros o casados, revolotearan como polillas encandiladas por la luz alrededor suyo en cuanta fiesta se daba en su honor o en las penumbras de La Reina, un cabaret entonces muy de moda, suscitando rápidamente el recelo de esposas y novias por la manera como intimaba con los varones y no precisamente con ellas. Es muy libre, decían. Demasiado libre, apuntalaba Cristina, la esposa de don Julio, alzando con desaprobación una ceja. Tal vez, bella también pero atada a su doble papel de esposa y dueña de casa, se sentía destronada por esa prima suya venida del otro lado del Atlántico. Muy pronto tales recelos se fueron transformando en una fría hostilidad a medida que iban circulando chismes de escapadas suyas con algún galán de la época o de cenas íntimas que terminaban a las cinco de la mañana. A mí, para decírtelo de una vez, me fascinó desde el primer momento, desde cuando la ayudé a subir alguna pequeña valija o neceser y de pronto, a tiempo que arrojaba su abrigo sobre una silla y apartaba los visillos de la ventana para contemplar con sus extáticos ojos amarillos los jardines de la casa, el aire del cuarto se impregnó de su perfume, una fragancia sutil, inédita, muy femenina. Para mí era como si una de las bellas del cine francés —una Michèle Morgan, por ejemplo— se hubiese desprendido de la pantalla, para moverse con una gracia infinita de mujer soñada en la misma casa donde yo vivía. Alguna vez, a través del vidrio esmerilado de la ventana de su baño que daba a un patio interior, alcancé a vislumbrar por un instante su silueta desnuda, y un desasosiego nunca experimentado me llenó de latidos las sienes y el corazón. Igual conmoción brusca y silenciosa, tal vez sólo traicionada por un temblor de las manos mientras le servía una copa, me produjo el oírla cantar una noche —con ayuda de una guitarra y en medio de un corro de hombres que la escuchaban y la miraban con un libidinoso fervor— una canción francesa de Jean Sablon, muy de moda, llamada *J'attendrai*. Jamás he olvidado esa canción, ni el recuerdo de ella sentada bajo la luz de la araña de cristal del salón, las piernas finas y muy largas entrecruzadas, y su voz baja e íntima cantando aquel *"j'attendrai le jour et la nuit, j'attendrai toujours ton retour..."*. Quizá de una vez deba confesarte que aquél fue el primer amor de mi vida asumido desesperada y platónicamente como tal, aparte de ser el tema de mis primeros poemas, muy cercanos, por cierto, a un soneto de Amado Nervo, víctima también de una igual pasión oculta por una mujer.

»Sobra decirte que durante muchos días, y aun alojada en la misma casa, ella no reparó en mí. También debía verme como camarero de la casa, un muchacho tímido y dócil que atendía al instante cualquier requerimiento suyo y al que podía recibir sin mayor pudor cubriéndose apenas el pecho con la sábana cuando le traía el desayuno a la cama. Fue don Julio, sin proponérselo, quien la obligó a poner una luz de interés en mí, al oírle decir una noche tranquila, después de cenar, que yo también viajaría muy pronto a París. "Va a estudiar Publicidad y otras cosas por el estilo", le advirtió al ver que ella me miraba sorprendida. "En ese caso —comentó ella— sería mejor que fuera a los Estados Unidos." Fijó de nuevo en mí su mirada con una lumbre de curiosidad en las pupilas. "¿Por qué París?", me preguntó. «Me gustan poetas como Baudelaire o Verlaine...", debí tartamudear a falta de otra respuesta mejor, y ahí vi cómo asomaba en ella una expresión de divertido desconcierto. "Qué país tan raro es éste", alcanzó a decir, asombrada, sin duda, por el hecho de que un camarero le estuviera hablando de poesía francesa. "Martín es poeta —le aclaró don Julio con risa—. Eso es lo que me dice Eladio, su tío." "*Ah, très bien!*", exclamó ella en francés, y desde aquel día su actitud conmigo cambió. Dejó de verme como un criado. Se empeñó en enseñarme algo de francés en sus ratos libres. A veces, cuando estábamos solos en casa, subía a mi cuarto. Le sorprendió mucho que estuviese leyendo *La náusea*, de Sartre. Se había dado cuenta de que en Bogotá la gente que la rodeaba escasamente leía los periódicos y alguna revista y que de sus viajes a Nueva York y Europa sólo tenían la referencia de buenos hoteles, buenos restaurantes y tiendas o almacenes de moda. "Gatas chismosas", llamaba a las mujeres que con sus maridos venían cada sábado o cada domingo. "Hablan todas al tiempo, sin escucharse, y devoran a quien se atreve a hacer lo que todas ellas quisieran hacer." Cuando percibió que en torno suyo se iba creando una atmósfera glacial, decidió volverse a París. Al fin y al cabo estaba allí sólo de vacaciones. "Jamás podré vivir aquí", decía. Una noche, al regresar de una comida, Cristina, la esposa de don Julio, escuchó voces en mi cuarto. Bruscamente abrió la puerta y la encontró a ella, a Gisèle, hablando conmigo. Volvió a cerrarla con una expresión de escandalizada sorpresa, y ahí ardió Troya. "Debe de pensar que estoy corrompiéndote", murmuró Gisèle levantando los hombros con una expresión despreocupada, más bien risueña. Pero el hecho es que la esposa de don Julio no volvió a hablarme sino para darme órdenes más cortantes que una navaja. Levantaba su ceja reprobadora en cuanto me veía. Tampoco le hablaba a Gisèle. Almuerzos y cenas transcurrían en medio de un silencio glacial sin que el pobre don Julio, incómodo, pudiera hacer algo para romper aquel hielo. Finalmente, una mañana, cuando íbamos en el auto hacia su oficina, decidió hablarme. "Creo que es mejor que no vuelvas a casa —me dijo—. Veo a Cristina muy nerviosa. Las mujeres son a veces muy complicadas. A fin de cuentas la experiencia ya la hiciste. Cumpliste con lo ofrecido. ¿Te falta aún dinero para el pasaje? Si es así, yo te doy lo que te falte, y arregla tu viaje cuanto antes."

»El día que tomé un avión de la compañía Lansa para volar a Cartagena, donde debía abordar un día más tarde el *Américo Vespucio*, él y no su esposa, pero sí Gisèle, vinieron a despedirme al aeropuerto. También estaban allí mi tío Eladio y Luis, mi amigo. Cosa extraña, Luis y Gisèle se descubrieron no sé qué parentesco y se entendieron muy bien. Cambiaban bromas. Era un día despejado aunque aún quedaban rastros de bruma en los potreros. "Quizás un día nos veamos en París", me dijo Gisèle en voz baja, mirándome con sus brillantes ojos de gata, antes de darme dos besos en la mejilla. Llevaba un bonito traje color tabaco. Y esas palabras, la lumbre íntima de sus pupilas, su traje, los reflejos dorados de su cabello me acompañaron en la larga travesía del barco a través del Atlántico. Pero voy a sorprenderte diciéndote que la historia con ella no terminó allí. Su predicción se cumplió. Dos años después nos encontramos en París, y algo ocurrió entre nosotros, algo que prefiero escribirlo algún día y no contártelo ahora. Creo que Gisèle vive aún. Vive en una residencia de la tercera edad en Suiza, según me dijo alguien. Puedo imaginarla con un cabello gris y no ya dorado, contemplando las nieves de los Alpes con unos ojos cuyo brillo la edad no puede haber extinguido, y pese a todo tan atractiva como yo la recuerdo. Me quedan aquí aún días y encuentros de pesadilla mientras sigo los rastros de Benjamín —y la peor de todas será mi cita mañana con el cura Garrido, de quien espero siempre lo peor—, pero entretanto, en las noches, me he convertido en un cazador furtivo de recuerdos como estos que te he relatado, sin saber cuál es el destino de esas páginas, a no ser que sea el mismo incierto de mis poemas.»

8

Otro barrio, otros recuerdos de su época de escolar. Allí tenía su casa *Pajarito* González, allí venía algunas tardes de sábado en busca de libros de Machado o de Rubén Darío que él le prestaba. Sólo que entonces, con sus quintas inglesas de ladrillo, sus verjas, mansardas y antejardines en torno a un parque de pinos, Teusaquillo tenía cierta nobleza residencial que ahora ha perdido del todo. Nadie o casi nadie parece residir allí. Habilitadas aquellas viejas casas para paupérrimas oficinas, institutos de enseñanza comercial, alguna vetusta notaría o un restaurante de comida típica, el barrio parece maltrecho, empobrecido, venido a menos. No le cuesta trabajo alguno encontrar la casa que busca. Está a pocos pasos de la esquina donde lo dejó el taxi. Es idéntica a todas las de la calle, sólo que tras los vidrios esmerilados de sus ventanas se perciben luces de neón y el ajetreo de oficinas en plena actividad. Al lado de la puerta hay una especie de escudo blanco de latón con un mapa de Colombia y sobre él, como una aureola, el letrero Colectivo Patria y Justicia en caracteres dorados. «Qué diablos vengo yo a hacer aquí», alcanza él a preguntarse con un repentino y amargo sobresalto mientras se dirige a la entrada cruzando un antejardín de grama pisada y marchita. Es un malestar que no lo deja en paz desde la víspera, cuando llamó por teléfono para concertar una cita con aquel padre Garrido que meses atrás había conocido en Roma. Pero desde entonces algo dentro de él, alguna voz de su conciencia, reacciona para empujarlo por el camino que se ha trazado. No, no puede regresar a Roma —le dice esa voz— dejando sepultado el nombre de su hermano en un basurero de dudas, de versiones infames que en nada corresponden a lo que él quiso hacer de su vida. «Es un deber», se repite. Necesita saber la verdad, por dura que sea. Raquel piensa lo mismo. «Mueve cielo y tierra, si es necesario», le ha dicho la víspera. «Visita al cura ese como quien se toma un purgante.» Y así es, «purgante o antídoto, tengo que verlo», piensa él, entrando en un vestíbulo penumbroso que tiene el crujiente entarimado de aquellas viejas quintas de Bogotá. Sentada detrás de un pequeño conmutador telefónico y del esquivo resplandor de una lámpara, lo atiende una recepcionista pequeña y madura, de lentes, parecida a una monja.

Mientras espera que Garrido lo reciba, explora con la mirada las oficinas adyacentes. Escritorios, archivos atestados, carteles religiosos, algunos empleados que parecen absortos ante la pantalla de su respectivo computador: el colectivo parece una organización acuciosa. Al lado del vestíbulo, hay un recinto enchapado en madera, sin duda el antiguo comedor de la residencia, ahora convertido en una nutrida biblioteca con una gran mesa en el centro.

—Bien puede subir, señor —dice la recepcionista señalando la escalera que lleva al piso superior.

Le sorprende encontrar en el vestíbulo de aquella planta al propio padre Garrido esperándolo. Vestido de oscuro, con su alzacuello de rigor, las luces de una lámpara de techo se reflejan en sus lentes dejando ver sólo el trazo rotundo de sus cejas en una cara pálida y severa.

—Es usted muy puntual —le dice extendiéndole la mano con una expresión fría, apenas cortés.

«Seguramente está inquieto, desconfiado, si es que sabe a qué vengo», piensa Martín siguiéndolo a su despacho, una oficina escueta cuyo único adorno, además de un pesado reloj de pared, es un crucifijo y una fotografía del propio Garrido inclinándose ante el papa Juan Pablo II. Le ofrece una silla y luego él ocupa la suya detrás del escritorio. Apoyando los codos en los brazos de la silla y cruzando las manos bajo el mentón, lo contempla un instante como un juez hermético, impasible, ajeno a toda efusión o complacencia frente al reo que comparece ante él.

—Siento mucho la muerte de su hermano —dice al fin, de un modo que suena forzado, ritual.

A Martín lo sorprende la condolencia. «De modo que ya sabe —piensa—. Ya sabe.» Siendo así, decide evitar rodeos, circunloquios. Su propio oficio le ha enseñado que la mejor manera de romper la cautela o las evasivas de toda clase de personajes son las preguntas directas.

—Justamente vengo a hablarle de mi hermano, por indicación de monseñor Arredondo.

Garrido parece sorprenderse.

—¿Ah, sí?

—Monseñor Arredondo me habló de un informe enviado por Patria y Justicia a la oficina de las Naciones Unidas en Ginebra cuando Benjamín Ferreira, mi hermano, era capitán. Lo acusaban ustedes de ciento cuarenta y siete homicidios o desapariciones.

—Nosotros no acusamos —replica Garrido en un tono cortante y con una lumbre rápida y glacial de ira en las pupilas—. Recogemos denuncias sobre el comportamiento de ciertos oficiales con la población civil, damos cuenta de ellas y observamos si son objeto de investigación y, si es el caso, de sanciones penales.

—En el caso de Benjamín, las recogieron ustedes en un libro.

—*Terrorismo de Estado*, sí.

—Y las enviaron a Ginebra. Quisiera examinar los fundamentos que ustedes tenían para hacerlo. Se trata de un hermano mío, padre, de su memoria.

No ha podido evitar cierta crispación en la voz. Garrido se echa hacia atrás en la silla con una expresión que de pronto ya no es dura sino suave, quizá falsamente compasiva.

—Señor Ferreira, déjeme decirle una cosa. Y se la digo no como el director de Patria y Justicia sino como un simple siervo de Dios, como un sacerdote. La muerte pone fin a la vida de un hombre, a todo lo que él haya hecho o dejado de hacer en este mundo. A partir de ese momento, Dios es el único árbitro de acciones y conductas. Es su justicia y no la justicia de los hombres la que tiene la última palabra. Por eso no veo necesidad de más indagaciones sobre su hermano. Digámonos mejor: que en paz descanse.

—No es mi punto de vista, padre —replica él haciendo esfuerzos por no dejar asomar en sus palabras una impaciencia y una incomodidad que empiezan a hervirle por dentro; nunca ha llegado a percibir sinceridad en todo lo que parezca un sermón eclesiástico—. El problema sí es de este mundo y tiene que ver con la terrenal justicia. Si ustedes reportan ciento cuarenta y siete homicidios supuestamente cometidos por mi hermano y él nunca fue enjuiciado por ellos, alguien se equivoca y se equivoca en materia grave: o ustedes o el Estado, y a mí, no sólo como hermano sino como periodista, me interesa saber dónde está la falla, una falla monumental, por cierto.

A él le parece que el sacerdote no esperaba esta réplica porque ahora se remueve inquieto en su silla y un aire de disgusto se le adivina en el rostro.

—Señor Ferreira, no sería la primera vez que el Estado colombiano falta a sus deberes o se hace cómplice de atropellos a los derechos humanos —en el tono de su voz y en el fulgor de sus ojos, tras los lentes, parece latir la misma apenas contenida irritación—. Ésa es precisamente nuestra misión, la misión de todas las Organizaciones No Gubernamentales que se ocupan de velar por el cumplimiento de esos derechos en el mundo.

Escuchándolo, Martín comprende que en Garrido no hay rastro alguno de ecuanimidad. Cualquier cosa que contraríe sus puntos de vista suscita en él una réplica expresada con una vehemente crispación. «Es un hombre con espinas en el carácter, un fanático —piensa—. Si desea obtener lo que busca, es mejor no enardecerlo.»

—Padre Garrido —se dirige a él dándole ahora a sus palabras un giro conciliador—. Nuestro amigo común, monseñor Arredondo, me aseguró en Roma que usted no tendría inconveniente alguno en enseñarme los cargos y denuncias contra mi hermano. Él entendió mi inquietud. Me pidió que hablara con usted. Nada pierde con ello, el padre Garrido es un hombre recto, me dijo. Y usted debe entender que guardo la esperanza de poder aclarar o rectificar informes recibidos por ustedes, si tal es el caso. Y si no es así, pues no tendré más remedio que aceptar una terrible realidad.

Sin duda, estas palabras y sobre todo el nombre del obispo han tenido en Garrido algún efecto, porque de pronto se ha quedado muy serio, caviloso, como atrapado en el hilo de una duda.

—Está bien —dice al fin, alargando la mano para tocar un timbre que tiene sobre el escritorio—. No será grato ni para mí ni para usted examinar el expediente de su hermano. —En su voz hay algo que parece una advertencia—. Yo habría preferido dejar en paz a los muertos.

Un empleado pequeño, con una cinta de luto en la solapa del traje y un aire humilde de sacristán, aparece en la puerta.

—Tráigame el expediente del capitán Benjamín Ferreira.

—Su reverencia, lo tiene en el cajón del escritorio —le advierte con timidez el empleado.

—Es verdad, es verdad —concede Garrido, algo molesto—. Se lo había pedido ayer cuando usted me llamó.

Durante largos minutos hojea el legajo de papeles guardados dentro de un cartapacio que acaba de sacar de un cajón del escritorio. Mientras el reloj de pared deja oír en el despacho su pausado tictac, Martín experimenta la secreta zozobra de un paciente amenazado por una grave enfermedad ante el médico que examina las biopsias, radiografías y exámenes de sangre suyos que acaban de entregarle. Que Benjamín había merecido toda la atención de aquella ONG lo demuestran aquellos infinitos folios que el sacerdote examina con una severa parsimonia dejando escapar a veces un murmullo de sorpresa o desaprobación como si estuviese encontrando nuevas pruebas e indicios olvidados y comprometedores. Tal vez intentando inconscientemente anular aquella absurda sensación de reo a punto de escuchar un veredicto condenatorio, Martín recuerda de pronto el rostro serio, la mirada limpia de Benjamín diciéndole: «Por fortuna, pese a asaltos y combates, no me ha tocado matar a nadie, hermano.» Y no era extraño, pues a la guerrilla la había combatido siempre arrebatándole sus bases de apoyo en la población. Hablaba siempre de Dios, la Patria, el Deber —así, con mayúsculas—. No eran en él fórmulas rituales, simple retórica militar, sino algo que parecía brotarle del fondo mismo de su conciencia y que expresaba con ese aire suyo de adolescente iluminado que tenía desde el día ya remoto en que llegó a conocerlo, en una plaza de Guateque.

—Aquí hay algo muy grave —la voz brusca del padre Garrido lo sorprende.

Su cara tiene el aire triunfal de quien acaba de encontrar la prueba que andaba buscando. Pero antes de explicarle en qué consiste tal hallazgo, se acomoda en la silla y, cruzando las manos sobre el escritorio, se dilata hablándole de los informes enviados a Patria y Justicia por el sacerdote Bernardo Mariño, párroco de El Rosal. Dichos informes, que provenían de campesinos de la región, habían dado cuenta, en total, de ciento cuarenta y siete muertes o desapariciones por obra de grupos paramilitares o de unidades del Ejército que obedecían precisamente al capitán Ferreira. No llegaron a configurarse denuncias formales, acepta Garrido, debido a que los campesinos temían por su vida. Confiaban sólo en el párroco. Pero sus señalamientos fueron reportados de todas maneras a la oficina de Derechos Humanos de la ONU en Ginebra. Era un deber del Colectivo poner en conocimiento de la comunidad internacional tales hechos aunque no hubiesen sido objeto de juicio o de formal investigación. Sin embargo, con posterioridad a tal señalamiento, la Fiscalía había recibido dieciocho denuncias, ellas sí ajustadas a todos los requisitos legales, capaces de llevar al capitán a la cárcel.

—Algo muy grave —repite Garrido clavándole los ojos con la dureza de un fiscal—. Dieciocho testimonios, todos coincidentes, acusaron a su hermano, el capitán Ferreira, de haber detenido, acusándolo de guerrillero o de auxiliar de la guerrilla, al menor de diecisiete años Rafael Humberto Orozco, de haberlo colgado de un árbol envuelto en una bandera del ELN y de haberle quemado los pies con leños encendidos, antes de ultimarlo de un balazo y de arrojar su cuerpo en un lugar conocido en El Rosal como El Muladar.

Incapaz de evitarlo, Martín reacciona con una brusca y explosiva incredulidad:

—Me está hablando de una persona que no era mi hermano. Benjamín habría sido incapaz de tal cosa.

—Pues la Fiscalía no fue de esa misma opinión. Ordenó su detención, ¿acaso no lo sabía?

—¿Detenido? —dice Martín sorprendido.

Garrido parece regocijarse con su desconcierto.

—Sí, mientras se abrían las investigaciones y se le llamaba a juicio, duró cuatro meses detenido en la guarnición donde se encontraba.

—¿Y qué ocurrió entonces? —Percibiendo rápidamente una brecha en las tajantes aseveraciones de Garrido, algo que permite poner en duda el hecho atribuido a su hermano, Martín no puede evitar un comentario irónico—. Padre, torturar a un muchacho y luego acabarlo de un disparo no es algo que un militar pueda pagar sólo con cuatro meses de detención.

—¡Claro que no! —exclama el sacerdote, de nuevo enardecido, con un fulgor hostil en la mirada—. Dieciocho denuncias de pobres campesinos, testigos de la atrocidad que acabo de referirle, fueron desestimadas de una manera arbitraria por la Fiscalía. Ésa es nuestra justicia, señor Ferreira. Por eso denunciamos el terrorismo de Estado, la impunidad y la tolerancia oficial con el crimen. Y por eso también nuestra valerosa defensa de los derechos humanos tiene eco en todas partes. Fuera de este país, en el ámbito internacional, se nos escucha. —Hace una pausa sofocado por su propia vehemencia. Con manos que le tiemblan levemente, cierra el cartapacio que tiene sobre la mesa, sin duda deseoso de poner punto final a la entrevista.

—Señor Ferreira —dice más tranquilo, a manera de conclusión—, yo le había advertido que nada sacábamos con destapar esta olla.

—Al contrario, padre, conviene destaparla —replica él.

Garrido lo mira con algo de asombro.

—¿Qué pretende con ello?

—Algo muy simple. Establecer la verdad.

—Quiere decir que no nos cree...

—Pienso que ustedes dan credibilidad a informes y denuncias sin tomarse el trabajo de verificarlos.

Pálido de ira, Garrido se levanta de la mesa.

—En ese caso, señor Ferreira, no tenemos más que hablar.

—Tal vez no —repone Martín dejando ya de lado toda precaución—. Pero déjeme decirle una cosa que usted como sacerdote debería tomar muy en cuenta. Benjamín, mi hermano, era un ferviente católico. No tiene nada que ver con el personaje siniestro que pintan sus informes. Es una lástima que usted no lo haya conocido. Tenía una fe y una ética que regulaban su conducta.

—Una fe que no le impidió suicidarse —susurra de improviso Garrido con una especie de lenta y calculada malignidad, algo que no sólo está en sus palabras, en la manera insidiosa de dejarlas caer, sino también en la expresión de glacial complacencia con que las acompaña.

Martín se estremece como si hubiese sido alcanzado inesperadamente por el filo cortante de una navaja. Por unos instantes se le oscurece la mente, antes de preguntarse cómo algo que parecía un secreto bien guardado —«sólo cuatro personas lo saben, incluyéndolo a usted», le había dicho el coronel— ha llegado hasta aquel personaje que se yergue delante suyo, con sus lentes, su ceño fruncido, su oscuro traje eclesiástico, pálido y vengativo como un inquisidor.

—¿Quién le dijo semejante cosa? —le pregunta levantándose de la mesa.

Garrido le sostiene la mirada con un brillo desafiante en las pupilas.

—Tenemos informes —dice.

—Sin verificar, supongo —le replica con brusquedad Martín—. Tiene usted razón, padre. No tenemos más que hablar.

Sale a la calle pensando que, en efecto, aquel encuentro había sido igual a una cucharada de aceite de ricino, el purgante que a veces le daba su madre cuando era muy niño.

9

«Menos mal que he logrado verlo, no sabía si había regresado a Europa o si aún andaba por estas tierras, pero lo cierto es que mucho me interesaba hablar con usted antes de volver a mi batallón en San José del Guaviare. Dura vida, se lo aseguro, la misma que llevaba Benjamín en el Caquetá, durmiendo prácticamente bajo tierra porque ahora, con los cilindros explosivos que los bandidos de las FARC aprendieron a disparar desde el monte a dos o tres mil metros de distancia, en cualquier momento pueden pulverizar una instalación militar como han pulverizado pueblos e incluso iglesias. Imposible dormir tranquilo, en un cuarto normal, con semejante amenaza. En esos lugares apartados tiene uno siempre la vida colgada de un hilo. Lo más limpio sería enfrentar combates en campo abierto, pero ésos casi nunca se dan, salvo si una patrulla nuestra se encuentra con una patrulla suya. Los riesgos que afrontamos son otros, siempre inesperados, ocultos, traicioneros, propios de acciones terroristas. Benjamín debió habérselos descrito. Siguiendo una táctica china o vietnamita —eso él lo sabía mejor que nosotros— crean en torno a nuestras guarniciones los llamados por ellos "anillos de seguridad" conformados por muchachos muy jóvenes, casi podría decirle que por niños de catorce o quince años máximo, reclutados en las zonas rurales donde su presencia es dominante. En esas zonas los campesinos no pueden evitar que sus hijos menores reciban tal adiestramiento, así no les guste, pues de lo contrario corren el riesgo de ser expulsados de sus tierras, el más benigno de sus castigos. A esos anillos les dan el nombre de milicias populares o milicias bolivarianas y no son identificables porque esos muchachos no llevan uniforme ni distintivo alguno, salvo, muy oculto, un pequeño radio mediante el cual comunican con detalle nuestros desplazamientos. Pero ahí no para su labor. A esos niños o muchachos les enseñan a sembrar las llamadas minas "quiebrapatas" en trochas o caminos, sin importarles hombres, mujeres o niños campesinos que pasen por allí acompañando a una recua de mulas. Todos quedan expuestos a ser destrozados. Las minas, como usted sabe, son armas prohibidas, condenadas por todos los organismos internacionales. Están calculadas para dejarlo a uno sin piernas o parapléjico y no necesariamente para matarlo. Los estrategas comunistas en la guerra del Vietnam consideraban que un inválido tiene más efecto intimidatorio sobre la población que un muerto. Los muertos con el correr del tiempo se olvidan, pero el tullido o el hombre sin piernas recuerdan a todos, día tras día, el daño que pueden sufrir quienes no colaboren con las cuadrillas de las FARC o del ELN. Esas minas están recubiertas con plástico para que los rayos X no las detecten y, como si fuera poco, se las embadurna con materias fecales buscando una infección segura y una amputación inevitable. Es algo siniestro. Si tiene tiempo, yo le aconsejaría, periodista, que visitara una mañana de éstas el Hospital Militar de Bogotá. Allí hay un pabellón siempre lleno de jóvenes soldados sin piernas, recientemente amputados por obra de las minas. Llegan en helicópteros gravemente heridos, a veces inconscientes ya, y se despiertan de una operación de urgencia lisiados para siempre, destinados a vivir el resto de su vida con muletas o en una silla de ruedas. Sus familiares, generalmente gente pobre que vive en lugares apartados del país, rara vez pueden visitarlos. De modo que allí permanecen estos muchachos, no mayores de veinte años, mientras dura su recuperación, mirando por las ventanas de la sala el panorama de la ciudad y la línea casi siempre brumosa y lejana de la cordillera, si no es que su atención la distraen los helicópteros que traen nuevos heridos al hospital. Nada de eso impide que Bogotá, a espaldas de esa guerra vivida y sufrida por nosotros, siga llevando su vida de siempre, la que usted seguramente ha visto, vida despreocupada y hasta alegre que transcurre en cócteles, discotecas, bares y restaurantes siempre llenos, en desfiles de moda o temporadas de ópera en el Teatro Colón.

»¿Por qué le hablo de ello? Se lo explico. Porque Benjamín había encontrado la manera de librar esa guerra de una forma muy suya y de pronto más eficaz que la nuestra. En vez de encerrarse en su base militar, como muchas veces ocurre con los oficiales temerosos de riesgos, o de ordenar patrullajes más o menos inútiles o requisas a los autos y camiones en la entrada de los municipios para dar una impresión de severo control militar de la zona, ¿sabe usted lo que hacía? Se daba a la tarea, muchas veces solo, de visitar sistemáticamente ranchos y campesinos de la región. Gracias a la manera como se ganaba la confianza de todos ellos, llevándoles mercados o poniendo a los soldados a ayudarlos en la reparación de un puente, en la recolección de la cosecha o en la construcción de un tanque de agua, se había dado cuenta de lo poco que les gustaban las FARC. Cómo iba a gustarles que a sus hijos menores se les enseñara a sembrar explosivos y que a los más grandes se los llevaran a los campamentos sin posibilidad alguna de regreso. Y no sólo a los varones sino también a las muchachas, a veces niñas menores de quince años que acababan casi siempre embarazadas, de ahí que los campamentos tengan hoy un experto en abortos. Benjamín nunca, o casi nunca, encontró un campesino convencido de las jergas revolucionarias que estudiaban en los llamados colectivos de adoctrinamiento. Las soportaban, pero a la hora de la verdad se sentían más cerca de la Virgen del Carmen o de cualesquiera de los santos de su devoción, y eso también los acercaba a Benjamín. Y él, por su parte, en vez de asustarlos con armas y uniformes o amenazas como a veces hacían otros oficiales, se convertía en su amigo y consejero. "Salven a sus hijos —les decía—. Déjelos bajo mi protección, yo puedo hacerlos beneficiar de los programas de ayuda a los reinsertados." El asunto llegó a marchar tan bien que muchos niños, aconsejados por sus padres, echaban las minas al río o ponían discretas señales para que la tropa advirtiera dónde habían sido colocadas. De ese modo su hermano iba rompiendo los llamados anillos de seguridad de las FARC. Su sistema era simple, pero muy eficaz: consistía en convertir en aliada nuestra y no suya a la población. Eso, la verdad sea dicha, no lo entendían muchos superiores nuestros. Llamaban a Benjamín el Filósofo" y hasta le imponían misiones arriesgadas esperando que en vez de teorías tuviera que batirse a plomo limpio. Así decían.

»Yo fui aliado en muchas labores suyas, aunque no anduviera como él con escapularios y rezos ni comulgara cada viernes como él lo hacía cuando tenía alguna iglesia cerca. Con perdón suyo, llegué a conocerlo mejor que usted. ¿Sabe por qué? Porque prácticamente nos criamos juntos. Boyacense como él, fui su condiscípulo en el colegio de Guateque desde los doce años de edad. También yo era muy pobre. A veces, para ganarnos unos pesos, lo acompañaba de noche a limpiar una cancha de tejo escapándonos por una ventana del internado. Los domingos, cuando apretaba el calor, íbamos con otros compañeros a bañarnos a un pozo del Zúnuba después de ir a la misa, cosa que él no perdonaba. Almorzábamos cualquier cosa a la sombra de un árbol. Benjamín, que pasaba horas enteras en la biblioteca del colegio, nos hablaba de cosas que para nosotros eran completamente extrañas: de lo ocurrido en China, en Rusia, Vietnam o Camboya. De todo eso estaba muy bien informado. Más tarde, hacia los quince años, le entró la chifladura de ser catecúmeno, adoctrinando campesinos en compañía de uno que otro cura venido de Sutatenza. En esos trotes, yo no lo acompañaba. Prefería quedarme jugando al billar en el pueblo. Pero viéndolo ir de una vereda a otra ayudándole a los curitas de Sutatenza a formalizar parejas o bautizar niños a mí no me cabía duda de que iba a ser sacerdote, y con lo estudioso que era, quizás obispo algún día. Tenía toda la vocación para ello, como yo la tenía para militar porque ése era el sueño de mi padre, lo que él habría querido ser. Usted debe saber mejor que yo de qué manera Benjamín cambió de destino. Invitado a pasar vacaciones por los lados de La Dorada por un condiscípulo nuestro, se encontró con que la finca adonde iba había sido quemada y saqueada por la guerrilla, asesinado su administrador, secuestrado el padre de nuestro compañero y no sé cuántas desgracias más. De esa experiencia volvió muy raro. ¿Cómo puedo definir lo que debo hacer de mi vida?, nos decía a sus amigos con una inquietud que le asomaba a los ojos y lo sumía en largos silencios, sin que nosotros supiéramos qué decirle. ¿Sacerdote o militar? Dizque esperaba oír la voz de Dios para saber cuál debía ser su camino. Decidió encerrarse en su dormitorio, que estaba casi desierto, pues era época de vacaciones, y ayunar durante tres días. De ese encierro salió pálido y aún más desconcertado. "Dios no me ha dicho nada", nos dijo con una perplejidad que resultaba cómica. "Debe estar ocupado en otros asuntos", dijo alguno, y todos soltamos la carcajada al tiempo. Al final de un domingo, decidió que entraría al ejército. "Mi pueblo no vive lo que viven otros pueblos", nos dijo a manera de justificación. Para mí, fue una gran alegría. De ahí en adelante, iríamos por el mismo camino.

»Nuestro ingreso al ejército fue muy particular. En aquel momento el servicio militar se decidía por sorteo entre todos los bachilleres convocados. En mi caso y en el de Benjamín la convocatoria tuvo lugar semanas después de haber terminado el colegio en el Batallón Bolívar de Tunja. No menos de ochocientos bachilleres de todo el departamento estábamos citados allí. En estos tiempos de guerra —¿o de qué otro modo llamar lo que vivimos?— a ningún estudiante le interesaba ser llamado a prestar servicio militar. La suerte, en aquel sorteo, era no quedar, por obra de un número, entre los reclutados. A eso se le llamaba una mala pata, un infortunio. No era mi caso. Tampoco, claro está, el de Benjamín. Así que cuando el capitán, antes de que el azar hiciera su escogencia, preguntó en voz alta quién quería voluntariamente prestar el servicio, sólo él y yo levantamos la mano. Se oyó en el patio una gran rechifla. Todos cuantos estaban allí se burlaban de nosotros. El capitán nos hizo acudir al sitio donde se hallaba, una especie de terraza que dominaba el patio del Batallón. "Muy bien —nos dijo—, ahora ustedes, por el hecho de ser los únicos voluntarios en medio de esta multitud de cobardes, pueden escoger adónde quieren ir: al Batallón de Lanceros, al Batallón Guardia Presidencial o al MAC (centro de formación Miguel Antonio Caro)." Benjamín respondió por los dos. "Al Batallón Guardia Presidencial", dijo. Yo estuve de acuerdo. "Pues así será", nos contestó el capitán.

»Nuestra formación tenía dos aspectos: uno académico y otro militar. Y en ambos se destacó Benjamín. Lo del estudio me lo esperaba porque no por casualidad había tenido siempre, en el colegio, las calificaciones más altas del curso. Era tan bueno en historia, como en ciencias, educación cívica o matemáticas. Pero también en la formación militar resultó el más destacado, a pesar de su contextura: era pequeño, flaco, con unas manos muy finas y no particularmente apto para el deporte o el esfuerzo físico. Pero tenía una voluntad y una disciplina de hierro. Era el primero en levantarse y el más dispuesto a la hora de marchas o ejercicios. Quedó muy pronto al mando de un pelotón. Y muy pronto también, mucho más pronto de lo que cualquiera podía esperar, ganó su primera medalla. Fue el premio por su primer bautizo de fuego. Cualquiera diría que un Batallón de Guardia Presidencial es puramente ornamental. A todo el mundo le llaman la atención sus uniformes de gala, sus cascos prusianos, sables, cambios de guardia, todo ello tan lejos del frío de los páramos o de la humedad y el calor hirviente de la selva y lejos también de emboscadas y asaltos. Pues bien, un día la guerra vino a buscarnos. ¿No recuerda usted aquel episodio inesperado en tiempos del presidente Turbay? Me refiero a los disparos de mortero que hizo el M-19, movimiento hoy reinsertado en la vida política legal, pero entonces en plena acción insurreccional y muy dado a realizar acciones urbanas espectaculares, contra la Casa de Nariño donde permanecíamos siempre. Benjamín estaba aquel día de relevante desde las seis de la mañana. El pelotón se hallaba bajo sus órdenes. De cumplir la rutina de cada día, habríamos sido el blanco ideal de aquellos disparos. Nos salvó una ceremonia prevista para el final de la mañana. Minutos antes del primer disparo, Benjamín nos había enviado a los dormitorios para que emboláramos las botas y alistáramos los uniformes. Apenas escuchó la primera explosión, arrojó su casco de penachos y virola al suelo y salió corriendo a la calle pensando que el ataque provenía de allí. Cuando salía del Palacio oyó estallar una segunda granada y un minuto después otra que rompió las ventanas del segundo piso. Vio gente corriendo calle arriba, pero eran sólo transeúntes asustados. Tuvo la suerte de encontrar una espoleta en la calle. Entonces, dándose cuenta de que provenía de una granada de mortero, fue el primero en descubrir de dónde venía el ataque: del cerro más cercano al Palacio, el cerro de Guadalupe. Se le ocurrió pensar entonces que necesariamente quienes disparaban el mortero sobre el Palacio habían ubicado en algún lugar cercano un espía o un observador adelantado para que les informara dónde estaban cayendo los disparos a fin de afinar o corregir la puntería. El edificio mejor ubicado para tal tarea era uno destinado a Residencias Femeninas, frente al Palacio. Levantó la vista y vio en la terraza la silueta de un hombre que inspeccionaba la calle y el Palacio con unos binóculos. Sin más, se hizo abrir la puerta y subió corriendo por las escaleras hacia la terraza. No estaba equivocado. El observador adelantado, o como se llame a quien habían apostado allí, acababa de huir, pero su radio quedó en la terraza. Dándose cuenta de que no había alcanzado a escapar, inspeccionó el lugar. Había sobre el techo oculto una especie de depósito, allí lo encontró y sin más lo detuvo. La celeridad y el acierto en sus informaciones lo hicieron merecedor de una medalla. Mi general Bedoya, entonces teniente coronel, lo felicitó por su actuación y más tarde lo hizo entrar a un curso extraordinario de capacitación de tres meses que le permitió asumir un primer grado de suboficial. Fue el brillante comienzo de su carrera.

»A lo mejor nada de esto es nuevo para usted. Aunque desde hace mucho tiempo vive en Europa, sé que mantenía alguna comunicación con su hermano en todos los lugares del país donde prestó servicios, algunos de ellos muy apartados y peligrosos. Si le hablo tanto de sus primeras actuaciones como de las más recientes en el Caquetá es para mostrarle que su línea de conducta fue siempre la misma, sin desvíos. Y aquí, si me lo permite, vamos a entrar en un terreno muy confidencial. El día del entierro, cuando usted abandonaba con su hermana Raquel el cementerio de Los Jardines del Recuerdo, alcancé a decirle que no tragara cuentos. Ahora puedo decirle por qué. Es algo muy delicado. Sé lo que mi coronel Méndez piensa a propósito de la muerte de Benjamín. Oficialmente está acreditada la versión de un infarto o paro cardíaco mientras dormía, pero él cree que se trata de un suicidio. Se lo dijo, ¿no es así? Y todo ello porque al practicar la autopsia le encontraron en la sangre rastros de veneno, de cianuro. No lo supe por él, por el coronel, que ha guardado todo en estricto secreto, sino por el médico del batallón. Es amigo mío, y si me lo contó, es porque sabía que Benjamín y yo éramos como hermanos. También él cree en el cuento del suicidio. Pero yo no. Benjamín habría sido incapaz de semejante cosa. Y no me refiero sólo a sus creencias religiosas. Hay dos razones más para hacerme ver como inverosímil semejante decisión. La primera es que nunca se dejó acorralar por los infundios de las ONG, así la Fiscalía, una Fiscalía penetrada por ellos, les diera crédito. Otras veces había sido objeto de acusaciones y había logrado demostrar su inocencia. Con la conciencia tranquila esperaba siempre la ayuda de Dios. Hablé con él a propósito del último cargo, el de omisión, y lo encontré muy dispuesto a demostrar que había cumplido con sus obligaciones. Podía aportar pruebas, me dijo. No, no se iba a suicidar por una acusación que pertenecía a la llamada por él guerra jurídica librada con códigos e infundios por los amigos de las FARC y del ELN. La conocía de sobra. Sabía enfrentarla. La segunda razón tiene aún más peso. Luego de no sé cuántos contactos clandestinos, había acordado la deserción de treinta muchachos de las FARC en toda la región bajo su mando. ¿Cómo lo hizo? Benjamín tenía su manera. Seguía siendo un catecúmeno como en nuestros viejos tiempos en Guateque. De los desertores sólo cuatro o cinco pertenecían al Frente —o cuadrilla, como nosotros lo llamábamos— de las FARC. Componían una columna móvil. Los otros eran muchachos de las Milicias Bolivarianas, más fáciles de contactar porque no estaban en campamentos sino en veredas o poblaciones. Habría sido un golpe capaz de desmontarles a las FARC todo el aparato que había armado en la zona, pues los muchachos, una vez reinsertados, iban a dar informes muy útiles. ¿Se iba a suicidar Benjamín en vísperas de semejante operación? Ese cuento nunca me lo pude tragar. Algo ocurrió. Para mí, Benjamín fue asesinado. Con cianuro y no de un balazo, pero asesinado. ¿Cómo lo consiguieron? No lo sé. Misterio. Y nadie va a investigar algo al respecto. Sólo usted, su hermano y periodista de renombre, puede hacerlo. Puede contar con mi ayuda y la de otros oficiales. Pero eso sí, cuídese. Si ellos saben que usted anda en ésas, son capaces de todo. Ninguna de las regiones donde vaya es segura. Ya el curita de Patria y Justicia debe haberles hecho llegar informes de sus propósitos y andanzas. Tenga cuidado con él. Es de ellos. Estoy seguro. Mejor habría sido no verlo. Fue ponerse en la boca del lobo. Tenía a Benjamín entre ceja y ceja. ¿Le afectan los muchos infundios que armó y difundió contra él? Cuento, puro cuento. Pero si tanta zozobra le producen le aconsejo que vaya a El Rosal, en las montañas de Santander. Puedo facilitarle el viaje hablando con mis compañeros de la V Brigada. Vaya, hable libremente con la gente de la región, y se estremecerá oyendo sus cuentos. Piénselo, periodista, y ya me dirá qué decide. Si quiere dejar esta empresa de lado y volverse a Roma, lo entiendo. Linda ciudad. Vida tranquila. Lo nuestro, lo que vivimos aquí, es otra cosa, volcán, campo minado. Quien se atreve a conocer la verdad, corre riesgos. Pero es una oportunidad única de revelar una verdad desconocida. Le dejo la decisión, periodista, aunque si usted es de la misma fibra de Benjamín se le medirá a este reto, estoy seguro.»

10

«Otro país, un país irreal», piensa Martín abriéndose paso entre la gente que llena el *foyer* del Teatro Colón. Acaba de caer el telón sobre el primer acto y todavía resuena en su cabeza la melodía, el ímpetu lírico de la soprano prestándole su voz a los sueños de Madame Butterfly. Ahora espera lo que más le gusta de esta ópera de Puccini, el aria que apenas empezado el segundo acto se inicia con *un bel dì vedremo levarsi un fil di fumo sull'estremo confin del mare* y segundos después llega a un punto inolvidable de *e un po' per non morire al primo incontro...* Es un trozo que conoce de memoria y que siempre le suscita una extraña emoción. Sólo que ahora, mirando en torno suyo, le parece muy extraño encontrarse no en Roma ni en Milán sino en Bogotá, bajo el resplandor de grandes arañas de cristal, en medio de aquella ronda de risas, rostros y refinados colores y de un juego vivaz de destellos, de espejos con marcos dorados, de ojos de atractivas mujeres cuyos fulgores compiten con el brillo de aretes y nudos de perlas. A nadie conoce. Como frecuentemente le sucede, se siente como un ave extraña en la propia ciudad donde nació. «¿Qué habría sido de mi vida si me hubiese quedado aquí?», se pregunta, imaginando que a lo mejor le sería imposible incrustarse en ese mundo social tantas veces fotografiado en las revistas pero ajeno también al otro, al representado por sus hermanos siempre marcados por sus raíces campesinas. «Sería de todos modos un marginal en cualquiera de esos mundos», piensa con más humor que melancolía a tiempo que contempla las grandes fotografías expuestas en las paredes del *foyer*. Son fotos en blanco y negro de famosas estrellas del ballet, actores o concertistas internacionales que alguna vez pasaron por el Colón. Reconoce entre ellos a Louis Jouvet, a Jean Louis Barrault y a Marcel Marceau. «*Bogotá c´est Paris*», le había oído decir a Barrault refiriéndole muchos años atrás una gira que acababa de hacer por Sudamérica. Lo había entrevistado, al regreso de aquella gira, y el célebre actor no sabía que él era colombiano. «*Bogotá c´est Paris*», se repite él ahora paseando su mirada de espectador solitario por los grupos que conversan animadamente en el salón o se acercan al bar, asediado por una multitud de espectadores, en busca de una taza de café o de una copa de vino. No le extraña, en aquel ámbito, la observación de Barrault. El público que llena el teatro parece realmente devoto de óperas y conciertos, incluyendo algunas jóvenes desdeñosas de todo lujo, vestidas de manera provocadora con *jeans* y acompañadas de muchachos melenudos. Sabe, por haberlo visto en algunos de sus breves viajes a Colombia, que durante un Festival Internacional de Teatro que se realiza cada dos años, cientos o miles de esos jóvenes llenan las salas para escuchar piezas en inglés, francés, alemán o ruso. Puede que no hablen ninguno de esos idiomas, pero su fervor y su deseo de asomarse al mundo culto que adivinan al otro lado del Atlántico, en Europa, los llevan a superar la barrera de la lengua. Los propios actores suelen conmoverse advirtiendo esa fiebre multitudinaria en una ciudad donde creían presentarse sólo ante minorías muy selectas. «Extraño país —vuelve a decirse Martín—. ¿Cómo conciliar este mundo con el otro, el sangriento y terrible que le había tocado vivir a su hermano? Benjamín dormía bajo tierra, recuerda, temiendo siempre que un cilindro lleno de explosivos, disparado en la oscuridad de la noche o en la luz incierta del amanecer desde la orilla de un río, pulverizara el cuartel donde se encontraba. Allí bombas, aquí Puccini», se dice con un humor lúgubre, a tiempo que escucha los timbres del teatro anunciando que en breves instantes se iniciará el segundo acto de la ópera.

Terminada la función —todavía le parece guardar en la cabeza el eco de la prolongada ovación que dejó por varios minutos al público de pie en la platea y los palcos—, tiene por un momento la impresión de hallarse en Roma una noche de invierno a la salida de un concierto, quizá por la profusión de abrigos de piel que ahora encuentra en el vestíbulo y la sensación del frío que lo aguarda en la calle. De pronto, oye una voz llamándolo:

—¡Martín!

En el primer instante no reconoce a aquel espectador maduro, de cabello gris, que muy cerca de la puerta le está abriendo los brazos con una expresión de complacida sorpresa. Pero algo, quizás el brillo de los ojos, unos ojos vivaces, muy claros, le devuelve la memoria.

—¡Pajarito! —exclama, reconociendo al viejo condiscípulo que no veía desde los remotos tiempos del liceo.

—¡Qué sorpresa! —lo abraza el otro con el semblante iluminado por una real alegría—. Eres un resucitado, no podía creerlo cuando te vi bajando las escaleras.

Alto, más alto que él, con un abrigo oscuro y un paraguas colgado del brazo. Pajarito parece ahora un majestuoso caballero bogotano de otros tiempos. Aunque ahora es un hombre robusto y su pelo no es negro sino canoso, mucho del condiscípulo con nariz de pájaro (de ahí venía su apodo) que en las sesiones solemnes del liceo salía cargado de cintas y medallas, subsiste aún: la piel, todavía fresca, y sobre todo aquellos ojos vivos, amarillos, muy alertas, que nunca parecen haber conocido la fatiga o la indiferencia.

—No has cambiado —le dice Martín observándolo con afecto.

—No es raro —responde Pajarito—. Tú sabes que a mí no me gusta cambiar. Vivo en el lugar de siempre.

—La misma casa donde me prestabas libros.

—Exacto. Y sigo de tiempo en tiempo leyendo a tus poetas.

Los dos permanecen muy cerca de las puertas de salida.

—¿Estás solo? —pregunta Martín mirando a su alrededor.

—Absolutamente solo —contesta Pajarito, y Martín recuerda que ese énfasis jubiloso y la sonoridad que pone en las palabras provocaban risas en el liceo cuando respondía a una pregunta del profesor.

—Pues yo también. ¿Quieres que tomemos una copa en alguna parte?

—Acuérdate: nunca pruebo una gota de licor.

—Mala costumbre. Veo que le sigues siendo fiel a Puccini.

—A los mismos de entonces: a Puccini, a Verdi, a Rossini, a Donizetti, a Mozart. —Los enumera con un travieso brillo en los ojos claros, el mismo fulgor que tenía en la mirada cuando le hablaba en el patio del liceo de Nietzsche o de Schopenhauer, cuyas sentencias o pensamientos aparecían enfáticamente subrayados con lápices de color en los libros que le prestaba.

«¡Qué personaje!», piensa Martín. Igual al que recuerda.

—No has cambiado —le dice de nuevo.

Mientras la gente continúa abandonando el teatro para sumergirse en el frío de la calle, le pregunta a Pajarito qué ha sido de su vida.

—Bueno, al salir del liceo mi padre me envió a Estados Unidos. Estuve en Yale. Tengo un PhD en altas matemáticas. Y ahora las enseño en la Universidad de Los Andes. —Los ojos le brillan de risa—. Soy como el perro que se muerde la cola.

«Claro, un profesor», piensa Martín acordándose hasta qué punto, desde muy joven, Pajarito tenía una divertida y testaruda vocación pedagógica.

—¿Mujer, hijos?

—Perfectamente incompatibles con Bach y las óperas —contesta el otro ahogado en risa.

Tampoco eso le extraña a Martín. Aquel amigo y condiscípulo suyo parecía desde siempre condenado a ser un férreo y disciplinado solterón encerrado en su propio mundo de música y libros, quizá también de tranquila e inexorable soledad.

No se da cuenta a qué horas el interrogatorio cambia de rumbo. Pajarito ha dejado de reír y ahora advierte en su rostro una intrigada curiosidad que le arruga el ceño.

—Desapareciste de pronto —le dice a Martín—. Perdimos tu rastro al salir del liceo. ¿Qué fue de ti? Eras un poeta. Así te llamaban en el curso, en todo caso. Poeta —repite, poniendo un énfasis vigoroso en aquella palabra, sin que desaparezca de su cara la expresión indagadora.

—Quizá no he dejado de serlo —responde él evasivamente.

Pero Pajarito no se contenta con esas palabras:

—Te pillé un sábado en la Biblioteca Nacional leyendo libros de Verlaine, ¿te acuerdas?

—Claro, y ese día, hablando contigo, descubrí que en tu casa tenía a la mano también obras de Rilke, de Rubén Darío, de Machado...

—La biblioteca de mi padre. Él murió, pero ahí la tengo, intacta. Intacta y a tu disposición, como siempre. —Se queda mirándolo como si aún quedaran muchas cosas por indagar—. Es hora de que me digas qué ha sido de ti. ¿Dónde has estado todos estos años? Cuarenta. Quizá más.

—Te vas a escandalizar, Pajarito. Desde los diecisiete años, he vivido siempre al otro lado del Atlántico: París, Berna, Madrid, Lisboa, Bruselas y últimamente Roma, sin contar largos viajes a países de América Latina.

En la cara de Pajarito va apareciendo una especie de consternado asombro.

—¡Qué horror! —exclama, y no lo dice en broma sino muy en serio, como si la vida de Martín, tan opuesta a la suya, representara el infortunio que siempre hubiese querido evitar: vivir lejos de Bogotá, de sus libros, de sus discos, de su vieja casa inglesa de Teusaquillo.

—Horror tu vida, Pajarito —le contesta él con humor—. La misma casa, los mismos hábitos...

—Y el mismo paraguas —completa el otro levantando orgullosamente su paraguas, y su común carcajada se escucha en el vestíbulo del teatro, que va quedándose vacío.

—Salgamos, Pajarito, si no los porteros nos van a echar.

Mientras lo acompaña al estacionamiento donde su amigo ha dejado el auto, Pajarito le cuenta que sólo sabía de él por algunos artículos suyos publicados en los periódicos locales. Por cierto, parecen importarle bien poco. Seguramente, no era lo que esperaba de un condiscípulo que compartía en los tiempos del liceo sus fervores literarios. Seguía recordando aquellas tardes en que en la propia biblioteca de su casa leían versos de poetas españoles que a ambos le gustaban.

—¿Acaso no era ésa tu real vocación? —pregunta casi con el tono de un reproche—. La poesía, no el periodismo.

Se ha detenido en la esquina, como embargado por una repentina y paternal preocupación. Alto, derecho, enfundado en aquel abrigo funerario, la luz lívida de un farol alumbrándole la cara y en torno todo el silencio sepulcral de aquella antigua calle del barrio de La Candelaria donde se encuentran, Pajarito ha adquirido de pronto la severidad de un padre o de un juez que quisiese saber de su acusado la verdad y nada más que la verdad. Así había sido siempre. En el liceo, no se contentaba jamás con respuestas a la ligera. Tenía una curiosidad exigente. Y ahora también necesita poner las cosas en claro. Quiere saber dónde ha quedado la poesía.

«¿Qué puedo contestarle? —se pregunta Martín—. ¿Hablarle de sus tres libros publicados por un Fondo de Cultura o del Premio ganado en España, en un festival de poesía hispanoamericana de lo cual sólo habían sobrevivido tres líneas en algún periódico colombiano?» Todo eso siempre le ha sonado paupérrimo. Y de pronto experimenta dentro de sí, como otras veces, ahora en el frío de la noche y entre esas sombras fantasmales de los últimos espectadores del teatro que se dispersan en la oscuridad por aquel antiguo barrio de casas coloniales, algo que él conoce bien: el amargo sentimiento, ahora más fuerte que nunca, de haber dejado volar los años sin nada triunfal que mostrar, salvo notas, crónicas, reportajes escritos por centenares a lo largo de los años en las sucesivas agencias de prensa donde ha trabajado.

—La poesía, Pajarito, es una compañera clandestina. Créeme, no la he abandonado —se decide a contestar.

Pero Pajarito no parece satisfecho con esa respuesta. Permanece en la esquina, las dos manos apoyadas en su paraguas, contemplándolo con aire atento, preocupado, casi receloso.

—¿Clandestina? —ausculta la palabra con desconfianza. Y luego, muy despacio, mirándolo severamente con esos mismos ojos diáfanos y amarillos del adolescente que Martín recordaba, se le ocurre decirle algo que suena como una sentencia—: Nada de lo que a uno le apasiona de verdad debe ser clandestino.

Martín, incómodo, lo interrumpe abruptamente.

—Sí, ya sé, ya sé lo que quieres decirme. —Trata de que su voz no transpire enojo—. Pero lo que pasa es que con la poesía no se come, Pajarito. Me lo decía un tío, y creo que tenía razón.

—No se come —admite Pajarito, con una especie de dolida resignación, prosiguiendo ahora su camino en silencio. Parece rumiar un desengaño.

—¿Quieres que te lleve? ¿Dónde vives? —pregunta Pajarito mientras se detiene en la puerta del parqueadero.

—No te molestes, Pajarito. Vivo muy lejos, en el norte. Prefiero caminar un poco más y luego tomar un taxi.

—¿Te quedas al fin en Bogotá?

—Sólo unos días. Después regreso a Roma.

—Veo que no tienes remedio —dice Pajarito, casi dolido, abriéndole los brazos para despedirse de él. Están en la puerta del estacionamiento, y ambos parecen guardar la sospecha triste de que tras ese encuentro fugaz, después de tantos años, no volverán a verse.

Una vez que se ha quedado solo, Martín echa a caminar por aquellas calles ateridas del barrio de La Candelaria, bajo la lumbre fantasmal de los faroles, como un superviviente que estuviese avanzando sobre escombros de sueños.

11

La idea me llegó de repente hace algunas noches, cuando intentaba contarle a Raquel por qué a los diecisiete años había pensado irme a París. Pero hubo un momento, hablando con ella, en que no podía ir más lejos porque hay cosas que sólo pueden evocarse con palabras escritas y no en una conversación de sobremesa. Son vivencias, recuerdos que surgen de pronto y que a veces pueden quedar atrapados en la red de un poema, a veces no; exigen más espacio, prosa y no versos. ¿Unas memorias? Es pueril pensar en algo que se les parezca. Es ridículo. ¿A quién podría interesarle? Si fuesen retratos de personajes que he llegado a conocer o episodios políticos vividos por mí en diversos países, seguramente cabrían en un libro y tendrían algún valor testimonial. Es lo que se admite de un periodista cuyo nombre, aquí y allá, ha rodado por los periódicos. Pero nadie esperaría de mí recuerdos íntimos. De modo que, a decir verdad, no sé por qué me he sentado esta noche a escribir estas líneas sin saber siquiera adónde me llevan ni qué hacer con ellas. Es tarde. Hay un silencio que el latido de un reloj en alguna parte del salón hace más profundo. Por la ventana diviso un vasto océano de luces amarillas o azules, engañoso sin duda, pues le confiere a Bogotá la imagen de una capital rutilante y cosmopolita, ocultando como una capa de fantasía su pobreza y sus contrastes lastimosos. Quizás este viaje inesperado, este regreso a lo que es o debería ser lo mío, ha sublevado recuerdos que parecían sepultados en los lugares más recónditos de la memoria. Y tal vez, pensándolo bien, escribir es una manera de distraer la soledad de siempre. Pensándolo bien, ella siempre ha estado ahí. La sentía en el internado cuando el liceo quedaba vacío y la luz del atardecer encendía la copa de los cerezos. Estaba conmigo, sábados y domingos, en las tardes en que a falta de otro programa mejor me refugiaba en la Biblioteca Nacional. También, años después, en los largos viajes en tren que hacía en Europa y en las ciudades adonde llegaba, vagando siempre solo por lugares desconocidos como si fuera una aventura inédita, digna de ser vivida. Ámsterdam, Viena o Venecia eran siempre hallazgos que hacía, alojándome en baratos hoteles o en albergues estudiantiles. ¿Quién iba a entender entonces que en vez de quedarme en París con amigos para recibir un nuevo año terminara solo en una Viena todavía pobre y maltrecha por la guerra, con las agujas de la catedral de San Esteban alzándose sobre tejados cubiertos de nieve y algún tranvía de medianoche deslizándose por un paisaje blanco y fantasmal, entre solemnes palacios y monumentos de bronce? Grandes cafés que en otro tiempo debían llenarse de gente y música de violines tenían entonces un aire taciturno en la luz titilante de sus otrora esplendorosas arañas de cristal, frecuentados en aquel momento sólo por algunos ancianos absortos. Era como si la juventud hubiese desaparecido con la guerra y sólo quedaran ellos en este mundo de grandezas perdidas, compartiendo su soledad con las estatuas sobre las cuales a toda hora estaba cayendo la nieve. Yo paseaba a lo largo del canal del Danubio, en la noche, en la lumbre agónica de faroles de gas, contemplando ruinas de caserones inhabitados cuyas fachadas se levantaban como espectrales esqueletos de piedra. No tenía con quién cambiar una sola palabra o beber una copa, pero sentía una extraña sensación de plenitud, pensando que al fin realizaba mis sueños. Hoy veo aquello con risa, como simples extravíos de un adolescente romántico, de un poeta en ciernes enamorado como nadie del Viejo Mundo.

Hoy, sólo hoy, comprendo que estaba huyendo del mío, de mi mundo. Y no sólo de una infancia triste en internados y cuartos de pensión, sino también de un país irremediablemente ensombrecido por la violencia. Y aquí, en este punto, debo darle entrada a un recuerdo tenebroso: el del 9 de abril de 1948, cuando Gaitán fue asesinado. En aquel momento mi viaje a Europa estaba ya decidido, vivía aún en la pensión del tío Eladio y tenía como base de mis últimos preparativos la oficina de don Julio Herrera. Hasta entonces, el país, el inmenso país que llenaba calles y cafés, cerros y barriadas ardía aún de esperanzas gracias a él, a Gaitán. Cierro los ojos y lo veo, no aún herido de muerte, tendido en un andén como lo vi aquel día minutos después de recibir tres disparos de revólver; sino vivo y colérico algún viernes en la noche, en el escenario del Teatro Municipal. Mi amigo de entonces, Luis Enrique Borda, me llevó más de una noche a verlo. Y nunca pude olvidar la figura de aquel líder que parecía abrirse impetuosamente camino hacia el poder: apenas tan alto como el micrófono que tenía delante, moreno, el mentón voluntarioso, la boca grande, el cabello espeso y negro, el rostro mestizo, de rasgos enérgicos, que a la luz de los reflectores adquiría una dureza metálica. Tampoco pude olvidar aquella voz suya, a veces lenta, maliciosa o sarcástica, golpeando las palabras con un acento que era el mismo de la llamada por don Julio «chusma bogotana». Sólo que de pronto esa voz, en un giro siempre inesperado y obedeciendo a una furia que parecía nacerle de las entrañas y que le hinchaba las venas del cuello y de la frente, se alzaba para gritar una diatriba contra las oligarquías y sus privilegios o para recordar la miseria del pueblo o los desprecios que había conocido cuando era un estudiante pobre obligado a estudiar a la luz de los faroles de la calle, suscitando una ovación atronadora muy pronto seguida por el coro unánime, «Gaitán sí, otro no», de la multitud que abarrotaba la platea, los palcos, el vestíbulo y la calle. En el curso de mis giras como periodista por América Latina, oiría años después muchas veces esta clase de discursos, sustento de populistas de todo pelaje, de izquierda y derecha. Pero en el caso de Gaitán, estoy seguro, aquellas palabras suyas tenían una verdad y una emoción de realidad vivida y sufrida por él, y era eso, ese sentimiento desgarrado, lo que encontraba de inmediato un eco en los millones de hombres y mujeres que lo escuchaban cada viernes por radio. Humillaciones y formas de desprecio por parte de ese mundo que yo había visto en casa de don Julio Herrera, la habían sufrido todos, la habían guardado dentro de sí mismos como una realidad dictada por su condición, hasta el momento en que alguien —aquel líder moreno y colérico, hijo de un pequeño comerciante que vendía libros de segunda mano y de una maestra de escuela— venía a convertir aquella humilde resignación en rebelión y protesta gracias a un verbo apasionado, arrasador, nunca antes oído.

Sobre todo esto mucho he escrito, y no quiero ahora dejar que de nuevo el periodista, que pese a todo nunca he dejado de ser, se entrometa en estas páginas. Sólo que, al recordar cómo aquel trágico viernes de abril partió en dos la historia de Colombia, percibo que también a mí, tal vez de manera inconsciente, me empujó a quedarme para siempre en la otra orilla del Atlántico, en Europa. Como sea, nunca pude olvidar aquella tarde. Y tengo sobradas razones para ello. Acababa de salir de la oficina de don Julio Herrera, en la calle catorce, cuando a pocos pasos de allí, en la carrera séptima, oí los tres disparos. La gente corre a guarecerse en la puerta de los cafés y de los almacenes, de modo que al dejar la calzada desierta alcanzo a vislumbrar desde la esquina al asesino, un hombre pequeño, mal trajeado, con una barba de tres días oscureciéndole el mentón. Retrocede despacio, el revólver en la mano, apuntando su arma todavía hacia el personaje de abrigo oscuro que ha quedado tendido en la acera. Por breves segundos no hay en la carrera séptima, de ordinario atestada de gente, sino aquella figura menuda y solitaria retrocediendo como en la escena de cámara lenta de una película, hasta que otro hombre, alto, tranquilo, con sombrero y abrigo, se desprende de un café, tal vez de *El molino* o de *El gato negro*, avanza hacia él, lo sujeta y lo desarma sin violencia y sin que el otro oponga resistencia alguna. Luego, con igual calma, lo entrega a dos policías que han acudido corriendo. Tiempo después sabría, por una carta de Luis Enrique Borda, que aquel hombre era un detective llamado Potes, probablemente cómplice del asesino a quien habría ofrecido proteger; de ahí que hubiese podido desarmarlo sin problema. No se cómo echo a correr hacia la figura tendida en el andén antes de que la gente reaccione, todavía despavorida por la escena que acaba de presenciar, y caigo de rodillas a su lado. Siento como una descarga eléctrica al reconocer a Gaitán. Su cara parece esculpida en un gesto amargo, irremediable. Los labios se le han cerrado con dureza, casi con desdén, sobre el mentón voluntarioso, pero en los ojos fijos y entreabiertos palpita todavía una lumbre de vida y un ligero temblor le estremece los párpados y las pestañas. Allí están los rasgos que otras veces había visto bajo los reflectores del Teatro Municipal, sólo que la enérgica vehemencia que entonces los transfiguraba tiene ahora una trágica inmovilidad de bronce. El sombrero ha caído a su lado. La cabeza, de pelo oscuro y abundante, reposa sobre el pavimento. De ella brota un hilo de sangre. Ahora la gente se agolpa en torno, me empuja, trastornada. Una mujer se agacha, moja un pañuelo en la sangre murmurando con una voz ronca: «Canallas, nos lo mataron.»

A la pensión del tío Eladio, donde todavía me alojaba, llegaré a la primera hora de la noche después de presenciar a lo largo de la tarde, en las calles, del centro de la ciudad, imágenes de pesadillas. He visto tranvías y edificios incendiados, muchedumbres enloquecidas venidas de los cerros y de las barriadas del sur asaltando ferreterías para armarse de machetes y cuchillos y más tarde, al descubrir que los policías se han sumado a la revuelta, asaltando cigarrerías para emborracharse con aguardiente y saqueando almacenes de ropa, de calzado, de electrodomésticos, de modo que al subir al anochecer por la calle doce hacia la pensión, calle iluminada sólo por el resplandor de los incendios, veo figuras desarrapadas dobladas bajo el peso de una nevera, de un tocadiscos o de un lujoso espejo robado de algún salón del Palacio de San Carlos. He visto escritorios, archivos y máquinas de escribir arrojados a la calle desde los balcones de la Gobernación, tranvías convertidos en esqueletos calcinados y cientos de hombres enloquecidos, borrachos y sollozantes, destruyendo a puntapiés muebles y objetos en un vendaval de locura, todo ello salpicado de lluvia e impregnado de un olor a humo, a aguardiente, a tufos de miseria. Cuando llego a la pensión, encuentro el patio lleno de gente: no sólo los huéspedes habituales sino también vecinos que han buscado allí refugio al ser alcanzadas sus viviendas por el fuego que ha consumido las dependencias de un ministerio. Se ha ido la luz y en la lumbre de algunas velas encendidas a lo largo de los corredores, en el vestíbulo y en la sala veo familias aterrorizadas. Los disparos de la tropa que el Gobierno ha movilizado desde Tunja empiezan a oírse desde la medianoche y retumban en la calle y en el patio con un eco largo, visceral. De aquella madrugada me quedará una imagen espectral de la calle donde se encuentra la pensión vista desde un balcón de la sala. Hay bruma. No sé ahora si esa bruma la ha puesto mi memoria, o si ella existió realmente: pero está allí, haciendo fantasmagórica la visión de un sacerdote y de una enfermera que avanzan, como en sueños, hacia los cadáveres abandonados a lo largo de la calle ahogada por la neblina. ¿Cuántos son? ¿Diez o doce? No llego a contarlos. Son cuerpos inmóviles, húmedos de lluvia, caídos bajo las balas de fusil de los soldados que ahora custodian, tras sacos de arena, una emisora. La enfermera, su blanco uniforme destacándose tras la negra sotana del cura, se agacha, los examina, verifica sin duda que los muertos están realmente muertos, quizá les cierra los ojos; el sacerdote comprende, reza de pie unos segundos, deja caer sobre el muerto una bendición y sigue su camino.

La imagen que se aprecia al día siguiente es la misma de una ciudad bombardeada. Y todavía quedan a lo largo de la calle donde está nuestra pensión cascarones de casas y edificios incendiados y montones de escombros. Todavía se alzan paredes calcinadas cuando un auto contratado por don Julio Herrera me recoge en la pensión, junto con mi tío, para llevarme al aeropuerto. Voy en aquel taxi sin saber que aquel viaje que voy a emprender no tendrá regreso.

Quedarán tales imágenes como un mal sueño cuando me encuentre muy lejos de ellas, en París. Prefiero volver ahora a esos tiempos. Algo, hoy, me los hizo revivir. Había ido a almorzar con Raquel en un restaurante llamado Le Bistro en una calle de viejas quintas residenciales ahora convertidas en sede de oficinas. Los modestos empleados que ocupaban las mesas parecían del todo ajenos a las baratas estampas de París que adornaban las paredes —un París de la *Belle Époque* con coches de caballos y damas de traje largo y sombrero— y sobre todo a los discos franceses que discretamente se oían por los parlantes. Eran, cosa insólita, las mismas canciones que estaban de moda cuando llegué a París, las que hicieron la gloria de la Piaf o de Charles Trénet. Las debía haber traído el primer dueño del restaurante, un francés ya fallecido, y seguían escuchándose sin que el repertorio cambiase nunca, me decía Raquel, cuando de pronto se dejó oír una canción ya olvidada en todas partes de Juliette Gréco. Fue como la luz de un relámpago sacando de la oscuridad un recuerdo muy antiguo. Ahora, mientras escribo, me parece escucharla de nuevo. Oigo la voz de la Gréco, a veces dulce, a veces tajante, serpentina de chiffon y terciopelo, cantando como entonces, cuando la conocí, aquel *je suis comme je suis, je suis faite comme ça...* La veo. Vestida de negro hasta los pies, negro su flequillo, negros e intensos los ojos, pálida y dura como eran las muchachas existencialistas de entonces, un telón rojo detrás de ella y un micrófono delante, y en el ámbito lleno de humo de *La rose rouge* todo el calor húmedo, saturado de olor a sudor de aquel verano, mi primer verano en París en el corazón de Saint-Germain-des-Prés. Veo en una mesa, muy cerca del lugar donde canta la Gréco, al propio Jean Paul Sartre, en mangas de camisa, un cigarrillo muy cerca de la cara y el humo subiéndole delante de los lentes y de aquel ojo fugado suyo que nunca miraba a su interlocutor. Pasarían muchos años antes de que yo llegara a entrevistarlo en su apartamento del Boulevard Raspail, un refugio pequeño, lleno de libros y sin lujo alguno, como el de un estudiante. Era, poco antes de su muerte, un anciano que se consideraba maoísta sin saber quién había sido realmente Mao Tse

Tung, como le ocurría entonces a cuantos intelectuales andaban aún a caza de mitos. *«Nous les Maos»*, me decía a cada paso. Resultaba en aquel momento un personaje muy distinto al que yo había visto y vería luego en otros lugares del barrio durante aquel primer verano de mis diecisiete años llenos de asombro: un hombre apenas maduro, siempre rodeado de mujeres jóvenes que lo miraban fascinadas como a un ídolo. A la Gréco la encontraba con frecuencia, acompañada siempre de una muchacha rubia y pequeña, en un hotel de la rue de Seine, el hotel de la Lousianne, en el bar Montana o sentada tranquilamente en el andén frente a la terraza del café Royal, en medio de ese mundo de existencialistas desarrapados, hombres jóvenes de barba y melena y muchachas sin una sombra de maquillaje en la cara, verdes en invierno, que parecían siempre recién salidas de su cama y que lucían su pobreza y su descuido con una especie de arrogante insolencia.

Sí, basta aquel *je suis comme je suis, je suis faite comme ça* para que yo vuelva a encontrar mi buhardilla en el último piso del Hotel Madison cuya ventana miraba a los tejados, al cielo de plomo de París y a las torres de Saint-Sulpice. En el cuarto contiguo al mío vivía la actriz principal de *Les Mains Sales*, la obra de teatro de Sartre, una mujer secreta y atractiva a quien alguna vez, oyéndole una aterrada súplica, pensé que estaban a punto de asesinarla hasta comprender que sólo se hallaba ensayando el libreto de la pieza. Recuerdos: están asociados a los discos que oía en un viejo aparato de manivela alquilado en el Boulevard Saint-Michel, a *Revoir Paris*, *La vie en Rose*, *Douce France* y a las campanas de Saint-Sulpice cuya resonancia visceral y profunda ahogaban la música cada vez que daban la hora. Veo el lavamanos en un rincón, la cama adosada bajo el techo inclinado y la reproducción de un trémulo desnudo de Modigliani clavado con tachuelas en la pared. Si el calor de aquel verano no dejaba dormir en las noches, quedaba siempre el recurso de sentarse en una terraza del Royal o de refugiarse en una cava para escuchar música de jazz. Bajando o subiendo por la rue Saint-Benoit alcanzaba uno a oír el clarinete de Sidney Bechet en el esplendor de la medianoche de agosto, estruendos de batería o lamentos de saxofón brotando de la tierra, bajo los adoquines de la calle, e invitándolo a uno a bajar las escaleras de la Cave Saint-Germain para encontrarse de nuevo en una atmósfera aturdida de música y de humo, con gente que bebía *fine á l'eau* y contemplaba con éxtasis a un negro y a una de las muchachas del barrio bailando al ritmo de vértigo de aquella música de Nueva Orleans, él atrayendo y envolviendo y desenvolviendo a su pareja en un movimiento de trompo y luego dejándola que se apartara sin soltarle nunca la mano y sin que los pies veloces abandonaran por un instante el ritmo. Todo el encanto de aquellos años locos quedaría asociado para siempre en mi memoria a la cadencia de aquella música, a las notas profundas y condolidas de *Summertime* y a ese olor que uno no sabía si era de sexo, sudor y humo, o tal vez a una mezcla de todo ello asociado al calor y el fragor de las noches de Saint-Germain.

Mi primer día de París, tres meses atrás, no presagiaba nada de esto. Era un mayo de brumas, frío, ventoso. Acabo de llegar de Cannes en avión y ahora, en un autocar, me dirijo a la terminal de pasajeros, en el centro de la ciudad, donde un amigo de don Julio Herrera debe recogerme. Todo lo que veo en el camino y a la entrada de la ciudad, bajo un férreo cielo gris, son fachadas oscuras e iguales, parecidas a las del hotel Granada de Bogotá, taxis antiguos, largos autos Citroën de color negro, hombres que se visten como Jean Gabin con bufandas y gorras —parecen salidos de una vieja película francesa—. En aquel momento, la realidad me parece una copia del cine y no a la inversa. El amigo de don Julio resulta ser un abogado joven, rápido y simpático de apellido Henríquez. Aparece minutos después en el lugar cercano a la Ópera donde me ha dejado el autocar, me saluda con un «hola, ¿cómo estás?», toma una de mis dos maletas y en metro me conduce al hotel Madison donde él mismo se aloja. Alfombras, altos techos, ceremoniosos camareros con guardapolvos, un ascensor con reja de hierro, parecido a una jaula, que sube fatigosamente a los pisos superiores dejando ver al pasar pasillos alfombrados en el resplandor lúgubre de unas lámparas de otro siglo, todo ello me da la impresión de regresar a los tiempos de los abuelos, de ingresar en un mundo elegante y desconocido, quizás el de Proust. La misma impresión me deja el cuarto que me han reservado. (Henríquez —lo sabré después— imaginaba que el recomendado de don Julio era algo así como un sobrino suyo, un muchacho rico, y había tomado para mí una de las habitaciones más costosas del hotel. Luego, al descubrir su error, acabaría consiguiéndome la buhardilla del último piso reservada para huéspedes permanentes, amigos de los dueños). Pero el caso es que yo me encuentro de pronto en una alcoba con una gran cama doble, una amplia ventana cubierta por espesas cortinas de raso, un sillón de terciopelo rojo, un teléfono con tubo dorado, también de película antigua, y, en vez de ducha, una solemne bañera apoyada en cuatro garras de bronce. Los cuadros son viejas estampas galantes del tiempo de los reyes. «¡Diablos, qué hago yo aquí!», me pregunto con pavor cuando quedo solo, sentado en la cama y sin tener la menor idea de la vida que me espera. Es como si apenas en aquel momento descubriera la inmensidad del océano Atlántico y con ello la distancia que media entre este mundo y el mío. Ni el recuerdo de mis poetas franceses me da valor. No veo nada claro. A nadie conozco. Lejanas bocinas de automóviles se escuchan en el Boulevard. De pronto, unas campanas. Por fortuna, cuando más perdido me siento, abrumado de zozobra, quizás una o dos horas después, aparece Henríquez. Es ya hora de almuerzo, y él quiere ilustrarme sobre los lugares del barrio donde puedo comer bien y a bajo precio, lugares frecuentados por él y por otros amigos colombianos que viven en el hotel. Me lleva a un restaurante —que ya nunca olvidaría y al que vuelvo cada vez que regreso a París— llamado Le Petit Saint-Benoît, estrecho, atiborrado de gente, con manteles de papel y cartas escritas a mano en tinta violeta. Me sorprende que uno pueda sentarse en una mesa ocupada por otras personas como si estuviera en un refectorio escolar. Una vez que ha pedido para él y para mí un «oeuf dur mayonaise» y unas costillas de cordero, Henríquez quiere saber qué pienso hacer en París. Suelta la risa cuando le digo, sin ánimo de hacer un chiste, que no tengo la menor idea. «Bueno —admite él—, tienes razón. Lo importante es haber llegado. Yo también me vine un poco a la aventura. Cerré mi oficina de abogado y decidí venirme. El país está horrible: muertos, violencia en todas partes. El asesinato de Gaitán acabó con todas nuestras esperanzas.» Cuando estamos tomando el café, una linda y esbelta muchacha rubia, con ojos verdes de gata, entra en el restaurante, empujando una puerta de torno. Henríquez se inclina hacia mí y me dice en voz baja: «Es una nueva actriz de cine que empieza a ser muy conocida. Se llama Simone Signoret.»

Día de sorpresas, recuerdo. En la tarde, después de haber vagado por el barrio y de encontrar en mi camino toda suerte de personajes estrafalarios, estoy de nuevo en mi cuarto de hotel cuando escucho tres discretos golpes en la puerta. Al abrir, encuentro a un hombre joven, de cara sonriente y salpicada de pecas, con boina y una bufanda color naranja anudada al cuello, que tardo segundos en reconocer. Es el estudiante de Medicina y miembro de las Juventudes Comunistas, que Luis Enrique Borda me presentó en un café de Bogotá y que meses atrás me dio las claves providenciales para venir a París. Salgado. Pepe Salgado. Henríquez le ha advertido de mi llegada. Así que me estrecha la mano, entra en el cuarto y observando el alto techo, las cortinas, muebles y lámparas, deja oír un silbido de admiración «¡Nunca imaginé que estuvieras forrado en oro! Pensé que eras un proletario como yo». Y me echo a reír. «No tengo un peso, le digo. Tuve que trabajar de camarero en Bogotá para pagarme el viaje.» Salgado me mira con una expresión de divertido asombro en la cara. ¿Entonces? Cuando le explico que me confundieron con un burgués acaudalado, una carcajada le enciende el rostro.

Desde ese momento quedamos convertidos en amigos. Será mi guía en los primeros tiempos de París. Para enseñarme cómo deberá ser mi vida de proletario, me lleva al cuarto que ocupa en el último piso de un hotel de la rue de Seine. Es una buhardilla helada, con piso de ladrillo y una especie de claraboya a manera de ventana desde la cual se divisan los tejados de París. Tiene un reverbero en el suelo para hacer café y sobre la mesa media baguete de pan. «Todo esto me sirve de desayuno y en caso de apuro, de comida —dice Salgado—. Siempre hay manera de engañar el hambre con pan y café.» Al anochecer me lleva a un restaurante más barato aún que el Petit Saint-Benoît. De regreso a mi hotel encontramos a Henríquez en el bulevar. «Fui a buscarte para llevarte a comer», me dice. Y como la noche es joven, nos invita a tomarnos un *punch* en la Rhumerie Martiniquaise, que está en la acera opuesta. «Tienes que enseñarle a este joven los malos lugares que tú frecuentas», le dice a Salgado con humor cuando estamos sentados en la terraza de la Rhumerie calentada con braseros. Pero no lo vayas a catequizar. Con un comunista en el grupo nos basta.

Muy pronto descubro que en París no es necesario buscar novedades, pues ellas le llegan a uno siempre de improviso. Saboreaba con curiosidad el ponche caribeño servido en grandes copas, cuando entró en aquel bar una mujer joven, alta y elegante, parecida a una modelo, acompañada de un hombre mucho mayor que ella. Grueso, un sombrero de alas flojas dejando en sombra sus ojos y enfundado en una gabardina de ancha hebilla y amplias hombreras, parece salido de una vieja película americana de gángsteres. ¿Están algo bebidos? Se diría, en todo caso, por la manera como les oímos cruzar palabras enfurecidas mientras toman asiento en una mesa cercana a la nuestra. *«Ah non, ça je ne l'accepte pas»* repite ella una y otra vez con una voz crispada. Es una mujer de una extraña belleza por el contraste entre el pelo oscuro y unos ojos claros, fosforescentes. El hombre le replica algo que provoca aún más su furia. El caso es que de pronto, con el revés de la mano, ella le da una brusca bofetada. Él está a punto de replicarle de la misma manera, pero de pronto, incómodo, tropieza con nuestras miradas, se contiene, recoge el sombrero que se le ha caído, se incorpora y se va lanzándole una injuria. Ella lo ve alejarse por el bulevar. De pronto, como si obedeciera a la necesidad de dar una explicación, se vuelve hacia nosotros. *«C'est un salaud»*, murmura. Como yo no entiendo aquella palabra, Salgado me la traduce a su manera. «Dice que es un h.p.» Rápido, sin perder su sonrisa y atento como un buen bogotano que cuida siempre sus modales, Henríquez la invita a sentarse con nosotros.

De esa manera algo explosiva conocí a Carla. Rumana, llegada no sé cómo a París y sin que nunca llegara yo a saber cómo y dónde vivía, sería en mis primeros meses en París una amiga deslumbrante y ocasional. En los bares, cafés y cavas de Saint-Germain-des-Prés lucía su elegancia de modelo y su belleza exótica con la misma insolencia con que las muchachas existencialistas lucían su desgreño. Nunca hubo nada entre ella y yo, ni siquiera llegué a soñarlo. Me trataba como si fuese un hermanito más joven a quien se le recibe siempre con afecto, haciéndome sentar a su lado donde estuviese, aun acompañada (y siempre lo estaba). Pero el caso es que aquella noche, mi primera noche en París, ella parecía hacer realidad todo lo que, a propósito de mujeres, había soñado en poemas y películas vistas en los cines de Bogotá. La veo sentándose a mi lado y luego entrelazando sus piernas infinitas a tiempo que nos llega la ráfaga del perfume sutil y perturbador que la envuelve. Fija de pronto su atención en mí. Me pregunta mi nombre. Y enseguida quiere saber cuántos años tengo. «Diecisiete, casi dieciocho», alcanzo a balbucir en mi francés elemental, y ella se echa a reír sin dejar de observarme con un brillo de divertida curiosidad en las pupilas. «Y estás bebiendo ron?», sigue preguntando como si fuese realmente una hermana o una madre vigilante. «Estamos celebrando su primera noche en París —se disculpa, travieso, Pepe Salgado—. Llegó hoy.» Entonces ella me pasa la mano por el pelo, diciéndome algo que no entiendo. Henríquez, con risa, me traduce. «Dice que eres muy joven para vivir en un barrio de pecados.» «Pues eso es justamente lo que más me interesa», y ella parece comprender lo que digo porque sonriendo hace un cómico gesto de reprobación. Luego, acepta tomar con nosotros una copa, no de ponche sino de un Martini blanco, que se hace servir muy frío y con una cáscara de limón. Poco después nos dirá su nombre y su nacionalidad, y cuando le preguntamos por su país hace un mohín desdeñoso. «La única ciudad del mundo realmente excitante es París, dice. Lo demás es provincia.» Henríquez y Salgado parecen encantados con ella. Por mi parte, lo que experimento es una muda e intimidada fascinación. Su perfume, los ojos, la manera como fuma un cigarrillo con una boquilla de nácar paseando a veces una mirada distraída por las mesas como si buscara a alguien; eso, y la ciudad que palpita afuera con sus oscuras fachadas y su constante discurrir por el bulevar de autos y figuras para mí nada habituales, me dan una extraña sensación de irrealidad. En un momento dado, ella mira su fino reloj de pulsera. *«Zut, il faut que je m'en aille»*, dice apagando el cigarrillo y disponiéndose a partir. Cuando se incorpora, su mirada se detiene de nuevo en mí de un modo que me apresura los latidos del corazón. Algo dice, creo que menciona la palabra suerte («Suerte para mí en una ciudad de pecados», me traducirán después Henríquez y Salgado), se inclina y me da un beso en la boca que los otros dos celebran con risa y aplausos. Es un roce lento, húmedo y sensual que me deja aturdido, incrédulo, mientras la veo alejarse en busca de un taxi, sin sospechar entonces que volveré a verla muchas veces. «Fue tu bautizo en París», me dice Salgado con envidia. Y yo, más tarde, regresando a mi hotel, a mi cuarto de lujo, pienso que han empezado a sucederme cosas maravillosas.

12

—Tierra dura —comenta el capitán que le ha sido asignado a Martín por el comandante de la V Brigada, un oficial joven, de aire enérgico, vestido con un uniforme de camuflaje—, señalándole el intrincado paisaje de montañas sobre el cual parece correr la sombra del helicóptero. Habla en voz muy alta, casi a gritos, para dominar el ruido del rotor y el zumbido de las aspas que giran en lo alto. A su lado, en la puerta lateral del aparato, abierta al vacío, un soldado inspecciona con ojos alertas el paisaje, mientras su ametralladora apunta hacia abajo, hacia la profunda garganta en el fondo de la cual resplandece la sinuosa cinta amarilla de un río, sin duda el Chicamocha. Martín contempla con un sentimiento de fascinación, y a la vez de sobresalto, aquel soberbio paisaje de montañas, de ocres y verdes intensos, cuya agresiva topografía no parecería admitir caminos ni sembrados ni aldeas, nada capaz de hacerlo fácil o habitable. «Sí, dura tierra», le responde al capitán, pensando que siempre lo fueron aquellos riscos de Santander. ¿Acaso no había oído decir alguna vez que los indios Caribes habían preferido suicidarse lanzándose desde las alturas de aquel cañón del Chicamocha antes de someterse a los conquistadores españoles? Y si en algún lugar había quedado intacto el carácter español, franco y áspero en comparación con los modales envueltos de otros lugares del país, era allí, en aquel departamento, también escenario de las más sangrientas batallas de las guerras civiles. «Buen refugio para los bandidos.» De nuevo el capitán está hablándole mientras abarca con la mano las cumbres de la cordillera. «Si uno se descuida, le caen a plomo.» Martín asiente, pensando que, en efecto, una geografía tan poco accesible facilita como pocas la acción de un grupo guerrillero. «Allí donde vamos nació el ELN», agrega el capitán, hablando siempre a gritos para hacerse oír sobre el zumbido de las aspas que en lo alto del helicóptero rasgan el aire con bruscos tijeretazos. «Hace más de treinta años.» Treinta años, murmura Martín; treinta años que para él habían transcurrido en un ámbito muy distinto al que está contemplando, y por un momento vuelve a encontrar en su memoria los álamos, las suaves colinas azules o los campos salpicados de amapolas de Francia que recorría en verano cuando viajaba hacia el sur. Se ha quedado en silencio, casi adormecido por el rumor del aparato, cuando el capitán alarga el brazo señalándole algún punto de las montañas. «Ahí tenemos El Rosal», anuncia. Martín, obedeciendo a su indicación, divisa algo que en el cuenco de las montañas se dibuja como un remanso intensamente verde dentro del cual, ajeno a la quebrada topografía que lo rodea, plano, con una iglesia destacándose sobre un rebaño de casas, aparece el pueblo.

Lo primero que le sorprende, cuando el helicóptero desciende balanceándose con lentitud sobre un amplio descampado parecido a una cancha de fútbol, son las siluetas de dos mujeres que esperan a un lado de esa pista, delante de una veintena de personas. Una, de cabellos grises, viste de blanco y la otra, más joven, viste de rojo, de un rojo vivo que la ubica como un punto de referencia en medio del grupo. Al posarse en el suelo, siempre con su suave balanceo, las aspas del aparato levantan una breve tolvanera. No acaban de girar, y ya las dos mujeres avanzan por el descampado. Las siguen otras mujeres y muchachos apoyándose en muletas. A todos les falta una pierna, menos a uno que le faltan las dos y viene en una silla de ruedas empujada por un hombre de edad. De pronto, divisando aquel grupo casi fantasmagórico que viene a su encuentro, con el fondo luminoso de las montañas alzándose al extremo de la planicie, Martín tiene la impresión de encontrarse ante un cuadro del Bosco.

El capitán se adelanta abriéndole los brazos a la mujer de rojo.

—¡Trinidad! —exclama—. Dichosos los ojos.

—Gusto de verlo, capitán Ramírez. Nos tenía olvidadas. Nosotras, en cambio, lo tenemos siempre muy presente.

El capitán saluda respetuosamente a la anciana de blanco, y se vuelve hacia Martín.

—Periodista, aquí le presento a dos valerosas líderes de este pueblo tan sufrido. Trinidad es la personera del municipio y doña Adela, hija del fundador de El Rosal.

Aunque no lo son, parecen madre e hija porque hay algo en común entre ellas; quizás el ceño, una tez curtida por el sol y sobre todo un igual destello de tranquila y amistosa energía en los ojos.

—De modo que usted es el famoso hermano de Benjamín. —Trinidad le ha tomado las dos manos estrechándoselas con una repentina y conmovida efusividad—. Nos anunciaron su visita por teléfono desde la V Brigada y no lo podíamos creer. ¡Cuántas veces Benjamín nos habló de usted!

—Hombre para nosotros inolvidable, el capitán —suspira la mujer mayor.

—Teniente coronel, doña Adela. Benjamín ya tenía ese grado —corrige Trinidad.

—Pues para nosotros seguirá siendo el capitán Ferreira —dice la anciana, rotunda—. La noticia de su muerte nos la dio el 1 de enero, desde Bucaramanga, el capitán Ramírez aquí presente. Y no podíamos creerla. El capitán Ferreira cambió nuestra vida.

—Para bien y para mal —agrega de improviso Trinidad con una expresión sombría.

Martín se sorprende:

—¿Para mal?

—Pero no por culpa suya. Ya se lo explicaremos, ¿verdad, capitán? —aclara Trinidad, volviéndose hacia el oficial que está a su lado; luego, reparando en las mujeres y muchachos con muletas que se han agrupado en torno a ellos y esperan, mudos y pacientes—: Saluden al doctor Ferreira.

—Nada de doctor. Para ustedes, Martín —dice él estrechando las manos que uno tras otro le van extendiendo aquellos muchachos lisiados, casi todos muy jóvenes, fornidos, vestidos con bluyines y camisetas de colores vivos, así como las de una campesina robusta, con sombrero, a quien le falta buena parte de la pierna derecha.

—Vamos a la alcaldía —propone Trinidad.

Martín, el capitán, las dos mujeres y los lisiados caminan bajo el sol del mediodía, respirando en el aire un olor tibio a piña madura, por una calle ancha y recta del pueblo entre casas bien cuidadas, muy limpias, pintadas de blanco. Muy pronto el cortejo se hace más nutrido, pues a medida que avanzan muchas de las personas que han salido a las puertas de sus casas o que se hallaban en las tiendas o en las esquinas se acercan para saludar a los recién llegados. Al parecer, el aterrizaje del helicóptero se ha convertido en un acontecimiento que atrae la atención de todo el pueblo.

Entrando en una plaza que se abre delante de la iglesia, Martín responde distraídamente a los saludos sin dejar de escuchar lo que está refiriéndole Trinidad.

—Primero nos volaron el oleoducto. Fue un 31 de diciembre muy cerca de la medianoche, lo recuerdo muy bien, porque el pueblo entero, lleno de luces, estaba de fiesta esperando el nuevo año. Se bailaba en la plaza cuando escuchamos la explosión y la tierra pareció temblar. En esta rotonda —le señala uno de esos templetes redondos que en los pueblos se destinan a las retretas— había una orquesta compuesta por muchachos nuestros. En los días que siguieron nos quemaron varios camiones cargados de cacao, que es lo que aquí cultivamos y producimos, mataron a dos conductores y luego, como si fuera poco, volaron los puentes en las carreteras que van hacia Barranca y hacia Bucaramanga.

—¿Y los lisiados? —pregunta Martín señalando a las mujeres y a los muchachos que los acompañan apoyándose en muletas.

—Minas —dice ella—. Minas «quiebrapatas», así las llamamos. Las fueron colocando en todas partes, en los lugares de ordeño, en los sitios donde las muchachas lavan la ropa, en los cacaotales y en puntos donde el paso es obligado cuando se viene de algunas veredas hacia el pueblo. Los que nos acompañan, citados por mí en cuanto supe que usted venía, no son sino una parte de los que sufrieron amputaciones —hay otros tantos que pese a todo se las arreglan para trabajar en algunas fincas, sin contar los que murieron desangrados—. Trinidad acaba de detenerse frente a la alcaldía. Martín encuentra, sobre el vivo traje rojo que lleva, la mirada de una mujer capaz de contemplar con frialdad y valor cualquier tragedia; una líder.

—Fue una operación castigo. Así la llamaron.

—¿Quiénes? —pregunta Martín.

—Ellos. Los del Frente capitán Parmenio.

Martín hace un gesto de extrañeza.

—Es el nombre que el ELN le da a la cuadrilla suya que opera en esta región —se apresura a explicar el capitán Ramírez—. El ELN nunca se resignó a perder este pueblo, que fue siempre suyo. Pero el hecho es que lo perdió por voluntad de los propios campesinos. Cuatro mil de ellos, provenientes de las cincuenta y seis veredas de El Rosal, marcharon un día hacia el campamento donde se hallaba el jefe de la cuadrilla para pedirle que acabara con los reclutamientos forzados de muchachos y los llamados «colectivos de producción», o sea jornadas de trabajo para suministrar víveres a los elenos. Detrás de esa marcha estaba la labor paciente y callada de su hermano, que entonces era el capitán que comandaba la base militar de este pueblo.

—Sí, obra de Benjamín —confirma Trinidad—. Ya tendremos tiempo de contarle cómo lo logró. Por lo pronto, doctor Martín, siga por aquí. —Lo guía por un zaguán de la casa donde funciona la alcaldía hacia un patio interior adornado con macetas de flores—. El alcalde quiere conocerlo.

Lindo lugar, se dice Martín, divisando desde la terraza la zona donde se han sentado a almorzar con el alcalde, Trinidad, el capitán, la anciana vestida de blanco y otros cuantos personajes del pueblo, y observando también el soberbio paisaje de montañas que se extiende hasta donde alcanza la vista. El vibrante color de los trinitarios en el verde lomo de las colinas y un olor fragante de campo, de trópico, por largos años olvidado, que sus propios pulmones parecen aspirar y reconocer con gratitud, lo llevan a decirse por un instante que aquél sería un lindo lugar para vivir. No para morir, sino para vivir; no para quedar sin piernas por una explosión o para ir temblando de miedo cada vez que se va en autobús hasta la capital del departamento, sino para vivir, piensa recordando las historias que una hora antes, uno por uno, fueron contándole aquellos muchachos lisiados o la campesina milagrosamente salvada de la muerte luego de pisar una mina cuando se aproximaba a su vaca, en la primera luz de la madrugada, para el ordeño de todos los días.

—Aquí, mi doctor Martín, no se movía una hoja sin permiso de ellos —refiere Trinidad mientras los demás, escuchándola y asintiendo en silencio, se sirven yuca y trozos de gallina en sus platos—. Así durante casi treinta años. Todos hemos tenido parientes en la guerrilla. Todos, casi sin excepción. Muchachos que se los llevaban, reclutados o adoctrinados, y que rara vez volvíamos a ver, salvo los que Benjamín logró milagrosamente devolvernos luego de que desertaran y quedaran bajo su protección.

—Fue el caso de un sobrino mío —confirma el alcalde, un hombre flaco, de bigote y cejas muy negras, algo ceremonioso, que se sienta al lado de Martín—. Tenía una novia en la guerrilla, una muchacha de San Vicente de sólo catorce años de edad. Parece que una noche se quedó dormida en una guardia. La primera vez, sólo la amonestaron. Pero la segunda vez que le ocurrió lo mismo porque estaba muy cansada después de una larga marcha, le siguieron consejo de guerra a las cinco de la mañana. La condenaron a muerte dizque por el grave peligro que les había hecho correr. Y fue a mi sobrino, su novio, su compañero, a quien, por decisión del comandante, le tocó cumplir la sentencia. Un tiro en la cabeza, luego de que ella misma cavara su fosa. Dos guerrilleros tenían el encargo de hacerle cumplir la orden a medio kilómetro del campamento. Él y su novia se miraban, sólo eso, me contaba mi sobrino, mientras ella con una pala abría la fosa donde iba a quedar su cuerpo. Desde entonces él no pensó sino en desertar.

Trinidad se apresura a añadir:

—No sufra —dizque le decía luego el comandante—. No sufra, recuerde que su único amor, su única familia debe ser la revolución. —La mirada se le ensombrece—: Con ese cuento de la revolución justifican cualquier barbaridad. Por ejemplo, castigar con la muerte a un muchacho porque se ha comido una panela o fusilar a un estudiante porque, incapaz de adaptarse a la vida del monte, propone crear un frente urbano, cosa que ellos toman como engaño o como tentativa de deserción. Todo eso lo vinimos a saber cuando Benjamín, no sé cómo, empezó a traer desertores a la base. Antes, sabiendo que hijos, primos o hermanos nuestros estaban con ellos, les dábamos todo nuestro apoyo. Y hasta había quien se tragaba el cuento de la revolución al estilo cubano. Los alcaldes que elegíamos debían tener su aprobación. Parte del presupuesto municipal se iba para la tesorería del Frente Capitán Parmenio. Bueno, como ya le dije, Martín, aquí no se movía una hoja sin su autorización. Nadie, nadie podía cruzar una palabra con los oficiales y soldados de la base. Nadie les devolvía un saludo, y ellos, la verdad sea dicha, acababan procediendo como si estuvieran en territorio enemigo. El propio susto que tenían los hacía muy duros, autoritarios. No, antes de llegar Benjamín, no queríamos a los militares.

Martín se vuelve hacia el capitán Ramírez, que en el extremo opuesto de la mesa, recibiendo en la cara el sol de las dos de la tarde, se ha quitado su gorra mientras come, dejando ver una frente perlada de sudor. Parece sofocado dentro de su uniforme de combate.

—¿Qué dice de eso, capitán?

Ramírez hace un cómico gesto de resignación:

—Pues es muy cierto, periodista. Lo que ocurre es que no confiábamos ni en nuestra propia sombra. Vivíamos esperando un asalto. Salíamos siempre en patrulla, nunca solos. Para nosotros, militares, ser enviados a El Rosal era un castigo. Lo fue inicialmente para su propio hermano. Como lo llamaban en la V Brigada el Filósofo, mi general Contreras, que allí estuvo por un tiempo destacado, resolvió mandarlo a este pueblo. «Será su bautismo de fuego —le decía—. Lo mando a un pueblo ciento por ciento de elenos. Con ellos no valen palabras. Sólo el plomo. Así que vaya con los ojos abiertos y olvídese de sus sermones. Si no, se muere.»

—Y así era —habla ahora doña Adela, la anciana vestida de blanco que hasta ahora se ha mantenido en silencio—. La base militar era un lugar muy vigilado por las milicias de la guerrilla. Si una mujer volteaba a mirar para ese lado, algún miliciano, de los muchos que había organizado el ELN en el pueblo, le decía al pasar junto a ella: «Qué, ¿ya va a sapear?» Y la señora no tenía más remedio que girar la cabeza y meterse en su casa.

—Acuérdense de lo que le pasó a la muchacha que encontraron hablando con un cabo. —Tránsito se dirige a todos los que se han sentado en torno a la mesa—. ¿Cómo se llamaba? Rosaura o Rosalba Espinel. —Se vuelve hacia Martín—. Era amiga del cabo que llegó a la base. Se habían conocido de niños en otro pueblo. Y al encontrarse en la plaza, al reconocerse, era natural que se abrazaran y que ella acabara aceptándole un helado, conversando y riendo con él. La pobre no era de aquí, estaba recién llegada y no sabía cómo era de peligroso lo que estaba haciendo. Pues bien, la mataron.

—De diecinueve tiros —precisa el alcalde.

—Apareció muerta en una vereda cercana. Pero antes de acribillarla, le habían echado ácido en la cara y en los genitales —informa otro de los presentes.

—¿Ácido? —murmura Martín, incrédulo, horrorizado. Todos asienten y él tiene la impresión de que aquello ya no les produce sorpresa. Nunca la bucólica paz que envuelve el paisaje le ha parecido tan engañosa. A medida que escucha los relatos tiene la impresión de que sólo ahora empieza a conocer el mundo donde se movía Benjamín, tan lejos del suyo. El país terrible y real que ni siquiera en Bogotá conocían.

—En el entierro, el cura Mariño alcanzó a decirnos que esto debía ser tomado como una advertencia, como una lección. —Trinidad, siempre locuaz, su vestido rojo destacándose sobre el fondo verde de las montañas, pues está de espaldas al paisaje, parece retomar con ímpetu el hilo de su relato, abandonando de nuevo su plato que apenas ha tocado—. Mariño —le explica a Martín— era el párroco del pueblo, pero ante todo un hombre de ellos. Les llevaba munición al campamento en el propio carro de la parroquia. En los sermones nos pedía apoyo para ellos, los insurgentes, así los llamaba. El sacristán le servía también de enlace cuando era necesario. —De pronto, como atrapada por un recuerdo, se echa a reír—. No se imagina usted, Martín, la cara que puso el cura cuando un día vio aparecer en la iglesia al propio jefe de la base militar, a Benjamín, que estaba recién llegado. Jamás había visto a un militar entrando con sus hombres por la nave central. Debió de pensar que lo iban a detener. Pero cuando los vio persignándose y ocupando los bancos de la iglesia al lado de otros feligreses, palideció de rabia. «Aquí no aceptamos hombres armados», les gritó, ordenando que los militares desocuparan el templo. Benjamín le hizo caso. Puso todas las armas en el atrio de la iglesia, al cuidado de dos soldados, pero volvió a entrar al templo con todos los demás militares. Y a la hora de la comunión, para sorpresa de todo el mundo, se acercó detrás de unos cuantos devotos para comulgar. Había que ver la cara del cura y del sacristán. ¿Verdad, doña Adela? Usted estaba allí.

—Cómo no —confirma sonriendo la anciana del vestido blanco—. Al padre le temblaba la mano de rabia dándole la hostia.

«Ahí está pintado Benjamín», piensa Martín. Lo imagina: de rodillas, los ojos cerrados, transfigurado por el sacramento que acaba de recibir, mientras el cura y su acólito se miran con desconcierto. No sabe por qué, a lo largo de los relatos que ha ido escuchando, le queda la desazón de no saber aún cómo y por qué Benjamín fue acusado de ciento cuarenta y siete homicidios, de colgar a un muchacho y todo cuanto figuraba en el expediente del cura Garrido. Del mismo modo que siempre lo ha hecho cuando las declaraciones de un entrevistado no le resultan claras, se decide a pedir una explicación, mientras una muchacha, recogidos los platos con restos de pollo, va poniendo sobre la mesa un postre de bocadillo con queso.

—Bien, Tránsito, me ha quedado muy claro que este pueblo estaba totalmente en manos de la guerrilla, que un día le dio la espalda y que ha sido castigado por ella de todas las formas posibles. Pero ¿qué pasó? ¿Qué hizo Benjamín para que todo cambiara? ¿Cómo logró que cuatro mil campesinos marcharan hacia el campamento del ELN para advertir que no querían más reclutamientos?

—Fue un verdadero milagro —suspira doña Adela—. Mi Dios debió ayudarlo.

De nuevo es el capitán Ramírez quien interviene para responder a su perplejidad:

—Yo sé, periodista, quién puede contarle con pelos y señales cómo fue la estrategia utilizada por su hermano. Es mi capitán Bohórquez, que muy pronto será mayor. Para ese momento era teniente o subteniente cuando su hermano estaba al mando de la base. Fue su mejor colaborador, su mano derecha. Quiere conocerlo. No pudo venir a este almuerzo, pero ya tengo arreglado un encuentro con él esta misma tarde en la base. Él le contará muchas cosas que ni siquiera la propia Tránsito sabe. Sólo le puedo anticipar una cosa. Su hermano, el entonces capitán Ferreira, le hizo honor al apodo que le ponían. El Filósofo. Más como filósofo que como militar acabó quitándoles a los bandidos del ELN este pueblo. Y algo sorprendente: sin disparar un tiro. Sí, como dice doña Adela, fue un verdadero milagro.

13

«Sí, es cierto, yo puedo, mejor que nadie, hablarle de todo lo que hizo su hermano como comandante de esta base militar. Fui el segundo comandante de la compañía, su hombre de confianza. Pero debo advertirle que este cargo no era visto por nosotros como un premio o una distinción. Todo lo contrario. Era un castigo. Nadie anhelaba entonces venir a un pueblo tan peligroso como éste. Tierra enemiga, así lo llamábamos, tierra de elenos. A mí, para serle franco, periodista, me pareció en el primer momento que su hermano era el oficial menos indicado para enfrentar a la cuadrilla más poderosa del ELN en todo el oriente del país, y nada menos que en el lugar donde nació, donde creció a sus anchas con el apoyo de la población. Aquí no se movía ni un dedo sin esperar primero las instrucciones de un tal Solano, comandante del Frente Capitán Parmenio. Se lo han dicho, ¿verdad? Pues bien, cuando yo esperaba un tropero curtido por la guerra en otros lugares candentes del país, me aparece aquel capitán, conocido en otras guarniciones como el Filósofo, tan pálido y esmirriado que el uniforme de campaña parecía flotarle sobre los huesos y, para colmo, cortés, atento, de muy buenas maneras, incapaz de decir una mala palabra ni de alzar la voz para impartir una orden. Con perdón suyo, tenía algo de curita recién ordenado, de seminarista. Tanto yo, como los oficiales y suboficiales que estábamos en la base, nos mirábamos con sorpresa y algo de risa cuando al llegar su primer domingo en el pueblo se empeñó en llevarnos a la iglesia sin tomar en cuenta que el cura Mariño y su sacristán trabajaban para el ELN. Eso sí, había algo en él que nos inquietaba: una agudeza y un brillo fijo en la mirada a la hora de hacernos preguntas, algo extraño que nos dejaba inermes, como si estuviese descubriendo por fuera de cualquier respuesta lo que realmente andábamos pensando. El hecho es que desde el primer instante debió darse cuenta de mis dudas porque a la primera oportunidad que tuvo, una noche, recuerdo, después de la comida en el comedor de la base, me hizo una confesión sorprendente. "Teniente —me dijo—, yo nunca le he causado la muerte a nadie. Cosas de la vida, pues jamás he rehuido la oportunidad de un combate. Siempre he pedido mando de tropa. Y no obstante, no sé si por designio de la Divina Providencia, no he tenido que dar de baja a un solo guerrillero. Mis patrullas tuvieron enfrentamientos, pero no yo." "Pues aquí sin remedio los va a tener", le dije yo, antes de recordarle que un día después de llegado a la base me tocó recoger a dos soldados heridos por los disparos de un francotirador.

»Pese a todo lo dicho por él aquella noche, no le veíamos prisa alguna para enviar patrullas a los lugares donde los elenos se movían con la mayor tranquilidad. En vez de ello, andaba leyendo informes y libros sobre la región. Descubrió que en toda la zona del Chucurí había existido el movimiento agrario más antiguo de Colombia, organizado por el Partido Comunista. En los años treinta, cuando en este lugar no existía aún ni la sombra de un pueblo, ligas agrarias habían ocupado tierras y se habían registrado secuestros o asesinatos de sus dueños originales. Con tales antecedentes, no es de extrañar que en los años sesenta muchachos becados y entrenados militarmente en Cuba decidieran establecer aquí y no en otra parte el campamento madre del ELN. Sus prédicas en los campesinos tuvieron eco inmediato. Era una zona roja. Más tarde, cuando el capitán Ferreira, su hermano, empezó a ganarse la confianza de los campesinos —labor lenta, cautelosa, sumamente difícil, ya le contaré cómo lo hizo—, se encontró que muchos de ellos, aunque escasamente supieran leer o escribir, le hablaban de política petrolera, de plusvalía, de organización de masas o de lucha de clases. No fue nada fácil, se lo aseguro, ganar la confianza de gente tan adoctrinada. Ninguno de los comandantes de esta base militar había mostrado semejante empeño. Como ya le dije, los militares se sentían en tierra enemiga. Y cómo no habría de ser así, si nadie le contestaba un saludo a uno, si cuantos estaban en la puerta de las tiendas o en los bancos de la plaza apartaban la vista cuando nos veían venir y más de uno escupía en el suelo apenas habíamos pasado.

»En fin, transcurrían los días en medio de una inmovilidad que empezaba a inquietarnos, cuando un día su hermano nos citó en las aulas de la escuela municipal. En aquel momento, época de vacaciones escolares, estaban vacías. Sentados en los pupitres, como si fuésemos alumnos de primaria, oficiales y suboficiales no sabíamos por qué el capitán había dibujado en el tablero un arbolito con muchas ramas y hasta con sus raíces a la vista. Parecía que supiese lo que estábamos pensando, pues nos sorprendió preguntando qué habíamos conseguido los militares en aquella región en los últimos veinte o treinta años. Seguramente —contestó— dar de baja a uno que otro guerrillero y a lo mejor a uno tan importante como el padre Camilo Torres —hombre apostólico, muy respetable, nos dijo—, muerto en el lugar llamado Patio de Cemento. ¿Y con ello qué?, nos decía observando nuestro desconcierto, pues a ningún antecesor suyo se le había ocurrido semejante reflexión. Al fin, se volvió hacia el tablero con una tiza en la mano, y nos dijo: "Miren bien, el movimiento insurgente en Colombia es como este arbolito. La tierra que he dibujado, en el punto donde hunde sus raíces, es el pueblo, ahí está la vida del árbol; el tronco es el Partido Comunista, su estructura; y las ramitas son las diversas formas como hace su guerra. Sólo una —óiganlo bien—, sólo una de esas ramas es la lucha armada. Nosotros nos limitamos a arrancarle a esa rama una, dos, tres, seis o diez hojas —es decir, los guerrilleros dados de baja—, sin darnos cuenta de que vuelven a retoñar porque otros muchachos, reclutados voluntariamente o a la fuerza, vienen a reemplazarlos. De modo que el árbol sigue intacto. O lo que es peor, sigue creciendo." Y aquí viene mi pregunta: "¿Por qué, en vez de dedicarnos a arrancar hojas de una de sus ramas, no nos agachamos y buscamos dejar sin tierrita sus raíces? Si lo hacemos, eso significa que los planteamientos ideológicos de la insurgencia van a quedar sin soporte en el pueblo, con lo cual el árbol queda expuesto a que un soplo de viento lo haga tambalear y de pronto lo derribe." Todo eso, dicho como si fuera el sermón de un iluminado, nos resultaba muy extraño, ¿lo comprende, periodista? Extrañísimo. Empezábamos a entender por qué a su hermano lo llamaban el Filósofo. Y él, cómo si adivinara lo que nos hervía en la cabeza escuchándolo, nos citó un proverbio chino: "Lo sutil vence a lo fuerte, recuérdenlo." Y a renglón seguido nos expuso su plan, que consistía en visitar a los campesinos finca por finca, para demostrarles que todo aquel cuento oído y repetido por ellos, de la lucha de clases como única manera de acabar con la desigualdad y la pobreza, era pura basura. Pero a tiempo que nos comprometiéramos a adelantar esa labor encaminada a desmontar su adoctrinamiento, era importante que cada uno de esos campesinos nos debiera un favor, uno cualquiera. "Las nuestras, de ahora en adelante, van a ser patrullas nunca vistas por ellos", nos dijo.

»De verdad, periodista, parecíamos apóstoles. Cuando nos aproximábamos a sus ranchos, los campesinos dejaban a un lado sus arados y nos veían llegar con pavor como si fuéramos a detenerlos. El miedo se tornaba en simple recelo cuando el capitán, nuestro comandante, luego de saludarlos, les armaba una charla hablándoles de sus faenas, del tiempo que se avecinaba, de cosechas y sembrados, con lo cual muy rápidamente acababan dándose cuenta de que él había sido un campesino como ellos. A los niños les ofrecía galletas y dulces. Si íbamos por un camino, y veíamos que un campesino estaba levantando una cerca, el capitán daba un alto a la patrulla, organizaba la seguridad y le ayudábamos en su trabajo. Al principio, obviamente el campesino no nos daba ni las gracias. Pero eso no importaba. Lo que contaba, decía su hermano, era perseverar. Había entre toda esa comunidad que vivía a horas del pueblo muchas necesidades insatisfechas. Cosas elementales. Era frecuente, por ejemplo, que una familia campesina no tuviese letrina en su casa. El capitán explicaba a esa familia lo importante que era tenerla, y con ayuda de nuestros soldados le hacíamos una letrinita de madera, limpia, con todo lo necesario. Esa labor la íbamos haciendo finca por finca, rancho por rancho, día tras día, de un modo que las armas que cargábamos parecían de juguete o algo peor, un pesado estorbo. Muy pronto se dio cuenta de que había en la región gente muy pobre, especialmente viejos o mujeres cuyos hijos se los había llevado la guerrilla. Al principio, para no asustarlos, no preguntaba por esos muchachos. Cuando se percató de que en los patrullajes más largos los soldados acababan botando plátanos o papas para aligerar la carga de víveres que llevaban a cuestas, ordenó recogerlos a fin de llevarles cada semana un mercadito a los más necesitados. De su propia ración agregaba víveres frescos, arroz, una lata de leche condensada. Así, poco a poco, fue ganándose la confianza de todos. Las lenguas empezaron a destrabarse. Con sus dotes de brujo, las mismas que nosotros le conocíamos, adivinaba que el hijo o la hija cuya ausencia hacía más penosa su labor no estaba, como ellos decían, en Bucaramanga o en otro lugar del departamento, sino en el monte, con los guerrilleros. Se dio cuenta muy rápidamente de que a padres y madres les ardía en el alma que se llevaran a los campamentos hijas suyas de quince o dieciséis años para convertirlas en mozas de jefes de guerrilla o de los propios comandantes. "El peligro que corren sus hijos es muy grande —acababa diciéndoles—. Si se retrasan o se pierden en una marcha, si no cumplen alguna tarea que les ha sido impuesta o se duermen en una guardia o tratan de escaparse de una vida que no les gusta, los fusilan. Así es el asunto, yo lo sé." Y luego, como quien no quiere la cosa, les hacía saber que si tenían oportunidad de comunicarse con ellos les hiciera saber que él, en caso de deserción, estaba dispuesto a protegerlos. Los campesinos, todavía desconfiados, negaban: no, capitán, nada tenemos que ver con la guerrilla, los muchachos se nos fueron para buscar su vida en otra parte.

"Está bien, respondía el capitán; pero guárdense en su cabeza lo que acabo de decirles."

»El primero en desertar fue el hijo de una viuda, una mujer muy pobre a quien todas las semanas le llevábamos su mercado. El muchacho cumplía labores de correo entre el campamento guerrillero y la alcaldía de este pueblo. Cada mes estaba encargado de llevar cierta suma de dinero tomada de los fondos municipales. Un día, por algún motivo, volvió con las manos vacías. Problemas de caja o de asignación presupuestal, pero el caso es que el comandante no le creyó y amenazó con seguirle consejo de guerra si en un segundo viaje, que debía realizar de inmediato, no traía el dinero acostumbrado. El hijo de la viuda se asustó. Había sido llevado al campamento casi a la fuerza y extrañaba a su madre. Ella, de su lado, le había hecho saber la protección que ofrecía el capitán a quien desertara. El muchacho se las ingenió para acercarse a un sargento que andaba de patrulla con unos cuantos soldados a la entrada del pueblo, y le susurró que lo detuviera de mala manera y a la vista de todo el mundo lo llevara preso a la base. Así ocurrió. Fue sólo una comedia, porque el capitán cumplió su promesa de protegerlo. Sabía que la guerrilla podía asesinarlo o matar a su madre si se daba cuenta de que se trataba de una deserción. Así que disfrazándolo de soldado con la gorra bien calada cubriéndole las orejas y parte de los ojos de modo que resultara irreconocible, lo remitió en un helicóptero con soldados en licencia a Bucaramanga, luego de obtener de él muchos informes valiosos sobre la guerrilla. El muchacho entró a formar parte de las redes de inteligencia militar que operaban al servicio de la V Brigada. Es importante que usted retenga este caso, porque más tarde este muchacho habría de aparecer en informes del cura Manuel Garrido, de la ONG Patria y Justicia, como detenido, torturado y desaparecido por obra del capitán Ferreira, su hermano.

»Al cabo de semanas o de meses de esta labor, el capitán sabía quién podía estar más cerca de nosotros, quién quería ser neutral y quién era abiertamente auxiliador de la guerrilla. Los neutrales se lo decían abiertamente. "Yo no soy ni agua ni pescado", le advertían. Ni con ustedes ni con la guerrilla. No quiero saber de nadie. Otros, en cambio, parecían cumplir para el ELN labores de información. Los amigos o simpatizantes del Ejército guardaban silencio, pues temían por su vida. El capitán acabó haciendo un mapita de puntos blancos (los confiables), azules (los neutrales) y rojos (los aliados de la guerrilla). Sobre esa base, se movía con entera libertad en la zona de puntos blancos y azules y con suma precaución en la zona de puntos rojos. A cada teniente bajo su mando le entregó tres veredas, a los sargentos una, con la misión de saber quiénes tenían familiares en la guerrilla. Cuando tuvo este dato, empezó a dejar en manos del padre o de la madre de un guerrillero una carta destinada a su hijo explicándole los peligros que corría y la protección que estaba dispuesto a darle. Con este método logró la deserción de nueve guerrilleros. Y ello cambió por completo la situación de la zona.

»Las cosas sucedían de una manera nunca antes vista. El capitán se presentaba en la finca de un auxiliar de la guerrilla, llamémoslo don Pedro. Lo saludaba de una manera siempre respetuosa, cordial.

"¿Don Pedro, cómo le va?"

El hombre veía con inquietud y asombro a los nueve antiguos guerrilleros conocidos suyos que acompañaban al capitán.

"Tranquilo, don Pedro —le decía, al verlo tan inquieto—. Tranquilo. Estos señores ya me han contado lo que usted ha hecho. Usted dio a la guerrilla informes que le permitieron emboscar una patrulla del Ejército, ¿no es así? Y guardó en su casa fusiles de los soldados muertos en esa emboscada, además de dinamita, y algo muy grave: aceptó guardarle a la guerrilla algunos secuestrados. Todo lo sé."

»El hombre empezaba negando, pero al cabo, confrontado por los nueve desertores de la guerrilla, acababa admitiéndolo todo. "Capitán, por favor, entiéndame —se disculpaba—. Era una orden que ellos me daban y a mí me tocaba cumplirla. ¿Qué otra cosa podía hacer?"

»¿Sabe usted, periodista, lo que hacía entonces su hermano? Se sentaba en la casa del tal don Pedro y con ayuda de una máquina de escribir portátil iba registrando nombre, número de la cédula de ese auxiliar de la guerrilla, y luego los hechos ocurridos, con fecha y lugar. "Comandante, por favor", alegaba el hombre. "¿Pero lo hizo o no lo hizo?", insistía el capitán. "Pues me tocaba." "Pues bien, eso significa que lo hizo." El hombre estaba a punto de llorar. Entonces el capitán le decía: "No se preocupe, don Pedro. Mire, yo le perdono todos sus pecados. Se los perdono con una sola condición: no les vuelva a colaborar a esos guerrilleros. Si lo hace, presento esta denuncia con las declaraciones de estos nueve reinsertados, y usted se va a la cárcel. ¿Cuántos años de prisión cree que le meterán al saber que guardó los fusiles de cinco soldados muertos por una emboscada en la cual jugó el papel de cómplice? Yo le perdono todo eso porque lo que me interesa es mi pueblo y el porvenir de mis hijos y de los suyos. Si lo detienen, ¿cuál va a ser el porvenir de ellos y la suerte de su mujer y de su finca?" Y acababa recitándole unos pensamientos de Martin Luther King. "Si ves hacer el mal y lo aceptas, eres tan responsable como el que lo está cometiendo. Lo más malo no son las cosas malas de los hombres malos sino la indiferencia y apatía de la gente buena."

»Pues bien, de esta manera fue anulando uno tras otro a quienes estaban señalados con el punto rojo de auxiliadores de la guerrilla. Aisló al campamento. En las zonas de los antiguos puntos rojos los elenos no encontraban la complicidad de antes. Quizá sus únicos enlaces activos continuaron siendo el cura Mariño y el sacristán. Fieles a la Teología de la Liberación, los cantos que hacían entonar en la iglesia se referían a "nuestro pueblo explotado, humillado y esclavizado". En la Semana Santa no dejaba de decir que los soldados habían matado a Jesucristo. Pese a ello, su hermano jamás dejó de ser cordial con el cura. Tomaba chocolate con él. A sus afirmaciones, le contestaba con palabras de la Biblia. El cura se sentía molesto. Nadie le había replicado sus planteamientos de esa manera. Un día llegó a decirle: "Desde que usted llegó aquí no he tenido un solo minuto de respiro."

»Como el cura solía echarle la culpa al ejército de los campesinos muertos, y la verdad es que éstos eran ultimados por la guerrilla cuando no obedecían sus órdenes o cuando sospechaban que eran amigos del capitán, ¿sabe lo que hacía su hermano? Se iba con un hijo del campesino cuyo cadáver aparecía en alguna finca, generalmente un niño todo sucio, todo mocoso, con la cara puerca, llevándolo de la mano y pidiendo limosna casa por casa para pagar el ataúd. Si no le daban dinero, pedía cualquier cosa. Señores, les decía, denme papas, un arrocito, lo que puedan para la viuda y para estos niños que han quedado sin sustento. Mis subalternos no entendían semejante manera de proceder. ¿Dónde está su orgullo?, me decían. Pero al capitán Ferreira, su hermano, no le importaban estos comentarios. Había en el pueblo quienes, todavía reacios a los militares, le tiraban la plata al suelo. Él le decía al niño: recójala. Parecía un apóstol. No se ofendía. De esa manera, la gente fue dándose cuenta de que los malvados de la película no éramos nosotros, los militares, sino los guerrilleros. Y a esa impresión contribuyeron los desertores y los cuentos que echaban sobre lo que habían vivido. La más leve falta —comerse sin permiso una panela, por ejemplo— podía ocasionarles un consejo de guerra y la pena de muerte. Nadie podía soñar con volver a los suyos, ver a una novia o tomarse una cerveza. El miedo entre los reclutados imperaba en el campamento. Acuérdese, periodista, lo ocurrido con los propios amigos del padre Camilo Torres que se incorporaron a la guerrilla después de que éste muriera. Fabio Vásquez, el primer comandante del ELN, los hizo fusilar, supuestamente por desacuerdos en la manera de conducir su lucha. En realidad, por simple rivalidad porque eran más inteligentes y preparados que él.

»Usted ha visto ya cómo este pueblo está lleno de lisiados. Trinidad debe haberle contado cómo nos volaron el acueducto, los puentes, cómo quemaban camiones que transportaban cacao, cómo paraban en plena carretera los autobuses y fusilaban a quien tuviera cédula donde El Rosal apareciera como lugar de nacimiento, y otras cuantas atrocidades. Y se preguntará cómo y por qué se desencadenó este castigo tan tremendo contra los pobladores de El Rosal. Pues bien, dos hechos lo explican: uno, fue la amistad imprevista entre el alcalde que había entonces y el capitán; y el otro, unas fiestas que fueron desautorizadas por la guerrilla. Sí, como lo oye: unas fiestas. Ya le contaré cómo fue eso.

»Pero primero la amistad de su hermano con el alcalde. Nieto del fundador del pueblo, hijo de doña Adela, la señora que lo recibió al bajarse del helicóptero, Javier Acevedo estaba casado con una bonita muchacha del pueblo, nada menos que hija de un comandante del Eln. Hasta ese punto la guerrilla estaba infiltrada en este municipio. Se lo habrán dicho: todos tenían parientes en la guerrilla. Javier era un hombre alto, rubio, bondadoso, muy querido por el pueblo. También su esposa, Margot, era muy popular. Cada mes el alcalde visitaba el campamento del ELN. Como era costumbre, desviaba fondos municipales para la guerrilla. El capitán lo sabía, pero en vez de mirarlo como un enemigo —cosa que ocurría inevitablemente con los anteriores comandantes de la base— acabó ganando su confianza. Quizá lo consiguió a través de Margot y sobre todo de sus dos hijos pequeños. Su hermano tenía la sangre dulce para los niños. Entre las obras que hizo construir a nuestros soldados —un parque, quioscos de madera y palma en cada vereda—, la más popular de todas fue una especie de jardín infantil con columpios y un pequeño rodadero. Allí iban los dos niños del alcalde. El capitán jugaba con ellos. Cuando lo veían, se le acercaban corriendo. Él los alzaba, los cargaba en hombros. El alcalde parecía al principio muy molesto con esas demostraciones. Como todos, sentía en sus espaldas el ojo vigilante de la guerrilla. Y aunque parezca inverosímil, fue Margot la primera en romper el hielo invitando discretamente al capitán a su casa. Le ahorro pormenores, periodista. El alcalde y el capitán se hicieron amigos. No sólo amigos, sino compadres porque su hermano acabó siendo designado padrino de bautizo de un tercer niño que tuvo Margot. Eso no le gustó al cura Mariño. Debía amonestar en secreto al alcalde. Pero la verdad es que éste, amigo o no del capitán, seguía cumpliendo con sus tributaciones y visitas a la guerrilla. Posiblemente pensaba que eso era suficiente para tranquilizar a su comandante. Y no fue así, ya lo verá usted. Las fiestas que él, el capitán Ferreira y unas juntas de Acción Comunal decidieron organizar en el pueblo fueron la mecha que hizo estallar la pólvora.

»Para que usted entienda mejor lo sucedido, debo informarle que el pueblo llevaba años sin tener una de esas fiestas típicas de nuestros municipios. Cada pueblo, usted debe saberlo, periodista, tiene la suya en honor de algún santo. Una fiesta con música, licor y pólvora es cosa muy importante para los campesinos, su único gozo en medio de una vida de mucho trabajo. Se encuentran con amigos y familiares, se toman unos tragos, charlan, comparten, disfrutan al fin de la vida. Pues bien, hacía muchísimos años que no se celebraban las fiestas de El Rosal. Solano, el comandante guerrillero, no las permitía. Lucha revolucionaria y fiestas no van juntas. El capitán, su hermano, con ese olfato para percibir el sentimiento de la colectividad, tomó la palabra en una reunión de presidentes de juntas de Acción Comunal para recordarles que el pueblo llevaba veinte años sin fiesta y que él estaba dispuesto a organizarla. El cura Mariño se opuso. "Eso no puede decidirlo quien no forma parte de la historia de este pueblo", dijo. El capitán volvió a tomar la palabra para decir que él iba a ser parte de esa historia facilitando a la gente el esparcimiento que por tantos años le había sido negado. Y ahí se ganó a la gente. Bajo su dirección, empezaron a formarse alegremente comités en todas las veredas. Cada presidente de acción comunal hacía un ofrecimiento. "¡Yo pongo una vaca!", decía uno. "¡Yo pongo el almuerzo!", replicaba el otro. "Yo, la cerveza", decía el tercero. El punto más delicado fue la pólvora. "¿Será que podemos echar voladores?", le preguntaban con inquietud. Para un campesino, usted sabe, tirar voladores es parte importante de la celebración. "Claro que sí, les contestaba el capitán, yo soy la máxima autoridad militar y doy la autorización."

»El cura y el sacristán no estaban contentos. Fueron hasta el campamento del ELN (siempre sabía dónde se hallaba, así cambiara permanentemente de lugar) y volvieron con un anuncio terminante. En la sacristía de la iglesia reunieron a los presidentes de Acción Comunal: "Hay un grave problema —les dijeron—. El comandante Solano manda decirles que no pueden organizar la fiesta." Como los preparativos estaban muy adelantados, en vez de acatar esa orden, los presidentes de las juntas de Acción Comunal se las ingeniaron para hacerse llevar por el cura hasta el campamento. Volvieron con las caras largas. "La guerrilla no permite la fiesta porque usted la organizó", le dijeron al capitán. "Pues díganle que no asisto a la fiestas. Que el pueblo la hace solo, sin militares ni guerrilleros." Esa frase hizo carrera. "Sin militares ni guerrilleros, que nos dejen hacer nuestra fiestica en paz", repetían, y era como si estuviesen descubriendo que ahí estaba la fórmula para una vida mejor. El capitán les dio un consejo. Hablen de nuevo con ese comandante de la guerrilla, comuníquenle su decisión, pero no vayan solos, lleven la gente de sus veredas. Cosa curiosa, el propio alcalde Acevedo estuvo de acuerdo. Era natural, pues su propia esposa era la organizadora de una especie de carnaval que había previsto para abrir la fiesta. Y ocurrió lo que nunca se había visto en esta zona, tal vez en ninguna parte: cuatro mil campesinos marcharon hasta el campamento del Frente Capitán Parmenio para apoyar la petición de los presidentes de las juntas de Acción Comunal. Tal vez envalentonados por su número, no se limitaron a hablar de la fiesta sino de otras cosas que los tenían molestos: del reclutamiento de las hijas, de los llamados colectivos de producción donde debían trabajar sin pago alguno para llevarle víveres a la guerrilla y otras cuantas obligaciones. "Déjenos trabajar en paz", le decían a un comandante que por primera vez oía semejantes reparos y nada podía hacer, pese a la ametralladora que tenía sobre las rodillas y a las granadas que le colgaban del cinturón. "Hagan lo que quieran, ya verán las consecuencias", fue lo único que dijo.

»Total, la fiesta se hizo. La pólvora de los voladores se escuchó a muchos kilómetros a la redonda, hubo bailes y comparsas, ríos de cerveza y autobuses llenos de gente que llegaron desde San Vicente y otros municipios. Nunca se había visto nada igual.

El capitán, su hermano, cumplió su promesa: se fue para Bucaramanga mientras duraban las fiestas luego de acuartelar la tropa. "Este pueblo volvió a ser el de antes", decía doña Adela, la madre del alcalde. Pasado el jolgorio que duró más de tres días, el alcalde fue citado al campamento de la guerrilla que estaba ahora en lo alto de la cordillera. El conductor del alcalde no pudo esperarlo en la carretera como ocurría de costumbre. Sin mayores explicaciones, lo hicieron devolver al pueblo. Pasaron dos, tres días y el alcalde no aparecía. Por fin, dos campesinos encontraron su cadáver. Tenía dos tiros en la cabeza. Le habían torturado quemándole las piernas con ácido y arrancándole las uñas. El pueblo, al saberlo, estuvo a punto de linchar al cura. Mariño tuvo que escapar con el sacristán en su automóvil. Y ahí empezó el calvario que usted ya conoce. Se inició contra el pueblo un bloqueo armado, inmisericorde. Ni las ambulancias podían entrar o salir; se impedía la entrada o salida de alimentos; fue volado el acueducto la última noche de ese diciembre y las minas "quiebrapatas" sembradas en las fincas dejaron docenas de lisiados; los puentes de la carretera a Bucaramanga y a Barranca fueron volados y los camiones incendiados: el terror. Fue necesario pedir refuerzos a Bucaramanga, una vez fueron arreglados los puentes, y enviar los camiones cargados de cacao con escoltas militares. También los autobuses de pasajeros. Pero el dolor más grande lo tuvo el capitán cuando el niño mayor del alcalde asesinado le dijo una mañana: "Por culpa suya mataron a mi papá." Fue un golpe muy duro. Así que una vez puestos en marcha por él todos los dispositivos de seguridad, pidió el traslado pensando que su presencia podía ocasionar más represalias por parte del ELN. Sufría mucho viendo tales horrores. Lo que nunca llegó a imaginar es que la operación contra él apenas comenzaba, y no iba a ser militar sino política poniendo en contra suya todas las organizaciones de derechos humanos hasta lograr su detención, y no sólo la suya sino la de dirigentes del pueblo, con el argumento de que eran paramilitares. De esta suerte, su hermano, el hombre que les quitó el pueblo sin disparar un tiro, fue acusado de ciento cuarenta y siete desapariciones y asesinatos y vivió con ello un verdadero calvario. También los dirigentes del pueblo, ¿no se lo contaron? ¿No? Pues imagínese usted que un domingo, día de mercado, el pueblo entero escuchó el ruido atronador de cinco helicópteros que uno tras otro iban aterrizando en la cancha de fútbol. La gente que se congregó en torno a la cancha los aplaudía creyendo que se trataba de Brigadas de Salud, esas que de tiempo en tiempo se envían a los pueblos con médicos, enfermeras y dentistas. Pero no: eran miembros del DAS y del CTI, el cuerpo técnico de investigación de la Fiscalía, que traían la orden de detener al alcalde y a otros cinco dirigentes del pueblo. No podíamos creerlo. Y al frente de ellos, con la cara cubierta por un pasamontañas, venían dos hombres que los guiaban y a quienes el pueblo reconoció de inmediato como el cura Mariño y el sacristán, los aliados del ELN. ¿Sabe lo que ocurrió? Pues que el pueblo entero se amotinó. Impidió que los helicópteros despegaran con los detenidos. Si no hubiera sido por los agentes del DAS, que los protegieron, el cura Mariño y el sacristán hubiesen sido linchados. Bueno, dos o tres días después, el alcalde y los dirigentes que el DAS y el CTI había venido a detener se presentaron en Bucaramanga y se pusieron a órdenes de los jueces. No tenían razón alguna para huir. Nada malo habían hecho. Pensaban que se trataba de dar una declaración. Pero no, estaban acusados de toda clase de delitos como aliados de los paramilitares. Y quedaron presos. Presos durante meses, mientras se adelantaba la investigación. Luego, el acusado fue su hermano. Pero eso puede contárselo mejor Adela, la esposa de Benjamín. Una mujer excepcional. Si no es por ella, el entonces capitán Ferreira, su hermano, habría sido condenado no sé a cuántos años de cárcel. Como lo oye. Ya se lo contará ella. Pero pese a todo, Benjamín nos dio a todos la mejor receta para combatir a la guerrilla: quitarle todo apoyo popular.»

14

Al abrir de nuevo este cuaderno, no puedo evitar una reflexión. A medida que penetro en el mundo de Benjamín, tan distinto al mío; a medida que voy siguiendo las huellas de su destino, las zozobras y la ignorada ferocidad de la guerra que envolvió su vida, siento la urgencia, tal vez como una catarsis, de volver sobre mis pasos para saber si después de todo la aventura emprendida a los diecisiete o dieciocho años tenía su razón de ser. A veces me detengo a pensar qué porvenir me habría esperado en caso de haber atendido los consejos de mi tío. Seguramente habría estudiado Derecho como él quería, habría sido un abogado al servicio de don Julio Herrera o quizá de Raquel, uno de tantos tinterillos que se demoraban en los cafés del centro después de merodear por notarías y juzgados, me habría casado con alguna secretaria de don Julio o con una amiga de mi hermana, más tarde dos o tres hijos, de pronto un apartamento comprado a plazos a lo largo de años, y todo en el ámbito de esta ciudad triste y lluviosa con el paisaje de los cerros siempre a la vista. Sí, tal vez ése habría sido mi destino. En todo caso, aunque de nada sirvan estas líneas, algo —¿una urgencia, una tentación?— me lleva a dejarlas en este cuaderno de escolar. Y hoy, de nuevo en la calma y la soledad de la noche, me gustaría volver a mis más viejos recuerdos en Europa.

Cierro los ojos y de pronto encuentro en la luz soñolienta de un lejano verano la casa del Patriarca en las afueras de París. Veo el jardín de atrás junto a la orilla del Sena, un solitario camino, una hilera de álamos y más allá las aguas lentas y mansas del río corriendo debajo de un alto viaducto antes de perderse en un amplio recodo para luego aparecer mucho más lejos brillando entre álamos y quintas. A veces por el viaducto pasa un tren, el tren que viene de París a Saint-Germain-en-Laye, y a tiempo con un pitazo anunciando su llegada a la Gare, hay en el aire una repentina y escandalosa quejumbre de hierros. Estoy en Chatou, pero no el de hoy, lleno de bloques de apartamentos propios de las poblaciones dormitorios que rodean a París, sino en el Chatou de entonces, con sus calles bordeadas de tilos, jardines y espléndidas casas de verano. Cierro los ojos y ya no me encuentro solo y despavorido en el hotel Madison, preguntándome cómo será mi vida en aquella ciudad adonde acabo de llegar, sino en el jardín del Patriarca con sus dos hijos y los amigos de sus hijos que son también mis amigos, dejando pasar las horas en medio de cuentos y risas. Todos ellos son estudiantes colombianos que a lo largo de mis primeras semanas he ido encontrando en Saint-Germain-des-Prés, sea en el café Royal, que hoy ya no existe, en el restaurante escolar de la rue Mabillon o en un baile que todos los sábados organizan los brasileños en un local cercano al Deux Magots. Algunos, la mayoría, son tan pobres como yo porque viven alojados en buhardillas con un lavamanos en el rincón, como único lujo, con los cien dólares que retienen cada mes de los giros enviados por sus padres. Algo mayores que yo, han llegado con algún diploma de Colombia para seguir cursos de especialización en Medicina o en Derecho, para trabajar en el taller de Le Corbusier, si ya son arquitectos, o para seguir cursos de arte en el Louvre, o de civilización francesa en la Sorbona. Pero en el hotel Madison, donde finalmente encontré un cuarto barato del último piso, viven los exiliados, como llamamos a los profesionales o parlamentarios liberales que optaron por irse del país por obra de la represión y la violencia desatada contra su partido. Todos ellos me han tomado como mascota de su grupo por ser el más joven de cuantos colombianos hemos llegado a París. Casi siempre los acompaño a almorzar en los restaurantes de la rue du Dragon. Y el punto de encuentro de unos y otros es la casa del Patriarca, los domingos.

A don Mariano Reyes *el Patriarca* —nombre que le dábamos todos— un país turbulento y sin memoria lo ha olvidado por completo. Nadie debe hoy recordar sus libros. No se encuentran en librería alguna. Y sin embargo, escritor, periodista, parlamentario, cercano amigo de Gaitán, en ocasiones diplomático, era una figura respetada y admirada en la Colombia de entonces. Retirado en Francia, donde había vivido en su juventud, animaba un periódico llamado *Colombia Libre* que recogía cuanto documento —cartas o manifiestos— contra un régimen conservador, calificado entonces de dictadura, circulaba clandestinamente sin que llegara nunca a publicarse en la prensa del país sometida a una rígida censura. Y aquellos domingos él era el centro de una animada tertulia que removía noticias y rumores llegados de Bogotá. Cierro los ojos, y veo al Patriarca en su eterno sillón de la sala, las dos manos apoyadas en un bastón, una manta sobre la rodilla si aún hacía frío, su aire majestuoso que justificaba aquel sobrenombre, su espeso cabello de indio que se resistía a encanecer, una cara ancha y morena que iluminaba de pronto el brillo socarrón de los ojos tras de los lentes cada vez que decía alguna aguda maldad, pero detrás de ello un profundo, tal vez amargo escepticismo sobre el porvenir de Colombia, algo que le había quedado luego del asesinato de Jorge Eliécer Gaitán, su amigo. «Ese país nuestro no tiene remedio», le oí decir alguna vez con una sombría convicción mirando desde el jardín las pacíficas aguas del río corriendo detrás de los álamos. Entonces el suyo me parecía un escepticismo de viejo pero luego, a medida que también nuestras ilusiones de cambio fueron derrumbándose, aquella frase ha tenido para mí el sentido de una premonición.

La verdad es que el Patriarca se convirtió en París en una especie de tutor mío. Hubo una llamada suya al hotel Madison, dos o tres días después de mi llegada, de la cual se había enterado por Henríquez. Y para sorpresa mía, aquel personaje que yo sólo conocía de nombre resultó hablándome con una imprevista familiaridad de mi madre. «Era una gran mujer», me decía. La había conocido desde que ella contaba dieciséis o diecisiete años, pues era quien se ocupaba de copiar en máquina los manuscritos de sus libros para entregarlos a la imprenta. «Me pillaba faltas, me proponía cambios; llegó a convertirse en una correctora de estilo», me refería el Patriarca, y yo, escuchándolo, volvía a oír en mi memoria el tecleo insomne de la máquina de escribir de ella, de mamá, en el último patio de la pensión cuando todos dormían. Aquél debía ser uno de sus múltiples trabajos extra que adelantaba en las noches. Al domingo siguiente, Mariano y Andrés, los dos hijos del Patriarca llegaron al hotel para llevarme a almorzar en su casa de las afueras, y aquello se volvió costumbre. Los dos serían amigos míos de toda la vida aunque yo me haya quedado en Europa y ellos años después regresaran a Colombia. Mariano, el mayor, hacía en aquel momento una especialización en Cardiología en el Hospital Laënnec de París. Andrés, el menor, que aún no había cumplido veinte años, seguía en aquel momento cursos de Pintura en la Académie Julien. Los dos habían heredado de su padre una forma sutil y muy divertida de malicia, un humor agazapado detrás del aire muy serio, casi de consternación, con que referían de una manera realmente cómica cualquier cosa que les hubiese sucedido. Era imposible no soltar la risa oyéndolos. Teresa, su madre, una mujer menuda y encantadora, de cabellos grises e intensos ojos azules, parecía escuchar siempre con una especie de alarma las travesuras de su marido y de sus hijos. «No tienen remedio», solía decir volviéndose hacia uno con el aire de dar una disculpa, pero la risa también estaba en algún punto de sus pupilas. Me trataba como otro hijo suyo. Los cinco almorzábamos los domingos bajo un parasol del jardín si era un caluroso día de verano, y en el resto del año en un comedor de techos altos adornado con espléndidos bodegones. Manteles, vajilla, cubiertos y jarras de plata revelaban una familia de gustos refinados. El almuerzo era servido por una criada española, una mujer locuaz cuyo marido, Manolo, conducía el Citroën del Patriarca. Republicano español refugiado en Francia, miembro del Partido Comunista, decía haber participado en la resistencia. Mariano y Andrés se divertían haciéndole contar cómo había empujado a un oficial alemán cuando se aproximaba el metro que estaba esperando.

Después de las cuatro de la tarde la casa empezaba a llenarse de gente. Henríquez y demás amigos que vivían en mi hotel y otros personajes, entre ellos una periodista pequeña y malhablada a quien le debo mi primer trabajo de prensa, se quedaban en el salón tomando café y hablando con el Patriarca. Mariano, Andrés, Pepe Salgado y al menos una docena de amigos, todos muy jóvenes, permanecíamos en el jardín que se abría sobre el Sena. Cierro los ojos y encuentro el olor del río y del verano en el aire cálido de la tarde, mariposas revoloteando sobre canteros de flores, zumbidos de abejas, de vez en cuando el ruido de una avioneta de recreo dando vueltas en el cielo o el estruendo súbito de un tren cuando cruza el viaducto, y en torno mío bromas y risas mientras jugamos con palos y bolas de críquet dejados por los antiguos ocupantes ingleses de la casa. En invierno nos refugiábamos en un pabellón de juegos que había al lado del jardín donde ardían los leños de una chimenea. Todos aprovechaban las vacaciones de agosto o de diciembre para ir a Italia, a España o cualquier otro país de Europa viajando en la tercera clase de los trenes y alojándose en albergues para estudiantes. Nada ignoraban de lo que sucedía en París: exposiciones, piezas de teatro, libros de Camus o de Sartre recientemente publicados o películas vistas en los cines club del barrio latino. Por primera vez en la vida yo no me sentía, como en Bogotá, el muchacho marginal que sólo contaba con *Pajarito* González para obtener en préstamo libros de poesía o para oír discos de música clásica, sino integrado a una cofradía cuyos gustos eran los míos. Miraba como una experiencia maravillosa aquella vida donde todos compartíamos con la misma alegría una pobreza de cuartos de último piso y restaurantes baratos, ropa gastada por el uso y hasta el hecho de sólo disponer de los medios para tomar una ducha o máximo dos a la semana. En verano aprovechábamos una piscina a orillas del Sena, cerca del Puente de la Concordia, para bañarnos por el mismo precio de la entrada. Yo era, entre todos ellos, un afortunado, pues aunque me alojaba en una buhardilla, mi hotel, con porteros uniformados y un amplio vestíbulo con sillas y alfombras, en nada se parecía a los hoteles del barrio donde vivían los demás, hoteles sin ascensor y con estrechas y crujientes escaleras que olían a coliflores hervidos o a orines de gato. Dentro de esa vida, tan adecuada para un poeta en ciernes, empezaba a mirar como un mal sueño lo que había dejado atrás: los cielos de Bogotá siempre amenazando lluvia, los cafés lúgubres del centro, la pensión del tío y hasta mi trabajo en la oficina o en la casa de don Julio Herrera. A eso no quería volver. Y la verdad fue que no volví, aunque no llegué a imaginarlo entonces. De todos aquellos muchachos, para no hablar de los personajes mayores de treinta años alojados en mi hotel Madison, fui el único que no regresó a Colombia de manera definitiva. Parece que en cada generación siempre hubo un colombiano, uno solo, que se quedó en París para siempre. En la generación anterior a la mía, la que llegó a Francia antes de la guerra o quizás antes, en la fiesta loca de los años veinte, ese compatriota fue el profesor Santamaría. Y en la mía, la de aquellos tiempos, fui yo, antes de que llegara a instalarse de manera definitiva y convertirse en un artista mundialmente famoso, el pintor Fernando Botero.

Si cierro de nuevo los ojos y paso revista a cuantos nos encontrábamos en las terrazas del Café Royal o en la casa del Patriarca en aquellos remotos domingos, encuentro que varios de ellos o han muerto o desaparecieron sin que yo supiera nada de su suerte. Otros, en cambio, serían arquitectos, pintores o profesionales muy conocidos. Los personajes entonces mayores de treinta años que vivían en el Madison y me tomaron como mascota suya han muerto todos. Dos de ellos fueron, como los hijos del Patriarca, amigos constantes. Los recuerdo por su nombre de pila, Mario y Francisco. Amigos entre sí, tenían varias cosas en común: eran altos, flacos, bruscos y francos de trato, con igual pasión por los libros, un humor travieso y disolvente para mirar lo que acontecía en el país o en el mundo y sobre todo un secreto calor humano para quien llegaban a apreciar por el hecho de ser también auténtico, independiente y compartir sus gustos. Ambos quedaron para siempre enamorados de París. En aquel entonces, me hacían oír discos de Charles Trénet y de Edith Piaf en un gramófono alquilado. «Espérese a que pasen veinte años y verá cómo va a oír estos discos», me decían. Mario, un santandereano cuyos pómulos, cejas y espesos bigotes le recordaban a uno a los caudillos liberales de nuestras guerras civiles, se quedó para siempre en Colombia en una casa llena de libros muy visitada en Bogotá cada domingo en la tarde por cuantos años atrás se encontraban en la casa del Patriarca. No dejaba de llamarme cuando yo aparecía por Bogotá. Le parecía admirable que yo anduviera por el mundo enterado de cuanto ocurría. De su lado, Pacho o Francisco, como siempre lo llamé, luego de unas empresas avícolas que le dejaron dinero, se las arregló para comprar un apartamento en la rue Mouffetard y casi todos los años, cuando se aproximaba el verano, lo veía llegar con Carmen, su mujer, dispuesto a visitar librerías, cines, teatros y exposiciones con la misma curiosidad de siempre. Ella, Carmen, era una madrileña vivaz, encantadora, con los súbitos entusiasmos de una niña. En las tardes de verano, mientras bebíamos vino blanco muy frío en la terraza de su apartamento que miraba a los tejados de París, ella sacaba la guitarra y cantaba maravillosas canciones andaluzas. Con el transcurso de los años, nos veíamos envejecer. Yo observaba cómo el intenso pelo negro que tenía Francisco cuando lo conocí iba adquiriendo un gris metálico sin que él perdiera el brillo jovial de sus ojos azules y un humor y un gusto por la vida propios de un muchacho. Cada vez que se enteraba de la muerte de alguno de cuantos habían compartido nuestros primeros tiempos de París, decía: «Hay que tener cuidado, están disparando bajito.» La muerte de Mario, su amigo más cercano, llegó a demolerlo. El secreto de esa amistad suya y de ellos conmigo, diez o doce años más joven, era que ninguno de nosotros comíamos cuentos y mirábamos con igual distancia la retórica de nuestro mundo político así como los engañosos sueños revolucionarios inspirados por Cuba. Cuando me llegó la noticia de la muerte repentina de

Francisco yo estaba ya viviendo en Roma. Me la dio por teléfono mi hermana Raquel. Tuve, no sé por qué, necesidad de entrar en una iglesia de la Vía del Corso y, aunque no soy creyente, acabé en el silencio de las tres de la tarde rezando un padre nuestro. Aún me hace falta, de verdad. Imagino con cuánto interés oiría lo que he venido descubriendo en torno a la vida y la muerte de Benjamín. Francisco era como mi hermano mayor.

Si intento buscar en aquellos primeros tiempos la huella de una mujer, sólo encuentro con una secreta fascinación no derogada por el tiempo a Gisèle Santamaría, la muchacha que tiempo atrás apareciera en Bogotá, en la casa de don Julio Herrera, para alborotar a jóvenes y viejos de ese alto mundo social suyo. La veo surgir de pronto en las penumbras de la cava de la rue Saint-Benoît, bellísima, todavía tostada por el sol de la costa azul, aunque ya debían ser los comienzos del otoño. Antes de que yo la encontrara de esa manera imprevista en París, más femenina y atrayente que nunca, no recuerdo sino la ansiedad febril, el intenso desasosiego que me producía el constante desfile de las muchachas existencialistas del barrio frente a la terraza del Royal donde acabábamos todos después de cenar. Aunque llevasen ligeras túnicas hasta los pies, uno tenía la impresión de que bajo la tela nada oprimía sus formas. Era como si su cuerpo se moviera con sugerente libertad en una desnudez dispuesta para todos los juegos del amor. A veces, a medianoche, las encontraba en puertas, esquinas o escaños del barrio, acompañadas sea por un hombre o por otra mujer, besándose con arrebatos de alcoba de una manera tan natural, tan inscrita en la arquitectura de la ciudad como las gárgolas y pliegues de piedra en la fachada de una catedral. Henríquez y un médico pequeño y travieso, cuyo nombre he olvidado, también huésped del hotel, debían advertir la manera ávida como yo seguía con los ojos aquellas muchachas, porque una noche, sin duda para divertirse, decidieron llevarme a Chez Eve, un cabaret de Pigalle, donde iban con frecuencia. Nunca pude olvidar el encandilado asombro que me produjo ver en las penumbras del cabaret, de pronto azules, de pronto escarlatas, la manera lenta e insinuante como una mujer de largos cabellos iba desnudándose con oscilaciones de sirena al compás de una música cadenciosa. No podía sosegar un tumulto de latidos cuando vi brotar sus senos erectos al despojarse con un lento ademán del atuendo de luces con que apareció en escena. Jamás había visto una mujer desnuda. Siguiendo sus provocativas contorsiones no dejaba de pensar en las llamas del infierno y todo cuanto nos presentaba como tentaciones del demonio el cura del colegio durante los retiros espirituales de fin de año. Henríquez y el médico amigo suyo se divertían observándome. Tenían allí dos amigas llamadas Simone y Antoinette que vinieron a nuestra mesa en cuanto los vieron. Morena, de rasgados ojos oscuros la primera, rubia la segunda, ceñidas por trajes de satín que dejaban descubiertos sus hombros y sus brazos, fumando cigarrillos en largas boquillas de nácar y a veces rozando apenas con los labios sus copas de champaña, me resultaban idénticas a las mujeres pecaminosas de las películas francesas, prohibidas para menores, que de tarde en tarde se estrenaban en el Teatro Real de Bogotá. Las dos parecían verme con mucha curiosidad. «*Qu'est ce que vous faites avec ce gosse?*», le preguntaban a Henríquez y a su amigo con risueño estupor, observándome. «Debía estar durmiendo en su camita (*"Son petit lit"*, decían), en vez de andar con dos depravados como ustedes.» «Es hora de iniciarlo en las artes que ustedes conocen —respondía el médico con un aire travieso—. Para eso lo trajimos. A una mujer le trae mucha suerte hacer lo que sabemos con un... —se volvió hacia Enrique hablándole en español—. ¿Cómo se dice primíparo?» Hablaba un francés tan enrevesado que Henríquez tuvo que servirle de intérprete. Simone, la muchacha de pelo y ojos oscuros, quería saber si ello era cierto. «¿Nunca has hecho el amor?», me preguntaba bajando la voz y acercándose tanto a mí que yo veía el temblor de sus pestañas y sentía el perfume incitante que llevaba encima. «*Pas encore*», fue lo único que se me ocurrió responderle provocando risas. La atmósfera del cabaret, con pantallas de luz confidencial, mujeres atractivas circulando entre las mesas o sentadas con sus acompañantes frente a botellas de champán sumergidas en cubos de metal y fumando con un aire provocador, atizaba mi timidez. No sabía qué estaban tramando Henríquez y aquel amigo suyo a quien siempre le estaba escuchando cuentos subidos de color, aventuras en Bogotá con enfermeras o pacientes suyas que sabía excitar a la hora de auscultarlas. Cuando, terminada la botella de champaña, pidieron la cuenta y se dispusieron a salir del cabaret, sentí una oscura decepción. Tal vez esperaba que algo ocurriera conmigo y con la muchacha de cabellos oscuros, con Simone. En el taxi que nos devolvía a Saint-Germain-des-Prés, Henríquez me explicaba que no tenían por costumbre dejarse desplumar bebiendo champán en una mesa. Lo habían hecho para darme un gusto, decía. Lo que acostumbraban a hacer era pasar por el cabaret, beber una sola copa en la barra y citar a las dos muchachas para que después de la hora del cierre del cabaret, a las cinco de la mañana, fueran al hotel.

No recuerdo ahora si fue aquella vez o más tarde cuando las dos aparecieron en mi cuarto faltando muy poco para el amanecer. Debían haber bebido más de la cuenta. El caso es que reían como locas viendo mi desconcierto cuando, luego de oír rápidos y discretos golpes en la puerta de mi buhardilla, me levanté para abrir y las encontré en el umbral vestidas como si volvieran de una fiesta. Les pareció muy divertido mi cuarto de techo inclinado. «*Qu'est-ce que c'est mignon*», decían. Al parecer no recordaban en qué piso quedaban los cuartos de Henríquez y el médico. El nuevo portero sólo había sabido indicarles el mío, que estaba al lado del de mademoiselle Eugenie, la cajera del hotel, y el de Olga, la actriz de Las Manos Sucias. Sentadas en mi cama, no dejaban de reírse. Intercambiaban breves pellizcos y caricias hasta cuando una de las dos, no recuerdo cuál, le dijo a la otra «*ça suffit*», deja de escandalizar al muchacho, el pobre no está para estos juegos. Envuelto en el mismo perfume que había respirado a su lado en el cabaret, viéndoles a mi lado, retozando en mi cama, con sus oscuros trajes de satín, sus largas piernas y sus zapatos de tacones agudos, me parecía estar soñando. Al fin se fueron besándome en la frente como si fueran dos nodrizas. Oí todavía sus risas en el pasillo y luego en las escaleras que llevaban al piso inferior, dispuestas a alegrar el despertar de Henríquez y de su amigo el médico libertino, sin saber a cuál le correspondía Simone y a cuál Antoinette, la rubia. A la hora del almuerzo, cuando les conté cómo habían llegado a mi cuarto, no podían contener la risa. Has debido cobrarles el derecho de pernada, me dijo el médico.

Ahora que lo pienso fue una suerte que no siguiera sus pasos ni que me enredara con una de esas desaliñadas muchachas existencialistas que Pepe Salgado se empeñaba en presentarme en un maltrecho bar de la rue Jacob. Cierro los ojos y veo aparecer con el primer viento frío del otoño a Gisèle Santamaría. ¿Qué hacía yo aquella noche en la Cava de Saint-Germain-des-Prés? Seguramente, como otras tantas veces, caminando por la rue Saint-Benoit rumbo al hotel, había escuchado en la palpitante oscuridad de la noche el largo lamento de un saxofón, tal vez el de Sidney Bechet, y había decidido tomar una copa antes de regresar a mi hotel. Se me había vuelto una costumbre. En ninguna otra parte se sentía tan profundamente el alma de la época y del barrio, su bohemia taciturna que parecía extasiarse sólo con aquella música de Nueva Orleans. Acababa de sumergirme en la penumbra llena de humo y música de la cava cuando al pie de la barra descubrí a Carla, la espléndida rumana de ojos verdes que había deslumbrado mi primera noche de París, meses atrás, y que desde entonces yo encontraba en los cafés y bares de Saint-Germain. La saludé, como siempre, con dos besos en la mejilla. «Espera —me dijo hablando en su francés rápido y cantarín—, quiero presentarte una amiga que conoce muy bien tu país.» Se volvió para llamar a una esbelta muchacha que estaba sentada muy cerca de ella, en una butaca del bar, de espaldas a la pista, conversando con un francés joven y elegante parecido a un figurín de moda. Al volverse, tardé segundos en reconocer aquellos vivaces ojos amarillos. A ella, a Gisèle Santamaría, debió ocurrirle lo mismo, porque luego de mirarme con indiferencia vi en sus pupilas un relámpago de asombro. «¡*Pas possible*, si es el poeta!», exclamó alargándome las manos con un ímpetu que sorprendió a Carla. «¿Ustedes se conocen?» «Claro, claro —dijo Gisèle hablando casi a gritos para hacerse oír sobre las quejumbres del saxofón—. Y esto —advirtió volviéndose hacia el barman— merece una copa de champán.»

Antes de que una tarde ella descubriera mi buhardilla del hotel Madison, recuerdo una llamada suya (me había pedido aquella noche mi número de teléfono) para invitarme a una exposición cubista en el Museo de Arte Moderno. Parecía sorprendida de que yo reconociera de inmediato las telas de Picasso, Braque, Juan Gris e incluso el *Desnudo* bajando la escalera de Marcel Duchamps y de que empezara a hablar sin tropiezos mayores el francés. «Veo que esta ciudad es tan tuya como mía.» No entendía que hubiese aceptado trabajar de camarero en casa de su prima, en Bogotá. «Es que París bien vale una misa», le recordaba yo, y ella se echaba a reír como si yo fuese ahora alguien muy distinto al muchacho que había conocido en Bogotá. De aquel mundo, por cierto, hablaba con mucho desdén. A su prima y sus amigas las llamaba «brujas». Las consideraba chismosas e insatisfechas. «Ni siquiera son capaces de ponerles cuernos a sus maridos, aunque ganas no deben faltarles», decía. Y ellos, por su parte, no pasan de pobres aventuras con sus secretarias. *Quel monde!* «Te salvaste de caer en él.» Parecía conocer a medio mundo en París. En cualquier parte que fuera había siempre alguien que se levantaba para saludarla. Una noche me llevó al Lapin Agile, en Montmartre, para oír viejas canciones francesas. Conducía un auto deportivo que estacionaba tranquilamente en cualquier parte sin importarle las multas. Se apresuraba siempre a pagar. «Van a decir que eres mi *petit gigolo*», se reía. Sólo una vez, en un restaurante del Bois de Boulogne, logré cancelar la cuenta levantándome de la mesa con el pretexto de ir al baño y acercándome a la caja. «¡Qué colombiano eres!», me dijo con aire de reproche cuando se dio cuenta de que había pagado. Siempre decía que conmigo podía salir tranquila. «Los demás siempre quieren ponerme la mano encima. Deben considerarse poco hombres si no lo hacen.» La verdad es que jamás habría sido yo capaz de algo parecido. Me fascinaba su desenvuelta elegancia, su risa, la manera como apartaba de pronto un mechón de pelo de su cara, sus confidencias y travesuras, pero había asumido aquello como un irremediable amor platónico, tal vez el primero, descontando el que me suscitaban en el liceo actrices de cine como Ingrid Bergman o Vivien Leigh. Aceptar de este modo mi timidez era la única manera de no alborotarla, de convivir pacíficamente con ella. Jamás, no sé por qué, me invitó a su apartamento de la Avenue Montaigne. Si tenía que subir en busca de una cartera o de las llaves del carro, me pedía que la esperara en un café de la avenida. Una tarde, que nunca pude olvidar, estacionó su auto en el square Diderot frente al hotel Madison. Se sorprendió al saber que aquél era el hotel adonde acostumbraba llamarme. «Yo creía que tú vivías en un hotelucho de estudiantes, y éste parece de mucho nivel —me dijo—. Contigo uno siempre se está llevando sorpresas.» Y cuando le expuse que lo mío en aquel lugar era una buhardilla del último piso, quiso conocerla.

Ahora me veo subiendo a su lado en el ascensor del Madison, aquella jaula dorada que asciende lentamente, piso por piso, rastrillando al pasar las puertas, mientras yo, muy cerca de ella, encuentro el íntimo perfume de su piel y de su pelo y un destello cómplice o travieso en su mirada que me hace latir deprisa el corazón. Nunca antes he experimentado un desasosiego tan intenso. Mi cuarto, con libros en los estantes, un desnudo de Modigliani colgado con una tachuela en la pared y las ventanas abiertas al cielo y a los tejados de París y a las torres de la iglesia de Saint-Sulpice, le parece encantador. «Era el cuarto que me hubiese gustado tener cuando fui estudiante, en vez de una especie de celda en la rue de Lubeck», me dice. De pronto repara en un bidé colocado sobre patas de madera que hay bajo el lavamanos. «Esto nunca falta en París —comenta—. Dime, ¿te ha servido de algo?» «No creo», respondo sintiendo de nuevo un sordo apremio que me sube por la sangre y se deshace en latidos sin orden que ya no sé si son de temor o deseo, o de las dos cosas a la vez. Pero ella parece repentinamente curiosa. «¿No has traído aquí una mujer, una *petite amie*?» De pronto me acuerdo de Simone y Antoinette. Le cuento que sólo una vez entraron a la hora de la madrugada dos muchachas de Chez Eve. Los ojos de ella se llenan de risa y de un incrédulo asombro. «¿Trajiste aquí dos bailarinas de Pigalle?» «No creo que sean bailarinas. Y en todo caso llegaron aquí sólo por error, porque en realidad tenían clientes en el piso de abajo», le explico. Ella suelta la risa. Me mira de un modo muy extraño y luego: «Dime, tú nunca...» Lo ha preguntado en voz baja, y yo, sin saber a qué horas, le rozo los labios con un dedo que ella besa con lentitud sin apartar de mí sus ojos. «Quítate la ropa», me ordena con una voz ronca.

Muchas veces, recordando aquel momento que quedó inscrito para siempre en mi memoria con toda su intensidad y su sobresalto, me pregunto cómo pude desempeñarme sin quedar paralizado por la timidez. La veo de pronto quitándose el sostén y dejándose caer desnuda sobre la colcha roja de mi cama. Segundos más tarde escucho su voz muy cerca de mi oído diciéndome «*doucement*, hazlo *doucement*», quizá porque yo sólo había visto hacer aquello a los perros en la finca de mi padre y pensaba que debía imitar su mismo frenesí. Finalmente, la oí decir «así, así...» con una voz transfigurada de placer. El mío debió ser un desafuero que duró mucho tiempo, porque de pronto recuerdo que había oscurecido en la ventana. La veo a ella, incorporándose en la densa penumbra del cuarto, a tiempo que susurra: «Casi me matas, *tu es complètement fou.*»

Lo que nunca imaginé es que Henríquez, desde la ventana de su cuarto que daba a la calle, nos viera salir del hotel y advirtiera el beso que ella me dio antes de subir al auto. Y lo malo es que conocía a Gisèle. También el médico, su amigo. En realidad, para todos ellos Gisèle Santamaría era un mito, una especie de mujer fatal, divorciada y muy libre, que había provocado más de un escándalo en Bogotá y a la que nunca habían conseguido aproximarse. Aunque jamás dije nada, Henríquez no dejó de contarle al médico lo que había visto desde su ventana.

—Aquí en París el que menos corre vuela —le oí decir con una especie de rencor en la voz.

15

Mañana, sin remedio, debo ver a Adela, la esposa de Benjamín. Ella sabe cómo y por qué Benjamín fue detenido y de qué manera —providencial, así me lo dijo el capitán Bohórquez, su antiguo subalterno— logró demostrar su inocencia cuando estaba a punto de ser sometido a un juicio, acusado de crímenes atroces sustentados por toda clase de testigos. Otro desvarío de este país desquiciado donde cualquier cosa, por absurda que parezca, puede ocurrir. Lo cierto es que quisiera irme, pero no puedo. No puedo, dejando a oscuras el fin de mi hermano. Y no sólo su fin, sino su vida misma. El suyo, por cierto, fue un destino asumido. ¿Lo ha sido el mío? No estoy seguro, quizá por ello siento la necesidad de escribir estas páginas, que no son ni diario ni memoria —nada en definitiva, sino palabras al viento— para volver sobre mis pasos y entender lo que hice de mi vida. Y aquí estoy de nuevo, en el silencio de la noche, con el latido de un reloj de péndulo escuchándose en el salón, un cuaderno abierto sobre el escritorio y al otro lado del ventanal las luces glaciales de Bogotá extendiéndose hasta la remota oscuridad de los cerros. Al detenerme de nuevo en mis años de París, quisiera hoy saber por qué marcaron una ruptura tan definitiva hasta el punto de convertir aquella aventura de estudiante en un viaje sin regreso. ¿Qué me retuvo allí? No una, sino muchas cosas. Y entre todas ellas, debió tener un secreto efecto subversivo la deslumbrante aparición en París de Gisèle Santamaría y lo que me sucedió con ella. Eso sólo podía ocurrir en París. Cambió por completo mi percepción de la mujer. En el mundo que yo había dejado atrás, el de la Colombia de entonces, mujeres como ella le resultaban a uno irreales, inalcanzables. Igual que las divinidades del cine, pertenecían al mundo de los sueños. El sexo sólo era posible con prostitutas, si es que uno tenía el valor de frecuentarlas en algún burdel barato como lo hacía mi amigo Luis Enrique Borda. Pero ése no era mi caso, no sé ahora si por timidez o por escrúpulo. Esa manera de colocar el amor en una latitud idealizada o pura y sólo galante cuando se trataba de una novia, mientras el sexo era objeto de relaciones mercenarias, pertenecía al universo exclusivamente masculino que yo había conocido en las pensiones, internados, oficinas o cafés de Bogotá. Visto a distancia, aquel mundo cobraba para mí un tinte sombrío, funerario, tan poco anhelable como un penal cuando se ha recobrado la libertad, por comparación con el que ahora me rodeaba, lleno de muchachas libres y atrayentes para quienes hacer el amor era algo tan simple y natural como beberse un vaso de agua cuando se tiene sed.

Claro que al principio me llenaban de confusión. Era como si hubiese llegado de repente a otro planeta. Me parecía imposible entrar en su mundo. Experimentaba un sordo sobresalto viendo cómo se besaban y se restregaban con su pareja a la luz de un farol o en la oscuridad de una puerta con la misma lenta y excitante sensualidad con que lo harían en las penumbras confidenciales de una alcoba. Estrujado por la timidez, habría seguido siendo por mucho tiempo más un ansioso, lúgubre y solitario testigo de esos juegos eróticos si no hubiese sido por Gisèle. Ella quebró el misterio; de su mano, crucé una frontera hasta entonces para mí infranqueable, más allá de la cual se abrían los espacios secretos del mundo femenino. Ella cumplió conmigo un papel fascinante de iniciadora. Y no me refiero sólo a los raptos y secretas travesuras del sexo, que ella asumía con una desenvuelta sabiduría, sino a algo que después de haberme acostado con ella intensificó ensoñaciones, ansiedades y congojas. ¿Amor? No hay otra manera de llamar aquello. Estaba enamorado de ella. Tal vez lo estuve siempre; siempre, desde que contemplé fascinado cómo entraba en el cuarto que iba a ser el suyo, en la casa de don Julio Herrera, cómo se quitaba el abrigo y lo lanzaba sobre la cama y se apartaba un mechón de pelo de la cara para contemplar el jardín con aquellos ojos suyos claros, fosforescentes, tan parecida a las mujeres que yo sólo había visto en el cine. Sólo que esa admiración secreta y fascinada pertenecía al mundo de los sueños, de los amores sin esperanza, nunca confesados, que encontraba en mis poetas favoritos y por esa misma condición etérea no suscitaban apremio alguno, no torturaban con expectativas ni ausencias. Todo cambió luego de aquella tarde en mi buhardilla del hotel Madison. En cuanto los sentidos del adolescente a quien ella le ordenó quitarse la ropa quedaron comprometidos en la aventura haciéndola real y palpable —su olor, su piel, las caricias infinitas en la penumbra del cuarto—, lo que era simple ensoñación se convirtió en desasosiego, urgencia de verla, de sentirla de nuevo, en tormento de no saber si llamarla o esperar su llamada y finalmente en profunda tristeza al descubrir que se había ido a Italia o a la Costa Azul, a Capri o a Saint-Tropez donde siempre tenía casa y amigos. Había empezado un nuevo verano y nadie se quedaba en París. Lo que dolorosamente comprendía es que para ella lo sucedido entre nosotros era sólo un retozo, un capricho súbito, uno de los tantos que se permitía en aras de su libertad. Era libre. «Demasiado libre», murmuraban las señoras de Bogotá con una glacial desaprobación. Gisèle representaba un modelo de mujer emancipada, muy mal visto aún en Colombia. Era libre, realmente. Nunca le perteneció a nadie. No lo deseaba. Prohibía los celos. A ningún apremio que no fuese suyo obedecía. Jamás resultó una mujer previsible, y del mismo modo que apareció en París desapareció sin decir nada. Y yo sentí con ello una desolación que nunca, ni en los peores momentos, había experimentado. Era una pena de amor. La primera. Conocería otras.

El caso es que decidí irme de viaje a Italia como si quisiera seguir sus pasos. Me fui a mi manera, solo, con un morral, viajando en vagones de tercera clase y comiendo y alojándome en

albergues de estudiantes. Trigales, dilatados campos de giraso-
les, cipreses de Toscana, palacios, cúpulas, plazas y fuentes de
Roma o Florencia, góndolas, puentes y canales de Venecia en el
intenso resplandor de agosto, todo el encanto de Italia quedó ig-
nominiosamente asociado esa primera vez a los vastos dormitorios de las residencias de verano para estudiantes adonde iba llegando en cada ciudad, a los refectorios con un espeso olor a
salsas y a espaguetis que uno se servía de grandes ollas sin pagar
nunca más de lo equivalente a un dólar por el almuerzo o la comida, y a los vagones de tren que olían a sudor, a sueño, a apre-
tujados rebaños humanos. Volvía a ser el pobre muchacho de
siempre, ya sin el aura romántica que había llegado a atribuirme
en París, con ropas ajadas por el uso y zapatos maltrechos, todo
lo cual iba dándole al recuerdo de la tarde pasada con Gisèle en
mi buhardilla del Madison el aura de un sueño milagroso, irre-
petible. «Su mundo no es el mío —pensaba—. Nunca lo será.»
Pero en el fondo algo dentro de mí se rebelaba para aceptar que
aquél había sido un episodio efímero. Tal vez por ello, en un súbito impulso, apenas recibí en el Consulado de Colombia en
Roma un giro del tío Eladio, me compré dos mudas de ropa y
me fui para Capri, pero no a un albergue de estudiantes, sino a
una pequeña y limpia pensión cercana a la casa de Axel Munthe,
el escritor cuyo libro *La historia de Saint Michèle* siempre me
había fascinado. Tal vez tenía la esperanza de encontrarme con
Gisèle. Paseaba miradas ansiosas en bares y plazas. Sueños de
poeta. Delirios. Escribía unos poemas que llamaba del encuentro y el olvido, mientras los italianos no hablaban en aquel momento sino de la muerte de un bandido en Sicilia, el entonces célebre Giulano, y de la guerra de Corea. Una mañana, bajando
hacia la playa por un camino bordeado de jardines, no fue a
Gisèle a quien encontré sino a la actriz Rita Hayworth y al Aga
Khan. Venían en sentido inverso al mío hablando en francés con
un señor de edad. Mi único amigo lo hice en la pensión donde
me alojaba. Era un muchacho italiano que con el nombre de
Nino de Astis esperaba un contrato para cantar en un restaurante de lujo. Cuando se lo negaron de una manera despectiva, lo

invité a tomar allí mismo una copa para que no se sintiera como un perro apaleado. Me dijeron alguna vez en Roma que en los años sesenta se había hecho famoso.

El otoño me devolvió a París, a mi buhardilla de siempre, que nunca dejé de pagar, y a mis primeros cursos de Literatura en la Sorbona. Y una tarde fría y luminosa de octubre, a la hora del crepúsculo, ocurrió lo inesperado. Pasaba delante del Montana, un bar de la rue Saint-Benoit, cuando escuché una voz de mujer llamándome. Era Gisèle. Estaba más bella que nunca, sentada en una de las altas butacas del bar. La acompañaba un colombiano alto y elegante que alguna vez yo había visto en la casa de don Julio Herrera. No sé si reconoció en mí al camarero que le servía ginebra o whisky a él y a sus amigos, pero lo cierto es que apenas me acerqué noté en su cara una fría expresión de desdén o desagrado haciéndome sentir como un intruso. Gisèle, en cambio, parecía muy contenta de verme. Me hizo servir una copa. Quería saber dónde había pasado el verano. Le parecía extraño que hubiese ido solo a Italia. «¿Solo, sin una *petite amie*?», me decía con un destello de travesura en sus ojos de gata. Su ligereza ahora me resultaba irritante. ¿Acaso no comprendía que yo no podía pensar en una mujer distinta a ella? No se le pasaba por la cabeza. Me trataba como si fuese un primo o un hermanito menor; con curiosidad y afecto, sólo con eso, mientras su acompañante, el *playboy* colombiano, se mantenía a su lado, sin interés alguno por participar en aquel diálogo, frío e incómodo, tanto que yo decidí buscar cualquier pretexto para irme. Con el alma deshecha, es cierto, más furioso conmigo que con ella, por todo lo que en torno suyo había llegado a fantasear aquel verano, mis poemas del olvido escritos en los albergues, a la luz de una lámpara, mientras excursionistas alemanes o de cualquier otra parte roncaban en las camas vecinas. «Eso te pasa por idiota», me decía, preparándome para olvidarme para siempre de Gisèle, de la tarde en que subió conmigo a la buhardilla, de esa primera experiencia íntima y hasta ese momento única con una mujer. Pero era no conocer a Gisèle, siempre imprevisible. Aunque no lo pareciera, parecía adivinar todo lo que hervía dentro de uno. Aquella misma noche, cuando ya me disponía a dormir, sonó el teléfono en mi cuarto. Ella, claro. «No te gustó mi amigo —me dijo en tono de burla apenas oyó mi voz—. Lo noté.» «Cierto, no me gustó», le contesté. Y ella, con su tono ligero, travieso de siempre, me hizo de pronto una pregunta que me dejó turbado, como si hubiese entrado sin permiso en el desván donde guardaba mis secretos más recónditos: «¿Celos?» Tardé segundos en balbucear. «Bueno..., sí.» Ella se echó a reír. Luego, más seria, dijo: «Nunca debes tenerlos», y no era ya un consejo caritativo de madre, hermana o prima, sino algo que parecía más bien una *mise au point*, una advertencia que ponía en claro sus reglas de juego con alguien con quien hubiese iniciado una relación.

No recuerdo ahora si fue al día siguiente o días más tarde cuando me propuso que la acompañara a ver una de esas memorables películas italianas (¿fue *El ladrón de bicicletas* de Vittorio de Sica o *La Strada*, de Fellini?) que se estrenaban entonces. Sabía que yo, y no los amigos que revoloteaban en torno suyo, era el compañero indicado para visitar exposiciones o ir al cine. Y así, sin darme cuenta, volví por un tiempo a ser su fiel escudero ocultándole siempre la ansiedad que me producía tenerla a mi lado mientras veíamos una película, o el desorden intempestivo de latidos que se desataba dentro de mí apenas me depositaba en su automóvil en la puerta del hotel. Era incapaz de proponerle que subiera de nuevo a mi buhardilla. En realidad, vivía una secreta tortura que debió prolongarse no sé cuántos días hasta la noche en que después de haberla acompañado a cenar muy ligeramente en el bar des Théâtres, en la Avenue Montaigne, me sorprendió invitándome a conocer su apartamento. «Mi santuario», decía. Era sobrio y elegante, con un aura personal muy femenina, quizá porque se respiraba allí, en la penumbra de las lámparas, el mismo perfume sutil que emanaba su piel o por detalles tales como un jarrón con rosas amarillas o una prenda abandonada en un sillón. Si cierro ahora los ojos preguntándome cómo se produjo el nuevo milagro de acostarme con ella no logro ubicar en su orden los preámbulos que lo hicieron posible. Vagamente recuerdo su intempestiva propuesta de fumar un cacho de marihuana, advirtiéndome que no era ni mucho menos su costumbre. Provenía del colombiano que yo había visto en el Montana con ella. «Debió pensar que eso le facilitaba las cosas conmigo, pero sólo le sirvió para que yo le cogiera odio —dijo—. Era una bestia, uno de esos típicos machos del trópico con más pelo que un oso, que se precipitan sobre una como un caballo sobre una yegua. ¡Un asco!», exclamaba, pasándome el cacho de marihuana que había preparado. Me hablaba con el aire de una profesora que da indicaciones a su alumno. «Tú no debes ser como ellos, los machos latinos. Acostumbrados a acostarse con putas, proceden con una de igual manera que con ellas. Como animales, ¿sabes? Sin refinamiento.» Tomaba el cigarrillo de mis manos, lo aspiraba dos veces y continuaba hablándome de la misma manera, como si necesitara darles salida a inquietudes hasta entonces no compartidas con nadie. «Debes conocer la sensualidad femenina. Debes saber cómo se despierta el deseo en una mujer. Ese deseo es difuso, precavido, a veces lento; cualquier torpeza o precipitación lo anula, lo convierte en simple comedia o abierto rechazo. ¿Sabías todo esto? Pues debes aprenderlo. Difuso», repetía luego de aspirar de nuevo aquel cacho de marihuana, que a mí me iba inundando de una placidez desconocida, profunda. Por primera vez, delante de ella, me sentía liberado de aprehensiones, de impulsos reprimidos. Nunca me había parecido tan bella. Descubría en su piel tonalidades nunca antes percibidas, me deslumbraban los reflejos de su pelo, el resplandor sedicioso de sus ojos amarillos, la suave curva del cuello ceñido por una cadena de oro y aquellas infinitas piernas suyas que, ya despojada de sus zapatos, había recogido sobre el sofá. «Tienes que saber cómo procedes con una mujer», proseguía. Su voz sonaba como nunca excitante, confidencial. «Sin prisa, dándole todo su tiempo», seguía diciendo a la vez que sus manos, finas, muy largas, empezaban a desabotonarme la camisa. Me rozaba el pecho en una caricia muy lenta, murmurando: «Tienes la piel muy suave. No eres como esos bárbaros.» También yo empecé a tocarla. No sé a qué horas había conseguido ella liberar sus senos del *soutien-gorge*, permitiendo que yo los rozara con los labios. Después, ya desnuda del todo, me iba indicando de qué manera debía acariciarle el sexo. «Un poco más arriba», murmuraba en voz baja, casi en mi oído, percibiendo también mi propia excitación. Ni siquiera llegamos a su cama. Acabamos haciendo el amor sobre la alfombra, sin la fogosidad de la primera vez, de una manera más y más lenta, obedeciendo al ritmo impuesto por ella. Con los ojos cerrados, la boca entreabierta, palpitantes las finas aletas de su nariz, parecía sumergida en un éxtasis travieso, buceando en las aguas profundas de su propio placer, hasta el momento en que su respiración, haciéndose más rápida, acabó quebrándose en una queja larga, ronca, quizás agradecida, venida del fondo mismo de su ser; parecía un sollozo. «Ahora tú», me apremió luego. *«Toi, mon petit poète.»*

Si me detengo ahora en este segundo encuentro, y no en el primero, es porque él marcó un cambio sutil en nuestras relaciones. Tal vez, lo pienso ahora, encontró en mí el fuego y la docilidad de un principiante que le permitía responder a los caprichos de su propia sexualidad sin los tropiezos que encontraba en otros hombres. Lo cierto es que nuestros encuentros se repetirían de vez en cuando, casi siempre de manera imprevista y sigilosa, sin duda decididos por ella en un momento dado y sin que ello supusiera de su parte ningún cambio de vida. Seguía frecuentando lugares de moda con sus amigos y a veces, en invierno, escapándose a Chamonix o a cualquier otra estación de invierno, sin que yo le preguntara con quién, ni le exigiera nada. «Tú eres mi pequeño tinieblo», me decía siempre con risa a su regreso. «Es mejor que nadie lo sepa, si no voy a ser acusada de corruptora de menores.» No recuerdo cuánto tiempo duró aquella historia. Quizás uno o dos años, hasta el día en que ella desapareció de París. Lo cierto es que un viaje a Nueva York para arreglar no sé qué problema de familia, resultó definitivo. No volví a saber de ella. ¿Se casó allí? Algo de eso me dijeron.

Muchos, muchos años más tarde, vine a saber por un antiguo diplomático colombiano, amigo suyo y hombre de su propio mundo internacional, que vivía en Suiza en una residencia de la tercera edad. Me gustaría visitarla aunque debe ser duro encontrarla convertida en una anciana en vez de la deslumbrante mujer alojada en mis más remotos recuerdos de París (aunque sus ojos, sus rasgos, quizá su silueta debe permanecer intacta, pienso a veces). También a ella debe de costarle trabajo reconocer en mí al adolescente de dieciocho años que ella inició en las artes del amor. Me gustaría contarle cómo la experiencia vivida con ella fue una de las cosas que cambiaron para siempre el rumbo de mi vida. Hubo otras, claro —amigos, libros y todo lo que descubrí en París—, pero fue de todos modos definitivo entrar de su mano a los parajes del mundo femenino, poder acercarme a las mujeres como amigo o como amante, rota toda timidez y con una seguridad nueva, sin enajenar su libertad y sin sorprenderme de sus cambios, caprichos, humores, veleidades o como quiera llamarse eso que las distingue del universo masculino, menos sutil e intuitivo, regido de una manera más simple. Después de ese y otros hallazgos y vivencias, volver a Bogotá, al tío Eladio, a la oficina de don Julio Herrera o a hacerme cargo de los negocios agrícolas de mi padre, esperando que algún día apareciera una novia santa y modesta, me parecía un porvenir horrible. «Aquí me quedo, pase lo que pase», me decía cada mañana al despertar. La tortura es saber cómo, con qué medios, de qué manera podría vivir cuando acabaran los giros que recibía del tío Eladio, de los cuales devolvía religiosamente ciento cincuenta dólares para ser vendidos en el mercado libre y cubrir así los cien con los cuales vivía en París. Eso iría a terminar más temprano que tarde cuando murió tío Eladio y don Julio Herrera se marchó a Estados Unidos, dada la terrible situación en Colombia, y yo quedé una vez más en el aire pero dispuesto a quedarme, así fuera pidiendo limosna en las calles.

16

—Es cierto —confirma Adela con una expresión sombría—. Benjamín fue acusado, en total, de ciento cuarenta y nueve asesinatos, no de ciento cuarenta y siete. Y con toda suerte de denuncias firmadas. De campesinos, decían. Y por eso duró un año detenido.

—¡Un año! —exclama Martín, estupefacto—. Nunca me contó nada.

—Él no quiso que usted lo supiera. Al menos antes de probar su inocencia.

—Pues no lo entiendo.

—Yo sí —sonríe ella.

Martín la contempla intrigado. Detrás de su aire modesto y triste, cree percibir en ella una firmeza de carácter que no le conocía. En realidad, nunca antes había tenido oportunidad de hablar con ella. Las pocas veces que la había visto, en sus rápidos viajes a Colombia, permanecía al lado de Benjamín escuchándolo en silencio, aprobando lo que decía pero sin dar nunca una opinión. Parecía resignada a los riesgos que él corría en las regiones más duras del país.

Martín se ha quedado caviloso.

—Un año detenido —murmura al fin—. ¿Dónde?

—En un batallón, mientras lo llamaban a juicio.

—¿Y dónde decían que había cometido esos asesinatos?

—Precisamente en esa región del Chucurí donde usted estuvo.

—¡Qué locura! —exclama él con algo que es a la vez cólera e incredulidad—. Si no llegó a disparar un tiro. Les quitó el pueblo a los del ELN sin disparar un solo tiro. Todos me lo dijeron.

Adela lo observa con un aire paciente, casi compasivo:

—Para que usted vea cómo son las cosas en este país.

—Pues yo no entiendo nada —suspira él con un vivo desasosiego—. Aquí todo marcha al revés. En vez de ponerle una medalla a un oficial que obtiene logros como el de Benjamín en El Rosal, lo detienen.

Ella, advirtiendo su desconcierto, siente la necesidad de ser más explícita:

—Es que aquí hay una guerra que usted no conoce, Martín. Nosotros sí, de sobra. La libran ellos cuando los fusiles, los asaltos, las minas «quiebrapatas» o los secuestros no surten efecto. Benjamín la llamaba la guerra jurídica. Esa guerra es la que les da a las FARC y al ELN sus mejores triunfos, pues sus víctimas son precisamente los mejores oficiales del Ejército. La libran sus aliados parapetándose en ciertas ONG. Ella les permitió no sólo acusar de infundios a Benjamín y más tarde hacerlo detener, sino también, antes de él, al alcalde y a los principales dirigentes de El Rosal cuando el pueblo, libre ya del ELN y protegido por el ejército, había enterrado a sus muertos y se había acostumbrado a sus lisiados.

Martín la escucha advirtiendo en ella el mismo aire tranquilo, lúcido y pedagógico que asumía Benjamín cada vez que le explicaba una situación vivida por él.

—¿De qué los acusaban? —pregunta.

—De organizar los llamados grupos paramilitares. ¿Ha oído hablar de ellos?

—Desde luego.

—Sí, como usted sabe, son grupos armados, fuera de la ley, que combaten a la guerrilla con sus mismos métodos. Han surgido en todas partes, pagados por ganaderos y hacendados en las regiones donde el ejército no ejerce control alguno. En todas partes han aparecido, es cierto, pero justamente no allí, en El Rosal, porque apenas se libró de la guerrilla el pueblo quedó bajo la protección del ejército, gracias a Benjamín. Buses y camiones que salían del pueblo eran seguidos por convoyes militares.

—Eso lo podían comprender con sólo asomar las narices por allí. Adela, ¿qué pasa con la justicia en Colombia? ¿Es ciega?

—Ciega, lenta o infiltrada, todo eso es posible —suspira Adela—. Pero no los olvide a ellos, Martín. A quienes libran la guerra jurídica. Están muy bien organizados. Presentan denuncias con toda clase de testigos que firman, dan su cédula, ponen sus huellas digitales. Y la Fiscalía, aun si no estuviese también infiltrada, no tiene más remedio que ordenar la detención de los acusados mientras los investiga. Sobre todo si esas acusaciones están respaldadas por una ONG que dice luchar por los derechos humanos.

Por un instante, Martín recuerda las atareadas oficinas del colectivo Patria y Justicia en aquella vieja casa del barrio de Teusaquillo que visitara días antes: escritorios, archivos, computadores. Y, en el segundo piso, aquel sacerdote de rostro frío y pálido, con lentes sin aro, que lo estaba esperando.

—El cura Garrido... —murmura.

Ella parece sorprendida.

—¿Usted lo conoce?

—Un fanático, sí. Uno de esos apóstoles de la Teología de la Liberación que han surgido en todas partes.

—Aliado de ellos, delo por seguro. Lo supo Benjamín de manera muy confidencial.

—Eso me interesa, cuéntemelo.

—Benjamín se enteró de que en el Colegio de la Presentación, en Bucaramanga, se reunieron una noche el cura Garrido, el cura Mariño, antiguo párroco de El Rosal, su sacristán (le habrán hablado de ellos, ¿verdad?), un funcionario de la Fiscalía de Cúcuta muy cercano al Partido Comunista y dos o tres hombres enviados por el propio comandante del Frente capitán Parmenio, del ELN, para planear las falsas denuncias contra el alcalde y demás dirigentes de El Rosal acusándolos de organizar grupos paramilitares y de sembrar el terror en varias veredas del pueblo. Luego, después de prepararlo todo muy bien, llevaban a los falsos testigos en un bus expreso, los entrenaban una y otra vez en las versiones que debían dar en la Fiscalía y los llevaban a declarar bajo la vigilante supervisión del padre Garrido.

Martín la interrumpe, sorprendido:

—No me diga: ¿el cura Garrido reunido con hombres del ELN? Eso sí es novedad, una primicia. Nada de eso me contaron en El Rosal. Déjeme tomar nota —dice sacando del bolsillo una pequeña libreta con funda de cuero que siempre ha llevado en sus viajes—. ¿Cómo lo supo Benjamín?

Ella parece inquieta viéndolo escribir algunas líneas en la libreta. Ha asumido de pronto un aire confidencial:

—Fue algo que Benjamín mantuvo en secreto, con una sola excepción. Una sola. Y le voy a explicar por qué, Martín. Un testigo de esa reunión se lo contó sin dar su nombre, en una carta anónima. Era o había sido sacerdote, decía en aquella carta; un discípulo o seguidor de Camilo Torres, que en un momento dado había creído en la lucha armada como solución para la pobreza. Parece que oficiaba en algún lugar del Magdalena Medio. Ocultaba guerrilleros y les servía de enlace, hasta cuando empezó a abrigar dudas sobre la limpieza de esa lucha. No estaba de acuerdo con los atentados a los oleoductos porque arruinaban tierras y producían daños ecológicos. Tampoco aprobaba los secuestros. En fin... Sin que estuviera al tanto de sus dudas, considerándolo un aliado, fue citado por Garrido a la famosa reunión de Bucaramanga. Y, semanas más tarde, cuando ya se hallaban en la cárcel el alcalde y demás dirigentes de El Rosal, tal vez por escrúpulos de conciencia, decidió contarle a Benjamín lo que sabía. En una carta escrita a máquina, sin firma, sin fecha, sin mención del lugar donde se encontraba.

Martín la escucha con creciente interés.

—¿Qué hizo Benjamín con la carta?

—Se la enseñó al entonces Fiscal de la Nación. Me refiero al doctor De Greiff, un hombre honrado. Benjamín sólo le pidió a él que fuera a El Rosal, lo viera todo con sus propios ojos y hablara con su gente. Y le recomendó que no hiciera mención de la carta, aparte de que siendo anónima no servía de prueba.

—¿Por qué tanta discreción?

—Para salvar la vida del informante. Podían asesinarlo, si sospechaban que él los había delatado. Además —y eso no se lo hemos contado a nadie, ni siquiera a Raquel—, creo que Benjamín sabía quién era: un antiguo amigo suyo, de Guateque y catecúmeno con él, que se hizo sacerdote al mismo tiempo que Benjamín decidió hacerse militar.

—Creo que alguna vez me habló de él. Cuénteme, Adela, ¿qué hizo el Fiscal?

—Cumplió con lo ofrecido. Fue a El Rosal. Habló con la gente. Posiblemente se dio cuenta de todo el montaje contra el alcalde y demás dirigentes del pueblo. Puso funcionarios de su confianza, honestos como él, al frente de la investigación, y al cabo de algún tiempo todos ellos fueron puestos en libertad. Pero ahí no paró el asunto. El cura Garrido no descansa. Dos o tres años después, contando con aliados suyos que otro fiscal puso al frente de la sección llamada de derechos humanos, obtuvo que se reabriera el caso y al mismo tiempo hizo llegar toda clase de denuncias, avaladas por él, sobre Benjamín. Y por obra de esas denuncias, Benjamín fue detenido. Parece increíble que sólo ahora, ya muerto él, pueda contarle el infierno que vivimos. Pero antes de hablarle de eso, déjeme ofrecerle un café.

—Es simple y atroz. Jamás imaginó Benjamín que Patria y Justicia, la ONG del cura Garrido, tomara algo así como un compás y trazara un círculo de doscientos kilómetros a la redonda, y culpara a Benjamín de todas las muertes violentas ocurridas en esa zona: las ocasionadas por la propia guerrilla, pero también las que podían considerarse como delitos comunes, no de guerra. Por ejemplo, un crimen por celos, una riña o una deuda no pagada. Benjamín, desconcertado por esas acusaciones sin fundamento, tomó contacto con los agentes de Patria y Justicia enviados por el cura Garrido a la región donde se hallaba. Les decía: «Ustedes me están pintando como un criminal de guerra, como un nazi.» Y ellos entonces le preguntaban: «¿Usted era el comandante?» «Sí —respondía Benjamín—, yo era el comandante.» «Ah, bueno —le decían—, entonces usted es responsable por acción o por omisión. O usted mató a esos campesinos o permitió que los mataran. No hay pierde. Usted es responsable.»

Martín la interrumpe con impaciencia:

—Bueno, eso eran ellos, los hombres del cura Garrido. Otros fanáticos como él, sin duda. Otros amigos de la guerrilla. ¿Pero los jueces? ¿No se daban cuenta, acaso, de que se trataba de un razonamiento absurdo?

—Martín, las acusaciones estaban siempre respaldadas por una o muchas denuncias coincidentes obtenidas por Patria y Justicia en nombre de su famosa defensa de los derechos humanos. Apoyándose en ellas, un funcionario de la Fiscalía le preguntaba a Benjamín, por ejemplo: «Sírvase decirnos qué estaba usted haciendo el 3 de enero de 1989.» Y Benjamín, ni idea; imposible saberlo, pues se refería a una fecha de dos o tres años atrás. «Pues —decía el funcionario— campesinos de la vereda tal, del municipio tal, afirman que usted, en dicha fecha, capturó a fulano de tal y que éste luego apareció muerto.» O afirmaba que de acuerdo con otras denuncias Benjamín había llegado a una vereda en la que había quemado fincas y atropellado a la población. Y esa acusación no llevaba una o dos firmas. Podía llevar ochocientas. Como lo oye, Martín: ochocientas. Obtenidas a punta de fusil, claro. ¿Pero cómo demostrarlo? Con semejantes pruebas tenía que ser detenido.

Martín, absorto, empieza a comprender que en un país donde jueces e investigadores cumplen con las tramitaciones legales de un modo mecánico, sin explorar la validez de pruebas o denuncias, la ley puede ser utilizada como arma de guerra por los agentes políticos de la subversión. Un arma más eficaz que las bombas y las emboscadas.

—¿Cómo logró Benjamín desbaratar esos infundios? Porque no llegó a ser juzgado —observa—. Sólo detenido.

—Fue algo muy largo —responde ella—. Largo y costoso. Para pagar abogados, tuvimos que vender una casita que Benjamín heredó del padre de ustedes.

—¿Y Raquel?

—Lo supo, finalmente, cuando ya no teníamos más recursos. Se lo dije yo, a espaldas de Benjamín. No quería envolver a sus hermanos en este lío, ya se lo dije. Raquel pagó nuevos y muy buenos abogados, pero, en realidad, no lo salvaron ellos. Tal vez lo salvó un hecho providencial.

—¿Cuál? —se interesa Martín.

—El caso de un muchacho que según denuncias de veinticinco campesinos Benjamín habría detenido en El Rosal. Sostenían que lo había llevado al monte y que, colgándolo de un palo, le había dado garrote para obtener no sé qué confesión. Los campesinos decían haber escuchado sus gritos. Decían también que Benjamín le había quemado las piernas con un leño ardiendo. Y, finalmente, haciéndolo caminar con las piernas en carne viva, lo había llevado a un lugar llamado el Hoyo Negro u Hoyo Malo. Un disparo, decían, y nunca se había vuelto a saber de él, de ese muchacho. Era una historia como para que Benjamín fuera condenado a treinta años de cárcel. Pero Dios lo salvó. Dios, a quien tanto le rezaba, acudió en su ayuda. Créalo, Martín. Porque el nombre del muchacho supuestamente detenido, torturado y desaparecido por él, nos decía algo. El caso es que Benjamín me llamó a Bogotá y me pidió que le llevara al Batallón donde se hallaba detenido (y vigilado por dos P.M., por cierto) una agenda donde él tenía todos los informes y apuntes que había hecho cuando era el comandante de la base militar de El Rosal. Buscó una fecha, y allí estaba anotado el nombre del muchacho de cuya muerte era acusado. Era el hijo de una viuda, un desertor de la guerrilla que él había protegido.

—El hijo de la viuda... Conozco el caso —recuerda de improviso Martín—. Me lo contó Bohórquez, el segundo de Benjamín en aquellos tiempos. Ese muchacho, temiendo que la guerrilla lo matara, se hizo detener. Benjamín lo disfrazó de soldado y lo mandó a Bucaramanga.

—Exacto. Y allí lo encontré, trabajando nada menos que para las propias redes de inteligencia del ejército. Con ayuda del abogado contratado por Raquel, logramos que el investigador de la Fiscalía, ocupado del caso, oyera a Benjamín. No podía creer que el muerto estuviese vivo. «No me cuente cuentos, capitán», le decía con sorna, como si se tratara de un embuste. «Pues aquí tiene el teléfono de ese muchacho. Llámelo. Pídale la cédula. Tome sus huellas dactilares. Está tan vivo como usted o yo.» El investigador parecía muy disgustado cuando comprobó que todo el caso montado contra Benjamín se derrumbaba. «Me ha hecho perder dos años de trabajo», le decía con rabia.

Martín se echa a reír.

—¡Qué sainete atroz!

—Así funciona nuestra justicia, Martín. Pero el caso es que yo me encargué, con el abogado pagado por Raquel, de denunciar a los campesinos que firmaron las denuncias. Fueron interrogados todos por la Fiscalía. Podían ser condenados por calumnia. Eran unos pobres hombres. Todos, casi llorando de susto, juraron que la guerrilla, fusil en mano, les había hecho firmar las famosas acusaciones. Y fue el propio Benjamín —usted, Martín, sabe cómo era él— quien decidió retirar la denuncia contra ellos aceptando que habían obrado bajo amenaza. El caso es que a partir de ese momento todas las demás denuncias se vinieron al suelo. O eran de los propios guerrilleros o de campesinos amenazados por ellos. Y no obstante, en informes, libros y foros que circulan todavía en Europa, Benjamín aparece como un oficial torturador y el Estado como cómplice suyo por no haberlo procesado.

—También la prensa da por ciertas afirmaciones como ésa —comenta Martín—. Especialmente en Francia.

—¿Cómo es posible? —pregunta ella sorprendida.

—Quizá porque después de las horribles dictaduras militares en Chile, Argentina y otros países del continente, el militar quedó para los periodistas franceses como el malo y el guerrillero, el bueno, un heredero del Ché Guevara que lucha movido por la pobreza y las desigualdades sociales. —Martín coloca la taza de café sobre la mesa de la sala y se incorpora—. Tengo un buen amigo francés que sabe, él sí, cómo es este asunto. Es un famoso escritor. Revel, Jean-François Revel, ¿no ha oído hablar de él? Cree que la mentira gobierna el mundo, y a lo mejor, Adela, tiene razón.

17

Vuelvo, como cada noche, a mi cuaderno de memorias preguntándome cómo aquel pobre muchacho que era yo —sin dinero, más huérfano que cualquier huérfano de verdad pues mi padre, perdido en su mundo rural, jamás estuvo cerca de mí y jamás me mandó un centavo— consiguió quedarse en París, sobrevivir, abrirse paso y darse a conocer un día como periodista en un ámbito internacional. Raquel se lo pregunta y yo también. Pero me cuestiono sin vanidad; al contrario, con un sedimento recóndito no sé si de amargura pero sí de tristeza, porque descubro que el periodista acabó eclipsando al poeta, aunque algún crítico local me coloque con toda clase de reconocimientos en una antología de poetas colombianos y pese a tres libros publicados en España y al premio obtenido en Ronda. Nada qué hacer: el modus vivendi me dio un nombre y se convertía en la referencia obligada cada vez que alguien me presentaba. Incluso, la revuelta vida política del continente, registrada desde Europa o en mis constantes viajes como enviado especial, dejó en la penumbra ensayos y artículos literarios míos. ¿Signo de los tiempos o traiciones sucesivas a una vocación como me lo dejaba entender, días atrás, *Pajarito* González cuando lo encontré a la salida del Teatro Colón? Irene —cuyo nombre, al escribirlo, me duele aún como una herida— pensaba lo mismo, lo temía. Y todo eso pertenece a mis confines secretos, a esos que busco en estas páginas sin destino dictadas quizá por la perplejidad al comprobar que, a fin de cuentas, buscándole algún sentido a mi vida descubro que no estuvo guiada por empeños tan coherentes como los de Raquel o Benjamín. A diferencia de ellos, no tengo raíces en ninguna parte. Todo se resume a búsquedas y ansiedades.

En fin, si quiero encontrar una respuesta para explicar cómo logré sobrevivir en París, tengo que reconocer que ello se lo debo a amigos providenciales. De todos, el que jugó para mí un definitivo papel de guía y orientador en aquellos tiempos fue Jean, el inolvidable Jean Leenhardt. Me lo presentó Andrés, el hijo del Patriarca. Estudiaba con él en la Académie Julién. Por cierto, de todos cuantos formaban aquel grupo de amigos de Andrés en esa escuela de pintura fue el que más lejos llegó. Hoy es dueño y director de una de las empresas de publicidad más famosas de Francia, con tentáculos en otros países de Europa y en Estados Unidos. Cada vez que voy a París lo llamo, y él viene a buscarme en un soberbio auto deportivo, vistiendo con un aparente descuido de artista ropas costosas, y me lleva a su lujoso apartamento de la plaza de Trocadero y luego a un restaurante ruso cercano a los Campos Elíseos para comer papas asadas con caviar y beber vodka en compañía de su tercera mujer, que es encantadora. Jean conserva una silueta sin un gramo de grasa, la cara siempre tostada, sea por el sol de las playas en verano o por el aire helado de las estaciones de invierno, y unos ojos azules de niño que a cada rato se llenan de risa. Cuando, todavía muy joven, empezó a abrirse camino en el mundo de la publicidad, supo servirse de su propia experiencia para ayudarme. «Hay que elegir en la vida», me decía. *Il faut choisir.* Era una reflexión que gobernaba todo lo suyo. A cada momento, según él, está uno abocado a tomar entre dos opciones una decisión, poniendo de lado, resueltamente, la opción descartada. Fue sin duda su caso, la clave de su éxito como publicista. Por ese camino llegó lejos, primero como dibujante, luego como jefe de arte de una gran agencia y, por último, con ayuda de un socio adinerado, como dueño de su propia empresa. Nunca tuvo remordimiento alguno de seguir este camino. «No quiero pasar mi vida viviendo en cuartos de último piso —me decía—, calentando sopas en un reverbero y haciendo exposiciones cada cierto tiempo en mi propio taller en espera de algún comprador providencial para que un día, cuando tenga el pelo gris, sea reconocido al fin como un buen pintor.» Mostraba un realismo crudo que no se permitía fantasías. Y ese realismo acabó aplicándolo a mí, su amigo. «¿Te has preguntado de qué vas a vivir?», me decía, llenándome de sobresalto. Se parecía en aquel momento a mi tío Eladio expresando los mismos temores. «En el mejor de los casos con tus estudios de Literatura en la Sorbona podrás ganarte más tarde la vida como profesor en un liceo de provincia —me decía—. Y ni siquiera *(même pas)*, pues no eres francés. *Tu vas crever, mon vieux.* Vas a morirte de hambre.» Yo intentaba replicarle. «A mí la pobreza no me asusta —le argumentaba—. La conozco. Y la poesía...» Jean me observaba con una sonrisa compasiva. «Ella la tendrás siempre contigo. Hagas lo que hagas y vayas adonde vayas. Pero tienes que comer y vestirte, no lo olvides.» Y en un momento dado quiso introducirme en su propio mundo, el de la publicidad, haciéndome participar en los consejos creativos de la agencia donde entonces trabajaba. Se divertía viendo cómo yo, con su mismo realismo, demolía propuestas excesivamente efectistas de sus creativos cuando se trataba de anunciar un detergente o lanzar una nueva línea de automóviles. Generalmente el afán de sorprender y llamar la atención en un corto publicitario prevalecía sobre el producto o servicio que se anunciaba. Había en los ojos de Jean un destello aprobador de risa oyendo mis observaciones. Cuando su secretaria, al fin del mes, me extendió un cheque, lo tomé como un gesto más bien caritativo de su parte, y con cualquier pretexto dejé de asistir a sus comités. Veía con horror la publicidad. Era para mí, sigue siéndolo, el reino de la mentira. Jean suspiraba, resignado. «Es asunto tuyo», decía. Pero fue su inquietud sobre mi suerte lo que me llevó al periodismo.

Otro amigo providencial me empujó por esa vía. A diferencia de Jean, ignoro qué fue de su vida, qué hace hoy, dónde se encuentra; si es que aún vive, porque entre tantos amigos de aquella época remota la muerte ha hecho su silenciosa vendimia.

Para la diáspora latinoamericana de entonces París fue siempre un lugar obligado, intenso y sin embargo transitorio; diáspora de gente que como aparecía desaparecía al cabo de unos años, luego de haber compartido con uno años de vida, de estudios, aventuras, trabajos y fiestas. Arturo Cuesta fue un transeúnte para mí cercano y decisivo en un momento dado, aunque más tarde perdiera todo rastro suyo. Hijo de un escritor y diplomático colombiano, no tendría más de veinte años cuando apareció en Saint-Germain-des-Prés, nuestro punto obligado de encuentro. Su vida hasta entonces había sido muy distinta a la mía: tal vez la de un privilegiado, pues había vivido en Italia, Argentina y México donde su padre había desempeñado cargos diplomáticos dejando en cada país una red de relaciones con personalidades vinculadas al mundo de la cultura, de la política o de la prensa. Hombre de izquierda, cuando cayó el Partido Liberal se convirtió en un beligerante opositor de los gobiernos conservadores. Su vinculación a una emisora clandestina que invitaba a la resistencia contra el régimen acabó llevándolo al exilio en México. Arturo, su hijo, decidió correr la aventura de venirse a París, como fue mi caso y el de muchos otros. Alojado en un modesto hotel de la rue de Seine, no tardamos en hacernos amigos. Aunque hablaba aún un francés muy elemental, descubrí que, sin duda por influencia de su padre, estaba muy al corriente de todo lo que en aquel momento hervía en el mundo de la cultura: autores, piezas de teatro, pintura, corrientes de pensamiento. Sabía todo de Sartre, Camus, Simone de Beauvoir, Samuel Becket, Kafka o de poetas como Aragon o Jean Cassou. Alto, flaco, nervioso, rápido en sus observaciones y réplicas, nunca parecía dispuesto a perder el tiempo, como muchos de nosotros, en la terraza de un café. Siempre tenía algo urgente que hacer. En su cuarto de hotel se escuchaba a toda hora el rápido tecleo de su pequeña máquina de escribir. No probaba una gota de alcohol. Sorprendía a todo el mundo pidiendo al almuerzo un vaso de leche en vez de vino. Cuando descubrió que yo, además de desenvolverme bien con el francés, era un buen lector de *Les Temps Modernes*, la revista de Sartre, de *Lettres Françaises* y de otras publicaciones literarias, me propuso que le ayudara con traducciones y redacción de algunos textos. Incluso me hizo comprar, en un almacén de la plaza del Odéon, una máquina de escribir de segunda mano con teclado en español. Me sorprendió contándome que no recibía un solo centavo de su padre. Se ganaba la vida enviando artículos y corresponsalías a diarios de México, Argentina y más tarde Venezuela.

Ahora que lo pienso, a Arturo Cuesta mucho le debo. Y no me refiero sólo a las claves del oficio periodístico, sino a algo más. En primer término, la pasión por el trabajo y el desprecio por los charlatanes y los «vagos» como él llamaba a los colombianos que en la terraza del Royal pasaban su tiempo discutiendo de política y ensartando chismes. Viendo la manera febril como iba llenando cuartillas en su máquina de escribir hasta bien entrada la noche, me acordaba de mi madre en su cuarto de trabajo de la pensión. Acabé por comprender que si no procedía de igual manera me iría a pique. Fue como un aterrizaje forzado en la realidad. Otra cosa que intenté aprender de él, dominando la timidez que traía desde la infancia, fue la audacia. Arturo era capaz de presentar sus textos o informes tomados casi siempre de semanarios o diarios franceses como trabajos de una agencia de prensa inventada por él, no recuerdo ya con qué nombre y si con ayuda de un código o apartado postal. Aquello era disfraz, pero no farsa, porque, en realidad, los diarios a los que enviaba sus despachos les daban cabida en sus páginas culturales por la actualidad que tenían sin contar con algunas primicias. Nunca pude olvidar que logró entrevistar a Pablo Neruda en la Maison de la Pensée. Yo lo acompañé, tal vez como un mudo y fascinado asistente, admirando la desenvoltura con que desarrollaba aquel diálogo con el poeta. No fue el único, sino el primero de una serie de personajes. Para entonces, yo me había convertido en otro corresponsal de la supuesta agencia, y algunos dólares empecé de pronto a recibir por cuenta suya.

Recuerdo como si fuera ayer el primer artículo que vi publicado con mi nombre, y no en uno sino en dos o tres periódicos latinoamericanos, entre ellos uno de Venezuela. Fue a propósito de la célebre polémica que hizo evidente las discrepancias políticas entre Sartre y Camus. A Sartre le parecía entonces inexorable, en el sentido de la historia, el advenimiento de un sistema socialista. Camus oponía a esa visión fatalista, que hacía del *goulag* un simple tropiezo (un *accident de parcours*, se decía entonces), la rebeldía contra cualquier forma de opresión. El tema me interesaba porque en aquel momento yo era un devoto lector de los ensayos de Camus; sus inquietudes me parecían perfectamente válidas. El primer sorprendido con ese texto, que escribí y pulí durante días, fue el propio Arturo Cuesta. «Esto debes firmarlo —me dijo antes de sacarle varias fotocopias—. No puede ser un anónimo informe de la agencia» (siempre, por cierto, hablaba de la agencia como si en realidad existiese más allá de un membrete impreso). A partir de ese momento, seguí firmando de vez en cuando ciertos textos que podían ser considerados como un artículo y no como un impersonal trabajo de información. Correspondían a libros y debates propios del mundo intelectual de la época, y su interés, creo yo, residía en su actualidad, en el hecho de ser como platos recién salidos del horno.

Todo pintaba muy bien, hasta el momento en que Arturo Cuesta me comunicó su brusca decisión de irse a vivir a Buenos Aires. Arturo siempre me sorprendía con anuncios inesperados. Lo suyo parecía obedecer a los fogonazos de un temperamento nervioso que no se permitía ni dudas ni largas cavilaciones. De igual manera, meses atrás, un mediodía, antes de salir de mi buhardilla, me había sacudido con una revelación dicha en un tono perfectamente casual, como si se tratara de algo carente de importancia. «¿Sabes que me casé ayer?» «¿Con quién o contra quién?», le pregunté yo estupefacto. «Con Vanesa», me dijo. Vanesa Mancini era una bonita muchacha argentina que estudiaba violoncello en una escuela de música del Boulevard Malesherbes. Yo la había conocido desde muy poco después de mi llegada a París, pues era vecina de piso de Pepe Salgado en el último piso de un hotel de la rue de Seine. Él me la había presentado. Vanesa era pequeña y vivaz, con un flequillo oscuro sobre unas cejas también muy negras y unos ojos claros y pequeños que le brillaban de risa cada vez que decía una travesura. Comíamos en el mismo restaurante escolar de la rue Mabillon y en el verano íbamos con frecuencia a la misma piscina a orillas del Sena. Como yo era más joven que cualquiera de los estudiantes llegados del otro continente, acabó llamándome «hermanito» porque decía que yo le recordaba a un hermano menor suyo. Creo que Pepe Salgado estaba enamorado de ella. Le prestaba libros marxistas; quería catequizarla para que ingresara a una célula comunista del barrio a la cual él pertenecía, pero ella tomaba todo aquello en broma. Sólo le interesaba la música. Los lamentos de su violoncello se oían en aquel hotel impregnado a toda hora de un fuerte olor a orines de gato. Fui yo quien se la presenté a Arturo Cuesta, en el baile que organizaban los brasileños los sábados en la noche en la plaza de Saint-Germain-des-Prés. De todos cuantos latinoamericanos vivíamos en el barrio, Arturo era el menos indicado para ser pareja suyo en un baile. Era incapaz de mover los pies siguiendo el ritmo de una samba. No bebía. Observaba la estrepitosa alegría de los brasileños como un colono inglés podría contemplar ritmos y bailes tribales en el África: sólo con una brizna de humor y curiosidad. Nunca llegué a enterarme de que él y Vanesa anduvieran juntos. De ahí que el anuncio de Arturo aquel mediodía, antes de cerrar la puerta de mi buhardilla («Me casé con Vanesa»), me dejara por un instante incrédulo y casi paralizado por la sorpresa. «Espera —le dije al fin—, tú no tienes un centavo...» «Ella tampoco —sonrió Arturo, divertido de ver mi asombro—. Eso no cambia nada.» Y cerró la puerta. Después supe que había tomado un apartamento amplio en la rue Tilsitt, cerca de la plaza de l'Etoile. «En un solo cuarto de hotel no caben un violoncello y una máquina de escribir», me dijo con humor. Quizá fue una apuesta insensata dada la fragilidad de sus finanzas porque dos o tres meses más tarde apareció con otra de sus desconcertantes noticias: «Bueno, se acabó París para nosotros. Nos vamos para Buenos Aires. El barco sale el próximo mes», me anunció.

La noticia me cayó como una ducha helada. En aquel momento tuve la impresión de que también para mí París se iba a pique. Acababa de recibir una carta de don Julio Herrera anunciándome que había decidido cerrar su oficina de negocios en Bogotá y trasladarse a Nueva York. «Creo que debes regresar —me decía—. La situación del país es muy mala, pero eres joven y sabrás abrirte paso con tus estudios y experiencia en el mundo de la publicidad. Tu tío Eladio está mal. Debes acompañarlo. Cuando podía disfrutar ya de una merecida jubilación, le han descubierto un cáncer en el colon.» Me hablaba de situarme el pasaje de regreso. La carta no la había recibido en mi hotel, sino en el Consulado de Colombia, en la rue del Elysée, así que la leí en un café cercano a la plaza de la Concordia. Era un día luminoso de mayo o de junio; había como una promesa de verano en el aire, veía en la calle bonitas muchachas que me recordaban a Gisèle cuando vestía sus atuendos de primavera, y el solo recuerdo de Bogotá, de la pensión del tío, de los muertos que habían quedado en aquella calle doce el 9 de abril cuando Gaitán fue asesinado, me encogían el alma con algo parecido al pavor. Volvía a experimentar el miedo de siempre ante la fragilidad de mi propio destino. Mi padre era un campesino remoto cuyo mundo era para mí inaccesible. Imposible pedirle ayuda. No me la habría dado. Poco después recibiría noticias del tío Eladio. Sus cartas, escritas con una caligrafía grande y cuidada como la de un buen maestro de escuela, me hablaban de su mal con mucha sobriedad, casi con pudor. «Paso muy malas noches y los dolores no me dejan en paz. Ojalá pueda verte pronto.»

Esas cartas me dejaban un nudo en la garganta. El tío le había cumplido la promesa hecha a mi madre. Era lo único parecido a un padre de verdad que tenía. Gisèle, para entonces, ya había desaparecido. Y justo en ese momento de zozobra (¿cuántos conocería luego a lo largo de mis años en París?), Arturo me anunciaba que se marchaba a Buenos Aires con Vanesa. «¿Y tú que has pensado?», me dijo. «No sé», le contesté con un pánico que se debía leer en mis ojos. Cuando decidí revelarle cuál era mi real situación, me sorprendió que no viera en lo mío problema alguno. Hablaba con una audacia que era suya y no mía. «Quédate con la agencia», me dijo. «Te doy todos mis contactos. Les escribo a mis amigos y contactos en todos los diarios diciéndoles que eres el director de ella en París. Y si necesitas ver a tu tío, pues viaja a Colombia y regresas. París no te lo van a quitar.» «Tengo que tener tanta fuerza como la suya —pensaba yo escuchándolo—. Tengo que aprender; el valor se aprende, se aprende», me repetía cuando quedé solo, pero el corazón me latía como el de un pájaro asustado.

No fue necesario viajar a Colombia como había llegado a pensarlo después de todo. Mi tío Eladio murió. Murió dos o tres semanas después. La secretaria del Consulado de Colombia me llamó un mediodía al hotel Madison pidiéndome que llamara urgentemente a la oficina de don Julio Herrera con cobro revertido. No lo hice. Bajé a la oficina de correos de la rue de Rennes y pedí la llamada. «Tu tío murió anoche, lamento decírtelo. Era mejor que eso ocurriera, sufría mucho. El entierro es hoy. ¿Cuándo vienes?» Oí mi propia voz como si fuera la de otro distinto a mí, resuelto, más seguro. «Yo me quedo, don Julio.» «Pero no creo que podamos seguir haciéndote el giro —observó él—. Cierro la oficina, ya te lo dije.» «No importa», contesté. «¿Puedes sostenerte allí sin ese giro?», preguntó. «Creo que sí», respondí. «Me gusta oírte decir eso. Suerte y adelante», concluyó él.

Y eso fue todo. Recuerdo haberme quedado mirando las paredes de la oficina de correos, la luz gris que filtraban sus ventanas. «Se acabó el tío, se acabó la pensión, se acabó Bogotá para mí.» Era como si mi mamá se hubiera vuelto a morir. Cuando salí a la rue de Rennes, descubrí por una humedad en las mejillas que estaba llorando. Sentía un extraño vacío por dentro, una congoja que me apretaba el cuello. «¿Qué va a ser de mí?», pensaba mientras me dirigía al hotel.

18

—¿A que no adivinan con quién acabó enredada Clara Lucía Restrepo en Cartagena?

La muchacha que acaba de lanzar esta pregunta, una rubia de ojos vivaces, consigue atraer la atención de todos cuantos ocupan asientos en torno a la mesa, incluyendo los dueños de casa. Está sentada frente a Martín, de espaldas a un gran ventanal que deja entrar en el comedor la claridad de la tarde.

—Es una bomba, la primera del año. Propongan nombres —insiste la muchacha con una expresión en la que Martín advierte a la vez travesura y deleite.

Los demás invitados acogen con risas y exclamaciones aquel juego de adivinanzas hasta cuando ella lanza el nombre de un personaje que nadie parecía esperar.

—¡Pero si él está casado! —exclama alguien.

—Pues la bomba es ésa: está separándose. ¿No lo sabían?

«Chismes», piensa Martín, y por un momento, le parece haber regresado a la casa de don Julio Herrera muchos, muchísimos años atrás, cuando era muy joven y trabajaba allí de camarero: la misma élite social jugando a descubrir amores clandestinos, sólo que las muchachas ahora sentadas en torno suyo y acompañadas por hombres jóvenes debían ser hijas o nietas de aquellas, también bonitas, finas y elegantes, que llenaban la casa de don Julio sábados y domingos. Ahora, como entonces, experimenta una extraña sensación de irrealidad. «¿Dónde diablos estoy?», se pregunta. Una hora antes cruzaba la puerta que servía de entrada a aquella casa edificada en una arborizada colina en las afueras de la ciudad, y de un solo golpe toda la pobreza que en los semáforos agolpaba en torno al auto limosneros, vendedores de frutas y de flores o malabaristas, desaparecía para introducirlo en un mundo que ahora le resultaba como una feria de vanidades, refinado y secreto. No era el de su hermana Raquel y de cuantos como ella ostentaban una riqueza reciente y duramente adquirida sino otro, tal vez marcado por apellidos y herencias; más selecto y antiguo, piensa, observando la araña de cristal del siglo XVIII que pende sobre el centro de mesa y el arcón colonial, en una esquina del comedor, con una artesa llena de frutas exóticas. La única decoración de las paredes es un soberbio cuadro flamenco adquirido seguramente por algún antepasado del dueño de casa. Nada allí recuerda el país de guerrillas y emboscadas que acabó con la vida de Benjamín. La música de Vivaldi que se escucha en el otro salón, el *canard laqué* recientemente servido con un excelente vino francés y el paisaje vislumbrado por el ventanal —eucaliptos, un cielo muy claro y detrás de ellos un vago panorama del norte de la ciudad—, todo ello hace ahora remotas y tan irreales como un mal sueño las miserias y zozobras vistas por él desde su llegada.

—¿En qué piensas? —lo sorprende la voz de Margarita Vélez—. Estás muy callado.

—Culpa tuya —sonríe él—. Me trajiste aquí, y ahora me siento como un hombre llegado de otro planeta.

—¿Perdido?

—Algo así.

—Acuérdate de que alguna vez, en París, te ofrecí ser tu hada madrina si venías a Bogotá —dice ella con coquetería—. Estoy cumpliendo esa promesa. Sírveme otra copa de vino.

Mientras atiende su solicitud, Martín la observa un instante. Su atractivo seguía siendo muy grande, un atractivo que estaba en los finos rasgos de su cara, en su sedoso pelo color caoba y en el brillo de los ojos, aunque la edad le hubiese arrebatado ya la frescura que tenía cuando la conoció, años atrás, en el Consulado de Colombia en París. Su silueta, en cambio, conservaba la esbeltez de entonces. «También su elegancia», piensa él, observando el acierto con que ha combinado el gris perla de su traje con el azul celeste del pañuelo de seda anudado al cuello. «Nunca tuve nada con ella», piensa, y ahora se pregunta cómo explicárselo si entonces estaba separada de su marido, era libre y habían trabado una breve amistad llena de bromas y complicidades, pese a que el mundo de ella rara vez se apartara de los grandes hoteles de París y de las tiendas del Feaubourg Saint-Honoré y el de él estuviese en otros parajes de la misma ciudad.

—¿Nos conocimos por casualidad? —intenta recordar él.

—Sí y no. Nos encontramos en el Consulado de Colombia. Pero de ti me había hablado en Nueva York Gisèle Santamaría, prima de papá. Te llamaba, o te llama aún, el Poeta.

—Y no se equivoca. De ella, por cierto, me enamoré cuando tenía unos diecisiete años. Fue mi primer amor, ¿lo sabías?

Ella lo mira, incrédula.

—¿Lo dices en serio?

Él asiente, sonriendo. De pronto tropieza con la mirada de una muchacha que al otro lado de la mesa parece espiar con curiosidad su conversación con Margarita Vélez.

—Te van a levantar un chisme conmigo —le dice a ésta en voz baja.

—No te preocupes. Lo hacen con cuanto hombre aparezca.

—Así le ocurría a Gisèle, la prima de tu padre. Sólo que en su caso el chisme era casi siempre cierto. Oye, ¿cómo supiste que yo estaba en Bogotá?

—Eres más conocido de lo que supones. Tengo un primo que vive en el mismo edificio donde te alojas. Obtuve con el portero tu número de teléfono. Supongo que no te habrá disgustado recibir mi llamada...

—Todo lo contrario. Pero dime, ¿por qué me trajiste aquí?

—Miguel, el dueño de casa, adora París. Tiene un espléndido apartamento en la Avenue Foch. Sofía, su esposa, es italiana, te lo dijo, ¿verdad? De Milán. Me pareció que era gente más cercana a tu mundo. ¿O me equivoco?

—De ninguna manera.

¿Qué otra cosa podía decirle? En realidad, la milagrosa aparición de Margarita Vélez había introducido una brecha de luz en el sombrío programa de visitas e investigaciones en torno a la muerte de su hermano, que se había propuesto desde cuando llegó a Bogotá, programa roto en las noches sólo por los recuerdos que en el silencio de su apartamento iba desgranando en un cuaderno de notas. Margarita había pasado a recogerlo aquel mediodía de domingo en un auto conducido por ella. Aunque llevaba al menos diez años sin verla, había tenido desde el primer momento la sensación de que el tiempo no había alterado su antigua complicidad de amigos. Fuera por timidez o por cualquier otro rasgo de su carácter, nunca se permitía con mujeres como ella, habituadas a sortear el acoso de los hombres, intenciones de conquista. Buscaba su espontaneidad, y ellas lo agradecían. Acababan tratándolo como una especie de primo en quien podían confiar. Lo comprobó de inmediato cuando luego de saludarla con dos besos en la mejilla tomó asiento a su lado en el automóvil. Ella lo había examinado con ojos críticos.

—Caramba, estás vestido como para un funeral.

Él se echó a reír.

—Me hablaste de un almuerzo en casa de amigos tuyos.

—Claro, pero a nadie se le ocurre presentarse un domingo con corbata y un traje oscuro.

—Margarita, ignoro las costumbres de la tribu. Pero ahora que lo dices, aguárdame un momento y me cambio de ropa. ¿Qué aconsejas?

—Un *blazer* y un pantalón gris, ¿los tienes? Y nada de corbatas. Algo ni demasiado formal ni demasiado deportivo.

—Entendido. Espérame.

Minutos después, circulando por la ciudad, le había sorprendido ver desde el auto, a lo largo de varios kilómetros de la carrera séptima, un interminable desfile de patinadores, ciclistas y paseantes con perros y niños. Todos vestían con ropas deportivas. En la luz pacífica del domingo, le daban a la ciudad un aire de fiesta. Mientras avanzaban velozmente por la calzada reservada a los automóviles, Margarita le hablaba de su primer divorcio con la ligereza de una muchacha que cuenta una travesura.

—Cometí el error de casarme con un *playboy*, el churro del paseo, como decimos aquí. Caleño. Alcohólico. De nada sirvió que ingresara a los alcohólicos anónimos. Volvía a reincidir. Al fin, me tocó colocarlo ante una disyuntiva: o el alcohol o yo. —Se alza de hombros—. Bueno, se quedó con el alcohol.

—¿Y tu segundo marido...? Cuando te conocí te habías separado de él.

—Francés. Con castillo y todo, pero más aburrido que una ostra —dice ella echándose a reír.

—¿No te diste cuenta de ello a tiempo?

—Yo era todavía joven. Y él era divino, elegantísimo. Divino, pero a la larga tan insoportable como su madre.

—¿Hijos?

—Uno solo. Estudia economía en la Universidad de los Andes.

—Bueno, veo que tienes poca suerte con los hombres. Caramba, esto parece un circo —comenta él apenas se han detenido frente a un semáforo, sorprendido de ver, en medio de un enjambre de vendedores de frutas y de flores, a un hombre joven, de torso desnudo, escupiendo fuego.

—Hacen cualquier cosa para obtener una moneda —comenta—. Entre ellos hay de todo. Me encanta un viejito que se aproxima a los carros con una bandola para cantar viejos bambucos. Siempre le doy plata. En cambio hay un hombre mal encarado que se acerca con un palo y le dice a una tranquilamente: «Señora, un billetico o le rompo el carro.»

—¿Y tú qué haces?

—Yo no me asusto. Le digo: «Rómpalo y yo le aviso de inmediato a la policía.» Y el hombre me ve tan decidida que se asusta y se va. Pero hay bobas que les dan plata y luego salen disparadas.

En otro semáforo, situado en el punto en que termina la ciudad y se abre la carretera que lleva a La Calera, a él le había sorprendido ver a una familia de negros, compuesta por un hombre, una mujer, dos niñas pequeñas y un bebé de brazos, sentada en un alto sardinel. Parecía un grupo escultórico de una extraña belleza. No llevaban harapos. Al contrario, daban la impresión de vestir sus mejores galas. Las dos niñas llevaban lazos en la cabeza y unos trajes de un vivo color rosa como si fueran a participar en una fiesta infantil. Eran como dos flores que hubiesen brotado a una orilla de la calle. Salvo la menor que se había acercado al auto en silencio, sin decir nada ni extender una mano, apenas mirándolos con grandes ojos absortos, los demás permanecían dignos e inmóviles como si posaran para una fotografía.

—Son desplazados —le informa Margarita—. Deben de venir del Chocó.

—¿Desplazados? —repite él sin dejar contemplar aquel grupo de ojos ausentes y a la niña cuyas cintas parecen libélulas de colores en su pelo ensortijado.

—Sí, hay dos millones de ellos, según dicen. Emigran a las ciudades huyendo de la guerrilla y de los paras. Bogotá está llena ahora de negros —se queja ella como si hablase de una epidemia—. Antes no se veía ninguno. Pero no te engañes. No todos son tan pacíficos como éstos. Fíjate, por ejemplo, lo que le ocurrió hace unas cuantas noches a un primo mío. Un negro le sacó un cuchillo cuando se había detenido ante un semáforo. Le hizo entregar lo que llevaba encima: plata, reloj, un teléfono celular. Y después le pidió excusas. Así, con toda frescura y tranquilidad. «Perdone, pero tengo que hacer esto para que mi familia no se muera de hambre», le dijo.

«Nada les asombra», había pensado él oyéndola. Horrores y miseria parecían formar parte de su paisaje cotidiano, tanto que ya no parecían advertirlos. Les debía resultar algo tan familiar, tan incorporado al paisaje urbano, como las acacias que sombreaban las avenidas. A espaldas de esa realidad habían fabricado la suya, la que una hora antes él había empezado a descubrir apenas el auto dejó atrás la puerta custodiada que servía de acceso a la colina donde, muy en lo alto y casi oculta por los árboles, se alzaba aquella casa. Pinos y eucaliptos en las laderas, murmullos de pájaros y aguas y un aire luminoso y muy puro parecían reproducir, a espaldas de la ciudad, un bucólico paisaje de Suiza. Incluso, en un recodo del empinado camino, había alcanzado a ver un estanque con dos cisnes que se reflejaban en el agua como en un espejo. Macetas de orquídeas, adosadas al tronco de los árboles, decoraban el camino. La casa, de tres plantas, con altas ventanas y una balaustrada, parecía la de un aristócrata francés en algún lugar recóndito de la Costa Azul. Se alzaba sobre un inmediato paisaje de terrazas escalonadas que descendía hacia una piscina de aguas azules bordeada de altos eucaliptos.

—No veo quien tenga el valor de echarse al agua en estas alturas sin correr el riesgo de pescar una pulmonía —le había comentado él a Margarita.

—Pues te equivocas —le había replicado ella—. Son famosos los baños de medianoche que organiza Miguel, el dueño de casa. El aire es helado pero el agua es muy caliente. Los invitados sólo sacan la mano de la piscina para recibir las copas de champaña que les traen los camareros. Entre los árboles se divisan las luces de la ciudad. Es algo fantástico, te lo juro.

—La *dolce vita* —había murmurado él.

Dentro de la casa, en los espaciosos salones decorados con austeridad y en la terraza que se abría al lado, había un numeroso grupo de invitados vestidos como para una fiesta campestre: hombres con bufandas de seda y vasos de whisky en la mano, mujeres con trajes de última moda de colores pálidos y sin más adorno que un collar de perlas o un broche. A medida que Margarita iba presentándolo él sentía que las miradas lo examinaban con curiosidad. «¿Quién es este tipo, de dónde salió?», debían preguntarse unos y otros. Sólo el dueño de casa parecía conocerlo. «Usted es el famoso periodista que se ocupa de nuestras desgracias», lo había saludado con un gesto cordial extendiéndole la mano. «Bienvenido.» Era un hombre maduro, alto, delgado, elegante, con unos vivos ojos azules y un cabello rojizo que empezaba a encanecer en las sienes. Parecía un escandinavo. Hablaba en un francés perfecto con su esposa, una italiana tan alta como él, con un cabello claro recogido en la nuca por un solo bucle y con una carrera en el medio que acentuaba sus rasgos finos, alargados, muy aristocráticos. Al saber que él vivía en Roma le había hablado con alegre desenvoltura en un italiano refinado del norte, salpicado de erres guturales. Le había referido que todos los años, en primavera, se instalaban en París. A ella parecía interesarle el arte. Deseaba ver una exposición de arte ruso, de antes de la revolución, que se anunciaba en el Museo de Arte Moderno de París, le había dicho, citándole con propiedad unos cuantos nombres de artistas que él, por su parte, había admirado en Moscú el invierno del año anterior. Parecían realmente complacidos de tenerlo en casa y así se lo dijeron a Margarita. «Tienes siempre un buen radar», le advirtió el dueño de casa con un brillo de humor en los ojos.

Durante los pocos minutos que había permanecido conversando con ellos, Martín había tenido la impresión de compartir espacios y referencias comunes. Pero luego, llevado por Margarita a una mesa de la terraza donde parejas de amigos suyos tomaban el aperitivo antes del almuerzo, le había invadido de nuevo la sensación de ser un convidado de piedra en un mundo que le era completamente ajeno. Al parecer todos cuantos allí estaban habían pasado en Cartagena y en las islas del Rosario las vacaciones de fin de año. Entre risas, arrebatándose la palabra, hablaban de un travieso baile de disfraces, de encuentros imprevistos, bromas, enredos, apuestas y viajes.

Ahora, sentado en el comedor principal de la casa, advierte que las conversaciones toman un rumbo igual, ligero y salpicado de bromas. El chisme lanzado por la muchacha rubia a propósito de un personaje cuyo matrimonio estaba a punto de irse a pique provoca en la mesa un diluvio de excitados comentarios. Incluso los dueños de casa escuchan a sus invitados con un interesado brillo de humor en los ojos.

—¿No sabes quién es? —le pregunta Margarita en voz baja.

—Ni idea.

—Ahora sí creo que vives en otro planeta. Es el hombre ideal. JRB —dice pronunciando estas letras en francés.

—¿JRB?

Ella se echa a reír:

—*Jeune, riche et beau*. Si de verdad está a punto de separarse, no hay mujer en esta mesa que ante esa noticia permanezca tranquila, te lo juro.

—¿También tú?

—También yo, ¿qué crees? Sólo que mientras estaba casado prefería hacerme la desentendida ante cualquier avance suyo. Porque eso sí, travieso lo es.

De pronto el dueño de casa, desde el otro extremo de la mesa, dirige su mirada hacia Martín con la inquietud de un anfitrión que advierte el aislamiento de un invitado suyo.

—Señores, vamos a hablar de cosas serias —dice, intentando poner orden entre sus invitados—. Margarita nos ha traído a Martín, Martín Ferreira, un compatriota nuestro que vive en Italia y que es muy conocido como periodista internacional.

Martín se siente incómodo advirtiendo que ahora, sin mayor entusiasmo, las miradas se vuelven hacia el lugar donde él se encuentra.

—Martín —el dueño de casa se dirige ahora a él—, háblenos del proceso de paz que adelanta ahora el gobierno. ¿Lo ve viable?

—Realmente no —se limita a contestar él, percibiendo que el giro impuesto a la conversación incomoda a todos. «Qué fastidio», deben de pensar. Seguramente preferirían hablar de cualquier cosa, menos de la realidad política de su país.

—Pero un acuerdo fue posible con la guerrilla en Centroamérica. En El Salvador, por ejemplo. Y allí el conflicto armado era grave —reitera el dueño de casa fijando en él, con amabilidad, una mirada transparente de sus ojos azules.

«Quiere hacerme hablar, y sólo por educación», piensa él. Pero, aunque él conoce de sobra lo sucedido en El Salvador y Guatemala, no desea extenderse en explicaciones que a ninguno de los presentes interesan. Intenta limitar su respuesta a pocas palabras:

—Allí hubo un acuerdo después de la caída del Muro de Berlín, cuando las guerrillas de esos países dejaron de recibir dinero de la Unión Soviética, vía Cuba. No es el caso de Colombia. Las FARC son muy ricas gracias al narcotráfico, a la extorsión y al secuestro. Su fuerza está ahí. También en la geografía del país. Creo que ganan más con la guerra que con la paz.

—Sí, pero ¿de qué les sirve tener tanta plata? —pregunta una señora de cabello gris, única con una edad de abuela entre las mujeres sentadas en torno a la mesa—. ¿Qué pueden hacer con ese dinero en la selva? Por eso creo que también aquí acabarán haciendo la paz.

—Claro —dice a su lado un hombre también de edad, que parece ser su marido—. Si ya son ricos les gustará tener una oportunidad de vivir mejor en lugares civilizados, lejos de la malaria y los mosquitos, ¿no lo cree usted?

—Ojalá tuviera usted razón —admite Martín, y casi a pesar suyo agrega: Pero no lo creo. Las FARC, que llevan cuarenta años en el monte, no han perdido la esperanza de llegar al poder.

La señora que intervino primero mueve la cabeza con escepticismo.

—Plata, eso es todo lo que les interesa. Ideología ya no tienen ninguna.

Martín sonríe sin intentar replicarle. «Deben creer que la ideología es algo en sí mismo muy noble, una bonita tarjeta de presentación. Si supieran adónde pueden conducir el comunismo, el fascismo o el fundamentalismo islámico.»

—De todas maneras yo sí creo con la izquierda que la paz es preferible a la guerra y que el diálogo es el único camino —interviene de manera repentina y en el tono de una categórica sentencia una invitada de grandes ojos verdes que lleva un traje negro y un collar de tres vueltas, cuya elegancia algo excesiva para una reunión campestre él había advertido antes de entrar en el comedor.

El dueño de casa se vuelve a ella con una sonrisa de burla:

—¿Desde cuándo eres tú de izquierda? No me lo habías contado.

—Desde siempre —contesta ella con un brillo de humor en las pupilas—. Y todo por llevarle la contraria a un padre godo, godísimo que tuve. Facho, como tú.

—¿Como yo? —repite el dueño de casa con un asombro fingido.

Su esposa, la italiana, interviene desde el otro extremo de la mesa con una expresión de divertida curiosidad:

—¿Qué es lo que tú llamas facho, Liliane?

—Facho, un hombre de extrema derecha que predica la guerra en vez de buscar la paz —contesta ella con una rotunda vivacidad. Y de repente, como atravesada por una duda, vuelve la mirada hacia Martín—. ¿Y usted qué es al fin: de izquierda o de derecha?

—No sé qué responderle. Ni lo uno ni lo otro —contesta Martín. Se queda pensando un instante, y luego: De izquierda fui, no hay duda. Pero ya no, y para explicarlo tendría que escribir un libro. Si lo intento ahora, les arruino el almuerzo y quedo con ustedes de aguafiestas.

Oye risas de aprobación en torno suyo.

—Lo que es Martín, según me contaron las malas lenguas, es poeta —dice Margarita.

—Peligroso —advierte la muchacha rubia, que se sienta frente a Martín, de espaldas al ventanal—. Ten cuidado, Margarita. Los poetas parecen mansas palomas, pero a veces son gavilanes.

Cuando Margarita y él se despiden de los dueños de casa, un último resplandor del crepúsculo se divisa en el horizonte y algunas luces brillan abajo, en las avenidas de la ciudad. A Martín le sorprende de pronto ver varias docenas de hombres conversando en el lugar donde se guardan los autos de los invitados.

—Son escoltas —le explica Margarita—. Ninguno de cuantos has visto en esta casa es tan valiente para andar sin ellos. Y muchos de los carros que ves son blindados.

—¿Así es la cosa? —murmura él, dándose cuenta de que pese a todo la alta clase de la ciudad sabe en qué mundo vive. Evade la realidad, pero no la desconoce. Y este pensamiento le trae el recuerdo de Lima, en la época de Sendero Luminoso. Los senderistas, inspirados por Pol Pot, colgaban perros de los postes de luz a título de advertencia de lo que les esperaba a los ricos y demás enemigos del pueblo, como los llamaban, mientras éstos, para olvidarse del terror, organizaban suntuosos bailes de gala o de disfraces. La frivolidad era una forma de olvidar el terror que estaba ya en las puertas de Lima.

—Dime, ¿qué quieres hacer ahora? —oye la voz de Margarita apenas han llegado a la carretera que conduce a la ciudad.

—Nunca he encontrado una solución para esta hora en que ya no es de día ni de noche. Tal vez es la hora más triste de Bogotá.

—¿Te gustaría ir al cine?

—¿No hay nada mejor que eso?

Apartando por un instante los ojos de la carretera, ella lo mira con picardía:

—¿Un whisky en casa?

—No es mala idea. Y que Dios me libre de malos pensamientos —dice él tratando de conjurar con estas palabras un vago apremio que ella empieza a provocarle, el mismo que ella debe suscitar en cuanto hombre se sienta a su lado y se siente de pronto atraído por su belleza.

Ella se echa a reír.

—Nunca me has contado nada de ti —dice después—. De mí sabes todo, y yo de ti nada.

19

—Sí, es verdad lo que te dije: Gisèle, Gisèle Santamaría, la prima de tu padre fue el primer amor de mi vida —le refiere Martín a Margarita una vez que ha tomado asiento en el salón de aquel apartamento de ella cuyos cuadros, tapetes, floreros y los objetos que adornan las mesas parecen compartir la misma sofisticación—. Y por cierto tú, Margarita, te pareces a ella. ¿No te lo han dicho? Y no hablo de pestañas, de pelo o de silueta, sino de algo que está en tu carácter, en la manera de asumir tu independencia sin reparar en el qué dirán, en ese culto de las apariencias tan propio de una ciudad donde todo el mundo está siempre a caza de un chisme excitante. De eso me he dado cuenta. En fin... Me decías que no me parezco al retrato que de mí te hacía Gisèle en Nueva York. Y es natural, pues ella me conoció cuando yo, recién salido del liceo, trabajaba de camarero en casa de don Julio Herrera para pagar mi pasaje en barco a Francia. Luego, de manera imprevista, nos encontramos en París, en ese mundo entonces loco de Saint-Germain-des-Prés que vivía la fiebre existencialista. Yo tendría dieciocho años y ella era una mujer que había salido ya de un primer matrimonio; joven todavía, bella, muy libre y elegante. Me convertí en su escudero. La acompañaba a teatros, cines y exposiciones sin que ella me permitiera pagar siquiera un café como si fuese un huérfano bajo su protección. Aquél fue, por mucho tiempo para mí, sólo un amor platónico. Todo lo que sentía por ella se me quedaba en versos escritos de noche. El paso inolvidable, estremecedor, que cambió aquella relación lo dio ella, una tarde; ella y no yo, incapaz de semejante audacia. No me extraña, pues, que me recuerde como un muchacho tímido y despavorido. Lo era. Y tal vez, en el fondo, sigo siéndolo; convivo con ese adolescente. Te vas a reír si te confieso, por ejemplo, que soy tímido contigo. Me recuerdas a Gisèle. Es algo indefinible, muy propio de las dos: un aura delicada y femenina que percibo en este apartamento tuyo, en su penumbra, en su intimidad, en el rastro sutil de un perfume que se respira apenas abres la puerta, en los cuadros y objetos que veo colocados con orden y buen gusto, y desde luego en la manera de sentarte al lado de esa lámpara, de cruzar las piernas, de reírte. El caso es que todo ello no me deja beber este whisky en paz. Despiertas, por dentro, mis mariposas dormidas. Pero no te inquietes. No te estoy haciendo avances. Te lo juro. Simplemente esta inquietud me devuelve a una vieja verdad: uno, en el fondo, no cambia. Sólo aprende con el tiempo a ocultar pavores y sentimientos. El sobresalto ante situaciones nuevas o inesperadas no desaparece nunca. Tampoco el repentino desasosiego que una mujer atractiva como tú puede suscitar en uno. ¿Miedo? Si quieres llamémoslo así. Lo que uno consigue con el tiempo es ponerlo bajo control. Sólo eso. Aprende a enfrentar apremios, no a evitarlos. ¿Te has preguntado, por ejemplo, qué puede producirte pavor? Ah, sí. Te lo creo. Envejecer. En tu caso, y en el de las mujeres cuyo atractivo les abre paso en todas partes, una arruga, un kilo de más, una cana repentinamente descubierta en el espejo, produce temor. La edad se vive como una amenaza inexorable.

»¿Qué hacer entonces, me preguntas? *Faire face*, dicen los franceses. Echarle la capa al toro, decimos nosotros. Pero el temor siempre está al acecho dentro de uno; cambia sólo de objeto o de razón. Lo importante es salirle al paso a cada riesgo que surge en la vida. Lo aprendí en París cuando tuve que arreglármelas para ganarme la vida allí sin apoyo de nadie. Mi tío había muerto y no había quién me girara dinero de Bogotá.

»¿Realmente quieres que te cuente cómo lo hice? Bueno, sí, sírveme otro whisky. ¿Tú no bebes? De acuerdo, quédate con tu única copa de vino.

»Pues bien, todo lo que tenía para sobrevivir, cuando murió mi tío y don Julio Herrera decidió irse a Estados Unidos, eran algunas conexiones con diarios de América Latina a los que, con un amigo y bajo el disfraz de una agencia de prensa, les enviábamos notas e informaciones para sus páginas culturales. Cuando el amigo aquel se casó en París con una argentina —amiga nuestra, una estupenda mujer— y se fue a vivir a Buenos Aires, yo seguí haciendo solo la misma labor. El problema era que los pagos me llegaban de manera muy esporádica poniéndome en terribles aprietos. Cada mañana abría el buzón de correos de nuestra supuesta agencia esperando encontrar un cheque o el anuncio de un giro, casi siempre sin encontrar nada. Pasé hambre. O hambres. ¿Sabes cómo lidias el hambre en París? Compras una baguete, quizás algo de queso y de jamón y un paquete de café. Esperas que ése sea tu desayuno, tu almuerzo y tu cena. ¡Qué va! A las dos horas sientes un hueco en el estómago. Si es invierno, el frío te cala los huesos como si tus ropas fueran sólo de papel. Te tiemblan las rodillas. Te fatigas como un viejo subiendo o bajando escaleras, esas escaleras infinitas que los pobres de París se la pasan subiendo o bajando. Y el problema es que has quemado tus naves. No tienes pasaje de regreso ni casa adonde volver, excepto a la finca —debía decir más bien el rancho— de un padre campesino. ¿Te sorprende que te hable de un padre campesino? Sí, lo tuve, pero siempre a distancia porque mi mundo, desde la infancia, nunca fue el suyo. De modo que no tenía regreso posible. ¿Te imaginas dejar libros, cursos en la Sorbona, amigos, sueños —todo lo que era en aquel momento París para mí—, para ir a engordar marranos o sembrar papa en algún páramo de Boyacá? Nada que hacerle. Cuando me sentía más débil que una hoja a punto de ser arrastrada por el viento, me paraba en el Pont des Arts, miraba el Sena, los puentes, la isla de la Cité con las torres de Notre-Dame vislumbrándose sobre los techos, las nubes grises en el cielo o el milagro de una mañana de sol, y me decía "aquí me quedo aunque tenga que dormir en los parques".

»La Providencia, en mi caso, son los amigos. Siempre los he tenido en todas partes. Amigos generosos. Recuerdo, en aquella época, a dos antioqueños, hermano e hijo de un sastre muy conocido en Bogotá, ambos comunistas (los domingos vendían en las calles *L'Humanité Dimanche*), que adivinando mis apuros me pagaban cenas en un buen restaurante después de empeñar en el Monte de Piedad ropa, relojes o una vieja máquina de escribir. "Cuando pase el tiempo nos vamos a reír de todo esto, decían", levantando una copa de vino. Y tenían razón. Sí, los amigos han sido mi seguro de vida. Uno de ellos, a quien veía casi todas las noches en la terraza del café Royal, me consiguió mi primer empleo en la France Presse, donde trabajaba. Era un español que desde muy niño había llegado a Francia con su padre, un conocido dirigente de la República obligado a exilarse en París cuando triunfó Franco. Carlos —así se llamaba— me recomendó al jefe de los servicios en español de la agencia para trabajar en reemplazo suyo. Sólo por un verano, traduciendo cables con destino a los diarios de América Latina. Luego empecé a redactar algunas notas. Recuerdo mi primer cheque. Lo miraba con fervor en la Place de la Bourse como prueba de que al fin podía sobrevivir en París. En fin, fue sólo un comienzo. Aquel año, en invierno, cuando volvía al hambre y a la espera desesperada de un giro, el mismo amigo español, que se las sabía todas, me consiguió un trabajo más estable en Radio France International. Me ocupaba allí de libros, exposiciones, festivales de cine e incluso de algunas entrevistas. Era un trabajo casi anónimo, pero fue el comienzo de una vida sin apuros. Lo que nunca imaginé es que fuera mucho más que eso: el punto de partida de una carrera que dejó en tinieblas al poeta.

»Déjame espacio para una reflexión. La mayoría de los hombres —hombres o mujeres, quiero decir— tiene delante suyo el compromiso de conciliar la realidad con sus sueños. La realidad se impone con un peso abrumador. Al llegar a la edad adulta hay que disponer de un alojamiento, comer, vestirse; ganarse la vida, como dicen, y si uno se casa, sostener a una familia. Pero al mismo tiempo hay que atender los sueños que le dan a cada destino su razón de ser. Esos sueños pueden estar para unos en el arte o en la literatura, para otros en el poder o en la riqueza, en una profesión, en una vocación religiosa o militar... —fue el caso de mi hermano— o en el amor. No te rías. Los hay. Me refiero a los enamorados del amor. Sucede que el manejo de esas dos cosas —la realidad y los sueños— puede ser infinitamente duro en una ciudad como París. Ninguna excita tanto los sueños que gravitan en el mundo del arte y la cultura. ¿Te has dado cuenta de que es el lugar elegido por nuestros mejores pintores? El riesgo es el de entregarse a una vocación descuidando la realidad. Si es así, ésta acaba aplastándote. Con un agravante feroz: París es una ciudad exigente, sólo concede un estrechísimo margen para el reconocimiento de un pintor, de un escritor, de un músico, de un actor. A los que, detrás de sus sueños se quedan en el camino y al mismo tiempo resultan lastimados por la realidad, el idioma francés les ha reservado un nombre. Son los *paumés*. No hay buena traducción para esta palabra, porque no se les puede llamar fracasados. En todo caso no se consideran así y hablan de lo suyo como si estuviesen a punto de encontrar lo que buscan. Son más bien diletantes. Uno en París convive con ellos, los encuentra en cualquier café. Recuerdo las fiestas o reuniones que hacía en su casa una amiga que muy joven había llegado a París de su remota ciudad de provincia con el sueño de abrirse paso en el mundo del teatro. No lo consiguió. Acabó casándose con un exitoso vendedor de equipos industriales. Vivía en un buen apartamento. Como no se resignaba a olvidar sus viejos sueños, cada cierto tiempo reunía en su casa a sus almas gemelas: cantantes fracasados que todavía seguían rasgando su guitarra en algún bar del barrio latino, pintores que nunca habían conseguido exhibir su obra en una galería, actores de tercera o anónimas figuras de un coro de ópera, todos ellos, por cierto, con atuendos fuera de lo común, disfrazados de artistas, con boinas, greñas o barbas, pañuelos de seda al cuello en vez de una oprobiosa corbata burguesa o pequeñoburguesa. Yo acabé huyendo con algo de terror de estas fiestas y de los cafés donde solían reunirse y emborracharse.

»De semejante destino, pensándolo bien, me salvó un amigo que hoy es en Francia un publicista famoso. Su caso todavía contiene para mí un inquietante enigma. Estaba destinado a ser un gran pintor, pero renunció con una fría lucidez a los retos e incertidumbres de una carrera artística. Todo lo suyo lo puso con éxito en el campo de la publicidad. Es hoy un hombre muy rico, y no creo que se haya arrepentido del camino que tomó. Nos conocemos desde que ambos teníamos dieciocho años. Siendo ya el jefe de arte de una agencia de gran renombre, se detuvo como amigo a examinar mi situación. "Está bien, ya te ganas la vida —me dijo—. Pero eso no basta. Vives como una cucaracha en una buhardilla de estudiante, comes en restaurantes baratos y escribes notas para la radio. Y así puedes quedarte para siempre, perfectamente *paumé*, si no examinas otras opciones de vida." Enseguida, con la misma rápida agudeza con que debía estudiar las posibilidades de un producto o de un servicio cuya promoción le había sido confiada, hizo rápidamente un balance de lo que yo había conseguido hasta aquel momento: contactos con periódicos latinoamericanos, artículos y notas bien escritas, el comienzo de una calificación profesional. Como había leído un artículo mío sobre la famosa polémica entre Sartre y Camus en torno al mundo comunista y al compromiso del escritor, acabó diciéndome que el periodismo político me ofrecía un mercado más atrayente. Pero no de manera anónima, me decía; con tu nombre, claro, con tu propia visión de las cosas —un analista doblado de reportero— y no con el rótulo de una agencia inexistente, sino de una que tuviese un cubrimiento real tanto en Europa como en América Latina. Oyéndolo, mientras almorzábamos en un gran restaurante al lado de la rue du Louvre, yo tenía la impresión de escuchar de nuevo a don Julio Herrera trazando planes para él plausibles, a su alcance, y para mí sólo una generosa ficción del todo ajena a mis posibilidades. No me veía en la piel del personaje de periodista internacional que estaba pintándome. Jean —así se llama ese amigo— parecía leer mis pensamientos. "Estás pensando en tu poesía", me dijo con una sonrisa en la que había mucho de afecto y algo de conmiseración. Y ahí acertó a tocarme el alma con una observación inesperada. "¿Qué va a ganar ella, tu poesía, con una vida al fin y al cabo minúscula y sedentaria como la que llevas en París? Tu pieza, la radio, algún café, media docena de amigos... *Et même pas une femme.*" Sí, logró hacerme sentir como una pulga. Todo lo que hasta ese momento había considerado como un triunfo —un trabajo estable, un salario, la posibilidad de sobrevivir en París sin verme obligado a regresar a Colombia— quedaba convertido en un almuerzo, entre un plato de *escargots* y un *maigret de canard*, en algo deleznable, sin mérito ni significación. Jean debía de darse cuenta, pero sin dejar de observarme con sus amistosos ojos azules, no parecía dispuesto a poner de lado sus apremiantes consejos. "En la vida hay que moverse si no quieres que te deje el tren —seguía diciéndome— *Il faut bouger, mon vieux.* Si el oficio de periodista te obliga a ir de un lado a otro, a conocer ciudades y gente, personajes, dramas y situaciones diversas, el poeta también sale ganando. Nada sé de poesía. De vez en cuando leo una novela o voy a una pieza de teatro, y de ahí no pasan mis relaciones con la literatura. Pero supongo que la poesía, como todo aquello que aspira a expresar lo vivido, requiere cambio de aires, oxígeno y no olor de encierro."

»¿Sabes una cosa? Ese argumento suyo fue definitivo. Le hice caso a Jean, aun sabiendo que no era nada fácil, nada al alcance de la mano, el papel que me proponía. Había en todo ello el signo de su propia audacia, la seguridad de quien ha logrado cumplir siempre sus propósitos. Sin saber si en mi caso lo propuesto por él no pasaba de ser una ficción, di los dos pasos preliminares que él me indicaba. El primero fue sustituir mis cursos en la Sorbona por otros en el Institut de Sciences Politiques o Sciences Po, como se le conoce en Francia. No hice la carrera completa. Pero estuve dos años en aquel famoso centro de estudios políticos de la rue Saint-Guillaume. Pasaba horas en el anfiteatro y la biblioteca. Los recuerdo atestados de alumnos, muchachos y muchachas mejor vestidos que los que veía en la Sorbona, la alta tribuna desde la cual pontificaban brillantes figuras que orientaron a toda una generación de franceses y el soberbio ventanal que daba a un jardín cuyos árboles cambiaban de color en otoño, se convertían luego en rígidos esqueletos en el aire glacial del invierno o se llenaban de hojas, flores y pájaros en primavera. Fui tal vez el mejor en los cursos de marxismo que daba un profesor llamado Jean Baby. Todo ello sin dejar de pasar cada semana por la librería española de la rue Monsieur-le-Prince para buscar libros de viejos y nuevos poetas.

»El segundo paso me lo facilitó Jean, presentándome a un amigo suyo que había fundado poco tiempo atrás una agencia de servicios especiales de prensa inicialmente destinada sólo a diarios europeos. Se había abierto paso situando corresponsales especiales en Seúl, durante la guerra de Corea y luego en la Indochina, otro punto candente, y buscaba manera de abrirse camino al otro lado del Atlántico. Mis contactos le fueron útiles. Así que era aquella agencia la que pagaba mis servicios, sólo que mis textos, ahora firmados, no se limitaban al campo del Arte y de la Literatura, sino que se referían a temas de actualidad internacional como las explosivas revelaciones sobre los campos de trabajo en la URSS —los famosos *gulags*— o la guerra en Argelia.

»¿Te aburro? Sospecho que sí. La culpa es tuya por darme luz verde para hablarte de cómo fueron mis comienzos de periodista en París. ¿Mujeres? Sí, supongo que eso te llama más la atención. Te contesto: varias, pero sólo una de verdad. No, no se trata de Gisèle. Ella fue para mí un episodio de iniciación y tal vez por ello mismo inolvidable. La que llamo única fue una muchacha suiza, muy bella, que conocí en Berna. Pero no me gusta hablar de ella. ¿Por qué? Misterios del alma humana, Margarita. Bebe otra copa de vino para no sentir que estoy bebiendo solo. Vas a creer que soy —¿cómo decirlo?— un adicto al whisky, un borracho. Pero no, no lo soy. Si hoy no me limito, como los franceses, a una o dos copas, la culpa, ya te lo dije, es tuya. Me inquietas y no sabría decir por qué. Quizá tienes algo exclusivo de la mujer en estas latitudes. ¿Qué es, me preguntas? No lo sé. Es algo más que coquetería. Tal vez una suavidad que no tienen, por ejemplo, las españolas —muy tajantes en todo— o una manera de dejarse llevar por sus pálpitos e intuiciones, una manera de insinuarse o de esquivarse, de reír o seducir, algo que no requiere razones ni palabras y que puede descubrirse en un brillo de los ojos o un leve temblor en las aletas de la nariz; algo que suele perturbar a los franceses —lo he visto más de una vez— acostumbrados a mujeres desde luego elegantes y refinadas y si se quiere también femeninas, pero gobernadas por un cerebro tan cartesiano como el suyo. ¿Delirios míos? Prefiero no intentar explicar este misterio para no incomodarte (se bebió unos cuantos whiskies y se puso pesado, le dirías mañana a una amiga). Prefiero dejar el tema para otro día y contarte cómo acabé convertido en el personaje que me había propuesto Jean, mi amigo francés.

»Aquí entra en juego la casualidad. Ella y sólo ella quiso que me encontrara en Colombia por unos días cuando el director de Euro-Press —la agencia de la cual era colaborador permanente— me pidiera algo muy especial, absolutamente imprevisto: viajar a Caracas para entrevistar a Perón. Sí, el mismo; no hay otro. Estaba exiliado en Venezuela un año después de haber sido derrocado por un golpe militar. La agencia había obtenido su aprobación, pero a última hora el periodista que debía volar desde México para cumplir esta tarea no había podido hacerlo. No voy a abrumarte con los pormenores de esta misión. Tuve dos encuentros con Perón en un modesto apartamento cercano a la avenida Andrés Bello de Caracas. El segundo acompañado de Leo Matiz, un excelente fotógrafo colombiano. Si la entrevista en cuestión tuvo más éxito del esperado ello se debió a un toque personal que la sacaba del clásico esquema de las declaraciones dadas por un líder político. Me encontré de pronto con un hombre en mangas de camisa y calzado con unas pantuflas, cargado de espaldas, con estrías rojas en la cara y algo envejecido pese a que en su cabello de un negro intenso —seguramente teñido— no brillaba una sola cana. Parecía más bien un jubilado sin más porvenir que la vejez y la muerte, un viudo del poder. Pero lo extraordinario es que de pronto, a una pregunta casual precisamente sobre lo que podría ocurrir con su movimiento cuando él desapareciera, había reaccionado con una fogosidad inesperada. "Escaso favor le habría yo hecho a la Argentina si todo acabara conmigo", exclamó en un tono de sorna y con un resplandor de ira en los ojos. El justicialismo estaba diseñado para el futuro. Era una respuesta, la única que se conocía, tanto al capitalismo como al comunismo, una respuesta a sus errores, a sus carencias. Las frases le iban brotando raudas, elásticas, pasionales, más parecidas a la letra de un tango que a otra cosa, como si todavía estuviese en el balcón de la Casa Rosada delante de una multitud de partidarios suyos, y no en una salita de muebles baratos, condenado a un melancólico exilio, quizás a un olvido definitivo —pensaba yo entonces—, sin sospechar que, en efecto, el peronismo lo sobreviviría hasta nuestros días. Lo inesperado es que ese discurso suyo fue interrumpido de pronto por la entrada de una bonita mujer, vestida con una blusa azul y unos ceñidos pantalones grises, acompañada por una pareja de perritos negros. No me vio. O quizá pensó que yo era algún modesto secretario de Perón recibiendo instrucciones. El caso es que lo increpó con la más inesperada y tranquila impertinencia. "Juan Domingo —levantó la voz con un típico acento porteño—, no sacaste los perritos a la calle y se han hecho caca en la alfombra." En un instante, Perón quedó convertido de fogoso tribuno en un simple marido regañado. Estaba incómodo. Intentó presentarme a la mujer: "la señorita Martínez, mi secretaria", dijo, pero ella, sin hacerle caso, pasó de largo con un furor glacial en los ojos y entró en una alcoba seguida por sus dos perritos que movían vanidosamente su cola. Sí, esa señorita Martínez sería después Isabelita Perón, presidenta de la Argentina. Claro que de esa irrupción no di cuenta a la hora de enviar a la agencia mi entrevista. Nunca me ocupo de la prensa del corazón. Pero los pocos rasgos que registré del personaje, acompañados de unas declaraciones que debieron resultar explosivas y de unas fotos excelentes de Leo Matiz, llegaron a la prensa de Europa y de América Latina. Hasta *Paris Match* se ocupó de registrar algo de ello en sus páginas. A partir de ese momento pasé a ser reportero permanente de la agencia, que entonces se llamaba Euro-Press y luego se convertiría en Atlantic-Press.

»Descubrí entonces algo que me serviría de mucho en el futuro: los hechos en sí, tal como los registran usualmente la agencias de noticias parecen siempre salidos de un refrigerador. Carecen de alma, de pulpa, de la emoción que contienen. Y uno puede dársela, si los vive con los cinco sentidos. Meses después sería enviado a Caracas de nuevo para registrar la caída del dictador Pérez Jiménez. Fue célebre una nota donde contaba la visión que de él tenía su mayordomo, un viejo que estaba allí desde los tiempos de Juan Vicente Gómez y veía el poder de una manera muy íntima y doméstica, muy diferente a la de sus compatriotas. Estaba acostumbrado a ver llegar al Palacio de Miraflores a dictadores o demócratas, a servirlos, y luego sea a verlos partir para otra vida como a Gómez o para el exilio como a los otros con el mismo afecto. Estuve también en Cuba a la caída de Batista y antes y poco después de la llegada triunfal de Fidel Castro en La Habana. Nunca pude olvidar a un alcalde fusilado... no recuerdo bien... en Santa Clara, creo. Antes de caer acribillado saludó con el sombrero al pelotón de fusilamiento, integrado por una docena de jóvenes guerrilleros y les gritó: "Ahí tienen su revolución, muchachos, no la pierdan." Y luego el juicio en un estadio deportivo de La Habana a Sosa Blanco, un coronel del ejército regular. Allí, entre los periodistas venidos de Venezuela vi a García Márquez y a Plinio Mendoza —ambos serían luego mis amigos— que estaban sentados a los pies de la silla donde estaba el reo y veían aquel espectáculo con la misma sorpresa que yo. Había en las tribunas una muchedumbre que le lanzaba gritos de burla a Sosa, bailarinas de algún cabaret con ceñidos trajes dorados y hasta un sacerdote solitario con un breviario en las manos. "Esto es el circo romano", fue lo único que en toda la noche llegó a murmurar Sosa. Vestido con una especie de overol, las manos sujetas por un par de esposas, tenía en su cara muy roja una expresión resignada. No quiso decir nada cuando el tribunal, presidido por Raúl Chibás, lo condenó a muerte. Por cierto, no mucho tiempo después Chibás partiría para el exilio y otros miembros del tribunal, como Sori Marín, serían fusilados. Recuerdo, como si fuera ayer, a la esposa del condenado a muerte y a sus dos hijas —dos gemelas bellísimas de unos doce años, pálidas y con ojos como alucinados—, que intentaban verlo en La Cabaña. Intercedimos con otros reporteros para que les permitieran la entrada. Lo conseguimos. Y tampoco pude olvidar el grito que Sosa le dio a su mujer cuando se aproximó a la reja detrás de la cual se hallaba: "No llores, gorda, no llores." Al final de una breve charla, en la que hablaba a las hijas como si nada anormal estuviese ocurriendo, pidiéndoles que aprendieran inglés, sacó la mano por entre la reja y le dijo a su esposa: "Gorda, tú, vive tu vida." Ella salió de allí al amanecer para comprar un féretro. Muchos féretros debieron comprar quienes entonces visitaban La Cabaña. Aquello me dejó un frío en el alma. Desde entonces me inquietan mucho las revoluciones y me estremecen los juicios revolucionarios así sus tribunales consideren que están actuando en nombre de un pueblo largamente oprimido. Y desde luego igual rechazo me producen las dictaduras de derecha. Estuve en Chile cuando Allende fue derrocado. Vi los horrores cometidos por Pinochet y sus militares. ¿Qué dices? No, no pienso escribir mis memorias. En las páginas que ahora escribo de noche me ocupo sólo de viejos recuerdos personales y no de episodios políticos. Y en unos cuantos poemas de los sobresaltos del corazón. Sobresaltos como los que tú, inesperadamente, en una sola tarde, has empezado a producirme. No te rías. A mí mismo me sorprenden.»

20

Las ruedas del jeep hacen vibrar las planchas de hierro de un puente. El río que acaban de cruzar, sin duda el Orteguaza, es ancho y tranquilo, con remansos y pozos de agua transparente, a la sombra de grandes árboles. Hasta donde alcanza la vista se extienden espléndidas sabanas de pastos muy verdes salpicadas de palmeras, cámbulos y arrayanes. A medida que el auto avanza por una carretera polvorienta, Martín contempla a lo lejos manchas de ganado cebú y, muy cerca de la curva soñolienta que dibuja el río, bandadas de garzas. Cuando levantan el vuelo dibujan en el aire una nube rosada que parece moverse con la misma majestuosa lentitud del río. Aquél es un paisaje dilatado y bucólico, que hace pensar en días de paz y de luz y no en una zona de guerra.

—Bello lugar —comenta Martín dándole salida a sus pensamientos.

—Bello sería, si no fuera por ellos —murmura a su lado el conductor.

—¿Las FARC?

—Ellos, sí.

Martín lo observa. El conductor, que aquella mañana, junto con el auto, le ha sido facilitado en Florencia por el comandante de la XII Brigada, es un hombre taciturno y escuálido de cabellos grises, con una cara más lastimada por la tristeza que por la edad. Habla poco y cuando lo hace, se dirige a él en voz baja, como siguiendo la línea de sus propias cavilaciones, sin apartar los ojos de la carretera, una línea de tierra roja que parece reverberar bajo el ciego e hirviente resplandor de la tarde.

—En todas partes, adonde voy en el Caquetá, encuentro muertos —dice al cabo de unos instantes.

—¿Muertos? —pregunta Martín sorprendido.

—Recuerdos de muertos, quiero decir.

—¿A quién se refiere?

—A gente que yo serví. Su hermano, por ejemplo.

Martín lo mira, intrigado:

—¿Lo conoció usted?

—Claro que sí. Muchas veces acompañé por estas carreteras a mi mayor Ferreira. Decía que el Caquetá era la sucursal del paraíso en esta tierra. —El hombre se queda un instante en silencio, como atrapado por un recuerdo lejano—. Pero no lo creo —agrega con aire sombrío—; es más bien la sucursal del infierno.

—¿Por qué lo dice?

—Si usted, señor, viviese aquí sabría por qué se lo digo. Nadie tiene su vida segura. Sólo ellos.

—¿Las FARC?

—Es mejor ni nombrarlos. Ellos. Están en todas partes. En las veredas, con prendas militares, armados. En los pueblos, vestidos de civil. Compran víveres o se los llevan tranquilamente sin pagar y luego desaparecen. Ahora van con el pelo corto, como los soldados. No largos, como antes. Visten su propio uniforme, mejor que el de la tropa nuestra, con los colores de la bandera nacional en el hombro. Aparecen de pronto en la noche, a orillas de la carretera. «Somos cazadores», decían antes para explicar por qué andaban armados. Ahora no necesitan disimulos. Requisan o se apropian de carros y camiones en las carreteras, si los requieren, cobran tributos en los pueblos, reclutan muchachos a la fuerza. Cada familia debe darle a la guerrilla un muchacho o una muchacha sin que los campesinos puedan decir nada. En las zonas donde las FARC son la única autoridad dirimen problemas de deudas o robos. No existen cárceles para los culpables. El castigo es la muerte. Dos balas en la cabeza, así de simple.

El conductor, que hasta entonces se había limitado a una que otra observación sobre los lugares que cruzaban en el jeep, parece animarse de pronto como empujado por el propio ímpetu de sus palabras. Martín lo escucha en silencio, con interés. Por su experiencia de periodista sabe que la verdad de una situación la descubre más fácilmente hablando con la gente común de una región que con mandos militares o civiles. La gente común suele hablar espontáneamente de lo que le toca vivir día tras día; los funcionarios, en cambio, daban siempre una versión encaminada a encubrir o justificar su gestión. Había sido el caso del coronel que la víspera lo había recibido en su despacho refrigerado de la XII Brigada, en Florencia; un hombre apuesto, curtido por el sol de los trópicos y sorprendentemente vestido con una franela azul y un pantalón deportivo, tal vez por ser sábado a la última hora del día y hallarse fuera de servicio. «No puedo hablar con usted de asuntos militares —le había advertido—. Sólo puedo asegurarle que el departamento, con excepción de la zona de despeje dada por el Gobierno a las FARC para adelantar negociaciones, está enteramente bajo nuestro control.» Ahora aquel viejo conductor, a quien la camisa parecía flotarle sobre los huesos, semejaba desmentir una aseveración tan rotunda.

—¿Qué hace en esta zona el ejército? —le pregunta Martín.

El hombre mueve la cabeza con aire de resignación.

—Poca cosa, ¿qué puede hacer? El Gobierno les ha dado a las FARC cuarenta mil kilómetros sin presencia militar, dizque para adelantar conversaciones de paz. ¿Y sabe usted lo que hacen en esa zona, más allá de las colinas renegridas por las quemas que usted ve a su derecha? Cultivan coca, llevan secuestrados, planean asaltos y todas sus operaciones de guerra sin que nadie venga a molestarlos. Se ganaron la lotería —agrega con una sonrisa amarga.

Martín está seguro de que Benjamín pensaba lo mismo. No podía creer en conversaciones de paz cuando estaba obligado a dormir en un refugio bajo tierra temiendo que su guarnición fuese bombardeada por la guerrilla con cilindros repletos de explosivos.

—Paz del lado de ellos y guerra de este lado, ¿no es eso? —observa Martín. Lo dice pero le cuesta creerlo mientras contempla aquellos verdes potreros con bonitas palmeras y árboles frondosos bajo los cuales pastan pacíficamente algunas reses.

—Es que para ellos, señor, no hay fronteras —continúa hablando el chófer con los ojos fijos en la polvorienta carretera por la que sólo muy de vez en cuando cruza algún vehículo—. Nunca las hubo. Están en todas partes, se lo aseguro. Pueden detenernos si surgen de pronto detrás de aquella mancha de monte. En ese caso quedamos a merced de ellos. Pueden dejarnos seguir o pueden quedarse con usted si consideran que su secuestro vale la pena. O quitarnos el jeep para luego dejarlo tirado en cualquier parte. Ellos son la ley en este departamento. Es la triste verdad.

Martín lo oye con una sombra de incredulidad. ¿No estaría exagerando? A la salida de Florencia habían encontrado cada cierto número de kilómetros aparatosas patrullas militares. Los detenían, revisaban el jeep, pedían papeles. Luego, ciertamente, nada. Ni sombra de un soldado.

—Si es así, como usted cuenta, ¿no habría sido mejor venir con escoltas?

El conductor le dirige una rápida mirada con aire suspicaz.

—¿Los pidió usted?

—No se me ocurrió —responde Martín—. Es la primera vez en mi vida que piso esta tierra.

El chófer sonríe como si un pensamiento travieso le hubiese cruzado por la cabeza.

—A mí sí se me ocurrió —revela de pronto.

Martín está sorprendido. «Nunca aprenderé a conocer a mis compatriotas —piensa—. Siempre se tienen algo guardado.»

—¿Y qué dijo el coronel?

—Que este viaje era por cuenta y riesgo de usted.

—¿Así es la cosa?

—Así es —responde el otro. El asombro de Martín parece divertirlo—. Es que muchos oficiales no confían en los periodistas.

—¿Por qué?

—Dicen que ustedes cuentan mentiras. Y si vienen de fuera, peor. Además... mi coronel no quiere arriesgar una patrulla. Un asalto, unas bajas, puede dañarle su hoja de servicios.

Martín se queda un buen rato en silencio mientras el jeep avanza con estruendo sobre los baches de la carretera. El aire caliente trae el olor áspero de las praderas. A veces, sobre el ruido del motor, alcanza a escuchar en el resplandor de la tarde coros de chicharras.

—La mejor manera de perder una guerra es no librarla —murmura al fin, y de pronto se le ocurre pensar que aquélla sería una reflexión propia de su hermano. La manera de actuar de Benjamín debía enfrentarlo no sólo a la guerrilla sino también a la burocracia militar, siempre dispuesta a resguardarse de riesgos.

Mientras avanzan hacia el Paujil en el último resplandor de la tarde, Martín escucha con interés lo que el conductor le cuenta de su vida en el Caquetá, región adonde había llegado más de treinta años atrás como colono, atraído por las leyendas y promesas de aquella región del país.

—Cualquiera, entonces, podía tener un pedazo de tierra propio si era capaz de quitárselo a la selva —refiere sin apartar los ojos de la carretera.

—¿Fue su caso?

—Y el de muchos otros colonos —explica el conductor, con énfasis—. Cultivábamos arroz, plátano, yuca. Criábamos cerdos, gallinas. Después, tiempo después, tuvimos reses. —Su plácida rememoración se quiebra de pronto en un suspiro—: De haber persistido, a lo mejor me habría vuelto rico. Pero no hubo manera, no estaba de Dios.

—¿De Dios o de la guerrilla? —pregunta Martín con aire travieso.

—De ellos, sí... No al principio, no cuando aparecieron para enseñarnos a cultivar coca. Gran negocio, por cierto. Se la vendíamos a los narcotraficantes que llegaban por río o en avionetas. Aterrizaban de noche en pistas construidas por nosotros; pistas iluminadas por antorchas. A ellos, los de las FARC, les pagábamos, eso sí, un impuesto que se llamaba de gramaje según la venta que hiciéramos.

—¿Y qué pasó después? —se interesa Martín.

—No se contentaron con eso, doctor. Se convirtieron en única autoridad, en la ley. Querían ponernos enteramente a sus órdenes. Nos decían cuántas hectáreas de coca podíamos sembrar y cuántas de plátano, de yuca o de arroz. Nos adoctrinaban. Nos obligaban a trabajar un día por semana para ellos. Y, por último, pretendían que les dejáramos enrolar en la guerrilla a un hijo o a una hija.

—¿Y usted tuvo que aceptarlo así?

—No, justamente no quise plegarme a esta condición. Otros colonos sí, pero no yo —le aclara el conductor, y las palabras le brotan con ímpetu como si volviese a encontrar en su recuerdo aquella exigencia—. Yo sabía que si les dejaba un hijo o una hija, los iba a perder para siempre. ¿Y sabe usted, señor, lo que entonces me dijeron? Que si no aceptaba esa condición —la de dejar que un hijo o una hija fuera reclutado por ellos— debía abandonar todo lo mío en el término de veinticuatro horas: casa, tierras, ganado. Es decir, lo que había logrado en más de media vida en el Caquetá. Y así ocurrió. Así que me mudé con mi mujer y mis muchachos a Florencia, donde estaba más seguro, y me olvidé de sueños de hacer plata. Lo perdí todo. Me tocó ganarme la vida en oficios como éste. —Suspira, resignado—. Pero estoy vivo, ¡qué caramba!, y tengo a mis hijos.

Martín guarda silencio. Sin duda el conductor le ha pintado el país duro y real donde se movía Benjamín, un país muy distinto al que había visto hasta entonces en Bogotá.

Ha oscurecido casi por completo cuando llegan a El Paujil. A Martín le sorprende la animación de las calles centrales. Cantinas con música, comercios abiertos, autos, todo parece envuelto en una animada atmósfera de paz y no precisamente de guerra. Se diría que la vida allí transcurre en la calma de una remota ciudad de provincia. El conductor, que parece conocer perfectamente el lugar, lo lleva a un tranquilo café en el confín de la población. El lugar se reduce a una pequeña y penumbrosa terraza con sólo tres mesas, cubierta por una enramada que perfuma el aire con una fresca fragancia de flores, al abrigo del ruido de las calles. «Es el mejor sitio para quedarse esta noche. Puede alquilarle una pieza en los altos del café —dice el hombre luego de estacionar el jeep—. Conozco a la patrona.»

Una vez que se hallan sentados en aquel lugar sin más parroquianos que ellos, Martín se sorprende oyéndole decir al conductor:

—Como le decía en la carretera, en todas partes adonde voy llegando aquí en el Caquetá encuentro el recuerdo de amigos muertos.

—¿También aquí?

—También aquí, en El Paujil. Incluso en este café.

Fuera del auto, el hombre parece aún más escuálido y marchito con aquellos extraños ojos de un descolorido gris metálico que parecen mirarlo sin fijar realmente en él la atención, absorto siempre en sus propias evocaciones.

—Hace más de quince años teníamos en este pueblo un alcalde muy querido por todos —cuenta con una voz pausada que parece buscar con cuidado el hilo de sus más lejanos recuerdos—. Yo era algo así como su secretario o su ayudante, tal vez el segundo oficio que encontré después de abandonarles a ellos, a los bandidos de las FARC, mi finca. Se llamaba Luis Honorio González, pero todos lo llamábamos Lucho. Era alto, muy simpático, de unos treinta y siete años. Usaba barbas porque decía que las cremas de afeitar le irritaban la cara. No era un político. Nunca lo fue. Antes de ser nombrado alcalde, se ganaba en este pueblo la vida como profesor del Colegio Kennedy. Los campesinos lo querían mucho. Como promotor de la Acción Comunal, andaba los sábados y domingos por las veredas organizando cooperativas, abriendo caminos vecinales o construyendo una escuela para los niños en los lugares muy apartados. Lucho era el líder de este pueblo. Dinámico, de buen humor, siempre nos hacía reír con sus salidas. Su mujer, Rosa Elena, una muchacha muy bonita nacida en Honda, lo adoraba. Todas las noches, a esta misma hora, lo esperaba precisamente aquí, en este café. Me parece verla todavía sentada en esa silla del rincón apenas iluminada por la luz de ese bombillo colocado entre las hojas del techo. Bonita, los ojos muy oscuros, los dientes muy blancos. A las siete de la noche aparecía Lucho, se sentaba un rato con ella. Luego, en una moto amarilla se iban a la casa que tenían en la carretera, a tres kilómetros del pueblo. Un viernes..., un viernes que nunca he olvidado —el conductor vacila, como si un recuerdo aciago pusiera un tropiezo en sus palabras.

—¿Qué pasó? —lo apremia Martín.

—Un viernes en la noche los vi salir de este café. La moto estaba en el taller, así que se fueron a pie hasta su casa. Los veo alejándose por la calle. Él le había pasado el brazo sobre los hombros. Sí, una pareja de enamorados. Parecía que se hubiesen casado la víspera. Olvidé contarle que en su casa tenían una terraza con varias mesas y un pequeño puesto de bebidas. Vendían cervezas o gaseosas a los viajeros... Aquella noche, al llegar, Lucho se cambió de ropa, se puso una camiseta limpia y una pantaloneta y se tomó una cerveza, mientras su esposa regaba las flores en la terraza. Ningún conductor de autos o camiones se había detenido a beber nada. Sólo dos hombres que llegaron después. Dos forasteros. A Rosa Helena no le gustó su aspecto. Tenían unas chaquetas o gabanes que nadie usa por aquí y llevaban zapatos de tenis. Llegaron caminando por la carretera como si vinieran del campo. Se sentaron a una mesa y cada uno pidió una cerveza. «Vaya, papito, destápelas», le dijo Rosa Helena a su hijo, un muchachito de siete años. Y, como llevada por un mal presagio, dejó de regar las matas y se sentó en el suelo, a los pies de su marido, poniendo su cabeza contra las rodillas de él. Los dos hombres bebieron tranquilamente sus cervezas. Luego, de manera sosegada también, se levantaron y sacaron dos armas que tenían ocultas bajo la chaqueta. Ella lanzó un grito a tiempo que atronaban las detonaciones. Lucho alcanzó a incorporarse de la silla, antes de caer al suelo, acribillado. Los hombres, sin prisa, con toda calma, se alejaron por la carretera.

—¿Las FARC?

—¿Quién si no ellos? —murmura el conductor con una mueca amarga—. Rosa Helena, durante mucho tiempo, siguió viniendo a este café a las siete de la noche. Yo la veía sentada en aquel rincón, el de siempre, con la moto amarilla en la puerta. Como si aún estuviese esperando a Lucho... Todos los días, a mediodía, le llevaba flores a su tumba.

Martín ha quedado perplejo. Hay algo que no acaba de entender.

—Todo asesinato tiene un móvil. Obedece a un propósito. En este caso, tratándose de un hombre como el que usted pinta, no lo veo. ¿Era enemigo declarado de ellos, de las FARC? ¿Organizaba grupos de defensa?

El conductor, que apenas ha tocado el plato puesto delante de él por la dueña del café, mueve la cabeza:

—Nada de eso. Él decía que la única manera de dejar sin piso a la guerrilla era trabajar con los campesinos, ayudarlos.

—Lo mismo pensaba mi hermano.

—Y no es que estuviese equivocado. Todo lo contrario. Pero déjeme que le cuente algo que le puede interesar.

—Sí, pero coma —le dice Martín observando que su plato de albóndigas está casi intacto—. No le veo mucho apetito.

—Es cierto. Ni como mucho ni pruebo alcohol. —El conductor parte cuidadosamente una albóndiga y se lleva un trozo a la boca como si se tratara de un remedio—. Hay algo que usted debe saber —repite—. Sé que es algo que interesa a los periodistas, y le voy a decir por qué.

—Cuénteme.

—Aquella misma semana, la semana en que mataron a Lucho, hubo en todo el departamento una serie de asesinatos a sangre fría, muy parecidos. Las víctimas eran personas como Lucho, muy queridas en las poblaciones donde vivían. Nadie, al principio, ni sus parientes más cercanos, sabían por qué los habían matado. No tenían enemigos. A nadie le hacían daño. Fue el caso del capitán Artunduaga, un pionero de la aviación comercial que a sus setenta y dos años había sido designado candidato a la alcaldía de Florencia. O el de la doctora Natalia Mejía, una abogada joven, bonita, muy querida por los campesinos, que era candidata a la alcaldía de Puerto Rico. O el de una líder de acción comunal, madre de diez hijos. Yo sólo llegué a comprender por qué los habían matado cuando me lo dijo una campesina.

—¿Qué le dijo?

—Me dijo: «Matan a nuestros líderes porque son los únicos que están impidiendo su avance. Es un plan suyo, de las FARC.» Pero déjeme decirle una cosa: el único militar que años después llegó a descubrir el plan que tenían para apoderarse de esta región fue su hermano.

—¿Mi hermano? —se sorprende Martín.

—Su hermano, sí, el mayor, perdón, el coronel Ferreira (siempre olvido su último grado). A los bandidos de las FARC les buscaba siempre el pierde. Conocía sus puntos débiles. Él sabía, por ejemplo, que muchos de los hijos de campesinos reclutados a la fuerza por el frente catorce de las FARC querían huir y no se animaban a hacerlo. ¿Le sorprende? Pues así era. Me consta. Cuando de algún modo lograban comunicarse con sus familias, les mandaban a decir a sus hermanos pequeños: «No vayan a hacer la pendejada que yo hice. No se dejen reclutar, no se dejen joder, escápense para que no les toque lo mismo que a mí.» Mi coronel Ferreira se las arreglaba para tener encuentros clandestinos con ellos en algún rancho. Llegaba allí vestido como un campesino. Le lloraban. Sabían que una deserción, así como cualquier falla disciplinaria, podía costarles la vida. Mi coronel buscaba siempre la manera de rescatarlos sin que corrieran riesgos. Los desertores le contaban todo lo que sabían. «Buitrago —me decía siempre el coronel—, las FARC tienen pies de barro. La mística y los proyectos últimos de la guerrilla sólo la tienen los jefes; los demás llegan allí porque de algún modo son obligados a ello, por engaño o por necesidad, sin saber lo que les espera. Al poco tiempo se dan cuenta de que han caído en una trampa, sin libertad para nada. No pueden ver a sus familias, casarse, tener hijos o algo más simple, reunirse con sus amigos y beberse unas cervezas, nada de eso. Si tienen manera de escapar —y hay que dársela— escapan.» Eso me decía su hermano.

El hombre guarda silencio. Luego, inesperadamente, lanza al descuido una frase que estremece a Martín:

—Por eso lo mataron.

—¿Por qué dice eso? —la voz de Martín denota un brusco sobresalto—. Benjamín murió en su cama al amanecer del 1 de enero.

El conductor mueve la cabeza con el aire obstinado de quien es dueño de una verdad irrefutable.

—No murió, lo mataron.

—¿Por qué dice eso? —lo apremia de nuevo Martín.

—Es algo que todos aquí veíamos venir.

Martín no logra apaciguar un brusco desasosiego que le altera la voz:

—Cuénteme lo que sepa, lo que haya oído sobre la muerte de mi hermano. A eso vine, ¿sabe?, a eso vine.

El conductor parece de pronto inquieto, algo perplejo, como si hubiese hablado más de la cuenta. Se queda unos instantes en silencio como midiendo el alcance de sus palabras.

—El asunto es delicado —dice al fin con aire prudente—. Prefiero que en Cartagena del Chairá hable con el comandante del batallón. Era un gran amigo y compañero de su hermano. Sabe muchas cosas...

—Está bien —acepta Martín, sintiendo latir dentro de él una brusca impaciencia. No quiere perder un día más quedándose en El Paujil. Mira su reloj: es temprano, apenas las siete de la noche—. Dígame una cosa: ¿podemos continuar el viaje?

—No es prudente... —responde el conductor.

—¿Hay riesgos?

El hombre sonríe:

—Muchos. En esta tierra, de noche, riesgos siempre los hay.

—Está bien —admite Martín—. Saldremos mañana.

21

¿Dónde estoy? No puedo evitar preguntármelo ahora que he llegado al final de mi viaje y abro este cuaderno ¿de apuntes?, ¿de recuerdos? (yo mismo no lo sé). La noche es húmeda y sofocante, y el aire que entra por la ventana trae, junto al olor crudo del río y de la selva, una música desesperada de tangos y rancheras que proviene de las cantinas vecinas al puerto. Es una música que no ha cesado desde cuando llegué. Quizás haya un poco de paz en la madrugada y sólo quede en la oscuridad un nítido concierto de grillos y chicharras; quizá no, si es cierto lo que el conductor me decía al llegar: que Cartagena del Chairá es para los traficantes de droga y también para los campesinos que bajo sus órdenes cultivan la coca, raspachines, los llaman, la puerta soñada de la civilización, si así puede llamarse un lugar donde el dinero recibido por ellos tiene por fin algún significado, con sus cantinas y burdeles llenos de luces y mujeres venidas de todos los rincones del país, atraídas también por el dinero fácil de la coca. Para mí, en cambio, este lugar es más bien el confín del mundo, o de mi mundo, el que hasta ahora he conocido. Lo sentí así cuando nos aproximábamos por una carretera abierta como una herida en un paisaje sin fin de tierra sin cultivar, calcinada por el sol, sólo con unos cuantos árboles selváticos, de troncos renegridos, devastados por el fuego de las quemas, en el horizonte. Polvo y calor bajo la luz ciega de la tarde, todo hacía pensar en el umbral de otro país sin dueño ni Estado; la Colombia de las selvas del sur. Cuando en un recodo de la carretera aparecieron de repente dos figuras con trajes de camuflaje haciéndonos señas para que nos detuviéramos, alcancé a pensar que eran guerrilleros. El conductor también. Vi su mirada inquieta. Pero eran soldados; nos pedían el favor de llevarlos hasta la población, varios kilómetros más allá. Parecían muy jóvenes, no debían tener más de dieciocho o veinte años. Me sorprendió ver remiendos en sus uniformes. Cuando les pregunté dónde estaba la guerrilla, me señalaron el horizonte donde se levantaban aquellos árboles esqueléticos, devorados por el fuego. «Ahí no más. Camuflado que pase por ahí lo bajan», respondió uno de ellos con risa, como si se tratara de una broma. Los dejamos en la plaza principal, una plaza que en otro tiempo, me decía el conductor, era sólo un espacio de tierra cruda con un descabezado cóndor de bronce en el medio como único adorno. Ahora aparece amansado por una grama recién cortada con un pequeño parque infantil en el medio, aunque en sus cuatro esquinas montan guardia soldados armados de fusil y con un aire alerta como si los rondara un peligro. «Aquí murió Benjamín —recordé de pronto—. Aquí pasó sus últimos días.» Pero no lograba imaginarlo en aquel lugar perdido donde no advertía más señales de vida en la reverberación de la tarde que el lastimero escándalo de las rancheras dejándose oír desde las cantinas del puerto. Hacia allí me dirigí buscando un lugar donde alojarme. No quería presentarme todavía en el batallón. Antes de quedar confinado en aquel lugar, seguramente por ofrecimiento del comandante, prefería recorrer la población de incógnito, sin más acompañante que el conductor, por cierto muy contento de servirme de guía. Según él, hoteles propiamente dichos eran escasos y algunos de ellos eran lugares donde las muchachas de vida alegre (así, con algo de pudor, las llamaba el chófer) recibían o llevaban a sus clientes. Las había de dos clases, explicaba el conductor. Las baratas estaban destinadas a un lugar llamado popularmente El Cartucho (referencia a un barrio de indigentes en Bogotá) a los campesinos que subían por el río viernes y sábados desde los lugares donde cultivaban la coca. El Cartucho no tenía puertas en los cuartos sino simples cortinas corredizas y en virtud de sus bajas tarifas sólo se podía permanecer allí quince minutos, tiempo que una «madama», dueña del lugar, consideraba más que suficiente para hacer el amor. En cambio, el lugar utilizado por los narcotraficantes para encontrar a las muchachas más costosas venidas de Bogotá se llamaba El Chicó, también referencia a un barrio de la capital, pero este sí de alto nivel. El bar donde bebían whisky con ellas estaba en la planta baja. Quizás es el mismo hotel donde ahora me encuentro, después de haber recorrido de arriba abajo la población y de haber comido en una fonda con el conductor a quien a última hora terminé dejando en el cuartel, donde tiene alojamiento. A esta hora las cantinas están llenas de gente aparecida nunca supe a qué horas. A la dueña de este hotel, una mujer robusta y simpática de ojos vivaces, le resultó extraño que estuviera dispuesto a quedarme toda la noche sin compañía. «Si cambia de parecer, avíseme, y le prometo que no se va a arrepentir», me dijo con mucha picardía.

Ahora he abierto las páginas de este cuaderno, como quien busca un refugio, el único que tengo al alcance para escapar a un extraño sentimiento de desolación, tal vez de soledad, el mismo que me asalta a veces en horas de la noche, sea en Roma o en un lugar recóndito como éste. Tal vez sea un sino de mi vida, no lo sé. Esta noche, como nunca, mido toda la infinita distancia entre el mundo de Benjamín y el mío, entre su destino y el elegido por mí. La verdad vivida por él aquí adquiere su real dimensión. Nada que ver con esa visión romántica que en los años sesenta, todavía muy joven, mis amigos de entonces y yo nos hacíamos en Europa de la lucha de guerrillas, visión inspirada por el Che Guevara y la revolución cubana. Mitos. Entonces teníamos claro, sin duda, lo que había sido el estalinismo, después de lo ocurrido en Budapest y en Praga y el informe de Kruschev en el XX Congreso del Partido Comunista. Pero pensábamos que lo ocurrido en estas latitudes era distinto, algo que reivindicaba nuestros sueños de un socialismo generoso y liberador. ¡Cuánta tontería debí escribir entonces! ¡Cuánta tontería hablábamos con otros amigos del oficio cuando nos reuníamos a veces en un café cercano a la Bolsa y a la France Presse, o en las noches en otro de la rue de Seine! ¿Se llamará aún La Palette? Eran los tiempos que precedieron a la explosión de mayo del 68. Época memorable asociada sin remedio a la música de los Beatles, a los cabellos largos, a un modo algo estrafalario de vestir y a una desafiante libertad sexual. Hoy veo aquel mayo del 68, vivido por mí en París desde la primera revuelta en la Universidad de Nanterre, como un febril desvarío parecido al de un sueño condenado a evaporarse bruscamente cuando uno abre los ojos a la realidad. Quizás eso fue, sólo eso, aunque pese a no haber alterado en nada el rumbo crudo de la Historia dejó una huella recóndita en toda una generación, la mía o la que me rodeaba entonces. La recuerdo ante todo como esa explosión poética que llenaba de grafitos los muros de París, con sentencias tan locas como «Prohibido prohibir», «Seamos realistas, pidamos lo imposible» o «La imaginación al poder». En la plaza de la Sorbona y en las calles del Barrio Latino, veo las barricadas levantadas con adoquines arrancados de las calles y las banderas rojinegras ondeando en medio del humo y el estrépito de los gases lacrimógenos, las feroces cargas de la policía, los estudiantes heridos, marchas y huelgas que parecían encaminarse a algo más que una simple revuelta estudiantil: a una revolución en toda la línea contra todas las formas de poder y de autoridad, algo que yo escribía en mis notas de entonces como una embrujada resurrección del anarquismo de otros tiempos. Aunque todo aquello desapareció tan bruscamente como había surgido, de algún modo aquel mayo del 68 siguió presente en el mundo que entonces me rodeaba. Por largo tiempo continuamos viendo al Che Guevara o a Mao bajo una luz muy distinta a la de hoy, sin presentir que más tarde crudos testimonios acabarían demoliendo sin piedad nuestros mitos de juventud. Dentro de ese relumbrante espejismo, todo entonces parecía inédito marcado por una constante revuelta contra lo establecido. Incluso el amor era entendido como algo contingente, nada definitivo; algo que se vive sin ataduras irremediables; quizá como una fiebre de primavera. Miro hacia atrás y, en efecto, en aquel mundo donde me había instalado, a nadie encuentro capaz de inspirarme un real desorden de corazón. Es más, creía que eso correspondía sólo a una fabulación de adolescencia, a una libido sublimada (así decía pensando en todo lo que recién llegado a París me había ocurrido con Gisèle Santamaría). Era la única referencia de lo que podía llamarse amor con todas sus esperas, incertidumbres y zozobras. ¿A qué horas dejé de ser el tímido adolescente de entonces? No lo sé. De esa época sobresale el recuerdo de una muchacha encontrada en La Palette en plena época de las revueltas de mayo. La veo: es Anne. ¿Dónde andará hoy día? La veo, sí, con una chispa de burla en los ojos muy claros, una copa de vodka con agua tónica en la mano y aquel aire indolente suyo, tan provocador como sus palabras, propio de las muchachas liberadas de entonces a quienes la iniciativa de ir a la cama con un hombre les correspondía por entero. Fue lo que Anne hizo conmigo luego de beber y cambiar bromas hasta la hora del cierre de La Palette. Había dejado su auto sobre un andén sin importarle las multas acumuladas en el parabrisas. Cuando se puso al volante y yo ocupé el asiento al lado suyo, me preguntó de la manera más natural del mundo: *«On va chez toi ou chez moi?»* *«Chez toi»*, le respondí con algo de sorpresa, pues no esperaba nada parecido cuando acababa de verla por primera vez aquella noche. Vivía en los alrededores del bulevar de Belleville. En la cama era traviesa; parecía un juego lleno de sorpresas y caprichos cuya iniciativa también a ella le correspondía. Pero un encuentro así no tenía para ella el sentido de un compromiso. Era un episodio que podía repetirse o no, todo dependía de su ánimo. A veces la encontraba en el café con otro amigo ocasional y me saludaba de lejos con un breve guiño cómplice. Pero cuando menos lo esperaba, me proponía un fin de semana fuera de París para ver en otoño las tierras de Champagne, de donde era oriunda y a la cual la ataban recuerdos de infancia. Anne me dio la clave para abordar de la misma manera otras relaciones con ocasionales compañeras de trabajo en la radio o en la agencia de prensa. Era el signo de los tiempos. Algo que parecía prefigurar otro modo de vivir a lo cual me adaptaba mirando con distancia y con algo de sorna el mundo que había dejado atrás, el de Bogotá, el de mi infancia.

Huella de ese pasado fue mi encuentro con una muchacha bogotana, hija de don Julio Herrera, que llegó a París para comprarse un traje de novia y otras prendas de su ajuar, pues tenía fijada fecha el mes siguiente para casarse con el hijo de un conocido importador colombiano de licores. Don Julio le había dado mis señas y teléfono, y me traía una carta suya. Además de felicitarme por los artículos míos difundidos por Euro-Press, quería que yo le enseñara París a su hija. A ella, a Carmen Lucía, la había conocido yo cuando servía de camarero en su casa y ella, todavía una adolescente, había regresado de Suiza, donde estudiaba, para pasar con sus padres las vacaciones de diciembre. Ahora, con veinte años de edad, era una muchacha bonita, llena de encanto, con algo de su madre, con algo también de Gisèle Santamaría y de las mujeres de esa alta clase bogotana que llenaban los domingos la casa de don Julio. La piel, los labios finos, la risa que le inundaba de brillo los ojos pertenecían de algún modo indefinible a ese mundo femenino que había quedado flotando con un aura muy especial en mis recuerdos. Parecía sorprendida y encantada de verme convertido en otro hombre muy distinto al muchacho tímido que alguna vez había visto en su casa con una chaqueta blanca y una bandeja en las manos. Lo cierto es que nos entendimos muy bien desde el primer momento. «Haré contigo una despedida de soltera», llegó a decirme con aire travieso. La llevé una noche a un cabaret de Montmartre. Le gustaba el vino, recuerdo. Fue ella quien pidió una segunda botella, luego de confesarme que a su padre no le caía bien su novio. «Dice que es un vago, la peor palabra para él», me decía riendo. «Y tal vez tiene razón», agregó luego, bajando la voz y con un aire ausente como si fuese una reflexión inquieta que ella misma se hiciese. No parecía muy segura del paso que iba a dar. Hablaba con mucha nostalgia de sus años de estudiante en Suiza (un colegio para niñas ricas de diversas nacionalidades, en Vevey) y, en cambio, con una oscura pesadumbre de su regreso a Bogotá. «Es como caer en un hueco —me decía—. La misma gente, los mismos chismes de siempre.» Se me ocurrió preguntarle por qué no se quedaba en Europa. Ella me miró de un modo extraño como si hubiera pisado un lindero oculto de sus propios pensamientos. «A Mauricio eso no le dice nada», me dijo. «¿Mauricio?» «Sí, mi novio», aclaró ella. «Pues déjalo, peor es enterrarte con él en Bogotá», le dije. Ella se echó a reír, escandalizada. «¡Qué loco eres!», exclamó. Me observaba con curiosidad como si estuviese viéndome por primera vez. «De pronto, he debido encontrarte antes», murmuró de repente dejándome una zozobra de corazón que yo sólo había conocido con Gisèle Santamaría. «¿Me estaré enamorando de ella?», me preguntaba con inquietud. Carmen Lucía debió sentirlo o intuirlo así, porque, como si se viese obligada a dar una réplica a algo que afloraba también en ella de un modo inesperado, se apresuró a agregar, muy seria: «Ya es tarde para echarse atrás. *Les jeux sont faits.*» La frase, que quedó incrustada en mi memoria, tenía un significado claro que entonces no alcancé a captar. Hoy, si algo semejante volviera a ocurrirme con una mujer, intentaría saber de inmediato por qué consideraba aquella apuesta irreversible. No aceptaría enigmas, puertas cerradas; no quedaría como entonces sumergido repentinamente en una bruma de tristeza. De proceder así, habría descubierto que en el mundo de las muchachas bogotanas de entonces algo las ataba sin remedio a un hombre, algo les imponía un matrimonio para no sufrir el veto social: haberse acostado con él. Fue lo que debió ocurrirle a Carmen Lucía, de ahí su matrimonio con un novio vetado por su padre, matrimonio que no duraría nada después de dar a luz a su único hijo. El caso es que apenas le oí decir «*les jeux sont faits*», en vez de despejar el enigma, como lo habría hecho hoy, volví a ser el adolescente de otros tiempos, el poeta de los amores imposibles, de ilusiones que ardían sólo un instante antes de ser apagadas como una llama por el viento. Ella, Carmen Lucía, debió darse cuenta de las grietas que en mi ánimo habían dejado sus palabras porque de pronto alzó la copa diciéndome: «Bueno, bueno, nada de cuentos tristes, acuérdate que la noche es nuestra, estamos en París y no en Bogotá.» Bebió más de la cuenta, y cuando la dejé en la puerta de su hotel, en el Feaubourg Saint-Honoré, me echó los brazos al cuello y me dio un beso en la boca antes de desaparecer para siempre. Pero cosa extraña, absurda si se quiere, el azar siguió jugando un papel en mi vida gracias a ella. Porque a Carmen, sólo a ella, debo haber conocido a Irene.

22

Tres recios golpes en la puerta lo despiertan con sobresalto. Enredado todavía en las hebras de un sueño que lo había devuelto a la luz de un atardecer en las colinas de la Toscana, Martín tarda algunos segundos en reconocer dónde se encuentra: su cuarto de hotel en Cartagena del Chairá. Le sorprende descubrir en la ventana la oscuridad de la noche, rota sólo por el resplandor agónico de una luz que viene de la calle. La brisa, que agita en la ventana unas baratas cortinas de tela floreada, trae como nunca el olor crudo del río.

Los golpes vuelven a repetirse, apremiantes.

¿Quién puede buscarlo a esta hora? Con un vago recelo, Martín se incorpora de la cama. Al entreabrir la puerta, le sorprende encontrarse en la densa penumbra del pasillo frente a un soldado en uniforme de camuflaje y con un fusil al hombro.

—¿Qué ocurre? —le pregunta extrañado.

—Mi coronel Villalba lo espera abajo —responde el soldado.

—¿Está seguro de que es a mí a quien busca?

—Sí, señor.

—¿Qué hora es? —indaga Martín.

—Las cinco y media de la mañana.

—Está bien. Bajo enseguida.

Mientras se viste deprisa, Martín advierte que una débil claridad azulada empieza a insinuarse en la ventana. Villalba. El nombre le dice algo; recuerda habérselo oído nombrar a Benjamín. Y la víspera, el conductor lo había mencionado como el comandante del Batallón Héroes de Güepi, justamente el oficial a quien debía ver aquella misma mañana.

Al llegar a la planta baja del hotel, lo encuentra en el vestíbulo. Es un militar todavía joven, delgado, atlético, de tez morena, vestido con uniforme de campaña. Lo recibe con una expresión jovial, tendiéndole la mano.

—¡Al fin lo encontramos! —exclama con un brillo de humor en los ojos—. ¡Qué susto nos ha dado!

—¿Susto? —repite Martín, en el tono de quien prosigue una broma.

—Pues sí, temíamos que ellos lo encontraran antes que nosotros. Siempre están mejor informados.

—No creo, coronel, que a mí me busque ese famoso ejército del pueblo.

—No se confíe tanto. Además de periodista conocido es el hermano de ese gran soldado que fue el coronel Ferreira, mi amigo. —Mueve la cabeza con aire condolido—. De verdad, nos dolió mucho su muerte. Era muy valioso para nosotros y muy peligroso para ellos, en estos parajes. Pasamos muchos apuros juntos.

—Lo sé, coronel. Varias veces Benjamín me habló de usted.

—Venga, sentémonos un minuto —el coronel lo invita señalándole dos sillas que hay en un rincón del vestíbulo—. Debo explicarle por qué nos tenía alarmados. —Hace una pausa mientras explora con la mirada un largo pasillo de puertas cerradas—. Lástima que a esta hora nadie nos pueda traer un café. La señora que nos abrió la puerta debe haberse vuelto a dormir.

Luego de tomar asiento a su lado, prosigue:

—Ante todo, déjeme saber cómo llegó a este lugar.

—Ningún misterio, coronel. Llegué en carro, desde El Paujil, con un conductor que me facilitó en Florencia el comandante de la Duodécima Brigada.

—¿Nadie le dijo que era un trayecto muy peligroso?

—Bueno, parece que de noche lo es —admite Martín—, pero yo viajé en la mañana. Todo estaba muy tranquilo. Sólo encontramos en la carretera a dos soldados y los trajimos hasta la población.

—Sí, y están sancionados por ello. Tienen prohibido apartarse de la base.

Martín lo escucha con aire incrédulo.

—¿Según usted, he debido venir escoltado?

—Mejor es que hubiese llegado sin escoltas —responde el coronel con una expresión risueña como si estuviese contestando la pregunta cándida de un niño—. Los escoltas los atraen. Son para ellos una gran tentación. Aun si le hubiesen dado quince o veinte soldados en un vehículo para cuidarlo, el riesgo de una emboscada entre El Paujil y Cartagena es muy grande. Pueden servirse de explosivos y movilizar cien o doscientos hombres buscando apoderarse de sus fusiles. Estamos en territorio suyo, no olvidarlo. ¿Sabe una cosa, doctor Ferreira?

—Llámeme Martín, coronel.

—Está bien, Martín. El único medio seguro de desplazarse fuera de esta población, en cualquier dirección que sea, es un helicóptero. Han debido darse cuenta de ello en Florencia. Ahora bien, aunque usted no lo crea, ellos están al corriente de su llegada.

Martín lo contempla intrigado.

—¿Las FARC? —pregunta con cautela.

—Las FARC, sí. Sus milicianos en El Paujil tienen la misión de seguir la pista de cuanto extraño para ellos llega a este lugar. De usted están informados, delo por seguro. La primera pista debió dársela desde Bogotá su mejor agente, el cura Garrido. Lo sabemos. —Observando el desconcierto de Martín, sonríe al comentar—: Ellos tienen sus antenas y nosotros también. Si lo dejaron pasar sin interceptarlo en la carretera, es porque quieren saber a qué vino, a quién visita.

—¿Está usted seguro, coronel? —murmura Martín, todavía con un resto de incredulidad, preguntándose si no se trata de una simple fabulación de aquel militar, propia de alguien que no escapa a cierta psicosis de guerra, algo que en sus cortas visitas a Colombia había creído percibir también en Benjamín.

Como si adivinara su pensamiento, el coronel se incorpora de la silla.

—Venga conmigo. Es bueno que conozca algo del mundo de su hermano.

Ha amanecido del todo cuando abandonan el hotel. El día se abre desde el río proyectando en la calle un prisma irreal de colores, los mismos que tiñen el cielo. La luz, el aire tibio y húmedo con un vago aroma de frutas y el bullicio de una bandada de pájaros que pasa volando sobre los tejados del pueblo, le recuerdan de pronto a Martín los parajes que alguna vez había conocido en su infancia en época de vacaciones; la tierra caliente, la llamaba su tío Eladio. Al observar la calle, le sorprende el número de soldados que se aproximan, fusil en mano, al coronel.

—Caramba —le dice en broma—, tiene usted todo un ejército cuidándolo.

—Toca —sonríe el coronel—. Me acompañan cuando vengo de la base que tenemos en el cerro, al lado del acueducto. Siempre hay el riesgo de tiradores emboscados. Vigilan puertas y ventanas.

Echan a caminar calle abajo, hacia el puerto.

—Creo que es el único momento tranquilo en este lugar —comenta Martín—. Tangos, rancheras, cantinas, muchachas venidas de todas partes, según me dicen; nada de eso lo asocia uno con la guerrilla.

—Pero sí con el narcotráfico. Claro que si ellos llegasen a controlar esta población, como es el caso de Remolinos y otros puertos, río abajo, esa fiesta se acaba. Se arruinan los bares, las muchachas se van y no vuelve a oírse ningún tango. Queda la coca, eso sí. Su gran negocio, con aeropuertos clandestinos para quienes vienen a buscarla.

—El férreo orden socialista, ¿verdad? Menos mal que ustedes mantienen este reducto de la decadencia burguesa —se ríe Martín—. A Benjamín debía de resultarle muy pecaminoso. ¿Alguna vez las FARC intentaron tomarlo?

—Claro que sí. Y no han perdido la esperanza. Es que han pasado ya a la guerra de posiciones. Recuerde lo que ocurrió no hace mucho. Acabaron en el Billar con un batallón entero de contraguerrilla y en las Delicias con una base militar fortificada como la nuestra. —Avanzan hacia el puerto que se adivina al fondo de la calle rodeados por la patrulla de soldados—. También intentaron tomarse la nuestra —prosigue el coronel—. ¿No le contó su hermano? Atacaron nuestra base del cerro con sucesivas oleadas, luego de bombardearnos con cilindros explosivos. Ahí nos jugamos la vida el coronel Ferreira y yo. Estábamos sitiados, y ellos contaban con que las municiones sólo nos alcanzaban para dos días. Pero ahí se equivocaron. Su hermano lo tenía previsto. Obtuvo vuelos adicionales de helicópteros, supuestamente para traernos víveres y con los víveres venían municiones. Y además, logramos el apoyo de la Fuerza Aérea.

—¿Temen que vuelvan a intentarlo?

—No, no creo que por ahora intenten un nuevo ataque abierto porque no tienen ya a su favor el factor sorpresa. Estamos preparados. Tenemos depósitos subterráneos. Nos hostigan, eso sí. Debemos desplazarnos de la base del cerro a la base del río, sólo con fines precisos. A veces en helicóptero o muy temprano como esta mañana, cuando vinimos a buscarlo.

La calzada que desciende hacia el puerto con una suave curva está flanqueada por algunos comercios y puestos de licores y frutas, todavía cerrados. Descendiendo por ella, a Martín le sorprende una alta construcción con un pretencioso portal neoclásico, realmente insólito en aquel lugar. El coronel advierte su perplejidad. Se detiene y señalando el portal le pregunta en un tono que transpira ironía:

—¿Sabe de quién es este palacete? Del comandante del Bloque Sur de las FARC. Es todo un magnate.

—No me diga que vive aquí.

El coronel se echa a reír.

—Todavía no. Al menos mientras estemos aquí. Ese comandante no está lejos. Al otro lado del río. Tiene un Toyota 4×4 y en la finca de su madre, en la otra orilla, estacionan cerca de veinte vehículos suyos. Cuenta además con una flotilla de treinta botes. Usted podrá reconocerlos porque tienen techos blancos y rojos. El dinero de la coca le permite toda clase de lujos.

«No entiendo nada», piensa Martín. Y realmente nada entendía de lo que el coronel le estaba revelando. Su aire jovial y despreocupado parecía darle a sus palabras un aire de broma, algo que no era para tomar muy en serio, pero después de todo estaba revelándole una realidad que nunca había imaginado: la de una guerrilla capaz de enfrentar al ejército abiertamente, de igual a igual, en guerra de posiciones y movimientos, y no, como lo había creído siempre, una fuerza oculta y desperdigada en lugares inaccesibles de las selvas, hábil sólo para esporádicas emboscadas en carreteras y caminos y para realizar secuestros de civiles como otro medio de recaudar fondos.

Han llegado a la orilla misma del río, en el lugar donde atracan lanchas y algún esporádico barco de pasajeros. El sol relumbra en las aguas de un sucio color café. Martín sigue el vuelo rasante de una garza que vuela hacia la orilla opuesta, una línea verde de pequeños arbustos selváticos, tan remota que apenas parece insinuada.

—A veces se asoman —refiere el coronel—. Disparan al aire sus armas y hasta levantan los brazos como si estuvieran saludándonos. Es su manera de decir «aquí estamos». Desde luego, la distancia no les permite alcanzarnos con sus armas. La real amenaza son sus cilindros con explosivos. Por eso situamos la base en el cerro, donde no hay casas.

Martín encuentra incomprensible que las FARC puedan tener tranquilamente el control de la orilla opuesta y se lo dice al oficial.

—Perdóneme mi ignorancia, coronel, pero no entiendo por qué el ejército no organiza una acción masiva con apoyo de la Fuerza Aérea para desalojarlos.

—Es una buena pregunta de periodista. Si pedimos refuerzos y acumulamos una fuerza significativa de este lado, ellos lo sabrían de inmediato, gracias a los milicianos que tienen en la población. Y se replegarían a tiempo... para volver cuando ya no estuviéramos.

—¿Es realmente imposible derrotarlos?

—Sus dos grandes aliados: el narcotráfico y la geografía. Pero tienen, por fortuna, pies de barro. Su hermano, mi amigo el coronel Ferreira, los descubrió. Sólo que de eso hablaremos luego —agrega el coronel iniciando el camino de regreso—. Por ahora lo urgente es que usted recoja lo suyo en el hotel y nos permita instalarlo en la base que tenemos aquí abajo.

La idea no le agrada a Martín:

—Se lo agradezco, coronel, pero yo preferiría quedarme en el hotel —dice.

Por primera vez advierte en el coronel una expresión severa y en sus palabras una especie de exasperación:

—Creo, ilustre periodista, que usted no ha percibido bien dónde se encuentra. Tampoco por qué vine a buscarlo tan temprano. Sólo estará seguro en la base. Y cuando regrese no podrá hacerlo por tierra. Le buscaremos un puesto en el helicóptero que llevará mañana algunos heridos a Florencia.

—¿Cuál es el riesgo?

—Pues el riesgo es que lo secuestren. O que lo maten, así de simple. Usted se metió en la boca del lobo sin saberlo, créamelo.

23

Como cada noche vengo haciéndolo, abro este cuaderno que se ha convertido en mi más fiel compañero de viaje, pero esta vez no para seguir el rastro de viejos e inútiles recuerdos, en un ejercicio gratuito que tiene mucho de fuga o tal vez de respuesta a la conjura de los años, sino para dejar en esta página todo lo que por fin acaba de explicar la muerte de Benjamín tras un día de inesperadas revelaciones. Escribo estas líneas a la luz de una lámpara de petróleo poco después de la medianoche, y todavía resuenan en mis oídos las palabras del coronel Villalba: «Me disculpa si esto le resulta algo macabro, pero no tengo más remedio que alojarlo en el mismo lugar donde murió mi coronel Ferreira, su hermano.» Y aquí estoy, al lado de la pequeña emisora montada en esta base militar, desde la cual lanzaba él cada mañana y cada noche sus mensajes. Las paredes del cuarto son una doble hilera de sacos de arena y el techo está formado por tablones sin pulir que yo podría tocar alzando los brazos y que sirven de soporte a otros sacos de arena. La cama no puede ser más rústica: unas tablas con un colchón de hojas de plátano, igual, según parece, al que compran los «raspachines» antes de ir a los campos donde se cultiva la coca. Y aquí estoy, sentado sobre ese colchón, respirando el tufo de humedad que transpiran los sacos de arena, de los cuales brotan unos líquenes o musgos leprosos, sin poder evitar la sensación de estar sepultado en una especie de trinchera; o de búnker, como lo llama el coronel; un búnker de guerra, sí, a salvo de bombas y disparos y al que nunca le entra la luz del día. Al llegar esta mañana me encontré en la hirviente claridad delante de una enorme bodega, amurallada también con sacos de arena, que en otros tiempos servía para almacenar víveres. Ahora es la base militar. En cuanto entramos, nos envolvió una penumbra densa con la única luz de débiles bombillos suspendidos del techo y con improvisadas oficinas sin puertas, también rodeadas de sacos, delante de las cuales se movían en un constante y sigiloso ir y venir oficiales y soldados mientras en algún lugar se escuchaban apremiantes mensajes en un equipo de radio. En esta atmósfera irreal, lóbrega, húmeda, sofocante, con una constante sensación de asedio, vivía Benjamín. Y en este lugar donde me encuentro, tal vez a la misma hora, lo sorprendió la muerte precedida de una inesperada y atroz agonía. ¿Sabría lo que le estaba sucediendo? No lo creo. No creo que pensara en un veneno, en cianuro. De ser así lo habría visto como una derrota infligida de modo traicionero por el enemigo que desde muy joven estuvo combatiendo. Más bien debió de pensar que se trataba de un ataque cardíaco y en última instancia, conociendo su devoción religiosa, de una decisión divina para rescatarlo de este mundo, pues el mismo Dios que tantas veces le había salvado la vida podía decretar su muerte, por dolorosa que fuese. Tablones y sacos de arena, los mismos que ahora estoy viendo, ésa quizá fue su última visión mientras se ahogaba, sintiendo que sus pulmones como fuelles exhaustos no bombeaban aire, perdido el contorno de cuanto le rodeaba por la dilatación de las pupilas a tiempo que del esófago llegaba a su boca un sabor de almendras amargas. Seguramente pensaba en su mujer y en sus hijos, a los que sólo veía cinco días cada cuatro meses; tal vez en Raquel: tal vez en mí, que a la misma hora, lejos, muy lejos, esperaba el nuevo siglo en una Roma vestida de fiesta, con sus cúpulas y plazas antiguas iluminadas bajo un cielo de estrellas absortas. «No era justo que muriese así —me decía esta mañana el coronel—; tal vez en combate, pero no así, envenenado.» A Villalba no le cabía duda de que así había ocurrido. Para él, el único misterio era saber cómo lo lograron, quién y cómo cumplió la misión. Sabía, sí, cuándo, por qué y de dónde exactamente había salido la orden. «Es una muerte acompañada de mentiras estúpidas —murmuraba con un gesto amargo—. Para unos fue un infarto; para otros, un suicidio. Nadie en los altos mandos quiere ver la mano del enemigo, tal debe ser la consigna.» Eso me dijo en la mañana, pero esperó la noche para revelarme el secreto que vine a buscar. «Ya hablaremos de eso», me decía mientras me llevaba siempre a su lado impartiendo órdenes a oficiales y suboficiales que trabajan bajo su mando y que se cuadran respetuosa y marcialmente llevándose la mano a la gorra antes de hablarle. Llegué a imaginar que nada nuevo podía obtener de él, salvo el relato oído en otras partes de cómo procedía Benjamín en zonas con fuerte presencia de la guerrilla. «A lo sumo —pensaba yo—, tengo por primera vez una visión directa y valiosa de una realidad que podría resultar inédita en uno de mis informes a la agencia.» En medio de su apresurado ajetreo, el coronel Villalba tuvo tiempo para enseñarme la pequeña emisora, llamada La voz del Caguán que en los últimos tiempos había quedado bajo la dirección de Benjamín. Está al lado de este cubículo que muchas veces le sirvió de dormitorio. Iniciaba sus emisiones a las seis de la mañana con música colombiana, con bambucos, me refería el coronel Villalba, con el fin de que los aires nuestros no acabaran siendo desalojados por la música de carrilera o los tangos que se escuchan aquí todo el día. A las ocho de la mañana pasaba él al micrófono en una emisión dirigida exclusivamente a los campesinos de la región, destinada a darles indicaciones y consejos sobre sus siembras, a recomendarles abonos y otros recursos para obtener de ellas el mejor rendimiento. «Algunos mandos militares —contaba el coronel— pensaban que esa emisión era una pérdida de tiempo tratándose de un coronel con altas responsabilidades, pero su hermano, el coronel Ferreira, sabía lo que estaba buscando. Conocía el campo como nadie. "Soy campesino", me decía, y como campesino les hablaba a los campesinos capturando cada mañana toda su atención. Esa proximidad le abrió muchas puertas. En esta región fue el preámbulo esencial para una labor de inteligencia que de otro modo no habría podido cumplirse.» Pero al parecer la emisión de mayor penetración en la propia guerrilla también la conducía él y tenía lugar entre siete y media y ocho y media de la noche. Estaba destinada a rebatir dogmas marxistas o a servirse de ellos para introducir inquietudes entre quienes dentro de las FARC creían estar cumpliendo lealmente con la estrategia maoísta de la llamada guerra popular prolongada. «A mí me pareció al principio que era otra de las chifladuras de su hermano, de esas que le ganaron el remoquete algo burlón de el Filósofo, pero la verdad es que empezó a dar algunos resultados —se reía Villalba mientras tomábamos de pie un café al lado de la emisora—. Recuerdo que un día vino a buscarlo un extraño personaje. Quería hablar a solas con él. Era un individuo tuerto, pequeño, con una mano lisiada. Pues bien, resultó que era el hermano de un cuadro importante del secretariado político de las FARC, el encargado de informes y comunicados. Le traía a Benjamín una carta suya. Algo fuera de lo común y de lo esperado porque casi de una manera amistosa intentaba discutirle algunas interpretaciones de Marx o de Mao citadas por él en la radio. El caso es que el coronel Ferreira decidió responderle también por escrito y al cabo de un tiempo, con la mediación del Tuerto, resultaron enzarzados en un epistolario, algo así como un diálogo de dos filósofos que discutían desde bandos opuestos. Y al final, ya se lo contaré en detalle —me dijo el coronel con un aire súbitamente serio—, ese cuadro importante empezó a pensar en su deserción.» A mí esa historia no me extrañó para nada; nunca he olvidado que Benjamín, siendo todavía un adolescente, pasaba horas sepultado en la milagrosa biblioteca de aquel liceo departamental de Guateque, donde leía todo cuanto allí encontraba sobre la revolución China y la manera como Mao consiguió llegar al poder. Y como conocía muy bien la estrategia que había aplicado para ir conquistando palmo a palmo en China el dominio territorial apoyándose siempre en núcleos campesinos organizados, había llegado a la conclusión de que las FARC, aunque así lo creyesen, no iban por el mismo camino, pues la colocación profusa e irresponsable de minas en caminos y veredas donde no sólo transitaba la tropa sino también los campesinos, el reclutamiento forzado de niños y muchachas, las amenazas de muerte a quien no cumpliere ciegamente sus órdenes y sobre todo el trato despótico dado a los guerrilleros de base en tanto que los comandantes tenían toda clase de privilegios gracias al dinero del narcotráfico, les restaba todo real apoyo popular. Siempre me dijo Benjamín que los campesinos les obedecían por miedo y no por fervor. Al parecer, esas reflexiones que introducían en los cuadros menos agrestes de las FARC dudas sobre la validez de su propia construcción teórica, Benjamín las ponía de relieve en esas emisiones nocturnas, aunque los propios militares no entendían nada de semejantes disquisiciones. Creían que era un diálogo de sordos, pero según he sabido contribuyeron a las deserciones que Benjamín obtenía donde llegaba. ¿A eso se refería Villalba cuando hablaba de los pies de barro que mi hermano les había descubierto a las FARC? Seguramente. «En parte sí —me contestó cuando se lo pregunté—, en parte, pues de eso y otras cosas hablamos más tarde.» Y eso fue todo, porque minutos después la llegada de un helicóptero que venía de Florencia o de San Vicente con altos oficiales ocupó toda su atención. Con ellos compartimos un almuerzo en el lugar donde sirven el rancho a los soldados. Luego Villalba me invitó a volar con ellos sobre las regiones donde, río abajo, las FARC reinaban sin presencia alguna del ejército. Me queda la visión de aquellos extensos parajes selváticos que parecían desfilar bajo las aspas del helicóptero, su vegetación enmarañada a orillas de la ancha cinta amarilla del río y aquí y allá espacios despejados, de un verde más claro y sosegado, que eran, en realidad, cultivos de coca. De vez en cuando aparecía alguna lancha navegando por el río. «Es de ellos», decía Villalba sin que el artillero que iba a mi lado se ocupara de apuntar hacia ella su ametralladora. Aquél parecía un paisaje infinito y sin más señales de vida que el vuelo de una garza o de alguna bandada de pájaros sobre los árboles. «Allí, sin duda, está el poder de la guerrilla y de los narcos. ¿Quién podría desalojarlos de tal inmensidad?», pensaba yo. Sólo cuando el helicóptero nos dejó en la base de Cartagena, antes de proseguir su vuelo hacia Florencia o

San Vicente, el coronel Villalba pareció dar por terminada su jornada. La noche empezaba a caer cuando volvimos al vasto recinto penumbroso de la base y al olor a moho y humedad de los sacos de arena. El coronel me invitó a tomar un whisky en el mismo lugar donde habíamos almorzado, sólo que ahora estaba desierto, invadido sólo por los rumores y voces difusas que dejaba oír un equipo de radio. «Siempre esperamos alguna noticia, casi siempre mala —me dijo el coronel con un aire más resignado que amargo—. Las patrullas tienen siempre mucho riesgo. Su hermano creía que servían de muy poco.» Y fue a partir de ese momento cuando aceptó revelarme lo que yo esperaba saber sobre la muerte de Benjamín. Prefiero recoger aquí sus propias palabras.

«Mi coronel Ferreira, su hermano, no creía que ganáramos mucho dando de baja a tres, cuatro o cinco guerrilleros —empezó diciéndome el coronel delante de los dos vasos de whisky recién servidos, por primera vez con un aire reposado, tranquilo, dueño al fin de todo su tiempo—. Bajas, más bajas, eso es todo cuanto nos piden los altos mandos. Lo consideran una parte irremediable e irrenunciable de nuestra misión, la única manera de ganar la guerra. Y su hermano no pensaba lo mismo. Tenía otra visión del problema, quizá más acertada. La verdad es que a la hora de hacer un balance, el patrullaje en estas zonas resulta una tarea casi suicida. ¿Por qué? Se lo voy a explicar. Al mando de un teniente o de un sargento, con cuatro cabos bajo sus órdenes, parten treinta y seis soldados a zonas que el enemigo conoce mejor. Llevan a la espalda una mochila con víveres que en el mejor de los casos sólo alcanzan para cinco días. Si no van por una vía conocida y transitada, prefieren eludir senderos o trochas de monte por temor a las minas que las FARC ponen en todo lugar donde presumiblemente pueda pasar la tropa. Nuestros soldados optan siempre por atravesar abiertamente los potreros de las fincas donde pasta el ganado, pues allí el riesgo de las minas no existe. Y sea que hablen con los campesinos que las cultivan o que los eludan, si es que pasan por allí en la oscuridad de la noche, fatalmente las FARC acaban por saber dónde están o hacia dónde se dirigen. Los campesinos, en la mañana, al levantarse e iniciar sus faenas, advierten las huellas dejadas por los soldados y de inmediato dan aviso al más cercano de los milicianos que las FARC dejan en todas las veredas. ¿Por qué? Es una orden que deben cumplir. Si un campesino no se toma el trabajo de hacerlo, corre el riesgo de que lo maten. Así es la cosa, así de simple. De modo que la patrulla es observada, seguida. Cuando cae la noche, lo más probable es que sus integrantes levanten en alguna mata de monte un campamento para dormir, sea en una hamaca si hay árboles o en el suelo cubriéndose con un plástico que llamamos "sintelita". Y es entonces donde quedan bajo una amenaza mortal, algo que se arma en torno suyo, sin ruido, como quien arma una trampa para un animal en la oscuridad del monte. Me refiero a las minas, a las famosas minas que en Colombia llamamos "quiebrapatas" y que fueron las mismas utilizadas por el Vietcong contra los americanos en la guerra del Vietnam. Muchachos campesinos, no mayores de quince años, adiestrados por las FARC de tiempo atrás para ello, las ponen sigilosamente en torno al lugar donde acampa la patrulla. Y ahí empieza la catástrofe. A primera hora de la mañana, el radio no tarda en traernos la noticia de uno o dos soldados muertos o de varios heridos por haber pisado una mina. A esos heridos, que van con las piernas destrozadas, los mandamos en helicóptero a Bogotá o a Florencia. El Hospital Militar de Bogotá tiene salas enteras de soldados lisiados que esperan una prótesis, unas muletas o una silla de ruedas para salir. Sí, ya veo que usted los ha visto en otra parte. Pues bien, de esta manera, sin disparar un tiro y sin entrar en combate, tenemos bajas. Mi coronel Ferreira, su hermano, conocía muy bien esa situación y, a riesgo de ser sancionado, le dio a nuestra acción otro rumbo, muy diferente.»

—El de ganarse a los campesinos —le dije, recordando lo que había visto en El Rosal.

—Exactamente —me confirmó Villalba—. La suya fue una tarea larga y paciente. Primero, gracias a laboriosos informes recogidos en toda la vasta zona donde se extiende nuestra acción o nuestros contactos, incluyendo no sólo el Caquetá, sino el Huila y el Meta, logró establecer los lugares donde el comandante de la columna móvil Teófilo Forero de las FARC solía implantar su base de operaciones. No eran lugares próximos sino distantes entre sí: Miravalles, no muy lejos de Neiva; Bombones, en Algeciras y El Platanillo, en el Meta. ¿Ha oído usted hablar del Paisa? ¿No? Su verdadero nombre es Óscar Montero, comandante de la columna móvil Teófilo Forero, la más eficaz que ellos tienen, es un personaje muy próximo al propio Manuel Marulanda, el jefe supremo de las FARC. Dicen, y yo no sé si sea cierto, que es su yerno. Pero no creo que ésa sea la razón de su peso y de su importancia dentro de esa organización. El hecho es que, como ninguno, sabe utilizar con una astucia sorprendente los reales recursos del terrorismo. Puede disfrazar a sus hombres de soldados o policías, establecer retenes, engañar a nuestras propias tropas porque dispone de autos y uniformes iguales a los nuestros y de motos idénticas a las que usa la policía, con los mismos emblemas. Con esos recursos ha realizado secuestros espectaculares. Intentó, incluso, volar tres puentes sobre el río Magdalena. Su red de agentes se extiende por toda la zona del centro y del sur del país, incluyendo la propia capital. Es todavía relativamente joven, apenas debe de haber pisado los cuarenta años. Veinticinco años atrás, cuando fue reclutado por las FARC, era un indigente. Al menos es lo que él dice. Después de cumplir con éxito las primeras misiones que le fueron encomendadas, logró que las FARC le pagaran estudios no sólo para su formación política sino para adiestrarse en técnicas avanzadas de comunicación electrónica y satelital. Dicen también que alcanzó a hacer estudios de aviación. De hecho, alguna vez que capturamos un campamento, abandonado por él sin tiempo de recoger nada, encontramos que disponía de un teléfono satelital, de un computador con una red inalámbrica para internet y de un control también inalámbrico de aviones, nada menos, así como de un televisor con cadenas internacionales, y de libros, muchos libros de temas políticos, todo en un ambiente de lujo poco usual en casas que en otro tiempo debieron de pertenecer a ganaderos de la región. Es que el dinero no le falta. Sabe gastarlo, tal vez lo gasta con la furia vindicativa de un hombre que fue indigente y se desquita de su pobreza no sólo con las armas, asesinando ganaderos ricos, sino con la plata, concediéndose lujos prohibidos para la mayor parte de los colombianos. Parece que para sus gastos de caja menor dispone de cinco millones de dólares anuales. Su hermano, que llegó a conocerlo muy bien sin haberlo encontrado nunca (gracias a los informes de gente cercana a él), logró seguirle la pista muy de cerca. «Le tengo puesta una alfombra roja», solía decir con risa. Pues sí, una alfombra roja que cubría tres o cuatro departamentos tendida gracias a una labor de inteligencia que duró más de un año. ¿Cómo lo hizo? Luego de conocer los lugares donde solía instalarse, siempre en regiones donde el real y permanente control territorial es suyo y no nuestro, se ocupó de obtener un informe aparentemente anodino y sin embargo capital para saber cuál de ellos era el elegido por él: los víveres. Si en la más cercana de las poblaciones donde se ubicaba su campamento había una venta inusual de víveres y éstos eran recogidos en camionetas o camiones, lo más probable es que fuesen destinados a él y a sus hombres que eran muchos. Acabó por descubrir que estaba en la finca de Miravalles porque en un pobre caserío de las cercanías acondicionó viviendas e instaló un gran almacén de víveres, dotado de una farmacia, algo verdaderamente insólito en aquel lugar. Benjamín, como lo había hecho en otros lugares, instaló a la orilla de la carretera que conducía a Miravalles un retén que él mismo atendía. Entablaba diálogo con los campesinos que se dirigían a esa zona. Tomaba nota de los víveres o vituallas que alguno de ellos transportaba y no se andaba con rodeos. «¿Esto se lo llevas al Paisa, verdad?», le preguntaba de la manera más natural del mundo, como algo de sobra sabido por todos. El campesino, desconcertado, intentaba dar cualquier otra explicación. «No tengas temor —se apresuraba a decirle Benjamín—, sé que no te puedes negar a hacerlo.» Y no decomisaba nada de lo que el hombre llevaba; menos aún se le ocurría detenerlo o impedirle que continuara su viaje. «No le digas nada a él, yo tampoco se lo diré a mis superiores.» Buscaba ganar su confianza y quizás algo más: su complicidad. Y la ganaba, si no de inmediato, al segundo o tercer viaje que él interceptaba sólo para continuar aquella conversación algo confidencial. Terminaba por saber que el campesino tenía un hijo en la guerrilla, que vivía con pánico de que algo le pudiese ocurrir al muchacho, a él mismo o a su familia. Benjamín terminaba por ocuparse de su caso brindándole ayuda para trasladarlo a una zona bajo su protección una vez que el muchacho reclutado por las FARC lograra desertar y quedara cobijado por un plan de rehabilitación en Bogotá. Y no lo hizo sólo con aquel informante, sino con muchos otros. Muy pronto en vez de dos, de tres o de cuatro, fueron docenas los desertores. Y es ahí donde aparecen los pies de barro de la guerrilla, la famosa tesis de su hermano que a usted tanto le interesa.

Escribiendo estas líneas, veo la risueña expresión de Villalba explicándome de dónde había sacado Benjamín su teoría. «Parecía uno de esos disparates muy suyos —me decía—. Y sabe usted a qué me refiero? A un cuento que me echó su hermano una noche en este mismo lugar: el sueño de Nabucodonosor.»

—¿Nabucodonosor? —repetí yo sorprendido.

—Como lo oye —y era aún más viva la chispa de risa que le hacía brillar los ojos—. Según Benjamín, Nabucodonosor soñaba que su reino era tan grande que llegaba hasta el cielo mismo de Babilonia. Sobre su cabeza tenía un gorro de oro, símbolo de su inmensa fortuna; sus brazos eran de plata, pues disponía de un millón de hombres armados. Y su pecho, también de plata, representaba toda su minuciosa estructura administrativa. Sólo olvidó que sus pies eran de barro, de modo que bastó que tropezara con una piedrita para que todo ese enorme poder de su reino se viniera abajo y se convirtiera en polvo. Pues bien, me decía su hermano, a las FARC les ocurre lo mismo. Tienen todo el oro del narcotráfico; son riquísimas. Tienen armas y frentes ubicados en todo el territorio nacional y una hábil organización que no es sólo militar sino política y económica. Pero sus pies de barro los representa el pueblo, que no le ofrece solidez alguna al aparato creado por ellos. Los campesinos sólo las apoyan por miedo cuando no tienen más remedio que obedecerles, pues muchas veces las FARC son la única autoridad donde ellos viven. Los propios muchachos que reclutan a la fuerza o aún más, los que en un momento se meten a la guerrilla buscando escapar del hambre o de los maltratos de sus padres, al cabo de un cierto tiempo, cansados de una disciplina que no les da respiro, sueñan con desmovilizarse y llevar una vida más humana. Si no lo hacen, es por temor a que los maten o maten a su familia como represalia. De ahí que, conociendo muy bien esta situación, en vez de intentar darlos de baja era mejor buscar por todos los medios su deserción.

»Eso me dijo, a propósito del sueño de Nabucodonosor. Y no se quedó en palabras. Con perdón suyo, su hermano no parecía un militar, sino un cura recorriendo ranchos y veredas y hablando con los campesinos, muchos de los cuales tenían hijos o hijas en la guerrilla. A éstos o a estas últimas les hacía llegar mensajes. Les ofrecía protección. Y como acabo de decirle, empezaron a llegar. Los recibía como un párroco a pecadores arrepentidos. Convivía con ellos. Ésa era su fuerza, pero también, si me permite decírselo con toda franqueza, su debilidad a la hora de afrontar una verdadera acción de guerra. No quería matar; y a lo mejor a nadie llegó a matar él mismo con una bala disparada por él. Pensaba siempre que los muchachos recién reclutados por las FARC servían de escudos humanos en la primera línea de fuego. ¿Quiere un ejemplo de eso que para nosotros, sus compañeros, era debilidad suya? Se lo doy. Algo que en última instancia le costó la vida. Gracias a sus informes, logró ubicar de manera precisa la casa donde se alojaba El Paisa. Me refiero a su campamento de Miravalles. Conociendo esa ubicación, decidimos pedir la intervención de la Fuerza Aérea para un bombardeo. Si se hacía por sorpresa a primera hora del amanecer, lanzando bombas sobre la casa desde donde El Paisa dirigía sus operaciones, dónde comía y dormía y se hacía llevar muchachas, era hombre muerto. Pero mi coronel Ferreira, su hermano, se opuso al bombardeo. Decía que en esa casa dormía una familia de campesinos, los encargados de cuidar la finca. "Peor para ellos, son cómplices del bandido", decían los altos mandos a quienes se les consultó. Pero el piloto de la Fuerza Aérea, al conocer el cuento de la familia campesina, se negó a bombardear la casa temiendo luego alguna inculpación penal contra él. Habría sido un plato apetitoso para el cura Garrido que, como usted bien sabe, no pierde ocasión de inculpar a un militar. Así que en vez de bombas hubo disparos desde el avión en torno a la casa, mientras una patrulla se ubicaba en las cercanías. Fue una operación fracasada porque El Paisa logró escapar. De un bombardeo no se habría salvado, pero de simples disparos de acoso, sí. Temiendo que ordenara matar a los campesinos de la región que le habían servido al coronel Ferreira de informantes, él decidió dirigirse a El Paisa desde nuestra emisora. No tuvo inconveniente en identificarse. "Paisa —le dijo—, le habla el coronel Ferreira. No culpe a ningún campesino por esta operación. Fue el resultado de una labor de inteligencia técnica que nos ha permitido seguirlo paso a paso y conocer todo lo suyo. Desde aquí lo hemos visto. Sabemos que usted hace a las siete de la noche ejercicios en una bicicleta estática. Sabemos que a las ocho se sienta delante del televisor para ver el noticiero de la CNN. Incluso sabemos cuál es la loción que usa: Obsession, de Calvin Klein, ¿no es así? Y algo que debía de llenarlo de vergüenza. Algo terrible. Usted se hacía llevar a esa casa una muchacha de quince años para abusar de ella. Se llamaba Mariela. Y digo se llamaba, porque la última vez que mandó uno de sus hombres para llevársela, ella, como si se tratara de un juego, de una simple curiosidad de niña, le pidió que le dejara ver el arma que él tenía. Al recibirla la contempló como si fuera un juguete. Luego, se la llevó a la cabeza y se suicidó. De modo que no se extrañe si es un hombre odiado. Y no se sienta muy seguro. Si esta vez escapó a una acción nuestra, la próxima vez no tendrá tanta suerte. La inteligencia técnica no lo pierde de vista, sépalo."

»Me duele decírselo, Martín. Ese mensaje por radio fue la

sentencia de muerte de su hermano. El Paisa, no lo olvidemos, es un típico hombre de acciones terroristas. Las planea fría y minuciosamente, lo sabemos. Introduce hombres suyos donde quiere. Aquí mismo, aquí donde estamos. Su mejor arma la tomó de sus amigos y socios, los narcotraficantes; es el dinero. Con dinero se pagan y se logran las misiones en apariencia más imposibles.»

—Por ejemplo, poner veneno en un plato o en una bebida —murmuré yo sin poder evitar una sorda amargura.

La cara de Villalba tomó un aire sombrío. A él no le cabe duda de que El Paisa decidió asesinar de esta manera a Benjamín, pero no sabe aún a quién o a quiénes les encargó esta misión. Espera saberlo el día que se cumpla la deserción del ideólogo con quien Benjamín sostenía una correspondencia. «Por lo pronto hay una pista —me dijo Villalba—. Días antes de la muerte de Benjamín, llegaron a la base seis nuevos desertores. Compartían el rancho con él. Y dos de ellos desaparecieron misteriosamente la noche del 31 de diciembre. No volvieron a la base y nunca más supimos de ellos. ¿Fueron los asesinos? No lo sabemos. Pero lo sabremos, esté usted seguro. Si no es el famoso ideólogo que se escribía con su hermano y que le hizo saber su deseo de abandonar la guerrilla, algún nuevo desertor acabará contándonos cómo y quiénes realizaron esta operación. Perdimos de esta manera absurda a un gran militar. Lo perdió Colombia. Lo perdí yo, que era su compañero de armas y su amigo. Y lo malo, se lo confieso, es que mi coronel Ferreira era irremplazable. Nadie, como él, sabrá ganarse a los campesinos. Él sabía como ellos mirar el sol o conocer la dirección de los vientos. Como ellos, podía conocer la hora con sólo alzar la vista al cielo. Él estaba poniendo la piedra con la cual podían tropezar al fin los pies de barro de la guerrilla.»

Luego de poner en este cuaderno las últimas palabras de Villalba, me he quedado mirando la luz agónica de la lámpara de petróleo, envuelto en este olor a humedad, a selva y desolación que se desprende de los sacos de arena. Pienso en Benjamín. Diseñó su destino. Asumió sus riesgos. Recuerdo ahora que cuando yo tenía dieciséis o diecisiete años leí en un libro de Schopenhauer algo que él llamaba una invitación a la vida heroica. Creí que la mía podía serlo. Yo lo seguía pensando cuando ambulaba por unas calles de Viena sembradas de nieve y de ruinas. Creía que al lado de la poesía estaba diseñando una vida distinta y solitaria, asumiendo retos y sumando experiencias únicas. Pero lo cierto es que la verdadera vida heroica fue la de Benjamín. Sólo que nadie se dará cuenta de ello. A nadie le importará la manera como abrazó su vocación. Y es triste que así sea. Lo pienso y lo escribo, mientras empiezo a escuchar la eterna música arrabalera que a esta hora viene de las cantinas del puerto.

24

—Su conductor quedó muy sorprendido cuando le dije que usted regresaría a Florencia en helicóptero —le comenta el coronel Villalba, mientras caminan al helipuerto que está al lado de la base, frente a un paisaje donde apenas los primeros rayos de sol empiezan a disipar la niebla de la madrugada.

Martín se sorprende:

—¡Caramba, me había olvidado de él por completo! —exclama, recordando al hombre pequeño y taciturno que dos días atrás lo había llevado hasta Cartagena del Chairá; el mismo que, al lado suyo, en el jeep, los ojos fijos en la carretera, le iba contando su vida y sus miserias en aquella región. Asaltado por una repentina inquietud, Martín se vuelve hacia el coronel—. ¿No correrá riesgos? Después de lo que usted me ha contado...

Villalba mueve la cabeza:

—Ellos no pierden tiempo con un simple conductor —contesta con un destello travieso en los ojos, el mismo con que en tono de broma suele responder a sus dudas e inquietudes—. Otra cosa sería si usted volviera con él.

—No veo qué puedan ganar conmigo —murmura Martín con humor.

—Un rescate, ¿por qué no? O un secuestro como castigo a un periodista que deben ver como un agente del imperialismo, un enemigo de la revolución —se ríe Villalba.

El aire, como nunca, tiene un denso olor a humedad, algo que parece a la vez rezago de la neblina nocturna y respiración de la selva cercana; un aire fresco, matinal, sin asomo aún del calor que se abatirá sobre aquella inmensa región cuando avance el día. El coronel camina a su lado por el polvoriento sendero con un paso rápido y enérgico como si tuviese mucha prisa o se hallara al frente de una tropa que condujera al combate. Martín lo observa de soslayo. El uniforme de camuflaje y las botas bien lustradas parecen tan impecables como su rostro. Limpio, voluntarioso, afeitado con un cuidadoso esmero, recibe un primer rayo de sol. «Debe tomar una ducha helada a las cinco de la mañana, como en sus tiempos de cadete», piensa Martín. Supone que es el clásico militar forjado en una disciplina de hierro, acostumbrado desde siempre a recibir y a cumplir las órdenes de sus superiores y a impartirlas con la misma firmeza a sus subordinados. Su mundo no debía salir nunca de los linderos castrenses. No debía conocer otro. Las inquietudes que llegaba a expresarle Benjamín con frecuencia debían ser vistas por él y por sus compañeros como problemas que pertenecían a los políticos, una especie ignorada y probablemente despreciada por ellos. Lo suyo, en el más honorable de los casos, era sólo servir a la patria combatiendo. Un día llegaría a general si es que, con el apoyo de los altos mandos y de una hoja de servicios bien valorada por ellos, una hoja de vida donde quedarán registradas las bajas infligidas al enemigo, podía seguir los cursos que le permitirían alcanzar el máximo grado militar. Así eran las reglas de su oficio y de su vocación. «Y pese a tener esta visión muy ortodoxa de su carrera, distinta a la de Benjamín, había sido un buen amigo suyo», se dice Martín comprensivamente mientras camina al lado de Villalba, con el mismo paso seguro y rápido que lleva su acompañante. Benjamín era harina de otro costal. De haber vivido, tal vez no habría llegado a alcanzar el grado de general. Para sus superiores, recuerda Martín, era un aguafiestas, el oficial que cuestionaba siempre sus planteamientos estratégicos. El trabajo de Benjamín no buscaba el éxito en las operaciones estrictamente militares. Frente al cadáver de un joven guerrillero muerto, debía ver ante todo al niño campesino reclutado a la fuerza o arrancado a su familia, y por lo tanto no experimentaría ningún sentimiento triunfal, sino una amarga decepción por no haber alcanzado a desmovilizarlo. «Mi hermano era un místico», murmura para sí Martín con los ojos fijos en la aún tenue luz del sol que se vislumbra a través de los últimos retazos de niebla, al otro lado del río. Un apóstol. *«No ha muerto...»*, recita, pues de pronto le ha llegado a la memoria un poema escrito por García Márquez a los diecisiete años de edad; un poema que encontró en un periódico de provincia y que desde entonces guarda en alguna carpeta: «*No ha muerto. Ha iniciado / un viaje atardecido. / De azul en azul en azul claro / —de cielo en cielo— ha ido por la senda del sueño / con su arcángel de lino...»*

A su lado, la voz del coronel Villalba interrumpe sus pensamientos:

—Ahí está el helicóptero, ya llegó —dice señalándole el campo a cuyo lindero acaban de llegar, seguidos por un soldado que lleva la maleta de Martín.

Visto de lejos, el helicóptero parece diminuto, casi imperceptible porque su color es el mismo verde camuflado de los uniformes y el del campo que le sirve de pista. De lejos, sólo logra advertirse el círculo de ladrillos blancos trazado en torno suyo, pero no la H también blanca y diseñada en el centro del círculo sobre la que se ha posado, la misma que la víspera Martín vislumbrara desde el aire cuando se acercaban al helipuerto con los altos oficiales llegados de Florencia. El aparato acaba de aterrizar porque todavía giran sus aspas cortando el aire con un sordo y vertiginoso rumor y levantando ligeras nubes de polvo. Algunos soldados se mueven en torno.

Mientras avanzan hacia allí, el coronel le pregunta a Martín si se propone regresar pronto a Roma. Él no sabe qué responder. Tarda en hacerlo, mientras se pregunta si realmente se ha cumplido el propósito de su viaje. Algo le dice que no es así, le resulta difícil desprenderse de una realidad que apenas ha empezado a explorar.

—Tal vez deba quedarme algunos días más —responde evasivamente—. Puedo escribir algún informe sobre esta guerra olvidada en Europa. O mejor, desconocida.

—No sólo en Europa. También en Bogotá —comenta con sorna Villalba.

—También en Bogotá —admite Martín divertido, recordando el almuerzo al que días atrás lo había invitado Margarita Vélez: la casa en lo alto de una colina, el lago, los cisnes y los chismes que revoloteaban sobre la mesa, a la hora del postre, para excitación de los hombres y mujeres invitados. Intenta agregar algo, pero se calla al descubrir que la atención del coronel se ha desviado con una expresión preocupada hacia un vehículo blanco, una ambulancia, que se aproxima por una estrecha carretera trazada en medio de la pista hasta el lugar donde se encuentran.

—Me temo que va a tener una triste compañía —le oye murmurar.

—¿Soldados heridos? —pregunta Martín.

—No, ellos, finalmente, fueron remitidos ayer a Florencia. Éste es otro caso: una campesina que pisó una mina. Discúlpeme —se excusa Villalba, viendo que la ambulancia acaba de detenerse a pocos metros. Se aproxima, cruza dos palabras con el conductor y luego les hace una seña a dos soldados que se encuentran cerca del helicóptero.

Del vehículo desciende un hombre moreno y escuálido acompañado por un niño de unos cinco años de edad. Ambos parecen observar con idéntico estupor el lugar donde se encuentran, especialmente el aparato cuyas hélices siguen girando con apremio. «Campesinos», se dice Martín examinando su aspecto y su indumentaria, antes de advertir las pequeñas heridas que tanto al uno como al otro les salpican la cara. Su atención se desvía hacia la camilla que los soldados con torpe lentitud acaban de sacar de la ambulancia, acompañados por una enfermera vestida de blanco que mantiene en alto una bolsa de suero. El hombre y el niño que lleva de la mano vienen detrás de ellos caminando con una asustada lentitud. Cuando pasan a su lado, con algo de cortejo fúnebre en su andar, Martín descubre la cara ancha y morena de la campesina que llevan en la camilla. No fija su atención en nadie. Mira hacia lo alto, hacia el cielo, absorta, como si estuviese rezando. Parte de la sábana que la cubre está manchada de sangre. Al entrar dentro del círculo de la pista, una racha de viento levantada por las aspas del helicóptero remueve la sábana y Martín descubre con un estremecimiento de horror una pierna de carnes rojas y abiertas como rasgadas por el cuchillo de un matarife. En medio de esa masa que sólo podía resultarle familiar a un cirujano o a un carnicero, un trozo de hueso se ofrece impúdicamente a la vista. Pequeñas pinzas parecen seguir el rumbo de las venas para impedir que sangren.

Cuando la mujer herida ha quedado instalada dentro del helicóptero, el coronel se aproxima a Martín con una expresión de desaliento.

—Nada que hacer —comenta—, esa pierna van a tener que amputarla. Y no en Florencia, sino en Bogotá, en el Hospital Militar. Pero es mejor que usted tome en Florencia un avión de línea, porque este viaje resulta muy incómodo. Se han retirado las sillas para darle cabida a la camilla. Y usted tendrá que ir sentado en el suelo y, de pronto, sosteniendo la bolsa del suero porque la enfermera se queda aquí. ¿Le molesta? No quisiera dejarle esa tarea al marido.

—No se preocupe, coronel. Me hago cargo de esa misión.

—El marido es el campesino que usted vio pasar con el niño. Ambos recibieron esquirlas en la cara y en el cuerpo, que ya un cirujano se las extrajo, una por una. Ya le contará cómo fue la cosa. Pobre hombre —comenta el coronel—. Va a Bogotá como usted iría a la selva. No tiene un peso. Si su hermano estuviese vivo, ya le habría organizado una colecta, como la que organizó alguna vez en la Macarena para que los niños que padecían hambre no sufrieran más esta desgracia. —Mueve la cabeza con una expresión risueña—. Benjamín no tenía remedio.

—No lo tenía —suspira Martín con una repentina pesadumbre. Pero se sobrepone a ella y cambia de tono—. Coronel, no deje de comunicarme cualquier novedad sobre... —vacila un instante— sobre el caso de mi hermano.

—Así será —responde Villalba extendiéndole la mano con una amistosa expresión—. Lástima que nos hayamos conocido en estas circunstancias, Martín. Ahora suba usted. Lo están esperando.

De nuevo el río, su ancha cinta amarilla; de nuevo la selva extendiéndose, infinita, debajo del aparato que está cobrando altura. «Tu mundo, Benjamín —piensa Martín, observando aquel paisaje que siempre parece el mismo—; tu mundo, tan lejano del mío, el que me espera al otro lado.» Es extraño, pero experimenta la sensación de haberse despedido al fin y para siempre de su hermano. Sentado en el suelo, al lado de la camilla que ocupa, de un extremo al otro, todo el espacio central de la cabina destinado a los pasajeros, tiene un codo apoyado en su rodilla derecha y a la altura de su cabeza mantiene la bolsa de suero. La mujer lo contempla en silencio con aire agradecido. La sábana manchada de sangre le cubre las piernas. El esposo y el niño permanecen, en silencio, sentados al otro lado con el mismo aire de temor y perplejidad con que descendieron de la ambulancia.

Martín decide romper aquel silencio.

—Cuénteme —le dice al hombre, levantando la voz para dominar el ruido de las aspas que en lo alto rasgan continuamente el aire—. ¿Qué les sucedió a ustedes?

—Mala suerte, doctor —comenta el campesino moviendo la cabeza—. Pura mala suerte —repite—. Todo fue culpa de la lluvia.

—¿De la lluvia? —se sorprende Martín.

El niño alza la cara cubierta de pequeñas heridas y observa con atención a su padre como si esperara también su respuesta.

—Sí, doctor —dice el hombre—, el aguacero nos desvió el camino. Veníamos caminando hacia el pueblo ayer a mediodía cuando se largó a llover. Y ella —señala a su esposa que ha vuelto la mirada hacia él— decidió que nos íbamos a empapar. Echó a correr. Y nosotros, el niño y yo, detrás.

—No quería que esta criatura se mojara —murmura de

pronto la mujer dirigiéndose a Martín con una voz dolida y ronca—. Tenía tos.

—¿Hacia dónde corrieron? —pregunta Martín.

—Hacia una escuelita que ahora está medio cerrada —contesta el hombre—. Estaba ahí no más, cerca al camino que lleva al pueblo, en un alto. Ella, mi mujer, iba adelante corriendo y yo más atrás porque el niño no puede correr tanto, cuando oímos la explosión. Ella cayó y al mismo tiempo sentimos en la cara una granizada como de piedras o tachuelas y quedamos empapados en sangre. La sentíamos en la boca, nos hacía cerrar los ojos dejándonos ciegos.

—Una mina —murmura Martín.

—De esas que les ponen a los soldados.

—¿Pero por qué ahí, en una escuela? —quiso saber Martín.

—Porque es un lugar donde a veces acampan los soldados cuando salen a patrullar.

Durante un largo rato permanecen en silencio, escuchando el ruido de las aspas que parecen rasgar el aire sobre sus cabezas.

—Yo qué iba a saber —murmura de pronto la mujer como disculpándose. Se le han humedecido los ojos.

—La llevan a Bogotá, me lo dijo el coronel Villalba. Allá hay buenos médicos —le dice Martín sintiendo él mismo que es un consuelo irrisorio.

—Y lo malo es que yo mismo no sé dónde voy a quedarme con el niño —dice el hombre.

—Seguramente en el mismo Hospital Militar adonde la llevan.

—Pues parece que no. Sólo pueden hacernos una revisión, si es necesario. Pero sin derecho a quedarnos ahí. Y lo malo es que no conocemos a nadie, ni tenemos con qué pagar una pensión.

—Por eso le dije que se quedara en el rancho —le reprocha la mujer.

El campesino la contempla un instante. Mueve la cabeza y murmura como para sí mismo:

—No podíamos dejarla sola.

—No se preocupen —se apresura Martín a tranquilizarlos—. Les doy mi teléfono en Bogotá. Me llaman y buscamos la manera de arreglar ese problema.

Tanto el hombre como la campesina lo contemplan con agradecido asombro.

—¡Que Dios le pague! —susurra ella.

El campesino lo examina con intrigada curiosidad, como si lo viera por primera vez:

—¿Cómo es que se llama el doctor?

—Martín Ferreira.

—¿Algo de mi coronel Ferreira? —indaga el campesino.

—Era mi hermano. ¿Usted lo conocía?

—¡Quién no! —exclama la campesina como si debiera informarlo de algo obvio para todo el mundo.

—¡Quién no! —repite el hombre—. El coronel entraba en el rancho de uno, destapaba una olla como si estuviese en su propia casa y sólo con eso ya sabía si estábamos pasando trabajos. Así como se lo digo. —Se queda en silencio antes de agregar quedamente—. Un hombre muy bueno. Por eso nos lo mataron.

Martín lo mira con sorpresa, pero no dice nada.

25

Hace rato que contempla la luz del crepúsculo en los cerros de Bogotá con una secreta congoja, algo que ahora le irrita porque sabe que ella tiene un nombre: es la soledad, una soledad que en otro tiempo, cuando era joven, parecía ennoblecida por el destino de poeta errante que creía haber elegido, pero duras aristas que lo acompaña adonde vaya, quizá por la imposibilidad de echar raíces definitivas en un lugar y permanecer, como todo el mundo, encerrado y protegido en un círculo de afectos estables. «El hecho es que vaya donde vaya soy un ave de paso», piensa Martín con humor. Donde se encuentre, incluso en París, incluso en Roma la ciudad que más ama. A veces teme que la poesía sólo haya sido, en su caso, una coartada para cubrir con un halo de atractivos colores una situación visceral de inadaptado. Algo de eso parecía pensar su hermana Raquel. Se lo había insinuado aquel día, luego de regresar de su viaje al Caquetá y de contarle lo que había puesto en claro sobre la muerte de Benjamín. «Tanto a ti como a él les faltó siempre un polo a tierra», le había dicho ella, mientras tomaban un café en la sala de su casa, después del almuerzo. «Los dos han vivido desde muy jóvenes persiguiendo sueños», le había dicho también. «El de Benjamín acabó matándolo. Y el tuyo, el de vivir siempre del timbo al tambo, es un disparate. Lo que necesitas es una mujer distinta a la que perdiste —dijo y enseguida pareció arrepentirse de haber mencionado algo de lo que nunca hablaban; así que luego de una vacilación, recobró su ímpetu natural para decir de una manera muy suya, rotunda—: una mujer con los pies bien puestos sobre la tierra.» «¿Una mujer como tú?», le había preguntado él con algo de risa. «Exactamente, una mujer como yo», había contestado ella. La verdad es que Raquel no se perdía en ensoñaciones. Había sido siempre muy realista, admirable. De la realidad extraía lecciones; cada paso que daba en la vida era sabiamente calculado; ambición y disciplina se conjugaban en ella con una perfecta sincronización de modo de no extraviarse en sueños irrealizables ni resignarse tampoco al modesto destino de los que nada arriesgan. Sabía hasta dónde se puede llegar y hasta dónde no. A cada problema, a cada situación, le buscaba una respuesta de manera casi instintiva, siempre imperiosa. Después de saber cómo había muerto Benjamín y la manera cómo habían desaparecido quienes cumplieron la misión de asesinarlo, en vez de suspirar y de condolerse ante esta fatalidad, pensó de inmediato en ofrecer una recompensa, a través de la emisora del Caguán, a quien diera informes sobre ellos, los asesinos. «Es seguro que de esa manera los atrapamos», había dicho. Y luego, le había contado cómo había dispuesto todo para que la esposa de Benjamín y sus dos hijos quedaran debidamente protegidos. Dicho esto, estaba convencida de que el sacrificio de Benjamín había sido inútil. «La guerrilla y el narcotráfico sólo desaparecerán el día que se legalice la droga», le había dicho. «Sin la plata que hoy les da ese negocio, sucumben.» Entretanto, todo lo que había que hacer era cuidarse. Por eso tenía escoltas, un auto blindado con vidrios oscuros. «Lo demás es jugar con fuego», decía. «Admirable hermana, una real luchadora», piensa Martín, mientras percibe la luz dorada que ilumina con un último resplandor la cima de los cerros. Siempre le ha atraído la fuerza de su carácter. «Nada es capaz de derrotarla», piensa también, a sabiendas de que ella debe medirlo con su vara de valores y por ello mismo con algo no de menosprecio sino de lástima, como quien percibe en alguien muy cercano a sus afectos una dolencia irreparable. Nunca ha entendido por qué él se obstina en vivir en Europa cuando allí no tiene familia, ni raíces, ni negocios, ni rentas. Lo cierto es que no compartía su mundo ni él el de ella, un mundo de empresarios emergentes y ambiciosos modelado por el mismo empeño de encontrar nuevas modalidades de hacer dinero. Tampoco nada tenía que ver Raquel con el destino elegido por Benjamín. Aún debía de creer —piensa Martín— que mejor le habría ido al hermano ahora desaparecido aceptándole a ella un puesto que una y otra vez, según parece, le había ofrecido en su empresa de transportes. Habría llevado una vida activa y segura, habría tenido una casa propia, autos, buena ropa, vacaciones en Miami o las Antillas y un porvenir similar para sus hijos. Eso debía pensar Raquel, sin entender para nada la misión que Benjamín se había impuesto y que él ahora estaba descubriendo en su real y sorprendente dimensión. En fin, cada cual había erigido su orden de valores; cada cual había hecho su apuesta, seguido su propio camino. Tres mundos muy distintos. «¿Cuál ha sido el mío?», se pregunta de pronto Martín sintiendo de nuevo infiltrarse en su ánimo una vaga desolación que lo inquieta. ¿Sobrevivirán sus versos? De ellos sólo se acordaban, en su país o en España, algún extraviado editor de antologías, algún crítico, algún profesor o profesora de letras que recordaran el premio recibido años atrás en Cuenca y guardara sus libros sin prestarle atención o dejando de lado, como cosas sin importancia, las crónicas de prensa a las cuales debía ahora una reputación internacional.

«Caprichos de la vida», acaba murmurando Martín, a tiempo que se aparta del ventanal para encender una lámpara, pues el salón donde se encuentra empieza a quedar en la oscuridad. «¿Qué hacer?», se pregunta ahora. Siempre le ha parecido que aquélla es una hora esquiva e incierta en Bogotá. Luego de un brevísimo crepúsculo, cae la noche de repente sin dejar que el día muera con lentitud sobre las calles y terrazas de cafés; no hay allí un espacio entre el día y la noche, como en Europa, para diálogos en torno a un aperitivo antes de la cena. En Bogotá, lo ha visto, el regreso a casa es dispendioso por culpa de los embotellamientos de tráfico, y el único refugio del alto mundo social son los cócteles para presentar libros o inaugurar una exposición de arte donde siempre los mismos personajes intercambian saludos y bromas o sonríen de idéntica manera ante los fotógrafos de la prensa. «Sumarme a eso es lo que menos deseo», piensa Martín, recordando las invitaciones que le ha entregado Raquel luego de su regreso del Caquetá. Tampoco nada le dice beber una ginebra a solas mientras hojea un libro o se refugia en su cuaderno de notas, como lo ha hecho desde su llegada. «No, no quiero ser un alcohólico —se dice—. Hay mejores remedios para la soledad.» De pronto, explorando otras opciones como quien busca una evasión para no sentirse oprimido, recuerda a Margarita Vélez y decide llamarla por teléfono.

Le sorprende reconocer casi de inmediato su voz al otro lado de la línea.

—¿Martín? ¡No puedo creerlo! —exclama con un asombro sincero—. Creí que te habías regresado a Roma sin tomarte el trabajo de decirme adiós. Los trotamundos como tú son así.

La alegre y coqueta vivacidad que percibe en su voz le devuelven a Martín por un instante la imagen que ha guardado de ella, la lumbre a veces traviesa de sus ojos, su aura atrayente, muy femenina.

—¿Quieres la verdad? —dice, sin poder evitar un vago apremio en alguna parte recóndita del corazón—. Lo único que me interesa en este momento es verte.

—¿Sólo en este momento? —pregunta ella con aire de burla.

—No sigas, o acabo haciéndote confesiones indebidas. Por lo pronto quisiera saber si tienes algún compromiso esta noche. Me gustaría invitarte a comer.

Ella parece dudar.

—A ver, tenía uno —dice al fin—, pero no pienses mal —se apresura a añadir—. No es con un caballero, sino con unas amigas que me invitan para jugar con ellas una partida de *bridge*.

—Dicen que es un excelente ejercicio para la memoria —comenta él—. ¿No podrías dejarlo para otro día?

Ella se echa a reír.

—Caramba, te estas volviendo peligroso. ¡Voy a tener que excusarme con alguna mentira!

Guarda silencio unos instantes y luego, bajando la voz, con un aire de sigilosa complicidad, le dice:

—¿Te espero a las ocho?

Martín cuelga el teléfono con una inquietud extraña, como si estuviese entrando en una zona de amores prohibidos, la misma que experimentaba a los dieciocho años cuando debía encontrar a Gisèle Santamaría. «No tengo remedio —piensa—, sigo siendo un adolescente.»

—¿Dime qué quieres oír? Tengo música francesa, la que alguna vez oímos en París. Jacques Brel, Mouloudji, Gainsbourg...

—Cualquiera de ellos va bien —contesta Martín desde el sofá donde se encuentra, al pie de una ventana que deja ver un vasto panorama nocturno del norte de Bogotá salpicado de luces hasta la remota línea del horizonte.

—Sírvete un whisky. El hielo está en el balde que tienes delante, en la mesita. También el agua.

En la penumbra que dejan las pantallas del salón, Martín la observa. Está de pie, frente a un equipo de sonido discretamente colocado entre los libros de una estantería. Alta, delgada, con una bonita blusa de algodón color lila y una falda en seda que moldea ligeramente su silueta cuando se mueve, Margarita parece haber creado en torno suyo un escenario refinado.

Las notas de una canción francesa empiezan a escucharse en el salón.

—¿Adivinas cuál es? —pregunta ella aproximándose al lugar donde él se encuentra. Se detiene frente a él, atenta a la canción mientras juega con su collar de perlas—. *Je t'aime, moi non plus* —repite en voz baja las palabras que escucha en ese momento, fijando en él la mirada como si estuviese haciéndole una confidencia.

—De Serge Gainsbourg —confirma Martín.

—Estuvo hace años de moda en París. ¿La recuerdas? Se oía en todas partes.

Cuando toma asiento en la silla que está al lado del sofá, él percibe su perfume, un discreto y evocador aroma de jazmín, que a Martín le recuerda de pronto los jardines de Roma. El halo de luz indirecta de la lámpara que se encuentra junto a la silla le ilumina parte del rostro dejando la otra en un sugerente claro oscuro como en una pintura renacentista. Un fino resplandor dorado le acentúa la suave ondulación de sus cabellos color caoba, el mismo de sus ojos. Hay en ellos, en la lumbre que de pronto los anima, en los rasgos visibles de su cara y en el diseño de las piernas que acaba de cruzar, un atractivo al cual ningún hombre puede permanecer tranquilo, piensa Martín. Ninguno, y aún menos los europeos que, acostumbrados a convivir con mujeres tan activas, claras y directas como ellos, debían verla como dueña de encantos exóticos en su mundo, algo que generalmente asociaban a una seductora imagen de la mujer sudamericana, a un *charme* que todavía no se había perdido en los trópicos.

De pronto su mirada encuentra la de ella, que parece observarlo con curiosidad.

—Me gustaría saber qué estás pensando... —dice.

—Bueno, pensaba en el éxito que una mujer como tú debe tener en París. Aquí también, claro. Sólo que quizá te resulta difícil vivir en esta ciudad.

—¿Por qué lo dices? —se sorprende ella.

—Bonita, sola, separada... Debes provocar estragos.

Los ojos de ella fulguran con un destello de divertida complicidad.

—La verdad es que no me dejan en paz.

—¿Ellos?

—Jóvenes o viejos, solteros, casados o divorciados. Siempre piensan que conmigo pueden conseguir algo, no sé por qué. O tal vez sí, porque soy dos veces divorciada, viví en Francia y suelo ir sola a almuerzos y cócteles. Todo eso debe ser visto por ellos como señas propias de una mujer fácil. Y lo peor es que mis propias amigas me miran con recelo como si fuera a quitarles el marido. Les preocupa mucho que no tenga un hombre a mi lado. Estarían más tranquilas si estuviera casada.

—Seguro —admite Martín—. Y no debes tener mayor interés en casarte de nuevo —agrega, sin sombra de duda, con un aire de certeza que a ella le sorprende.

—¿Eres brujo? Pues sí, no creo que pueda convivir con un

hombre después de dos experiencias tan frustrantes como las que tuve. —De pronto su voz tiene un tono de íntima complicidad—: ¿Sabes una cosa? Un hombre en un lugar como éste ocuparía demasiado espacio. No puedo imaginar su crema de afeitar al lado de mis artículos de tocador, ni sus calzoncillos en el suelo, ni sus ronquidos de borracho al lado de mi almohada, como me ocurría con Jaime, mi primer marido. —Observa a Martín con una brizna de inquietud como esperando en él una reacción escandalizada—. ¿Será que estoy necesitando un psiquiatra?

Martín se echa reír.

—No creo. —La examina por un instante con un intrigado interés como si detrás de la imagen algo convencional que se había hecho de ella empezara a aparecer una personalidad que no esperaba—. Simplemente buscas algo que debe ser difícil en este medio: ser libre. —Y sin saber por qué, casi a pesar suyo añade como si hablara consigo mismo—: Ha sido también mi caso.

Ella lo examina, curiosa:

—Nunca cuentas mayor cosa de tu vida.

—No creo tener muchos secretos.

—¿Casado?

Martín intenta dominar una vieja aprehensión que siempre le provoca esa pregunta.

—Lo estuve, sí. Me casé con una muchacha suiza. —Y apenas deja caer estas dos últimas palabras le parece encontrar la imagen de Irene cuando la vio por primera vez en su casa de las afueras de Berna, bella, rubia, absorta, al lado de un ventanal que da a un jardín, en la penumbra de aquella biblioteca de sus padres donde pasaba todo su tiempo.

—¿Cuánto tiempo estuviste casado con ella?

—Siete años.

—Y te separaste de ella, claro —dice Margarita como algo que diera por sentado de antemano.

—No. Ella murió.

Aunque lo dice sin dramatismo, como si estuviese dando un

informe al registro civil, un aire frío cruza entre los dos y los hombros de ella como tocados por una repentina descarga eléctrica se estremecen.

—Lo siento —murmura quedamente.

Martín reacciona, incómodo, como si hubiese librado de improviso un secreto muy íntimo.

—Algún día te hablaré de ella, de Irene. No, no fue, por fortuna, una experiencia como las tuyas. Las tuyas —agrega— acabarás olvidándolas o mirándolas como algo muy ajeno a ti. Pero no hablemos de cosas tristes. —Martín mira su reloj—. Van a ser las nueve de la noche. Dime, ¿adónde vamos? Elige tú el restaurante. No me importa tanto la comida como el ambiente. Algo agradable, no muy ruidoso.

Ella se anima:

—Sí, conozco uno realmente encantador. Termina tu whisky, mientras yo llamo para reservar una mesa.

—¿Te acuerdas de Usaquén? —le pregunta Margarita, luego de dejar su automóvil en un aparcamiento y avanzar a su lado, por una calle estrecha, de casas antiguas, de una sola planta, hacia una plaza que él reconoce de inmediato.

—Bonita sorpresa —dice, deteniéndose un instante para contemplarla. Advierte que le han hecho algunos arreglos: bancas, faroles, ladrillos, sin que por ello haya dejado de ser una plaza de pueblo, con su vieja iglesia al otro lado y las casas convertidas en restaurantes, las cuales antes ocupaban antiguas familias—. En mis tiempos de estudiante —agrega Martín— estaba en las afueras de Bogotá.

—Ahora es un barrio, pero no ha perdido su encanto —responde ella echando a andar—. Ven —se acerca a él ofreciéndole su brazo—, vamos a cruzar la plaza, despacio y muy juntos. —Lo mira con un destello travieso en la mirada—. Como si fuésemos dos enamorados de otra época.

Tomándola por el brazo, Martín no puede evitar un confuso estremecimiento que lo perturba. No sabe si es su perfume o el roce ligero de su cadera lo que la hace de pronto muy íntima, muy próxima, frágil y femenina. «Qué bella es», se dice, observándola de soslayo en el lánguido resplandor de los faroles que iluminan la plaza.

Luego de doblar una esquina, se encuentran frente al restaurante, que tiene un nombre italiano y un portero uniformado en la puerta. Cuando entran, los envuelve una densa penumbra, pues no hay más iluminación que las velas encendidas en las mesas.

Margarita se detiene para saludar a una pareja que encuentra a la entrada.

—Eres muy conocida en todas partes —le comenta Martín en cuanto toman asiento.

—En esta ciudad no hay manera de pasar de incógnita —dice ella con una sonrisa.

Cuando el maître les pregunta si desean un aperitivo antes de revisar la carta, Martín le propone a Margarita ordenar de una vez un vino italiano, el Brunello de Moltalcino, que solía pedir en Roma.

—Sí, me gusta que pidas vino y no un whisky más —le advierte ella—. El whisky me trae malos recuerdos.

—Tu primer marido —aventura él como si respondiera a una adivinanza.

—Si pedía uno, no podía pedir después otra cosa. Un whisky, luego otro y otro más. No paraba.

—Alcohólico. ¿Por qué te casaste con él?

—Porque eso lo descubrí muy tarde, cuando ya estaba casada. Antes, de novia, sólo lo veía como un hombre muy divertido, buen mozo, con éxito entre las mujeres. Nos encontrábamos en el Country todos los domingos. Jaime era el clásico simpático de la fiesta.

—Y tú, seguramente, la muchacha más atractiva.

—Bueno —admite ella con humor—, eso decían todos. El nuestro fue algo así como un matrimonio dinástico. Respondía a las expectativas de su familia, de la mía y de todos cuantos nos rodeaban.

—Ya veo —asiente Martín, y en su memoria le parece encontrar las jóvenes parejas de sociedad que veía en casa de don Julio Herrera, cuando trabajaba allí de camarero. De entonces a hoy, piensa, los límites de ese mundo debían seguir siendo los mismos, estrechos y exigentes. También los apellidos, sus clubes y probablemente los barrios donde vivían. El único cambio real debía relacionarse con el sexo. En algún momento los viejos tabúes que obligaban a las muchachas a llegar vírgenes al matrimonio se vinieron abajo.

Decide preguntárselo a Margarita:

—¿Eras virgen cuando te casaste?

Ella no logra disimular una expresión escandalizada.

—Esa pregunta he debido prohibírtela —le dice en un tono de reproche, pero con un brillo de risa en los ojos.

—¿Por qué? —replica Martín, extrañado—. La verdad es que no me gusta ser cauteloso contigo. Lo que pienso te lo digo, ¿no es mejor?

La llegada del maître los interrumpe. Trae una botella de vino envuelta en una servilleta. Descubriéndola, se la presenta a Martín. Luego de poner dos dedos de vino en su copa, espera su aprobación; una vez obtenida, le sirve a Margarita.

—Bueno, brindemos por este encuentro —dice Margarita tomando su copa. Bebe un sorbo, y luego, mirándolo con un brillo travieso en los ojos, le pregunta en un tono confidencial—: ¿Me confieso contigo?

—Hazlo, es mejor —la anima Martín.

—Pues sí, era virgen cuando me casé con él. —Se detiene un instante con una expresión inquieta, como asediada por un mal recuerdo—. Y fue un error, ahora lo comprendo. Un error, sí. A esa experiencia tan definitiva en la relación con un hombre, no puede uno llegar como llegué yo, asustada, ignorante.

—Tienes razón.

—Fue horrible —murmura ella en voz baja.

—¿Por qué?

—Él había bebido mucho. Y... no sé qué decirte. Así deben

hacerlo los caballos con las yeguas en celo. De una manera brutal, sin precauciones, con un machismo primario.

A Martín le llega el recuerdo de Gisèle Santamaría, la primera vez que él hizo el amor con ella, en su cuarto de estudiante del Hotel Madison de París. *Doucement*, le ordenaba ella en voz baja. *Doucement*.

Margarita lo observa, inquieta, como explorando en él la reacción de sus palabras:

—No sé por qué te cuento esto —murmura, ruborizándose.

—Me lo cuentas porque te lo pregunté —la tranquiliza Martín—. Y ahora deja de preocuparte y ocupémonos de lo que pediste como entrada.

El camarero, en efecto, ha llegado a la mesa trayendo dos platos de un carpaccio de pescado.

Sólo más tarde, cuando están a punto de terminar el segundo plato, Martín le pregunta cuánto tiempo duró su primer matrimonio.

—Demasiado, cinco años y medio. Si no acabó antes, fue por el nacimiento de Tomás, nuestro hijo, y por una cura antialcohólica que intentó Jaime. Sin éxito. Ya te lo dije, Jaime prefirió continuar casado con el whisky y no conmigo.

—¿Pedimos más vino?

—No, porque si no la alcohólica voy a ser yo. Pide para ti. O mejor no —recapacita ella con una repentina vivacidad—. Te ofrezco después un coñac en casa.

—Lo que tú digas. Pero antes, quítame una curiosidad: ¿Qué pasó con tu segundo matrimonio?

—Otro error —explica ella con un gesto de cómica exasperación—. Aburrido. Lo opuesto a Jaime, a lo mejor por eso me casé con él. Serio, muy formal, muy educado, muy francés, con título nobiliario, lleno de normas y principios.

—¿Dónde lo conociste?

—En París. A esa ciudad nuestra volví después de mi primer divorcio, ¿no lo sabías? Para entonces tú, perfecto trotamundos, vivías en Madrid o ya en Roma, nunca lo supe. Gisèle Santamaría, la novia de tus más lejanos recuerdos, me alojó en su estupendo apartamento de la Avenue Foch. Y fue ella la que creyó hacerme un gran favor presentándome a Grégoire; ella se empeñó en mostrármelo como el hombre que me convenía.

—Y no fue así, claro.

—Supongo que para una mujer distinta a mí, habría sido el marido ideal. Un hombre *très comme il faut*. Todo en él estaba previsto, regulado por horarios y ceremonias inmodificables. Los mismos gestos y gustos, los mismos lugares, amigos y programas. Me encontré encerrada en su mundo familiar, siempre obedeciendo a lo dispuesto por su madre. Me tocaba adaptarme, hacer de camaleón para no desentonar en ese mundo suyo. Empecé a sentir que me asfixiaba. También mi hijo, Tomás, que era aún pequeño. Quería volver a Bogotá. Pues bien, un día viajé a Colombia supuestamente para ver a mis padres... y me quedé. Y así acabó todo. —Le dirige a Martín una mirada inquieta—. Dime la verdad, ¿seré demasiado loca como algunos dicen? El caso es que no veo cómo puedo arreglar mi vida. Pretendo algo imposible: vivir con cierta independencia...

—Sin cremas de afeitar al lado de tus artículos de tocador...

Ella se echa a reír.

—Exactamente, pero no por ello ser lo que aquí llaman una mujer libre, es decir, una mujer que vive de aventura en aventura, sin importarle los escándalos que suscita. Algo así como *une femme fatale*. Ésa no soy yo, no quiero o no puedo serlo. A lo mejor es que no he logrado sintonizarme de verdad con los nuevos tiempos. ¿Lo crees?

Martín mueve la cabeza.

—No, no te veo así. Por lo que cuentas, me parece que has buscado tu independencia sin caer en el sometimiento a las normas tradicionales, pero tampoco en el desafío. Lo malo... —empieza a decir, pero de pronto, pensando que entra en un terreno imprudente, resbaladizo, prefiere callar.

Ella se lo impide:

—Lo malo... —repite, invitándolo a seguir.

—Bueno, te lo digo —vacila un instante, y luego repite—: Sí, te digo lo que pienso. Uno es realmente libre cuando puede decidir su destino y establecer sus líneas de conducta sin la interferencia de otros. Y, en tu caso, lo malo es que tanto en Bogotá como en París has vivido en mundos muy selectivos que te imponen conductas de representación. Te mueves en una especie de escenario donde o juegas el papel de la buena esposa convencional o te toca ser la mujer traviesa que colecciona hombres y aventuras.

Margarita guarda silencio, como si estas palabras removieran en ella alguna inquietud recóndita.

—De pronto tienes razón —murmura en voz baja—. La verdad es que uno vive aquí en un mundo pequeño que sigue cada paso tuyo. Sí, como en un teatro. —Y de pronto alza hacia él los ojos con un aire intrigado—. ¿Fue eso lo que te movió a hacer tu vida en Europa?

Martín cavila antes de responder. Vuelve atrás, en sus recuerdos.

—Tal vez sí —admite—. Cuando era muy joven, no sabía realmente dónde ubicarme, qué camino seguir. En el mundo tuyo, el de la alta clase bogotana, habría sido un advenedizo. Estaba fuera de lugar por mi origen. Pero tampoco podía ser un campesino como mi padre. Su mundo no era el mío. Y nada me decía seguir una carrera de abogado, como me recomendaba el tío que se hizo cargo de mí, y pasarme luego la vida revoloteando en juzgados y notarías. —Se echa a reír—. Supongo que era un inadaptado total. Tal vez como rechazo a todos esos posibles escenarios, un día me paré en el Pont des Arts y juré quedarme allí, en París, pasara lo que pasara.

Los ojos de ella, fijos en él, tienen ahora un extraño resplandor como si hubiese sido sorprendida por algo íntimo, inesperado, surgido del fondo mismo de su propia conciencia.

—Es muy extraño lo que me sucede contigo —susurra al fin en el tono de una confesión que a ella misma la dejara perpleja—. Es como si por primera vez pudiera ser yo misma con un hombre, sin ocultar nada.

En la luz oscilante de la vela encendida delante de ellos, sus rasgos parecen diseñados con una extraña perfección. «Qué bella es», vuelve a decirse Martín, y algo que no acierta a comprender, algo que es a la vez fascinación y zozobra, como cuando uno contempla la profundidad de un abismo, le palpita furiosamente por dentro. «¿Me estaré enamorando de ella?», se pregunta con estupor.

26

¿Qué me ocurre? A este cuaderno vuelvo esta noche pero no, como otras veces, para buscar entre las nieblas de la memoria recuerdos que quisiera rescatar, sino movido por un sordo desasosiego, quizá por la necesidad de explicarme lo ocurrido con ella, con Margarita, de entender por qué a lo largo del día no he logrado apartarla de mi pensamiento ni desprenderme del perfume de su piel ni del recuerdo de esas quejas suyas que el placer la hacía brotar en la oscuridad de la alcoba hasta convertirlas de pronto en un grito ronco, intenso, nunca escuchado por mí. ¿Sexo? ¿Amor? ¿Qué es esto? Algo que en todo caso me perturba porque rompe el orden que de tiempo atrás gobernaba mi vida. Lo cierto es que desde el mismo momento en que ella me dijo en voz baja «es muy extraño lo que me sucede contigo», hubo dentro de mí un desasosiego de latidos como si el deseo abriera temblorosamente sus pétalos y de ahí en adelante las palabras estuviesen de sobra; sólo cabía esperar lo que el azar o ella misma decidieran. En silencio, un silencio impuesto por el apremio y la ansiedad, salimos del restaurante, en silencio cruzamos la plaza de Usaquén, y no fueron necesarias sus propuestas o las mías cuando al filo de la medianoche cruzábamos en su auto avenidas casi desiertas, rumbo a su casa. A su lado, volvía a experimentar la misma zozobra de adolescente que me dejaba mudo cuando, cruzando las calles de París en la primera hora de la madrugada, presentía que Gisèle Santamaría me llevaba por primera vez a su apartamento. ¿Será Margarita una réplica suya? La verdad es que tiene el mismo secreto encanto que ella tenía, su misma feminidad traviesa y excitante. Provienen del mismo mundo así haya entre ellas casi dos generaciones de distancia. ¿El azar, ese peligroso entrometido en todo destino humano, me devuelve ahora un fantasma de juventud? No fue necesario que Margarita me recordara la oferta de una última copa cuando detuvo el auto en el estacionamiento de su edificio. Bastó que nos encontráramos en el pequeño ascensor de paredes metálicas que subía a su piso para que al encontrar su mirada el mismo impulso nos empujara el uno hacia el otro. Nos besábamos con una desesperada lentitud. También en el oscuro vestíbulo y luego en el salón cuyas luces no llegamos a encender. «Ven a la alcoba», le oí susurrar.

A las cinco de la mañana ella me despertó suavemente. «Tienes que irte, la muchacha del servicio llega a las siete —me dijo en voz baja—. Voy a llamarte un taxi.» Salí al frío y a las luces inciertas de la madrugada con una sensación muy extraña, una sensación que no alcanzo a definir y que aún me inquieta a la hora de escribir estas líneas. De algún modo percibo que ésta no es una aventura ocasional. Lo que me ata a ella, a Margarita, no es sólo su atractivo, ni el deseo, ni el sexo con todo lo que tuvo de ardor y de deslumbramiento para los dos, como si algo dentro de nosotros hubiese esperado por años este encuentro íntimo, pleno, perfectamente logrado. Hay algo más, algo que se sitúa en esa brumosa y escarpada latitud de los sentimientos y que surgió a medida que iba haciéndome sus confidencias y descubriéndome su soledad. No creo que sea algo expuesto a desvanecerse en el curso de los días. Y eso me inquieta. ¿Es algo semejante a lo que me unió a Irene? No lo sé. De todos modos sentí la necesidad de llamarla esta mañana cuando me disponía a salir hacia el Hospital Militar. Si ella me hubiese respondido en el tono de siempre, travieso y superficial, mis dudas se habrían disipado. Pero no fue así, no había en su tono y sus palabras coquetería alguna, sino algo que cruzaba un sendero muy íntimo y confidencial. «Necesitaba oírte», me dijo. Y había en ella como un apremio, un temor oculto de que lo ocurrido entre nosotros hubiese sido un episodio sin consecuencia o, para decirlo en sus propios términos, una aventura *sans lendemain*. «Yo también tenía necesidad de oírte», le dije de un modo que debía traicionar lo que estaba sintiendo. «No puedes desaparecer, ya lo sabes», agregó ella mitad en serio, mitad en broma, y yo por primera vez tuve la impresión de que el azar, ese tramposo jugador en todo destino humano, estaba poniendo sus cartas donde menos lo esperaba.

Al colgar el teléfono, sentí necesidad de no hacerme preguntas y dejar que el tiempo pusiera en claro las cosas. Recordé que debía ver al pobre campesino cuya mujer trajimos desde Cartagena del Chairá y que minutos antes me había llamado para contarme que finalmente a ella le habían amputado la pierna y se encontraba en el Hospital Militar. «Voy para allá», le dije para tranquilizarlo. Y no podía imaginar, en aquel momento, lo que iba a encontrar en la quinta planta de aquel hospital, una edificación moderna que se alza en la parte más alta de un barrio de antiguas residencias, con salas y pasillos bien iluminados. Me guiaba un capitán en traje de camuflaje. Cierro los ojos y vuelvo a ver aquel inesperado paisaje de guerra en las innumerables habitaciones del quinto piso. Unas con seis camas, otras sólo con cuatro, todas tienen grandes ventanales desde los cuales se divisa el vasto panorama de la ciudad extendido hasta la lejana y brumosa línea azul de los cerros que en el oriente trazan el límite de la Sabana de Bogotá. En cada una de las camas había pálidos muchachos con los brazos o las piernas amputadas. Eran soldados traídos desde los más apartados confines del país, víctimas de las minas. No hablaban entre sí. Permanecían en silencio, absortos, inmóviles, la mirada ausente, como si nada pudiese ahora devolverlos realmente a la vida o no entendiesen dónde estaban o qué les había ocurrido. Movían los labios sólo para responder con un susurro los animosos saludos del capitán. Luego volvían a quedar extáticos, sus muñones de manos o piernas envueltos en blancos vendajes. Observándolos, yo pensaba que aquella dilatada ciudad vista a través de los ventanales, con su plaza de toros, sus edificios, sus remotos barrios extendidos al norte y al sur, nada tenía que ver con la guerra e ignoraba todo de aquel drama. Un país, el que yo había percibido en Bogotá al lado de Margarita Vélez, en los restaurantes de moda o en las plateas y palcos del Teatro Colón oyendo óperas de Puccini, parecía vivir a espaldas del otro, el que había conocido Benjamín con todos sus horrores. La única aproximación entre esos dos mundos corría por cuenta de unas muchachas que encontré rezando y cantando salmos en una de las habitaciones de aquel piso. «Pertenecen a una iglesia cristiana», me dijo el capitán. Pero los heridos, con excepción de uno, las escuchaban con una aletargada indiferencia.

A la entrada del pabellón de mujeres encontré al campesino. Me esperaba con su hijo, el pequeño de cinco años que yo había visto por primera vez en el aeropuerto de Cartagena del Chairá todavía con la cara salpicada de cicatrices, pues también a él lo habían alcanzado las esquirlas de la mina pisada por su madre. «Ella tiene el ánimo por los suelos», me advirtió el hombre antes de entrar en la habitación. «No se resigna a verse sin una pierna.» Y así era, en efecto. Igual que los soldados, la mujer permanecía en silencio en una cama del rincón, la tez cenicienta, las dos manos enlazadas por un escapulario, mientras las otras mujeres que compartían el cuarto charlaban animadamente, al lado del ventanal. No eran lisiadas sino tranquilas convalecientes. «Así, mi doctor, no vale la pena vivir», me dijo sin que se le quebrara la voz ni se le humedecieran los ojos, como quien acepta con tranquila resignación una realidad que no admite otra alternativa. «Voy a ser una carga para ellos», agregó señalando a su marido y al niño que estaban a mi lado. «Allá donde vivimos, toca caminar mucho pa ganarse la vida.» «No, no se haga malas ideas —le respondí yo esforzándome por hablar con la sosegada tranquilidad de un médico que le habla a su paciente—. Usted podrá caminar.» Y le conté cómo en El Rosal había visto muchas mujeres, víctimas como ella de las minas, que caminaban y trabajaban gracias a piernas ortopédicas. El campesino me escuchaba con una expresión de incrédula pesadumbre. «Esos aparatos son muy caros, doctor —murmuró en voz baja, como si no quisiese que su mujer lo escuchara—. No hay con qué pagarlos.» Entonces tuve muy presente lo que en mi lugar habría hecho Benjamín. Me parecía que estaba asumiendo un compromiso con él. «Yo me hago cargo de ese costo», les dije. Y, seguro de que podría contar con la ayuda de Raquel, le dije también al campesino que iba a asegurarle una suma para que pudiera quedarse en Bogotá mientras su mujer se recuperaba. Recordando que no debía tener un solo peso, le alargué unos billetes. El hombre los recibió con una expresión de confundido y agradecido asombro. «Dios se lo pague», dijo con voz ronca. La mujer, sin decir nada, extendió los brazos, me atrapó una mano con las suyas, todavía ceñidas por el escapulario, y la besó cerrando los ojos. Parecía a punto de llorar. Cuando me despedí, después de apuntarle al campesino en un papel de nuevo mi teléfono y el de Raquel y asegurar que hablaría con el hospital para el pago de la prótesis, ella me contempló por última vez con un extraño fulgor en los ojos, a tiempo que decía en un tono quedo como si hablara para ella misma: «Usted fue enviado por él, por su hermano, mi coronel Ferreira. Es tan bueno como él.»

En el pasillo me esperaba mi guía, el capitán, acompañado por un hombre delgado, moreno, de ojos vivos y alegres que también vestía uniforme de camuflaje. Era, lo supe después, un sargento encargado de traerles a los soldados que yacían en el hospital su paga de cada mes junto con algún regalo. Me saludó con una inesperada efusividad como si nos conociéramos de tiempo atrás. «Fue muy cercano al coronel Ferreira —me explicó el capitán—. No podía creer que usted estuviese aquí.» «Sí —confirmó el Sargento—, yo inicié mi carrera al lado de su hermano, cuando él era subteniente y yo cabo y ayudante suyo en un caserío del municipio de Yacopí. Nos tocó vivir una situación muy peligrosa. Estuvimos a punto de morir. Éramos sólo veinticinco en su base militar y nos atacaron doscientos cincuenta guerrilleros. Quién podría creerlo, nos salvaron unos niños a quienes desde entonces designábamos como los cañoneros de Patevaca...» De pronto aquella historia me interesó mucho más de lo que aquel sargento podía suponer. «Venga con nosotros a la cafetería y me cuenta todo eso», le dije.

27

«Sí, aquél era un caserío muy peligroso. Estaba en manos de los comunistas. La población no quería a los militares. Como nadie hablaba con los soldados, éstos tenían controles muy duros, muy exigentes en las rutas y en los mercados. Vigilaban la venta de víveres de un modo tan desconfiado (siempre pensaban que iban a parar a manos de la guerrilla) que los campesinos veían todo aquello como un abuso. Cuando mi teniente Ferreira, su hermano, llegó a la base, lo primero que le advirtió el comandante del batallón, situado en Puerto Boyacá, fue que en nadie debía confiar. "Toda la gente de Patevaca es guerrillera —le dijo—. Hay armas en ese pueblo y aunque ordeno requisas nunca encuentro nada."

»¿Sabe lo que hizo mi teniente Ferreira, su hermano? En vez de mostrar recelo o desconfianza, comenzó a visitar campesino por campesino, casa por casa. Hablaba con ellos. Aligeró las requisas; lo convirtió en una especie de juego amistoso, nada abusivo. Impedía cualquier maltrato por parte de los soldados. Hablaba incluso con los dirigentes comunistas del pueblo. Les contaba lo que había leído de Laos, Camboya o Vietnam, de cómo esa lucha comunista era al fin y al cabo una especie de tsunami que había recorrido el mundo entero dejando a su paso un reguero de muertos sin que se viera una real transformación social. Los comunistas del pueblo lo oían con atención. Eran cosas que nunca les habían dicho.

»A las pocas semanas de estar allí nos llegó a la base la noticia de que había un grupo guerrillero en la región. Entonces mi teniente Ferreira, sin más, inició un patrullaje de varios días en la zona que le correspondía a nuestra base. Yo lo acompañé. Era época navideña. El 24 de diciembre llegamos a una casita medio perdida en el monte, cuyos habitantes eran una campesina embarazada, su hija, una bonita muchacha de catorce años, y dos niños pequeños. Los niños jugaban en el patio con unos pedazos de leña. Hacían de cuenta que eran carritos.

»Mi teniente, como era su costumbre, le preguntó a la señora qué tenía para comer. Se acercó al fogón, levantó la tapa de la única olla que había allí y se dio cuenta de que sólo tenía unos pedazos de yuca, sin sal. "No tenemos más que eso —dijo la campesina—, porque mi marido se fue al pueblo para vender una marrana y nunca volvió. Seguramente se quedará tomando cerveza con los amigos y aquí volverá dentro de un par de días cuando se le haya acabado la plata."

»Entonces, mi teniente me mandó con dos soldados a comprar unos pollos en la finca más cercana que encontrara y se dispuso a preparar una cena de Navidad. A un soldado que siempre llevaba tapas de cerveza y unos clavos para arreglar sus botas le preguntó si con ellas podía hacer un par de carritos. El soldado le dijo: "Tranquilo, mi teniente, que yo sé cómo hacerlos". Cogió unos tronquitos y los organizó, de modo que las latas les servían de ruedas. Quedaron muy bonitos. Los envolvimos en papel periódico como si fuera papel de regalo. También convertimos en obsequios muchas de las cosas que nos sobraban de las raciones: leche condensada, dulces y café. A mí, que tenía entonces fama de conquistador, me dijo: "Bueno, ya que a usted tanto le gustan las mujeres hágale un bonito poema a la niña, pero sin molestarla." Entonces, cuando llegó la noche, los soldados que sabíamos cantar cantamos, repartimos los regalos, yo recité mi poema y nos sentamos con aquella familia para compartir la cena. A la mañana siguiente, muy temprano, nos regresamos a la base.

»Después de aquel día pasaron en el pueblo cosas muy interesantes. Un día llegó a la base un señor de cabello canoso, de unos sesenta o sesenta y cinco años, con un regalo muy especial para mi teniente. Eran los libros del Partido Comunista; mejor dicho, las actas de su secretaría regional que estaba a cargo suyo. Pero eso no era lo mejor. Después de entregarle los libros, le dijo a mi teniente que se asomara a la ventana. ¿Y qué vimos? Afuera, en posición firme como si fuesen reclutas, había doce hombres armados. Eran las milicias que habían trabajado para la guerrilla. "Vamos a entregarle ese armamento —dijo el señor—. Después de oírlo y de hablar con usted, entendimos que eso de ponerse a luchar con armas no tiene sentido. ¿Para qué tanto muerto?" Y era cierto, porque en el último año al menos cien personas habían sido ajusticiadas en la región por la guerrilla. Recuerdo a unos evangélicos que nunca habían querido asistir a las reuniones del partido. Entonces, como en las películas, los encerraron en su casa y los quemaron vivos. Un día subimos al lugar y todo lo que encontramos fue un pedazo de Biblia quemado.

»Mi teniente Ferreira cogió las armas y las metió en su cuarto de la base militar, que estaba en las afueras del pueblo. Luego nos dio la orden de ponernos a arreglar las calles y a pintar las casas. En eso estábamos, cuando un día, tres o cuatro meses después de aquella cena de Navidad, llegó la hija de la campesina, aquella niña de catorce años a la que yo le había escrito el poema. Venía cabalgando muy rápido. Mi teniente la vio desde su habitación, que estaba en lo alto de un cerro, con vista sobre el camino. Ella se detuvo, habló con un soldado que estaba de guardia. Cuando se bajó del caballo casi no podía caminar, pues llevaba más de seis horas cabalgando. "Me manda mi mamá para avisarle que los vienen a atacar —le dijo a mi teniente en cuanto se encontró con él—. En mi casa hay más de doscientos cincuenta guerrilleros planeando el ataque. Me toca irme de vuelta antes de que se den cuenta de que he venido." Y enseguida se devolvió.

»Mi teniente sabía que sólo podía disponer de una semana para planear la defensa del pueblo. Habló por radio con el comandante que estaba en Puerto Boyacá. Esperaba refuerzos porque todo lo que tenía en la base eran veinticinco soldados. El comandante, un coronel de malas pulgas, le contestó en forma muy desabrida. "¿Tiene miedo? —le dijo—. Si es así, cómprese un perro porque yo no puedo parir soldados para ayudarlo. Defiéndase como pueda." Mi teniente fue entonces al pueblo y los reunió a todos en la plaza. "Sé de información veraz que vienen a atacarnos", les anunció. El secretario del Partido Comunista, el mismo señor que le había llevado los libros de actas, estaba muy preocupado. "Ésos no tienen misericordia con nadie —comentó—. Si vienen, nos matan a todos. Y yo seré el primero por haber traicionado la revolución." Luego de comprobar que éste era el motivo de aquella incursión guerrillera, castigar a los traidores, fusilarlos como escarmiento, mi teniente Ferreira pidió que quienes tuviesen armas dieran un paso al frente. Los hombres del pueblo se mostraron inquietos. Pensaban que se las iba a quitar. "No —contestó mi teniente—, todo lo contrario: el que tenga una pistola o una escopeta, algo escondido, sáquelo." Y de su lado, hizo traer las armas que le habían entregado los de la milicia y las repartió. Cumplida esta tarea, dispuso la creación de cinco núcleos de defensa con base en un mapa que él había hecho con los puntos por donde la guerrilla podía ingresar al pueblo: la entrada principal, el acceso por el río, la planta eléctrica y la propia base militar. Decidió que serían trincheras disimuladas con matas. Todos estuvieron de acuerdo. Se organizaron turnos de centinelas, día y noche. Sonaba un cuerno cada vez que había algo sospechoso. En cada trinchera había cinco hombres.

»Cumplida la organización de los civiles, mi teniente organizó nuestra propia defensa. No estábamos en condiciones de librar un combate abierto con una guerrilla diez veces más numerosa. Así que dispuso lo que llamaba centinelas ficticios; es decir, muñecos vestidos de soldados que hizo poner en los puntos más visibles de la base, mientras los soldados reales se retiraron a los lados, ocultos entre los árboles o en la parte alta del cerro. El ataque se inició a la noche siguiente, a las once y media.

»A esa hora se fue la luz. Nos dimos cuenta de que la guerrilla había ocupado la planta eléctrica. Muy pronto empezaron los disparos. Eran nutridos, ensordecedores: ráfagas de ametralladora, granadas, morteros. La habitación de mi teniente quedó destrozada por completo. Pero allí, en la ventana, no había sino dos muñecos. Mi teniente, su hermano, estaba en un túnel que tenía salida al monte. La guerrilla debió desconcertarse al recibir disparos desde diferentes lugares del monte. No sabíamos entonces lo que sucedía en el pueblo. Lo supimos al día siguiente. Pues bien, los guerrilleros, seguros de que allí no tropezarían con resistencia alguna, avanzaron tranquilamente por la calle principal. A la cabeza, iba un guerrillero armado con una Magnum. Llevaba en los bolsillos de su chaqueta una lista de las personas que debían ser fusiladas. La encontramos al día siguiente al levantar su cadáver. El primero de los ajusticiados iba a ser ciertamente el secretario del Partido Comunista; lo seguían otros antiguos dirigentes acusados de traición, una viejita que lavaba ropa para la tropa y hasta una viuda que tenía amores con un soldado. El guerrillero de la Magnum fue el primero en caer. Murió de un disparo que le hizo desde la trinchera un campesino con una escopeta rústica hecha con un tubo de acueducto. Tres guerrilleros más cayeron a su lado. La guerrilla, al encontrar esta inesperada resistencia, retrocedió al monte para organizar un ataque masivo a la población con todo lo que tenían como armamento. Pero fue entonces cuando escucharon unos atronadores cañonazos que hacían temblar la tierra y cuyo eco repercutía en las montañas. Pensaron que se encontraban frente a un inesperado y poderoso dispositivo militar que había ocupado el pueblo y sus alrededores. Quizás a bombas lanzadas por aviones de la Fuerza Aérea. Entonces decidieron con prisa una retirada.

»También nosotros, los militares ocultos en los alrededores de la base, escuchamos con desconcierto, en la oscuridad, aquellos cañonazos que nos hacían vibrar los oídos. Sólo mi teniente sabía de qué se trataba. La víspera, un niño se le había acercado. "Teniente —le dijo—, nosotros también queremos defender el pueblo." Él lo miró con aire risueño. "No veo qué puedan hacer." "Camine, le mostramos", le dijo el muchacho y lo llevó hasta el lugar donde se encontraban sus compañeros, niños entre los ocho y los doce años de edad. "Todas las navidades jugamos con esto", le explicó el muchacho enseñándole un tubo de guadua que perforaban hasta el último canuto de la parte de abajo. Le hacían un hueco, le echaban gasolina, prendían un fósforo y entonces se escuchaba un cañonazo impresionante. Pues bien, luego de que la guerrilla viera caer a tres de los suyos a la entrada del pueblo y se replegara para organizar un ataque, los niños habían empezado a accionar desde el patio trasero de una casa aquellos tubos de guadua y a provocar un estruendo que se escuchó a muchos kilómetros a la redonda. Un guerrillero que se entregó después nos confesó el pánico que había cundido entre sus compañeros al oír los cañonazos. No comprendían cómo, cuando ya nos daban por muertos a todos los de la base, éramos veinticinco y ellos doscientos cincuenta, y a los dirigentes que habían desertado del Partido Comunista, lo previsto y cuidadosamente estudiado por ellos se había derrumbado. Los niños, a quienes desde entonces llamaríamos "los cañoneros de Patevaca", fueron los verdaderos autores de su derrota. Pero lo que hizo posible aquel milagro fue la manera como su hermano, el entonces teniente Ferreira, logró convertir en aliado suyo a un pueblo que siempre había sido visto como un fortín de las FARC. Y ésa fue desde entonces su política donde lo iban mandando. La verdad sea dicha, eso no le ganaba medallas, sino recelo de sus superiores. Bajas, le pedían siempre; bajas y no bandidos arrepentidos en los que nunca se puede confiar. Los que sí se dieron cuenta de los estragos que les causaba fueron las FARC y todos sus aliados. Buscaban por todos los medios cómo eliminarlo. Y, con perdón suyo, y para dolor de cuantos estuvimos cerca de él, lo lograron. Con más acierto que cualquiera de nuestros generales, él sí sabía cómo se gana o cómo se pierde una guerra. Seguro que usted, un periodista tan conocido, puede rescatar en sus escritos esta experiencia para que no desaparezca con él, con su inolvidable hermano.»

28

—Caramba, nunca imaginé que el arte tuviese tanto éxito en esta ciudad —comenta Martín con un destello de humor en los ojos al ver la cantidad de gente que llena el vestíbulo de la galería de arte a la cual acaba de llegar acompañado por Margarita.

—No te engañes, no es precisamente la pintura lo que nos trae a estos sitios —responde ella con una expresión de picardía mientras pasea una mirada por el salón y la amplia escalera, también llena de gente, que sube al piso superior.

En el dorado resplandor de las lámparas que cuelgan del techo, camareros de chaquetas blancas con bandejas en la mano se abren paso en medio de grupos de hombres y mujeres elegantes vestidos como para una recepción. Martín advierte que las miradas de muchos de ellos se vuelven hacia Margarita.

—Ven, sígueme —le ordena ella—. La exposición está en el segundo piso.

A medida que avanza por el salón va respondiendo saludos a izquierda y derecha. «Éste debe ser su reino», piensa Martín, observando la encandilada atención que suscita a su paso. Bella, muy alta, más alta aún por los tacones que lleva, segura de sí misma, vestida con un sobrio traje negro de cóctel que lleva como único adorno un broche de oro, avanza con la esbelta y casi insolente elegancia de una modelo en la pasarela de un desfile de modas. Martín capta que su presencia al lado de ella suscita curiosidad. «También aquí deben de preguntarse quién soy, de dónde he salido —piensa—. Pero nada que hacer, me toca jugar el papel de príncipe consorte», se dice recordando cómo en Roma, cuando iba al teatro con Simonetta, otra mujer que nunca, vaya donde vaya, pasaba desapercibida, era visto con igual curiosidad.

—¡Belleza!

Un viejo alto y elegante, de cabellos y cejas color plata y de andar un tanto vacilante se ha apartado del grupo donde se encuentra para abrir los brazos en un efusivo saludo a Margarita.

—¿Qué haces, cuál es tu receta para mantenerte tan joven? —le pregunta examinándola con un afectuoso fulgor en sus ojos claros.

—Eres tú quien debe tener esa receta muy bien guardada —replica ella con vivacidad; y luego, volviéndose hacia Martín—. Los presento. Martín, este caballero tan galante, Alberto del Castillo, a quien todo el mundo conoce muy bien en esta ciudad, es el último bogotano de verdad que nos queda. Impecable, como verás, siempre lleva el chaleco que se usaba en otros tiempos.

—Y a veces me pongo una flor en el ojal —agrega el viejo con una expresión traviesa—. Hoy la olvidé. En cuanto al chaleco, no lo llevo como una reliquia. Me protege del frío. Si no fuera mal vista, llevaría una ruana.

—Muy buena idea —comenta Martín riéndose, a tiempo que le extiende la mano. El viejo le resulta simpático. Le recuerda a los amigos que don Julio Herrera encontraba en el Jockey Club cuando él era todavía un muchacho recién salido del liceo. Parecían ingleses. Nunca perdonaban el sombrero ni el paraguas.

—¿Realmente les interesan los trastos que se exhiben allá arriba? —pregunta el viejo.

—¿Trastos? —repite Martín sin saber a qué se refiere.

—Instalaciones —le aclara Margarita—. Perdóname, pero salí con tanta prisa de la casa que no tuve tiempo de explicarte en qué consistía esta exposición. Son obras de una artista colombiana que acaba de llegar de Nueva York. Parece que tiene mucho éxito.

—Sillas pegadas a las paredes, bultos de arena, ladrillos, canecas de basura. No veo qué gracia le encuentran a eso —dice el viejo.

—Déjeme atender una curiosidad de periodista —dice Martín—. ¿Por qué vino?

—¿Le soy franco? En esta ciudad, para no quedarse uno encerrado entre las paredes de su casa, no hay sino dos maneras de encontrar a la gente: las exposiciones y los entierros. Supongo que al único que no podré asistir como espectador será al mío.

—Curioso personaje —comenta Martín mientras suben las escaleras. ¿Qué hace?

—Nada. Tiene una linda finca en la Sabana. Sus hijos son exportadores de flores.

La sorpresa de Martín es muy grande cuando descubre que el segundo piso de aquella casa está también lleno de gente. Hombres y mujeres, igualmente elegantes, conversan en grupos o se congregan al fondo, delante de una larga mesa donde varios camareros sirven licores u ofrecen entremeses. Muy pocos asistentes parecen prestar atención a las instalaciones dispuestas sea en el centro del salón o en los recintos que se abren a los lados. A Martín le llaman la atención dos medias sillas clavadas en una pared bajo un retrato cruzado por rejas. El título le resulta enigmático: *Despedida*. Más lejos, desplegados en medio del salón, ve una hilera de micrófonos de diverso tamaño, y en otro lugar, colgadas del techo, una serie de cestas de mimbre con chamizos o raíces; más lejos, en una pared, rota por la mitad y pegada sobre recortes de diarios, observa la foto de una mujer y a su lado un recinto fabricado con hierros en medio del cual cuelga, solitaria, la caperuza negra de una lámpara.

—¿Qué opinas? —pregunta Margarita.

—Te confieso mi ignorancia. Veo aciertos de composición, efectos que buscan dejarte algo, pero no llego más lejos. A lo mejor me he quedado atrás, como tu amigo, el que dejamos abajo.

—Pues yo también estoy como tú: en el limbo. Deberíamos hablar con la artista. Es una muchacha muy joven. ¿No te gustaría conocerla?

—Corremos el riesgo de quedar como unos bárbaros. O unos farsantes si es que vamos a manifestarle alguna admiración por lo que hace, ¿no crees?

En ese momento Martín escucha que alguien, a sus espaldas, lo llama por su nombre. Al volverse encuentra a Raquel, su hermana. Está acompañada por dos amigas.

—¡Tramposo!, no me dijiste que venías —lo recrimina con risa, acercándose.

—Jamás pensé encontrarte aquí —replica él, sorprendido. Y en verdad nunca se habría imaginado encontrar a Raquel en aquel lugar—. ¿Ustedes se conocen? —le pregunta tanto a Margarita como a Raquel. Las dos parecen observarse con igual extrañeza. «No pertenecen al mismo mundo», piensa observando el rápido y crítico examen que en una sola mirada Margarita hace de Raquel, de su traje, de los aretes y la chaqueta de lentejuelas que lleva, algo que debe resultarle *over dress*, así se trate de prendas costosas. Las dos amigas que la acompañan tienen un aspecto más modesto. Martín supone que son empleadas suyas. De su lado, Raquel parece intrigada.

—¿Hace mucho que ustedes se conocen? —pregunta.

—Mucho, sí —responde Margarita, sin dar más explicaciones.

En ese momento Raquel escucha el timbre de un teléfono celular que guarda en su cartera. Ofrece disculpas y se aparta para contestar.

Margarita se vuelve hacia Martín y le pregunta en voz baja:

—¿Quién es ella?

—Mi hermana.

—¿Tu hermana? —repite ella con asombro.

—Creía haberte hablado de ella.

—No se te parece —observa ella todavía con un asomo de incredulidad y de incómoda sorpresa.

Martín percibe que esa observación está motivada ante todo

por los ojos rasgados de su hermana que siempre han delatado algo de su ancestro indígena, sin duda el de su madre, la campesina de Tierra Negra.

Margarita se aparta con una disculpa para saludar a una pareja que viene a su encuentro. Raquel la sigue con la mirada.

—¿Viniste con ella? —le pregunta luego a Martín.

—Claro que sí.

—No sabía que tenías amistades tan «jailosas».

Martín sonríe. La palabra «jailosa», una manera muy campesina de designar a lo que en otro tiempo debía ser la alta clase social, la *high life* bogotana, le devuelve el recuerdo de su tío Eladio. Así llamaba, con algo de sorna, a la esposa de don Julio Herrera y a sus amigas que debían verlo como un empleado insignificante. Raquel, seguramente víctima de iguales discriminaciones, había heredado la misma aversión por las mujeres de la alta sociedad bogotana.

—«Jailosa», qué palabra tan divertida —se limita a comentar en voz alta con aire risueño—. La había olvidado.

Raquel no parece dispuesta a tomar lo dicho por ella en broma.

—Cuídate —le dice.

—¿De qué?

—Las «jailosas» siempre terminan debajeándolo a uno.

«Otra expresión muy propia del tío, de su mundo aquel de la pensión», piensa Martín sin severidad, más bien divertido. Le parece increíble que aún subsistan los rígidos compartimentos de clase de otros tiempos.

—No te prevengas, hay excepciones —acaba diciéndole amistosamente a su hermana.

Margarita acaba de aproximarse a él, y excusándose con Raquel y sus amigas le pide que la acompañe.

—Los amigos con los cuales estoy te van a interesar. Te conocen. Son gente de tu mundo, ya verás.

—Sí, nos conocimos en Madrid cuando usted ganó aquel premio de poesía en Ronda. Yo escribí una nota para *El Tiempo*.

Acompañado por su esposa, el amigo que Margarita insistió

en presentarle es un hombre todavía joven, tan alto y corpulento que se destaca sobre todos cuantos se encuentran a su alrededor. Martín lo recuerda vagamente; recuerda sobre todo aquella expresión traviesa en el rostro, casi infantil, a medida que va dejando caer unas palabras que parecen cargadas siempre de un vago tamiz de ironía.

—Juan Gustavo tiene todos sus libros —dice su esposa. Delgada, tranquila, de rasgos perfilados, habla con un ligero acento argentino.

—Son tres —precisa él—. Y créame que me costó trabajo conseguirlos. Cumplo con mis deberes de crítico literario. No me habría tomado ese trabajo si usted no fuera un buen poeta. Ahora los buenos poetas son aves raras en este país. Antes se daban silvestres.

Los ojos y las palabras parecen participar del mismo aire risueño, como si se tratara de una broma. Martín está sorprendido.

—Nadie me ha dicho eso en Colombia —murmura.

—No, claro. A usted se le conoce como periodista. Y muy pronto —agrega con un destello de risa en los ojos—, si sigue saliendo con esta muchacha, las revistas lo van a presentar como algo más llamativo: un afortunado pretendiente.

—En ese caso —interviene Margarita—, más bien como un desafortunado pretendiente. Cargo con esa fama, recuérdate.

—No te quejés —dice la argentina—. A vos más de una te envidia en este país.

—Bebamos un vino —dice su esposo al ver que un camarero se ha detenido a su lado. Toma una copa y la prueba—. Está pasable. Sírvanse también. —Luego se vuelve hacia Martín—. ¿Sigue cometiendo versos?

—Sí, es mi pecado clandestino.

—¿No lo comparte con los editores?

—Soy un pésimo agente de mí mismo. La verdad es que no los ofrezco.

—Lo malo es que hoy en día los editores antes de reparar si un libro es bueno o malo sólo se preguntan si se vende o no. Y los versos y los cuentos no tienen mercado. Usted debería participar en los festivales de poesía.

—Hagan el favor de tutearse —interviene Margarita.

—Está bien —admite el crítico—. Deberías participar en esos festivales que en Medellín o Bogotá congregan a mil o dos mil personas. Éste es un país muy raro, tanto que la poesía y el teatro provocan milagros. Un recital tuyo...

—Perfectamente incapaz. Ya te lo dije, soy poeta clandestino.

—Como los buenos. —El crítico clava los ojos en él y recita de pronto: *Irene, la nieve y el aroma de los pinos me traen hoy con sigilo tu recuerdo.* —Hace una pausa para tomar un sorbo de vino, y luego lanza a Martín una pregunta que a éste lo estremece—. A propósito, ¿dónde está esa Irene? Hablas mucho de ella en tus versos.

—Lejos —murmura Martín.

29

Por primera vez abro este cuaderno con una sorda aprehensión, casi con miedo, como si no quisiese seguir vagando de tarde en tarde por los laberintos de mi memoria mientras permanezco en Bogotá. Yo sé a qué se debe ese temor. Es que la he visto; o mejor, aunque sea una locura seguir hablándote como en mis poemas más secretos, es que te he visto, Irene. Rubia, absorta, luminosa, levantaste tus diáfanos ojos azules para decirme con las palabras sin voz de los sueños: «No, no estoy lejos.» Parecía un reclamo que tu sonrisa lo hacía íntimo y suave. Era, sin duda, una respuesta tuya a lo que se me ocurrió decirle al crítico que había leído mis libros y me preguntaba quién era Irene, la Irene de mis versos, dónde estaba. Y tú, como si hubieses escuchado mi respuesta, apareciste anoche para asegurarme que seguías muy cerca de mí. Estabas sentada en aquel salón donde te conocí, penumbroso y lleno de libros de tu casa de Berna, al pie del ventanal que dejaba entrar la luz del atardecer, con un pulóver habano cerrado hasta el cuello y un libro abierto sobre las rodillas. «No, no estoy lejos», decías con una sonrisa. Y yo así lo sentía, así podría sentirlo si fuese creyente y pudiese tener la certeza de que en alguna parte desconocida sigues esperándome. Quizás en esa loca y desesperada necesidad de no aceptar la muerte está la explicación de todas las religiones. También de la poesía y del arte cuando buscan arrebatarle al tiempo lo que inexorablemente suele llevarse.

Me cuesta ahora cierto trabajo desprenderme de aquel sueño

para recordar la tarde de invierno o de finales de otoño cuando la conocí. Y ahí, como siempre en todo destino, surge el azar jugando su papel de brujo para cambiar a su antojo el rumbo de una vida. ¿Qué estaba yo haciendo en Berna? No lo recuerdo. Tal vez venía de Basilea y me proponía quedarme un día en aquella ciudad desconocida para continuar mi viaje a Ginebra, en un viejo Volkswagen, donde debía cubrir algún evento internacional relacionado con América Latina. Lo que sí recuerdo es que debía cumplir una promesa hecha en París a Carmen Lucía, la muchacha bogotana hija de don Luis Herrera. «Si algún día pasas por Berna, debes conocer a una gran amiga mía, la única verdadera amiga que tuve en Suiza. Júramelo», decía. Me había hecho anotar tanto la dirección del Instituto donde estudiaba esa amiga como la de su casa. En primer lugar, situado en una plazuela con una fuente de piedra en el medio, me informaron que Irene había abandonado sus estudios. Estuve a punto de desistir de la búsqueda, pero a falta de otra cosa que hacer me di a la tarea, con ayuda de un mapa de la ciudad, de buscar la casa de las afueras donde vivía. Era un chalet de dos pisos, con una mansarda, un jardín y una verja de hierro. Al otro lado de la calle, que era apartada y tranquila y con idénticas quintas de aspecto provinciano, se veían árboles y prados en torno a un riachuelo, y más allá el campo abierto extendiéndose hasta una línea de montañas de cumbres nevadas.

Hice sonar una campanilla en la puerta de hierro de la entrada y tardé tiempo esperando a que me abrieran. Al fin apareció una mujer menuda y delgada de cabello entrecano que me habló en alemán. Parecía observarme con desconfianza. Sólo cuando le dije en francés que venía por indicación de Carmen Lucía su expresión cambió. «Irene se va a alegrar mucho de tener noticias de ella», me dijo, también en francés, mientras me guiaba hacia la pequeña escalinata de piedra que subía al primer piso de la casa. Recuerdo al padre de Irene, un hombre robusto de cabellos grises y grandes ojos azules, que me hablaba siempre en alemán obligando a su mujer y a su hija a traducirme lo que decía. Tardé segundos en descubrir a Irene. Estaba, tal como anoche apareció en mi sueño, al fondo del salón, junto al ventanal que dejaba entrar la última claridad del día, leyendo a la luz de una pequeña lámpara de mesa. Levantó la cabeza cuando su madre le habló desde el vestíbulo anunciándole mi llegada. Joven, bonita, con unos rasgos muy finos, sus absortos ojos azules se fijaron en mí con la expresión de quien contempla a un extraño. Muchos libros cubrían los estantes del salón. Me parecía haber llegado en Bogotá, muchos años atrás, a la casa de *Pajarito* González, que tenía también un salón lleno de libros. Luego de responder algunas preguntas suyas sobre Carmen Lucía (por cierto hablaba un perfecto francés, sin rastro alguno del acento alemán de sus padres) se me ocurrió preguntarle cuál era el libro que había dejado abierto, en la mesa, bajo el aro de luz de la pantalla. Me lo enseñó con una expresión de inquietud como si se tratara de algo prohibido. Tenía un título en alemán: *Der steppenwolf*. «Ah, sí, *El lobo estepario* —dije, esta vez en español, al ver que su autor era Hermann Hesse—. Acabo de leerlo.» «¿Y usted qué piensa de él?», me preguntó. «Te lo contesto si me tuteas», le respondí, y ella, por un instante sorprendida como una niña que escuchara una amonestación inesperada, acabó echándose a reír. «Está bien», dijo.

También el azar intervino para que, al tomar ese cauce nuestra conversación, se fuera creando desde el comienzo una extraña intimidad entre los dos. El libro, en efecto, lo había leído yo recientemente en París «Me resultó desconcertante —le dije— porque le permite a uno establecer la diferencia entre ser y parecer; es decir, entre el personaje que uno representa y otro, más íntimo, ajeno al entorno social, que a veces busca fugas o extraños refugios.» Irene me miró por primera vez con asombro como si estuviese descubriendo a un ser que compartía inesperadamente una íntima convicción suya y hubiese penetrado de improviso en su mundo secreto. «Así es», murmuró muy seria, sus ojos azules fijos en mí. «Así es», repitió. También ella entendía al personaje del libro, su rechazo a una vida gobernada por rutinas y convenciones en la cual la diversión o el aturdimiento impedían buscarle a la vida un sentido más trascendente. «De ahí que prefiera quedarme aquí, con mis libros, en vez de andar en bares y discotecas», dijo con una sonrisa. En aquel momento, la intriga corrió por mi cuenta. No esperaba tales reflexiones de una muchacha que parecía recién salida de la adolescencia. Recordé que Carmen Lucía me hablaba de ella como una persona muy especial. Irene debió sorprender el curso de mis pensamientos porque de pronto, con una lumbre de risa en los ojos, me preguntó si estaba viéndola como una loca. «Mis padres lo creen así», dijo. «No sólo tus padres —le contesté yo—; seguramente también tus amigas, todo el mundo.» «¿Tú también?», preguntó con un aire intrigado. «Yo menos», respondí. Y fue entonces cuando le dije que los libros también habían sido buenos compañeros míos desde que estaba en el liceo y que de algún modo había escapado siempre a cualquier destino convencional convirtiéndome en un trotamundos sin raíces en el lugar donde vivía. «Así pues, los locos se entienden entre sí», acabé diciéndole, y a ella un borbotón de risa le iluminó la cara, para sorpresa de su madre, que se había quedado en el vestíbulo de entrada con un tejido en las manos mientras su marido, el padre de Irene, entraba y salía de la cocina con una caja de herramientas.

Recuerdo que algo más tarde, revisando uno de los estantes de su biblioteca, Irene me confesó que sus lecturas se dispersaban en las más variadas direcciones: Dickens, Tolstói, Dostoievski, Thomas Mann, Conrad, pero también Virginia Woolf, Marguerite Yourcenar y no sé cuántos más. Hablamos también de Zola, uno de cuyos libros acababa de leer. Conocía muy poco de literatura latinoamericana, con excepción de Borges. «¿Escribes?», le pregunté de pronto. Ella se volvió a mí con un aire cómplice. «En secreto», susurró. «¿Y tú?», preguntó, también en voz baja. «También en secreto... a pesar mío —contesté—. Pero no novelas, sino poesía.» «Escribir, pintar o componer... ¿hay algo mejor como destino?», murmuró con el aire de una confidencia. «Cierto», contesté. Me hubiese gustado decirle entonces que no había mejor tentativa para derrotar a la muerte. Sólo que en la muerte no pensábamos entonces ninguno de los dos.

Recuerdo también que cuando ya estaba oscureciendo terminamos tomando té con la madre de Irene en un pequeño comedor donde ella lo había dispuesto todo, tetera, tazas, cubiertos, servilletas y pasteles, con una sigilosa pulcritud. Parecía muy complacida de tenerme allí. *«É un vero miracolo»*, exclamó de pronto en italiano (luego yo sabría que había nacido en una aldea de la Suiza italiana), para luego agregar en francés que era la primera vez que veía a Irene contenta de encontrarse con alguien venido de fuera. «Nunca —decía— acepta invitaciones de sus antiguas compañeras de estudio para ir a fiestas, cine o a esquiar en estaciones de montaña—. Si paseaba por el campo, lo hacía sola, sin más compañía que un libro—. *«Elle est cinglée»* (chiflada), comenté yo, y la madre de Irene tuvo un instante de desconcierto escuchando aquellas palabras, hasta percibir que su hija me escuchaba con risa. «Veo que ustedes se entienden», dijo y volvió a repetir en italiano: *«É un vero miracolo.»*

Había oscurecido del todo cuando me dispuse a marcharme. Irene me acompañó hasta la verja de la entrada. Me iba a despedir cuando ella se anticipó a darme un beso en la mejilla y luego, sorpresivamente, me tomó las manos y con una expresión de súplica en el rostro y un temblor en la voz me preguntó: «¿Volveré a verte?» Algo, que yo llamaría hoy una infinita ternura, me sacudió por dentro. La besé suavemente en los labios. «No voy a perderte», le dije. Y fue el primer destello de un amor que luego sería definitivo y me cambiaría la vida.

30

—Aquí terminaba la ciudad cuando yo era niño —murmura Martín contemplando por la ventanilla del auto la modesta plaza del barrio de las Cruces que ahora cruzan. La iglesia y los árboles, altos y como inmunes al tiempo, son los mismos que guardaba en su memoria.

—Ahora, en cambio, en este lugar empieza otra ciudad más grande que la que usted conoce —sonríe el capitán—. La Bogotá de los pobres.

Vestido de civil, las dos manos en el volante, el capitán Campos conduce el automóvil sin apartar la vista de la calle que se alarga hacia el sur, entre dos hileras de casas maltrechas, de muros deslucidos por la lluvia o el tiempo. A Martín le cae bien aquel oficial de inteligencia que ha venido a recogerlo por orden del coronel Villamizar. Delgado, discreto, amable, con un par de lentes sin aro y una manera pausada de hablar, parece más un religioso que un militar. De hecho Villamizar, al mencionárselo a Martín por teléfono, lo ha llamado el Cura porque según él antes de entrar al ejército estuvo tres años en el seminario. El auto que conduce es un viejo Renault; de ahí que Martín tardara en reconocerlo cuando ha bajado a la calle del apartamento donde está alojado.

—Esperaba verlo en un vehículo militar. Una camioneta o un jeep, y no en este cacharro. ¿Es suyo? —pregunta.

El capitán mueve la cabeza sonriendo.

—No, pertenece a la Central de Inteligencia. Lo traje porque es más seguro.

—Pues a mí me parece más bien inseguro —bromea Martín—. Es muy viejo.

—No crea, doctor.

—Llámeme Martín.

—No crea..., Martín —dice tras una vacilación, como si le costara trabajo llamarlo por su nombre de pila—. El muchacho que vamos a ver corre mucho peligro. Está condenado a muerte por las FARC. Aunque sólo tiene veintisiete años, era un cuadro importante en la guerrilla. El barrio donde lo alojamos no es nada seguro. Me hubiese gustado ponerlo en otra parte, pero eso no dependía de mí. Y por eso era mejor no venir en un vehículo militar. Llamaría la atención.

—Comprendo —dice Martín. Y ahora recuerda que Villamizar le había dicho aquella mañana por teléfono: «Es el amigo aquel que se carteaba con mi coronel Ferreira, su hermano, ¿recuerda? El mismo. Está en Bogotá. Le interesará verlo. Tiene mucho que contarle.»

«Mucho que contarle.» La frase le gira a Martín en la cabeza. Después de todo, piensa, si no ha decidido regresar aún a Roma es porque permanece en espera de algún informe nuevo en torno a la muerte de su hermano. Quizá lo tenga este guerrillero desmovilizado.

—¿Cómo salió del monte este muchacho que vamos a ver? —le pregunta al capitán.

—Tengo entendido que mi coronel Ferreira, su hermano, antes de morir había dejado la operación muy adelantada. No sabemos cómo lo hizo. Fue un secreto que se llevó a la tumba. El caso es que su último objetivo se cumplió: setenta guerrilleros se desmovilizaron en una zona al sur del Tolima, en el límite con el Caquetá.

—¿Cómo supieron que era el mismo guerrillero que se escribía con mi hermano?

—Fue algo más bien inesperado —le contesta el capitán—. El oficial que se hizo cargo de estos desmovilizados, mi coronel Ariza, me llamó a la Central de Inteligencia para contarme que en el grupo había un personaje muy especial. En sus veinticinco años de carrera, me dijo, jamás había conocido un subversivo con el nivel académico y político de este muchacho, conocido en la guerrilla con el nombre de Cástulo. Duró entrevistándolo dos días, y al final decidió enviárselo a mi coronel Villamizar, con toda suerte de recomendaciones. Mi coronel Villamizar acabó descubriendo que era el mismo hombre que sostenía una extraña correspondencia con su hermano. De modo que decidió enviarlo a Bogotá. Yo mismo fui a buscarlo por indicación suya. Me dijo que lo pusiera en contacto con usted. Y aquí está, en este barrio —agrega mientras el auto asciende con lentitud por la calle estrecha y empinada de un barrio que parece incrustado en las faldas del cerro de Guadalupe, con unas casas rústicas y superpuestas como en un pesebre de Navidad.

El capitán detiene el auto al pie de unas escalinatas.

—Hasta aquí llegamos —dice abriendo la portezuela del Renault. Espera a Martín, y luego lo guía por unas escalinatas hacia una especie de conjunto cerrado de pequeñas edificaciones de apartamentos que se alzan en lo alto, con una sola puerta de entrada custodiada por un vigilante.

«Parece una cárcel», piensa Martín.

El muchacho que les abre la puerta es el propio Cástulo. Alto, blanco, bien parecido, sus cabellos recogidos atrás en una larga trenza que le cuelga más abajo de la cintura y el rostro bordeado por una breve barba de color castaño, casi rojizo, no tiene el aspecto del guerrillero recién salido del monte que esperaba encontrar Martín. Vestido con un viejo pulóver y unos jeans gastados por el uso, más bien le recuerda a los estudiantes que llenaban las calles del barrio Latino durante el mayo del 68 francés. Cástulo saluda al capitán palmeándole amistosamente el hombro como si se tratara de un viejo amigo. Luego, volviéndose hacia Martín y sin esperar presentación alguna, le extiende la mano con una expresión igualmente cordial.

—Usted es el hermano de Benjamín —dice en tono confidencial.

A Martín le sorprende que se refiera a su hermano llamándolo por su nombre de pila cuando para todos en la zona donde operaba lo llamaban coronel Ferreira.

—¿Usted lo conoció? —pregunta con curiosidad.

Cástulo vacila antes de responderle.

—Bueno —dice al fin—, fuimos amigos sin habernos visto nunca las caras. Se convirtió en mi mejor consejero, algo que nunca imaginé de un militar. —Mueve la cabeza y el rostro de pronto se le ensombrece—. Esperaba encontrarlo... Al saber que había muerto, estuve a punto de volver atrás. —Como cohibido por estas palabras, reacciona con vivacidad—. En fin, ya le contaré. Ahora pasen adelante.

—¡Esto apesta! —exclama el capitán moviendo la mano como si quisiera disipar en la densa penumbra del lugar donde acaban de entrar el olor a humo y a colillas de cigarrillos. Y realmente Martín comparte con él la sensación de encontrarse en una atmósfera irrespirable. Lúgubre, opaca, la única luz que llega al salón proviene de una ventana de vidrio esmerilado en lo alto de la pared; provista de un enrejado, da a un patio interior de la edificación. «Como la celda de una cárcel», vuelve a pensar Martín. Todo lo que hay como mobiliario es un diván, que debe hacer las veces de cama porque está cubierto por una cobija, y dos taburetes. Sentada en el diván, encuentran a una muchacha que los ve llegar con algo de inquietud.

—Es Sandra, mi compañera —dice Cástulo.

Martín se acerca a saludarla. Muy joven, delgada, de cabellos oscuros, vestida con *jeans* y una blusa color naranja, le resulta difícil creer que poco tiempo atrás era una guerrillera con un fusil al hombro. Le es más fácil imaginarla saliendo de un aula universitaria en medio de otras muchachas de su edad. «¿Cómo diablos pudieron los dos incorporarse a la guerrilla?», se pregunta Martín con perplejidad. Entiende que en ella se incorporen campesinos que viven en zonas dominadas por las FARC. Pero éste no es evidentemente su caso. Quizá, piensa, sea una historia que valga la pena escribir e investigar.

Toma asiento en uno de los taburetes, al lado del capitán.

—Qué lugar más sombrío —murmura éste mirando con ojos críticos el sitio donde se encuentran.

—Se nos ha convertido en una cárcel —dice Cástulo.

—Ni siquiera tenemos manera de abrir esa ventana para que entre aire —dice la muchacha levantando la mirada hacia el rectángulo de vidrio esmerilado que deja entrar una luz mortecina.

—Y si nos descubren aquí, estamos liquidados —comenta Cástulo—. No hay manera de escapar. Muros altos y sólo una puerta para todo el conjunto. Lo tengo bien estudiado.

—Esperaba que los hubieran ubicado en otra parte. No sé a quién se le ocurrió traerlos aquí —murmura el capitán—. ¿Qué les dejaron para comer?

Cástulo cambia una mirada risueña con la muchacha.

—Nada —responde.

—¿Cómo, nada? —dice el capitán, con aire de asombro.

—Hace dos días que no comemos —le informa Cástulo en un tono tranquilo, sin dramatismo, como si se tratara de un comentario accidental—. Sólo tenemos cigarrillos.

Martín lo observa, incrédulo:

—¿Habla en serio? ¿Por qué no se comunicaron con el capitán o con algún conocido?

—No tenemos teléfono —interviene la muchacha.

—Ni teléfono ni plata —dice Cástulo—. ¡Y pensar que en el monte manejaba millones!

—No es una broma —le comenta el capitán a Martín, en voz baja—. Era el secretario de finanzas del frente que opera en la zona del Caguán alto y el alto Guayabero. Zona de coca. —Se vuelve hacia Cástulo—: ¡Buen tonto usted, no haberse quedado con algo!

Cástulo hace un cómico gesto de disculpa.

—Eso se llama ética revolucionaria, capitán —explica con un brillo de risa en las pupilas.

—Bueno, ya me contará por qué lo entendía así —interviene Martín poniéndose de pie—. Ahora lo importante es que coman algo. Su compañera está en los huesos. Vamos a buscar por aquí cerca un lugar donde pueden acabar con un ayuno tan largo. Sin comer y encerrado, no se puede vivir.

—Cierto —aprueba Cástulo.

31

—Una pregunta parecida me la hizo hace algún tiempo un campesino. Quería saber por qué continuaba en las FARC —explica Cástulo mientras abre un pan para poner dentro un trozo de salchichón y una rebanada de queso. Eso, salchichón, queso, pan y unas almojábanas, acompañadas con cerveza, es lo único que han encontrado para comer en aquella tienda de barrio donde ahora permanecen sentados a una mesa cubierta con un hule manchado de grasa—. Pues bien —prosigue—, yo intenté responderle de manera habitual, diciéndole que la nuestra era una lucha por la tierra y por una vida digna donde todos fuéramos iguales, sin privilegios para unos pocos, los de arriba. Es decir, la cartilla de siempre. Pero fui incapaz de responderle sin sentir que estaba mintiendo, pues sucedió cuando ya estaba pensando en mi desmovilización.

Martín lo escucha con atención. Aquello no le resulta extraño. La decepción es algo que se comprende cuando la realidad no corresponde a un discurso teórico.

—Lo que yo quería saber —le dice a Cástulo— es por qué usted y su compañera se metieron en esta aventura.

Cástulo, antes de responder, hace un gesto de disculpa mientras le pasa a Sandra el plato en el cual la dueña de la tienda puso las almojábanas.

—Muchas cosas influyeron —responde con lentitud, como si buscara a tientas una explicación—. Lo primero es el entorno en que uno se mueve en la universidad. Como usted debe saberlo, la Universidad Nacional, donde yo estudiaba Derecho, está llena de estudiantes y profesores de izquierda, marxistas y de un marxismo por cierto muy ortodoxo, que los acerca al Partido Comunista, a la revolución cubana y a la lucha armada. El Che Guevara, cuya imagen aparece dibujada en un muro, es visto como un ídolo. Todo ello, a mis veinte años de edad, lo tomé muy en serio. Antes de ingresar a las Juventudes Comunistas, a la JUCO, como la llamamos, pasaba horas en la biblioteca leyendo obras de Marx, de Engels, de Lenin, del propio Mao, pero muy especialmente de Gramsci. Sobre todo él, Gramsci —reitera—. También leía textos muy cercanos a nuestra realidad latinoamericana como los de Marta Hornecher. De modo que acabé por convertirme en un teórico imbatible, mirado por el propio secretario de las Juventudes con algo de asombro y probablemente de celos, como un cuadro muy especial, a quien se le confiaban tareas de adoctrinamiento. Pero, aunque desde un ángulo teórico veía la lucha armada como la única salida viable para Colombia y cualquiera de nuestros países, no se me pasaba entonces por la cabeza la idea de entrar en la guerrilla. Este paso lo di gracias, o mejor debía decir por culpa de un tío mío, hermano de mi madre, que desde muy joven se había vinculado al Partido Comunista y que vivía en la región de Viotá. Como usted probablemente lo sabe, Viotá es un municipio dominado desde siempre por ese partido. Se nos dice que allí se ha realizado al fin una reforma agraria revolucionaria. Es una región gobernada por las FARC. Mi tío había sido enviado por el propio Manuel Marulanda para administrar una gran hacienda a orillas del río Lozada. Presidía, además, una ONG llamada Organización de Campesinos de Lozada y Guayabero, que a pesar de estar al servicio de las FARC, tenía subvenciones de nuestro Ministerio del Medio Ambiente y de las propias Naciones Unidas. Pues bien, aprovechando mis vacaciones de fin de año, mi tío me invitó a pasar unos días con él en aquella hacienda suya donde vivía como un pachá. Y a los pocos días de estar allí apareció un hombre clave de las FARC llamado Felipe Rincón. Era, y lo es todavía, Comisario Político en esa vasta región de las FARC que es el Pato, el Duda y Guayabero y en la zona de Lozada donde estábamos. Alto, moreno, muy alegre y dicharachero como nuestra gente de la costa del Caribe, sabía que yo militaba en la JUCO. Desde el primer día nos sentamos a charlar en una terraza de la hacienda. «Tú debías estar con nosotros —me dijo sin rodeos—. Aquí puedes sernos más útil que quedándote en Bogotá en pequeñas labores de proselitismo. Necesitamos explicar a los nuevos reclutados la razón de ser de nuestra lucha, pues de todo eso no tienen la menor idea. Se enrolan a veces sólo para sentirse más seguros en las zonas donde se hace sentir nuestra presencia.» «Déjeme pensarlo», le contesté, pero desde aquel momento empecé a sentirme cobarde si no atendía su invitación; era al fin y al cabo un paso que estaba obligado a dar, me decía. Mi duda —dice volviendo la mirada hacia su compañera— era ella, Sandra. No quería perderla. Muy pobre, dependía de mí. Pero fue ella la que, cuando volví a Bogotá y le hablé de la propuesta de Rincón, me sorprendió diciéndome: «Yo voy contigo.» Así, sin pensarlo dos veces, como algo que era apenas natural. Nada le dijo a su familia. Tampoco yo a los míos, que vivían en Ibagué.

Martín recuerda haber oído tiempo atrás, en sus viajes como corresponsal de prensa, historias similares en El Salvador y en Guatemala, y también en la propia Colombia. Incluso, había contado en alguno de sus primeros informes la suerte que habían corrido los muchachos amigos de Camilo Torres cuando habían querido seguir sus pasos. Sólo que éstos habían conocido muy pronto la realidad de la guerrilla y al querer abandonarla habían sido fusilados. Fue el terrible desenlace de un sueño algo romántico de juventud.

—¿Qué edad tenía usted entonces? —le pregunta a Cástulo.

—Veinte años. Y ella sólo diecisiete.

—¿Por qué tardó tanto en ver la realidad?

Cástulo lo mira algo sorprendido como si no esperara aquella pregunta.

—La realidad la ve uno muy pronto, pero siempre en la guerrilla le dan a uno razones para justificarla —contesta, luego de morder con calma el pan con salchichón y queso que se había preparado—. Hombres como Rincón siempre tienen respuesta para todo. Por mi tío, y su larga vinculación a esa lucha en Viotá, yo pertenecía a lo que podríamos llamar guerrilleros de sangre azul. Aunque tuve que aceptar adiestramiento militar como cualquier guerrillero raso, y de hecho lo fui, mi labor inicial no era la de participar en combates y asaltos sino cumplir tareas de adoctrinamiento político. Era en este campo un asesor de Rincón. Muy pronto fui designado comandante de escuadra. Pero más tarde, tanto por ser hombre de entera confianza como por tener un nivel muy superior a los de otros comandantes del mismo rango, quedé encargado de manejar las finanzas en aquella zona donde la coca se convirtió en la principal fuente de ingresos. Recibía dinero de los comerciantes que manejaban empresas de la guerrilla, recibía dinero de los traficantes y pagaba a los campesinos que me entregaban la hoja de coca. Ese dinero, realmente muchos, pero muchos miles de dólares y muchos millones de pesos, lo guardaba en canecas recubiertas con plástico que ocultaba en lugares que sólo yo conocía.

—¿Cómo llegó a conciliar el narcotráfico con sus sueños revolucionarios? —pregunta Martín con un brillo de humor en las pupilas—. Un Gramsci nunca debió prever tal tipo de negocios en un devoto de sus ideas.

Cástulo, tomando aquello como una broma, sonríe:

—Contradicciones. Así las llamamos los marxistas. En el fondo de mí nunca logré resolverlas. Algo me ofendía por dentro. Las viví en tres etapas antes de comprender que eran *insurmontables*, como dicen los franceses. Al principio, cuando llegué para cumplir tareas de adoctrinamiento, no entendía por qué se expropiaban tierras y en vez de repartirlas entre los campesinos eran administradas por las propias FARC para dedicarlos como jornaleros al cultivo de la coca. Veía todo esto como una distorsión indebida de los objetivos mismos de la lucha. Pero Felipe Rincón se apresuraba a darme justificaciones para demostrarme que el objetivo último de nuestra acción nunca se había perdido. La lucha armada era sólo un medio de llegar al poder y, a su turno, aquellos recursos de financiación eran los medios inevitables e indispensables para mantenerla. En eso nos distinguíamos de los narcotraficantes, decía. Ellos sólo buscaban enriquecerse, aunque a veces fueran nuestros aliados forzosos. Lo mismo me decían a propósito de los secuestros. Los secuestros, más que cualquier otro recurso, me parecían contrarios a una ética revolucionaria. Nunca se había servido de ellos la revolución cubana, le argumentaba a Rincón. Pero él se tomaba el trabajo de explicarme que sólo eran retenciones a fin de obligar a los miembros de una burguesía explotadora, llena de privilegios, a pagar un impuesto que de otra manera no estarían dispuestos a darlo. Lo que nunca acepté, bajo ninguna clase de razonamientos, fue ordenar la muerte de campesinos propietarios de alguna finca cuando se negaban a vendernos la coca al descubrir que ganaban más vendiéndosela directamente a los narcotraficantes. Me limitaba a indicarles que debían abandonar la región si querían salvar su vida. «Créanme —les decía—, están condenados a muerte, y yo no quiero cumplir semejante orden aunque si no la cumplo otros la cumplirán.» La verdad es que la conciencia no me dejaba en paz.

El capitán, que ha permanecido escuchando a Cástulo en silencio, parece dominado por un vago sentimiento de impaciencia. Martín lo advierte, sea porque aquello ya el militar lo ha escuchado o porque esas aclaraciones poco le interesan. El caso es que, como si quisiera ir al grano rápidamente, le pide a Cástulo que hable ya del papel desempeñado por Benjamín (mi coronel Ferreira, dice) en su abandono de la guerrilla.

Cástulo se queda un instante absorto como si quisiera retomar el hilo perdido de su relato.

—Fue algo muy extraño. Inesperado. El hecho es que de pronto me encontré escuchando los programas de radio que su hermano —dice, dirigiéndose a Martín— presentaba todas las noches en la Voz del Caguán. Hablaba del marxismo como yo podría hacerlo. De lo que había diseñado el propio Marx y de lo que para él, para Marx y Engels suponía la derrota del capitalismo y el advenimiento de una sociedad socialista. Y para mostrar que ese proyecto nunca había logrado sus objetivos, hablaba de lo sucedido en Camboya, Laos, Vietnam, Corea del Norte, Checoslovaquia, Polonia o Chechenia, así como de las razones por las cuales el muro de Berlín había caído. Muchas de esas cosas, la verdad sea dicha, yo no las conocía tan bien como él porque mi formación había sido esencialmente teórica sin confrontarla con la realidad política del mundo socialista. De todos modos mi primera reacción, tratándose de un militar que incursionaba en nuestro terreno de ideas, fue inicialmente de furia. «Contéstale —me decía Rincón—. Tú puedes hacerlo.» Y lo hice. Sentía necesidad de replicarle. Me valí de un hijo de mi tío, de un primo que viajaba a Cartagena del Chairá para que le llevara una carta en la cual le hablaba de otra realidad, la nuestra, del mal reparto de la tierra, del privilegio de los ricos, de la oligarquía que dominaba desde siempre el país, de la justicia de una sociedad sin clases, etcétera. Me sorprendió que leyera esta carta por la radio antes de dar su respuesta. Decía que al contrario a lo ocurrido en China, cuando Mao iba tomando el control de regiones dentro de su esquema de guerra prolongada y de paulatino control territorial, nosotros no ganábamos la adhesión espontánea de los campesinos sino que nos imponíamos por miedo; por miedo nos obedecían o por miedo terminaban desplazándose hacia ciudades para vivir en la miseria. Yo, algo menos seguro porque estas aseveraciones de algún modo había podido comprobarlas, volvía a escribirle, pero esta vez no sirviéndome de mi primo sino de algún conductor que dejaba las cartas, dirigidas a la emisora, en un retén militar. Los soldados las recibían sin preguntar nada y acababan entregándoselas a su hermano. Fue él quien tomó la iniciativa de remplazar estos mensajes destinados a la radio, tanto míos como suyos, por cartas personales utilizando los frecuentes viajes que mi primo hacía entre la zona donde me encontraba y Cartagena del Chairá.

«Algo muy propio de Benjamín —piensa Martín—. Muy suyo.» Los propios militares, le había contado el coronel Villamizar, no entendían aquellas emisiones de radio. No creían que con hombres de las FARC las palabras sirvieran de algo. La bala sí, las palabras no, opinaban.

—¿Qué le decía en esas cartas? —le pregunta a Cástulo.

—Muchas cosas que yo mismo había empezado a comprobar. Me refería que en los países comunistas había una clase dirigente, llamada la nomenclatura, con muchos privilegios mientras el resto de la población vivía en la pobreza. Pero lo que más llegó a inquietarme fue su argumento de que lo mismo estaba ocurriendo ya en la guerrilla. Me hablaba de los privilegios del Paisa y de otros comandantes, y de la real situación no sólo de los campesinos sino de los propios guerrilleros rasos, muchos de ellos reclutados a la fuerza. ¿Valía la pena arriesgar la vida y comprometer mi propio destino para mantener una situación que traicionaba los supuestos sueños de igualdad en los que había creído al ingresar a las FARC? Las cartas me las enviaba en hojas de cuaderno y firmaba con su propio nombre, Benjamín. Y yo, por cierto, empecé a contestárselas con mi propio nombre, que no es Cástulo sino Ismael. Me sentía más cómodo, más libre usándolo. Y a él debía ocurrirle lo mismo. Poco a poco, casi sin darme cuenta, dejé de mencionar las contradicciones propias de un proceso revolucionario para participarle, como a un amigo, quejas que empezaban a abrumarme. La verdad es que jamás tomé un centavo para mi familia o para la familia de Sandra, pero en cambio recibía órdenes de jefes de las FARC, de Polanco, Remides, Leonardo y el propio Paisa para que les enviara dinero. Y no una pequeña suma sino cien, doscientos o trescientos millones de pesos. «Alístelos, que la mona pasa el sábado por ellos», me decía uno. Y, procedente de Neiva, en un Toyota último modelo, llegaba al sitio llamado Las Piscinas o Balsillas, una rubia despampanante, bien vestida y con joyas de lujo para recoger un dinero que yo entregaba con desagrado y también con miedo, pues no acatar una orden era correr el peligro de ser ajusticiado. Sabía que el Paisa se hacía llevar las muchachas más bonitas del campamento, casi todas quinceañeras. Recuerdo una, llamada Claudia, que se suicidó con el arma de un guerrillero para no ser violada por el Paisa. Por cierto, le conté eso a Benjamín para que lo difundiera por radio. Y lo hizo. En realidad, muchas de las noticias dadas por él en la emisora eran enviadas por mí. Con ellas, al principio, esperaba que nuestro proceso revolucionario se equivocara de rumbo. Lo que rebasó para mí la copa fue la noticia que supe por mi propio tío de que con el dinero que yo le había entregado, Felipe Rincón había comprado unos moteles en Montería. La mujer de otro comandante había montado una boutique en Bogotá. Mi decepción era tan grande que no vacilé en comentarle a Benjamín: «Creía participar en una revolución social y me volvieron un narco.» Como no ocultaba de vez en cuando algunas críticas, los comandantes empezaron a mirarme con desconfianza. Si decidía no expresar reparos, me veían callado, pensativo. Fue entonces cuando ya Benjamín, viendo que mi vida corría peligro, me propuso desmovilizarme con un grupo numeroso de guerrilleros con los que había establecido contacto de tiempo atrás. Buscaba un pretexto para trasladarme, supuestamente por unos pocos días, al sur del Tolima, zona que él me había señalado, cuando me llegó la terrible noticia de su muerte. No podía creerlo. Desde luego nunca creí en que había muerto a consecuencia de un infarto como alcanzó a decirse por radio. Sabía, o mejor, estaba seguro de que era obra del Paisa, que éste no le perdonaba todo lo que estaba difundiendo sobre su vida privada, sus lujos, las cremas y aguas de colonia que se hacía comprar y la violación de muchachas a veces reclutadas a la fuerza.

Martín lo escucha ahora con una secreta tensión, como si algo realmente esperado estuviese a punto de ocurrir. Ahora entiende por qué el coronel Villamizar le había dicho aquella mañana por teléfono, a propósito de aquel guerrillero desmovilizado: «Le interesará hablar con él. Tiene cosas que contarle.» Movido por una brusca impaciencia, Martín decide hacerle a Cástulo una pregunta crucial:

—Sin duda fue idea de él, del Paisa. ¿Cómo lo hizo? ¿Usted lo sabe? —dice sin poder impedir que su voz delate su secreta tensión.

—Lo supe, sí. O mejor, decidí saberlo. Y no fue difícil porque el propio Felipe Rincón apareció en San Luis de Lozada

donde yo había sido trasladado para darme lo que él consideraba una buena noticia. «Al fin lo callamos —me dijo—. Al fin.» Y
me explicó que aquella tarea le había sido designada a un alias
Polanco, comandante de la tercera compañía del frente móvil
Teófilo Forero. Yo lo conocía. Es un hombre de unos treinta y
cinco años de edad, moreno, de bigote poblado, muy cordial
con los campesinos. Les extiende la mano para saludarlos, les
sonríe, les hace bromas, pero con la misma simpatía y cordiali-
dad puede informarles que deben abandonar la región si se nie-
gan a continuar poniendo minas «quiebrapatas» en los caminos.
Y si no atienden su orden, los manda matar luego de una especie
de juicio manipulado por él. En el caso de Benjamín, su hermano, parece que la tarea de liquidarlo la realizó un soldado.

Martín no puede contener su asombro:

—¿Un soldado? —repite con incredulidad.

—Un soldado campesino —precisa Cástulo—. De esos que
pasan el fin de semana con su familia, en sus campos. Yo me las
arreglé para desplazarme hacia la zona donde estaba el campamento de Polanco a fin de verificar algunas cuentas. Ése fue mi
pretexto. Polanco estaba radiante. Socarrón, siempre parece estar hablando en broma. Me dijo que él mismo le había entregado el arsénico en una bolsa que contenía polvos y una jeringa, en
caso de que tuviese que combinarse con alguna bebida. Lo extraño es que el soldado había recibido el anticipo, cinco millones, y no había querido retirar el resto, una vez cumplida su misión. Se lo había impedido su madre. La señora esa, según
parece, se le había convertido en un problema porque quería
mucho a su hermano, a Benjamín. Lo conocía, como muchos
campesinos de la región. Le debía favores. Y parece que no atendía amenazas de Polanco para que se callara. Estaba movilizan-
do campesinos en una protesta contra las FARC. No entendía
cómo su propio hijo había realizado aquello.

—¿Qué pasó con él, ingresó a la guerrilla?

—No. Algo increíble: está todavía en el ejército como soldado profesional.

—¡No puede ser! —exclama el capitán—. ¿En cuál brigada?

—Eso no lo sé, pero ustedes podrán averiguarlo. Tengo su nombre: Jacinto León Jiménez. ¡Una rata!

Martín apunta aquel nombre en una libreta de periodista que siempre lleva en el bolsillo. «¡Que país!», murmura para sí mismo. No lo embarga un sentimiento de furia sino de amargura, tal vez de algo que expresaría mejor en francés que en castellano: de *révolte*. Le resulta duro, insoportable, pensar que un destino como el de Benjamín, asumido de una manera limpia y generosa, como un apostolado que debía parecerle extraño si no excéntrico a sus propios compañeros de armas, pudiese terminar así mediante el pago de una recompensa a uno de sus propios soldados, probablemente reclutado por él en el campo para liberarlo de la guerrilla. «Triste y odioso fin», piensa, y de pronto, al darse cuenta de que Cástulo, su compañera y el capitán Campos lo observan en silencio como si siguieran el hilo de sus cavilaciones, decide romper aquella atmósfera sombría.

—Gracias por su informe —le dice a Cástulo en un tono tranquilo—. Y ahora —agrega retirando su silla para incorporarse— vamos a ocuparnos de ustedes dos. Hay que sacarlos de esa celda, y por lo pronto, capitán, vamos con ellos a un supermercado para que tengan todo lo necesario mientras conseguimos que se muden. Su nueva vida no puede empezar con hambre y encierro, ¿verdad?

32

A la hora de volver a los recuerdos que he ido dejando en este cuaderno, una pregunta me asalta de repente: ¿Por qué surgió de manera tan repentina y definitiva mi amor por Irene? De paso, cada vez que escribo la palabra amor me doy cuenta de que se aplica con frecuencia a sentimientos no necesariamente opuestos pero sí distintos. Nunca se enamora uno de la misma manera. No puedo, por ejemplo, comparar lo que hoy me inspira Margarita con lo que sentí por Irene, al despedirme de ella la tarde en que la conocí. Con Margarita ha surgido algo diferente, imprevisto, una atracción provocada esencialmente por su belleza y todo lo que contribuye a exaltarla: cabellos, ojos, silueta, traje, collares, perfume, ¿sexo? Sin duda. Basta un ademán, la manera de llevarse la mano al pelo o de acompañar con una mirada una alusión traviesa, para que uno sienta un extraño desasosiego, tal vez los latidos del deseo. Pero, para ser justo, ahora que lo pienso, todo ello parece sólo el soporte esencial de otros ingredientes que me atraen en ella: su personalidad, cierta rebeldía frente al mundo que la rodea y el empeño en defender su libertad a cualquier precio. En cambio, mi amor por Irene tuvo un anclaje muy distinto, más profundo. No encuentro mejor palabra para definirlo que la palabra ternura. Brotó dentro de mí aquella tarde, al despedirme en la puerta de su casa, cuando me tomó las manos y con una inesperada lumbre de súplica en los ojos me preguntó si volvería a verme. Sentí entonces una honda e imperiosa necesidad de protegerla. Me di cuenta de que yo era alguien único para ella. Rubia, diáfana, sus finos rasgos apenas insinuados en aquella luz incierta de un crepúsculo que naufragaba en la primera oscuridad de la noche, no había deseo sino eso, ternura, en el primer beso que le di, rozando apenas sus labios con los míos. Jamás tuve la idea de llevarla al hotel donde solía hospedarme en Berna y hacerle el amor. Era virgen cuando me casé con ella. Recuerdo nuestros paseos por los bosques cercanos a su casa, cubiertos de nieve en invierno. Íbamos tomados de la mano como dos adolescentes. Sentía que no podía comportarme de otra manera. Ella despertaba en mí una imagen romántica del amor, propia de poemas que leía o de las películas que veía cuando era adolescente, algo muy distinto a lo que me ocurría con las muchachas francesas que yo encontraba entonces en los bares de Saint-Germain-des-Prés. No había manera de que con ellas cristalizara un sentimiento de mayor calado; eran libres, celosas de su independencia y el sexo lo tomaban de manera casi deportiva. Pienso que si yo hubiese buscado algo igual con Irene, lo que yo había representado para ella iba a quebrarse como una porcelana muy fina al recibir un golpe.

Fue imposible para mí olvidar nuestro primer encuentro. Sentía que ella estaba a la espera de una señal mía. La llamaba diariamente por teléfono. Nos escribíamos. Sus cartas, escritas con una caligrafía ordenada y minuciosa y en un francés impecable, tenían una extraña profundidad a la hora de hablarme de ella, de sus lecturas, de lo que soñaba. En cuanto me era posible, tomaba un tren en París para dirigirme a Berna. No he podido olvidar el tintineo impaciente y ligero de la campanilla que yo hacía sonar a un lado de la puerta y la alegría, casi infantil, que veía en su rostro cuando se aproximaba al umbral. Mientras yo la besaba cerraba los ojos con la expresión casi transfigurada de quien encuentra a alguien que creía perdido. La madre parecía siempre muy contenta de verme. Alguna vez llegó a confesarme que temía que no volviese. Sólo más tarde vine a comprender dónde anidaba su preocupación. El padre me saludaba en alemán con un brillo jovial en sus ojos azules. Yo hablaba con Irene de mis viajes, de libros, de algún personaje que hubiese encontrado en París o intentaba traducirle mis poemas. Era como un mensajero del mundo que llegara a su encierro. Difícilmente lograba llevarla a un cine porque no le gustaba ir al centro de la ciudad y encontrarse rodeada de una gran cantidad de gente que esperaba entrar en la sala. Sólo cuando estábamos a oscuras, mi mano entre las suyas, viendo la película, estaba tranquila. Por cierto, a la hora de juzgar un filme de Bergman o de Antonioni su percepción era penetrante y sutil. Me parecía siempre sorprendente que aquellos juicios, a propósito del cine o de la literatura, fueran los de una muchacha que a la hora de moverse en el mundo de todos los días parecía tan desamparada como una niña. Sólo se sentía cómoda en mi compañía o la de sus padres. Rara vez encontraba visitantes en su casa; si acaso, alguna vecina. Recuerdo nuestra primera Navidad, dos meses después de conocerla. Veo la nieve que cubría el jardín, el crepitar de los leños que ardían en la chimenea, un gran pino en el salón lleno de bombillas de colores y la espléndida mesa arreglada por la madre de Irene, el pavo recién sacado del horno y más tarde una tarta de castañas con un helado, mientras el padre no dejaba de poner vino en mi copa cada vez que quedaba vacía. No éramos sino nosotros cuatro. Yo me sentía ya como un miembro de aquella familia. La verdad es que iba a serlo muy pronto, más pronto de lo que yo hubiese imaginado.

Todo ocurrió una tarde del mismo invierno cuando al anochecer, hallándome en el salón con Irene, le conté que tenía previsto un viaje a Sudamérica. Aquella noticia le ensombreció el rostro. Había anochecido, ella estaba sentada en el salón, en su lugar de siempre, y la luz de la pequeña pantalla de mesa, a su lado, me revelaba su expresión inquieta. «Siempre tengo el temor de no volver a verte», murmuró en voz baja. Yo solía diluir siempre sus aprehensiones con alguna broma, y así traté de hacerlo aquella vez. «¿Qué temes —le pregunté—: que me secuestren o que me enamore de alguna azafata?» Pero ella no sonrió. Parecía empeñada en confesarme algo que la asediaba por dentro. Empezó a hablarme de la época en que todavía era estudiante de la Escuela Internacional de Brillamont, en Lausana, la misma donde había conocido a Clara Lucía. No sabía entonces lo que quería hacer de su vida, me decía, aunque había empezado a leer y sentía que en los libros encontraba algo más apasionante que los clubes, las fiestas y los viajes; el mundo donde se movían sus compañeras. No le decía nada encontrarse un día casada con un banquero o con un propietario de hoteles, convertida en una ama de casa, alternando el cuidado de los hijos con una bulliciosa vida social. Prefería la soledad. No la veía como un castigo mientras pudiera leer, reflexionar y escribir. Era otro destino, el que muchos escritores y artistas habían aceptado. Y de pronto, fijando en mí una mirada que traicionaba su desconcierto, me dijo algo inesperado: «Pero tú has cambiado esa visión que yo creía muy firme. Ahora la soledad me pesa. Se ha convertido en espera. Espera de tus noticias o de tu regreso. —Y, tratando de sonreír, agregó—: Es como si hubiese perdido mi centro de gravedad.» Yo no sabía qué decirle. ¿Me estaba culpando? ¿Iba a ponerle fin a nuestra historia? Con ella todo era posible. Me sentía de pronto inquieto, vulnerable, como si estuviese a punto de perderla. «No quiero ocasionarte problemas», alcancé a murmurar. Ella me contempló con estupor. «Creo que no has entendido lo que quiero decirte. Te necesito. Nunca imaginé... —la voz se le quebró y los ojos se le llenaron de lágrimas—. Quiero estar contigo siempre. No sola, contigo»; repitió con énfasis. Yo sentí un profundo alivio. Alivio y sorpresa. «Si es así —le dije— hay una solución que cambia tus planes de vida, y de paso los míos. Casémonos.» Me parecía inverosímil lo que estaba diciendo, pero aquellas palabras me habían brotado de manera alegre y espontánea. «¿Estás seguro?», murmuró ella. Y sus ojos tenían un vivo e ilusionado destello a través de las lágrimas.

La noticia se la dio aquella misma noche, delante de mí, a sus padres. No entendí lo que les decía porque habló en alemán, pero lo imaginé cuando oí que su padre lanzaba una alegre exclamación. Se incorporó, nos hizo una seña como pidiendo que aguardáramos y se dirigió a la cocina para volver con una botella de champán envuelta en una servilleta. La madre, en cambio, ajena al júbilo de su marido, se había puesto a llorar. «No, no se inquieten —dijo al fin, después de secarse los ojos con un pañuelo—. Estoy triste, es inevitable. Siempre pensé que tendríamos a Irene con nosotros. Pero estoy feliz por ella.»

Yo debía regresar a París dos días después. Me sorprendió que al día siguiente la madre me llamara muy confidencialmente al hotel. Quería verme fuera de casa, me dijo, de una manera que me resultó extraña. Nos dimos cita en un salón de té, muy cerca del lugar donde yo estaba alojado. Era un lugar elegante y algo ceremonioso con pequeñas lámparas sobre las mesas, concurrido sólo por gente de edad que hablaba en voz baja. En un principio pensé que la madre de Irene sólo deseaba saber dónde y cuándo había pensado que debía realizarse el matrimonio. Hacía estas preguntas como si se tratara de algo dispuesto por Irene y por mí de tiempo atrás. Pero yo nada podía decirle. Debí explicarle que aquella propuesta mía había surgido la noche anterior de manera totalmente imprevista, espontánea. Hasta entonces sólo había esperado que el tiempo hiciera su trabajo y aclarara el rumbo que podía tomar nuestra relación. La madre de Irene me observaba, desconcertada. No era la mujer alegre y amistosa que siempre había visto hasta entonces. La veía muy seria, inquieta. «¿Está usted seguro del paso que va a dar?», me preguntó con el aire severo y algo desconfiado de una maestra que interroga a un alumno. «Sólo puedo decirle que yo quiero a Irene y que ella me necesita», fue lo único que atiné a responderle. «Ella es todavía una niña aunque tenga ya veintidós años —argumentó ella sin poder ocultar el temor que le ardía en la voz y en la mirada—. No la veo capaz de asumir el compromiso de un hogar, ni de cuidar de unos hijos. Tal vez —murmuró como quien suministra una excusa—, la protegimos demasiado. Perdimos un hijo apenas un poco mayor que ella cuando era todavía un niño y la cuidamos siempre de una manera exagerada. Nunca tuvo la vida libre de sus compañeras.» Me parecía, entonces, que sus inquietudes eran, en efecto, las de una madre excesivamente protectora que seguía viendo a su hija como a una niña, así que decidí decirle con franqueza lo que yo pensaba de tiempo atrás. Tarde o temprano Irene tenía que salir de esa especie de claustro donde se había encerrado en los últimos años, le observé. Era consciente de la vida que ella no quería llevar, muy distinta, por cierto, a la que tendría a mi lado en París. París, al contrario, le podía convenir. El mundo que allí podía encontrar no estaba reñido con lo suyo: libros, museos, exposiciones, ideas y debates... «Encontrará horizontes nuevos», le dije. La madre me escuchaba con el aire trémulo de quien espera apaciguar sus temores. «Dios lo oiga», me dijo al fin, y esas palabras habrían de quedarme grabadas como una temblorosa advertencia de lo que, entonces sin saberlo, sin sospecharlo siquiera, me esperaba.

33

—Aunque no seas muy aficionado al golf, ni al tenis ni a la vida social, éste es un lugar muy agradable para pasar unas cuantas horas del domingo —dice Margarita como si quisiera eliminar dentro de él cualquier oculto reparo a la invitación que le había hecho—. ¿Lo conocías?

—Mucho, pero sólo de nombre —responde Martín con humor, recordando las tardes de domingo en casa de don Julio Herrera. Del Country Club de entonces llegaban amigos y cuñados de don Julio acompañados por sus esposas, para acabar la tarde en torno a una botella de whisky.

Detrás de los lentes oscuros que lleva, la mirada de Margarita parece recorrer con placidez los vastos campos de golf bajo la viva luz del mediodía.

—Aquí se respira un buen aire —comenta con gesto distraído—. Es el único panorama verde y tranquilo que queda en Bogotá. Detesto los embotellamientos de tráfico o las ciclovías de los domingos.

—Cierto —murmura Martín, sin poder desalojar dentro de él la sensación de ser un advenedizo, tal vez un intruso en aquel lugar. «¿Qué hago yo aquí?», no deja de preguntarse, mientras observa los grupos familiares que ocupan, a la sombra de parasoles, las mesas de la terraza donde se encuentran. Su llegada con Margarita a la taberna del club había atraído miradas curiosas, especialmente de las mujeres, todas amigas o conocidas suyas, que debían preguntarse quién era él, un exótico acompañante nunca visto en aquel lugar.

Margarita lo observa con una brizna de curiosidad, y como si estuviese siguiendo el hilo de sus pensamientos le pregunta:

—¿Nunca has pensado quedarte en Bogotá?

—Francamente no —responde Martín—. A menos que un día los años no dispongan otra cosa.

—¿Sólo eso? ¿Sólo los años te harían volver?

Aunque lo dice con alegre desenvoltura, a él le parece advertir detrás de sus palabras cierta inquietud, quizás un vago despecho, que él intenta disipar con una broma:

—Bueno, una mujer como tú puede hacerle cambiar a uno cualquier proyecto...

—Eso suena a pura galantería bogotana —dice ella en un tono brusco que a él le sorprende—. Deberías hablar en serio.

«Nada que hacer, con esta mujer siempre hay que poner las cartas sobre la mesa; eso es lo que espera de mí», piensa Martín observándola. Vestida de manera deportiva, con un pantalón claro, una blusa de seda y un suéter colgado de la cintura, parece haber vuelto a su primera juventud.

—Margarita —se decide él a confesarle—, la verdad es que estoy confundido. Algo me ha ocurrido contigo. Algo inesperado, que no quisiera perder. No obstante...

—No obstante... —repite ella.

—No me veo viviendo en esta ciudad, renunciando a la vida que he llevado desde... —vacila un instante—, desde siempre.

Advierte un aire de suave comprensión en la mirada de ella.

—No te inquietes —murmura, a tiempo que le cubre la mano con la suya de una manera casi maternal—. Dejemos que el tiempo aclare las cosas. —Luego, volviendo al tono inicial de su conversación, le pregunta por los proyectos que aún lo retienen en Bogotá.

—El más importante, ya te lo he contado. Debo saber qué le ocurrió a mi hermano. Ya sé que fue asesinado, y tengo el nombre del que cumplió ese encargo. Un soldado.

—¿Un soldado? —repite ella con extrañeza.

—Tengo su nombre, y el viernes pasado supe dónde se encuentra. En un Batallón de Contraguerrilla que opera en Antioquia —dice Martín, y por unos instantes rememora las largas y dispendiosas diligencias que debió hacer en el Comando del Ejército. Ve el viejo edificio con las huellas de sus reiteradas remodelaciones, el cuarto piso, las bonitas muchachas uniformadas, los soldados que venían del monte y que hacían infinitas antesalas en espera de alguna autorización solicitada por ellos, y finalmente el amable coronel que tras enterarse de que era un periodista llegado de Europa y hermano de un oficial fallecido, le había ordenado a un sargento que buscara en la oficina de sistemas la ubicación del soldado cuyo nombre le había dado Martín. Todo lo que le había dicho al coronel era que buscaba informes que aquel soldado conocía sobre la muerte de Benjamín.

—¿Y qué piensas hacer? —le pregunta Margarita—. ¿Lo vas a denunciar?

—Seguramente, pero antes deseo conocerlo, hablar a solas con él, fuera de juicios y tribunales. Pertenece a un batallón de contraguerrillas agregado a la Séptima División del Ejército. Debo ir la próxima semana a Medellín para saber dónde se encuentra ese batallón.

—¡Qué líos! —murmura ella distraídamente, y no dice más porque en aquel momento un camarero de chaqueta blanca se ha detenido al pie de la mesa y les pregunta qué desean tomar.

Martín pide por una ginebra con agua tónica.

34

Si vuelvo atrás, de nuevo atrás, a los días que precedieron a mi matrimonio con Irene, lo que recuerdo es una sensación extraña, confusa, de incertidumbre, tal vez de susto. Pensaba por momentos que había actuado de una manera precipitada, sin pensarlo dos veces; es decir, sin medir las consecuencias de lo que me tocaría afrontar al casarme con ella. Pero apenas me hacía esta reflexión, otra voz dentro de mí mismo me recordaba que el amor no admite esta suerte de reflexiones; era algo así como un toque mágico, onírico, repentino; brota del fondo de uno mismo como un poema, me decía, y responde al misterioso hallazgo de una persona que aparece en la vida de uno como si estuviese predestinada a compartirla y que uno no puede abandonar porque el corazón no lo permite. Así de simple o de grave, como quieras tomarlo, me decía. Irene era como una réplica del muchacho que yo había sido: el mismo desamparo e idénticos sueños, los mismos sueños recónditos que me habían diseñado una vida muy distinta a lo que el mundo de donde había salido había previsto para mí. Era, por cierto, la única mujer que podía cambiar aquel rumbo de la vida que me había impuesto. Vivía solo en un apartamento de la rue de Grenelle, iba de un lugar a otro en función de mi oficio, comía en cualquier parte, a veces sólo con la compañía de un libro, y ahora, por primera vez, sin saber a qué horas, me encontraba ante la perspectiva de un total cambio de vida al lado de una muchacha completamente distinta a cuantas hasta entonces había conocido, no emancipada y habituada a relaciones fáciles y ocasionales con los hombres, sino frágil, dulce, encerrada en su mundo interior y esquiva con la gente. Todo esto me lo decía mientras adelantaba los minuciosos e imprevistos preparativos que implicaba la boda. Como lo escribí entonces en una de esas notas que a veces deslizaba con destino a varios periódicos de América Latina, me encontré de pronto extraviado en un laberinto de trámites burocráticos nunca imaginados. Cambiar de estado civil no parecía nada fácil en Francia. Recuerdo mi primera entrada a la alcaldía del séptimo *arrondissement*, a pocos pasos de mi casa, la gran puerta de entrada, el sonoro vestíbulo ante una doble escalera de mármol, el muro con losas también de mármol y vasos de bronce con flores al pie donde aparecían los nombres de los habitantes del barrio muertos por Francia en las dos guerras mundiales. Siempre moviéndome en esa atmósfera de mausoleo, encontré en el segundo piso la oficina de *mariages*. En una ventanilla parecida a la de un banco, encontré una hosca señora francesa, de lentes y pelo gris, que acabaría entregándome una carpeta con un número aplastante de formularios, al lado de un folleto en colores coquetamente adornado con corazones y tulipanes. Debí someterme a exámenes médicos, ser pesado y auscultado como si fuese un atleta dispuesto a participar en un campeonato y permitir que una enfermera, vestida de blanco, me extrajera sangre con una jeringa a fin de asegurarse que no padecía ninguna enfermedad venérea. No recuerdo ahora si Irene debió seguir los mismos trámites en Berna, aunque muchos informes y papeles suyos me fueron enviados por su madre. Mis amigos, latinoamericanos y franceses que había hecho a lo largo de aquellos años y que me veían siempre como un soltero sin redención posible, no podían creer que hubiese tomado una decisión tan repentina y para ellos misteriosa. ¿Quién era aquella suiza con la que me iba a casar? ¿De dónde había salido? ¿Qué profesión tenía? Las vagas respuestas que yo podía darles los dejaban aún más perplejos. El más sorprendido de todos era Jean. Aceptó ser testigo mío en la ceremonia de la alcaldía, pero quedó escandalizado cuando yo no supe informarle dónde iba a festejar aquella boda. En realidad, no se me había ocurrido que aquello fuese lo habitual. Fue él quien tomó por su cuenta lo que yo había puesto de lado. Lo organizó todo, camareros, champán, entremeses, ponqué, en su lujoso apartamento cercano a la plaza de Trocadero y me hizo reservar un hotel y comprar pasajes para pasar unos días de luna de miel en Montreux. A todo esto, no sabía yo cómo iba a reaccionar Irene.

No he podido olvidar la impresión que me produjo la llegada de ella al aeropuerto Charles de Gaulle. Acompañada por sus padres, vestida como nunca la había visto, con un traje de calle oscuro, muy formal, parecía asustada, y no tanto por el bullicio del aeropuerto sino por lo que la esperaba en aquella ciudad tumultuosa, tan distinta a la suya. Se tranquilizó al verme, me abrazó con efusión y luego me alargó su mano para que yo la tomara con la mía. De algún modo yo sentía palpitar su inquietud. Debía tener la sensación de que su vida de siempre había quedado atrás, en aquella casa de sus padres de las afueras de Berna donde había vivido hasta entonces, con su ámbito protector de libros, lámparas y ventanas que daban a un jardín apacible.

Algo en la solemnidad un tanto provinciana de sus padres, en su cuidadosa indumentaria y en la manera como escoltaban a Irene, me hacía pensar en los preámbulos de un matrimonio de otros tiempos. Viéndolos, debí descartar de inmediato la idea de que Irene se quedara en mi apartamento. Cargados de maletas, ella y sus padres se alojaron en un hotel de la rue du Bac que yo les había reservado. Durante los tres días que precedieron a la ceremonia, almorzábamos y comíamos en restaurantes del barrio sin que Irene intentara emanciparse de su compañía. Su madre, que conocía bien París, hizo con ella sus últimas compras en lujosas tiendas del Faubourg Saint-Honoré mientras el padre las seguía con silenciosa docilidad, mirándolo todo con ojos de turista. Sólo la víspera de nuestro matrimonio Irene y su madre vinieron a mi apartamento con valijas que les ayudé a traer para organizar en armarios su ropa y sus zapatos. Me parecía extraño ver florecer trajes y blusas donde nunca había tenido prendas de mujer. En cambio ella, Irene, parecía encantada de colocar sus libros al lado de los míos en los estantes del salón. «Éste va a ser mi lugar», me dijo al abrir una mesa plegable que yo tenía en un rincón. Sus besos furtivos, mientras su madre se atareaba poniendo su ropa en orden, eran tiernos y ligeros como los que una niña puede dar a su padre. «¿Con quién voy a casarme?», me preguntaba por momentos con una extraña inquietud como si se tratara de una desconocida.

Recuerdo, como si fuese ayer, el día de la boda. Caía una fina llovizna cuando llegamos a la alcaldía. Había más gente de la que yo esperaba encontrar. Amigos y amigas que no figuraban entre mis invitados habían venido alegremente, por su propia cuenta, seguros de que me agradaría tenerlos allí, tal vez empujados por la curiosidad de saber quién era aquella novia misteriosa. Peinada y maquillada en algún refinado salón de belleza y vestida con un traje de Chanel, Irene parecía una joven belleza salida de una película de otros tiempos. Algo confundida, recibía saludos y besos de gente para ella totalmente desconocida. Yo sentía en la mía la presión de su mano.

Jean, mi amigo de siempre, no ocultó su asombro al verla.

—¡Ahora comprendo por qué la tenías oculta! —exclamó observándola con un fulgor risueño en los ojos—. Es una joya, un *bijou*.

Era sábado, recuerdo, y por alguna extraña circunstancia el alcalde del séptimo *arrondissement*, el nonagenario y muy famoso Frédéric Dupont no pudo venir, de modo que fue reemplazado a última hora por una muchacha vestida con ropas deportivas y anunciada pomposamente como «la señora alcaldesa». Llevaba una banda tricolor que se dejaba ver detrás de una ligera chaqueta de lana. Luego de disculparse por su atuendo y de explicar que había sido llamada a última hora para excusar la ausencia de monsieur Dupont, nos dio la bienvenida y procedió a leer el acta matrimonial. Recuerdo nuestra confusión cuando habló de los anillos nupciales y yo descubrí que jamás había pensado en tal formalidad. Un amigo, que estaba a nuestras espaldas, logró deslizarme el suyo y el de su esposa.

La fiesta, en el soberbio apartamento de Jean, cuyos ventanales nos dejaban ver las luces de París y la silueta iluminada de la torre Eiffel, se prolongó hasta muy tarde en medio de una gran animación. Irene se mantenía a mi lado sin beber más de una copa de champán, sonriendo con las bromas de mis amigos periodistas y contestando con tímida cortesía a sus preguntas. A veces se apartaba para reunirse con sus padres que habían hecho invitar a una pareja amiga suya con la cual bebían champán y hablaban animadamente.

Había anochecido del todo y todavía el salón principal del apartamento estaba lleno de gente, cuando Irene, sus padres y yo decidimos escaparnos sin despedirnos de nadie, salvo de Jean y de su esposa. Tomamos un taxi que nos dejó en la rue du Bac, en el hotel donde los padres de Irene estaban alojados. Jamás imaginé que la despedida de ellos con su hija resultara tan dramática. Sacudida por bruscos sollozos, la madre abrazaba a su hija como si estuviese dejándola para siempre. Irene lloraba también dejando escapar entrecortadas palabras en alemán.

Fue, recuerdo ahora, el preámbulo de una extraña noche de bodas. Irene seguía ahogada en llanto cuando llegamos a mi apartamento. «Perdóname —me decía—. Es la primera vez que nos separamos. Nunca imaginé que iba a ser tan duro.» Yo me esforzaba por tranquilizarla. Iríamos con frecuencia a Berna, le decía; nunca vas a estar lejos de ellos. No me acuerdo a qué horas (quizá cuando salió del baño con una púdica camisa de dormir) se atrevió a confesarme que no sentía deseos de hacer el amor. «No en este momento, no con la tristeza que estoy sintiendo. ¿Me perdonas?» Su voz y su actitud eran de súplica. «Lo entiendo, lo entiendo», la tranquilizaba yo abrazándola con ternura. «Te voy a buscar un tranquilizante. Y nuestra luna de miel no será aquí sino en Montreux.» Más tarde, tendida al lado mío, en la cama, me tomaba mi mano con las suyas y la besaba. «Tú eres así, distinto a cualquier otro hombre. Por eso me casé contigo», murmuraba.

De los días que pasamos en Montreux no me quedan sino recuerdos luminosos: las aguas quietas y azules del lago Leman que veíamos desde el balcón de nuestro cuarto de hotel con un fondo de montañas, azules también, cubiertas de nieve; el castillo Chillon, tan misterioso al borde mismo del agua envuelto en la luz melancólica del crepúsculo; colinas cubiertas de viñedos, pinos y cipreses, y nuestros paseos en un antiguo tren por las montañas. Fiel a su conocido rechazo por los lugares ruidosos y concurridos, Irene no quiso que la llevara al Casino o a las discotecas que dejaban oír en las noches, en torno al hotel, música de jazz. Prefería, aún de noche, ambular conmigo por el paseo con altas palmeras que se alargaba a orillas del lago. Me hablaba de sus recuerdos de cuando era todavía niña y era llevada por aquellos parajes con sus condiscípulas y maestras.

A la hora de hacer el amor por primera vez con ella, me parecía atender desde una lejanía de años los consejos que Gisèle Santamaría le daba al adolescente que era yo todavía, cuando la encontré en París y me inició en las artes del amor: «*Doucement, hazlo así, doucement.*» Sin prisa, sin ciega fogosidad, con largos y lentos preámbulos, dejando que la ternura y la sensualidad disiparan en Irene cualquier inquietud. Sus quejas y suspiros me indicaron que había pasado la prueba más dura e incierta de aquel encuentro íntimo con ella. «Tenía muchos temores», me diría ella dos o tres días después, mientras paseábamos a la orilla del lago. Y no sé a qué horas acabó hablándome de un libro que la había atormentado siempre, pues parecía revelarle la trampa oculta en todo matrimonio. Era *La sonata a Kreutzer*, de Tolstói. Como lo confesaba su insólito personaje, creía que la atracción sexual suele idealizarse y confundirse con el amor. Cuando el sexo se convierte en rutina, puede aparecer de pronto entre marido y mujer un real abismo, la relación entre dos personas perfectamente extrañas entre sí pero encadenadas por una institución que tiene una gran validez social y aún religiosa para muchos. Aquel libro, me decía, le había hecho pensar siempre que el hombre no puede ser fiel, su instinto lo lleva a otras mujeres mientras la suya se convierte en una fuente de continuas tensiones. «¿Crees que puede ocurrir lo mismo conmigo?», le pregunté yo con risa. «La verdad es que me lo he preguntado —contestó ella—. Sólo que...» «¿Sólo qué?», repetí yo. «Sólo que te veo muy distinto al personaje de esa novela... y de muchas otras que he leído.» Y se detuvo para darme un beso.

Guardo este recuerdo como una postal romántica. Nada falta en ella, ni la luz de la luna iluminando como en un decorado de teatro las montañas y el lago. Por primera vez tenía yo la impresión de haber evadido la soledad que parecía como un sino de mi hado. Finalmente, pensaba en aquel momento, esta aura de paz y plenitud es lo que llaman felicidad. Algo, por cierto, fatalmente fugaz, de sobra lo descubriría después, sin que por ello nunca me haya arrepentido de haberme casado con Irene. El azar tiene cartas que uno nunca espera y que hacen de la vida una aventura siempre inédita.

35

—No hay otra carretera en el mundo con tantas curvas como ésta —le comenta a Martín el taxista.

Han dejado atrás el aeropuerto de Rionegro para tomar aquella carretera que, serpenteando por colinas cubiertas de una vegetación verde y profusa, desciende hacia Medellín.

Martín no cesa de contemplar con fascinación aquel paisaje que había conocido años atrás, cuando vino a Medellín dos o tres días después de que el famoso capo de la droga, Pablo Escobar, hubiera sido dado de baja. Aquella región le recuerda algo de Irlanda o del País Vasco español, sólo que el aire que entra por las ventanillas del taxi y le llena los pulmones tiene un olor vegetal intenso, húmedo, muy vivo, nunca sentido en Europa. Pertenece de algún modo a tierras todavía indómitas donde la naturaleza se hace sentir con más fuerza, así sus tonos no tengan, en las alturas, la estridencia del trópico sino la armoniosa serenidad vista tantas veces en paisajes europeos. A medida que descienden por la carretera aparecen al lado y lado, fincas y urbanizaciones campestres en medio de un paisaje donde alternan toda clase de verdes.

«Qué engañosos paraísos», piensa Martín, pues de pronto le ha llegado el recuerdo tenebroso de los días que había pasado en Medellín tras la muerte de Pablo Escobar, enviado por su agencia. Mafias, sicarios, crímenes, secuestros por cuenta de narcotraficantes y guerrillas ensombrecían el panorama no sólo de la ciudad sino de todo aquel departamento.

—¿Que tan seguras son estas fincas? —le pregunta al chófer, con la idea de saber si la situación seguía siendo la misma de entonces.

—Ahora están bien protegidas —contesta el hombre, como si hubiese adivinado lo que Martín deseaba saber—. No tanto por la policía, sino por sus propios dueños que han establecido un sistema muy suyo de seguridad.

—¿De qué manera?

—Todos tienen radios portátiles. Si alguno de ellos ve algún peligro o algo sospechoso, oprime un botón y minutos después acuden sus amigos de los alrededores con autos y camionetas, escoltas y armas. De esta manera lograron poner fin a los secuestros.

El chofer lo observa un instante con curiosidad por el espejo retrovisor.

—¿El señor es militar?

—¿Por qué lo piensa? —pregunta a su turno Martín.

—Pues porque me ha pedido que lo lleve directamente a la llamada Séptima División, que a mi modo de ver está en la Cuarta Brigada.

—Soy periodista.

El chófer vuelve a observarlo durante un instante por el espejo.

—Sí, más bien tiene cara de eso, de periodista.

Martín se echa a reír.

—Cada oficio tiene su propia cara —le comenta amistosamente.

«¿Tendrán también cara de poetas los poetas?», se pregunta a sí mismo mientras sigue observando los parajes que van apareciendo al lado derecho de la carretera. Y le viene a la memoria la figura de Pablo Neruda a quien había conocido y entrevistado en París en la Maison de la Pensée. No había imaginado entonces que, por una de las casualidades del destino, acabaría dos o tres años después asistiendo a sus funerales, y más aún: ayudando en las menudas gestiones que se requerían para ello el día que murió. Estaba en Santiago con motivo de la caída de Allende.

Antes de regresar a París, tenía una cita para ver a Neruda en la Clínica Santa María de los Ángeles donde estaba hospitalizado. Al llegar y preguntar por él, la empleada de la recepción le informó que había muerto a las tres de la madrugada. La muchacha acabó dándole la dirección de la casa adonde habían llevado el cuerpo del poeta, la calle Marqués de la Plata, lo recuerda muy bien, y por un instante, en su memoria vuelve a ver aquel jardín sembrado de escombros, papeles, fotos, vidrios, libros quemados, y el altillo parecido a un palomar que se alzaba en medio del jardín, la estrecha escalera y en el segundo piso la sala en penumbras, tres o cuatro mujeres en un rincón y Matilde, la viuda, sentada, sola y en silencio, al pie del féretro, un sencillo cajón adornado sólo con dos rosas. Nunca pudo olvidar la cara del poeta muerto. Como disponía de un auto de alquiler, había ido el único amigo de la familia que había llegado a aquella hora, el profesor Enrique Bello, también amigo suyo, para adelantar las largas y minuciosas gestiones del sepelio. De todo aquello había escrito una crónica publicada en muchos diarios de Europa. Una crónica y dos poemas que figuraron en su libro premiado.

La voz del conductor interrumpe sus pensamientos:

—¿Oye los pájaros?

En efecto, a través de la ventanilla abierta, le llega una algarabía de trinos. Martín descubre de pronto, con asombro, el paisaje de la ciudad que se extiende ahora a los lados de la carretera. Sobre la profusa vegetación, en una colina que domina el valle, se alzan altísimos y espectaculares edificios como nunca los había visto en otra ciudad de Colombia. El sol del mediodía parece bañar de luz las avenidas que se divisan desde lo alto.

El taxi se ha detenido, al fin, en la puerta de la Brigada, después de recorrer avenidas con altos y modernos edificios residenciales. Desde afuera no se divisan las instalaciones de aquella guarnición militar porque detrás de la malla que la circunda se alza un alto terraplén cubierto de hierba.

Los soldados que montan guardia a la entrada observan con recelo aquella pequeña maleta rodante de Martín.

—¿Adónde se dirige? —le pregunta uno de ellos.

—Necesito saber la ubicación de un soldado —explica Martín.

Después de permitir que los soldados revisen con suma detención su equipaje, es llevado ante una ventanilla, a pocos pasos de la entrada, donde le es solicitada su identificación. Finalmente, uno de los guardias le indica que lo acompañe hasta la oficina de personal. Caminando delante con rapidez, lo conduce a una edificación próxima a la entrada y luego de recorrer un pasillo se detiene en un amplio vestíbulo sobre el cual se abren pequeñas oficinas. El guardia se detiene en la puerta de una de ellas.

—Mayor, este señor desea verlo.

El oficial a quien acaba de dirigirse el guarda interrumpe la carta que al parecer estaba dictándole a su secretaria, una muchacha uniformada, y observa a Martín con aire molesto. Su voz suena áspera:

—¿Qué desea?

Cuando Martín le explica que quiere saber dónde se encuentra la brigada móvil o batallón contraguerrilla al cual pertenece un soldado llamado Jacinto León Jiménez, su actitud, además de huraña, parece recelosa.

—¿Para qué lo quiere, es pariente suyo?

—Creo que él conoció a mi hermano, y quería pedirle algunos informes.

—¿Su hermano? —repite el mayor sin abandonar su actitud desconfiada.

—Era coronel del ejército. Benjamín Ferreira.

Una entusiasta expresión de asombro parece iluminar el rostro del mayor.

—¡Por Dios!, ¿cómo no me lo dijo antes? Ha debido avisarme antes de su visita —exclama con una inesperada efusividad—. Él y yo éramos grandes amigos. Supongo que es usted el periodista. Así es, ¿verdad? Pues aquí me tiene a sus órdenes —agrega con vivacidad, poniéndose de pie y extendiéndole la mano, a tiempo que su secretaria contempla a Martín con una expresión igualmente alegre y sorprendida—. Soy el mayor Gustavo Segura.

«En todas partes, Benjamín dejó una huella», piensa Martín, recordando cómo cada vez que encontraba a alguien que lo hubiese conocido tenía una reacción similar a la del mayor.

Luego de tomar asiento y aceptar un café, le explica al militar su interés por encontrar a aquel soldado, cuyo nombre le repite.

—Algo sabe acerca de la muerte de Benjamín —le dice, cuidándose de darle más precisiones.

—Extraña muerte —murmura el mayor como si estuviera también invitándolo a expresar dudas compartidas por él—. Se habló de un infarto.

—O de un suicidio —precisa Martín.

El mayor no se sorprende.

—O de un suicidio, también lo oí decir. Y no lo creo. Para él, un suicidio habría sido imposible dadas sus convicciones religiosas y morales. ¿Qué piensa usted?

—Lo que usted debe imaginar. Se había vuelto un enemigo muy peligroso para la guerrilla.

—Mucho, sí. ¿Y qué puede saber ese soldado?

Martín se repliega cautelosamente. «Nada debo decir aún», piensa.

—Era un hombre muy cercano a él, es todo lo que sé. Y me han dicho que algo sabe acerca de su muerte.

El mayor se vuelve hacia su secretaria.

—Amelia, vaya a la oficina de comunicaciones. Pida que se comuniquen con el oficial de enlace del Batallón Contraguerrilla para saber dónde están operando en este momento. Y algo más: pregunte si allí, en ese batallón, está un soldado... —Se vuelve hacia Martín—. ¿Cómo me dijo que se llamaba?

—Jiménez. Jacinto León Jiménez.

Cuando la muchacha, después de anotar aquel nombre, se dispone a salir, el mayor la detiene.

—Si la comunicación se demora, llévenos el reporte al Casino de Oficiales. —Y luego, volviéndose hacia Martín le dice de una manera que parece la de un amigo travieso—: Déjeme invitarlo a almorzar. Digamos que ahora usted queda bajo mis órdenes.

—Pues es lo mejor que podía ocurrirme —sonríe Martín.

El mayor se queda en silencio unos instantes, y luego, como si siguiere la pista de una rememoración, murmura:

—Su hermano era un hombre muy especial. Lo que se le ocurrió hacer en Medellín nadie lo había intentado. ¿Se lo contó alguna vez?

—No recuerdo —replica Martín—. La verdad es que, viviendo yo en Europa, nos veíamos muy de tarde en tarde. Ahora que ha muerto es cuando vengo a conocer muchas de las cosas que acometía.

—No siempre bien comprendidas por los altos mandos.

—Parece que no —admite Martín—. Tenía una manera muy especial de hacer la guerra.

—Muy especial, sí —se ríe el mayor—. Aquí también. Logró, no sé cómo, la desmovilización de un grupo importante de guerrilleros del ELN en el Picacho, un barrio de invasión situado en la cumbre de un cerro de Medellín, y más tarde otro grupo en el barrio de Aranjuez. Este último, incluso, entregó sus armas. Pero nada de esto le gustó al entonces comandante de la Brigada. Prefiero no darle su nombre.

—¿Cuál fue el reparo que tuvo ese comandante?

—Aparte de que no quería tener a esos antiguos guerrilleros en estas instalaciones, no creía en desertores de los grupos armados a pesar de un decreto del Gobierno concediéndoles garantías. «Una gallina vieja no olvida el portillo —decía—, o es mejor un guerrillero muerto que un desmovilizado.»

—¡Qué estupidez! —murmura Martín.

—Créame que muchos generales pensaban lo mismo. Su hermano estaba desesperado. Como los guerrilleros desmovilizados habían llegado con sus mujeres y sus niños, buscó toda clase de ayudas, incluso en la Cruz Roja y en la Curia, para alojarlos, pero nadie quería hacerlo temiendo represalias del ELN. Al final fueron devueltos a los barrios de donde habían salido. Lo único que logró su hermano fue que mañana y tarde se enviaran allí patrullas motorizadas. Hacían ruido, pero no sirvieron de mucho. Al final, cuando ya su hermano había sido trasladado a otra guarnición, nos llegó la noticia de que los desmovilizados del Picacho, uno tras otro, habían sido asesinados. Los otros, los del barrio de Aranjuez, acabaron metiéndose en las Autodefensas Campesinas.

—¿Se convirtieron en «paramilitares»? —pregunta Martín, sorprendido.

—Sí, no encontraron mejor manera de salvar la vida. Las FARC y el ELN, como usted sabe, condenan a muerte a sus desertores.

—¡Pobre país! —murmura Martín.

—Su hermano —prosigue el mayor— habría logrado mucho si hubiese encontrado apoyo a su labor en esta ciudad. En el departamento de Córdoba, donde había estado antes, había contribuido a la desmovilización de ciento sesenta y siete militantes del EPL. ¿Pero sabe usted una cosa, periodista? Nunca los altos mandos le dieron a él una medalla por esa labor. Sólo creían en bajas.

El timbre del teléfono, colocado sobre su escritorio, lo interrumpe. El mayor levanta el aparato y después de tomar nota del mensaje que le están dando se vuelve hacia Martín.

—Mi secretaria me informa que el soldado Jiménez está prestando servicios en el Batallón Antiguerrilla que actualmente se encuentra en Carepa a órdenes de la Décima Séptima Brigada. Mañana me hago cargo de facilitar el traslado suyo. Y no deje de contarme lo que ese soldado pueda ponerle en claro sobre la muerte de ese gran hombre que fue su hermano.

36

Volviendo a los recuerdos que he venido dejando en este cuaderno, de la extraña e inmodificable conducta de Irene vine a confirmar muy pronto lo que tal vez secretamente siempre presentí. La primera sospecha guardada en el fondo de mí mismo surgió pocos días después de haber regresado de nuestra luna de miel en Montreux. Casi a pesar suyo, recuerdo, me acompañó a la presentación de un libro a la Maison de l'Amérique Latine. Me parecía que tratándose de un evento literario podía tener para ella, siempre sumergida en un mundo de libros, algún interés. Pero no fue así. La copa de vino que ofrecieron después del acto en los bonitos jardines de aquella casa fue reuniendo en torno nuestro a amigos, periodistas y diplomáticos que hablaban animadamente mientras ella permanecía a mi lado, en silencio, sin deseos de participar en la conversación. Simple timidez, pensé en aquel momento. Pero dos o tres días después, en casa de mi amigo Jean, volvió a mantener la misma actitud ausente; no fría, pues sabía sonreír a propósito de alguna broma o contestar las preguntas de la esposa de mi amigo acerca de su nueva vida en París. Pero yo de algún modo sentía su secreta tensión. Nada me dijo al volver a casa. Pero no pudo ocultar por mucho tiempo la angustia que debía hervirle por dentro, quizás el temor de haberse equivocado. Sus ahogados sollozos, en la oscuridad de la alcoba, me despertaron. Encendí la lámpara de la mesa de noche. *Je te demande pardon,* me decía ahogada en llanto. «Cálmate —le decía yo—; cálmate y hablamos.» Parecía una niña sorprendida en falta. Sin necesidad de que me dijera nada, yo creía saberlo todo. «Detestas las reuniones, ¿verdad? No es la vida que quieres.» A través de las lágrimas, sus ojos me miraban con desesperada zozobra. «Tengo miedo de perderte —murmuró al fin— con el aire de quien da al fin salida a un temor secreto guardado de tiempo atrás. Pero por mucho esfuerzo que haga no logro acomodarme a esta vida tuya sin que pueda hacerte por ello un reparo. La verdad es que soy muy extraña, Martín.» Recuerdo que la abracé con la misma ternura que me brotó del corazón el día en que la conocí, a la hora de despedirme en la puerta de su casa. «No me vas a perder, olvídalo —me apresuré a decirle—; te acepto como eres sin pedirte nada. Si prefieres quedarte en casa mientras yo asisto a un cóctel o una comida, puedes hacerlo. Inventaré cualquier excusa. Acabarán diciendo que tengo en casa a una bella secuestrada, eso es todo.» En los ojos, todavía húmedos de lágrimas, le apareció un brillo de risa. «Eres único, tan loco como yo —murmuró pasándome su mano por la cara—. Ningún otro hombre me habría soportado.»

No sabía entonces, lo sabría después, cuál era su problema psicológico. Sólo comprendí cuál había sido mi error cuando atribuía aquel confinamiento suyo en casa de sus padres al género de vida que ellos le habían impuesto y pensaba que en París todo aquel encierro podía cambiar. Quizás a otro hombre distinto a mí, con un sentido más convencional del matrimonio, aquella situación le habría resultado insostenible. No a mí, me daba cuenta de pronto. De alguna manera había encontrado en ella una réplica de mí mismo, del poeta que había aceptado su soledad pese a encubrirlo con otro personaje: el que se movía, sin compartirlo de verdad, en el mundo de los periodistas y corresponsales.

No recuerdo qué decía para disculparla cuando tenía alguna invitación a la cual llegaba solo. Únicamente a Jean acabé confesándole la verdad. «No le gustan las reuniones ni hace amigos —le dije—. Es su manera de ser.» Jean me escuchaba con una expresión preocupada. «Creo que tomas su caso como un rasgo de carácter sin ver realmente su gravedad —me observó—. Deberías convencerla de que vea a un psiquiatra.»

La verdad es que entonces no tomé en cuenta esta observación suya. Me pareció exagerada. Sólo en casos muy especiales Irene salía de su confinamiento. Recuerdo la vez que quiso conocer a un escritor francés cuyo último libro le había interesado. Estuvimos con él en casa de un amigo común. No sólo para él sino también para mí y para cuantos estaban a su lado resultó sorprendente la manera como Irene expuso lo que pensaba de su obra, hasta el punto de que el escritor, sorprendido, acabó por decirle: «Usted debía asumir la crítica literaria en una revista o en un diario.» Era una idea que yo mismo había tenido leyendo alguna de sus anotaciones. Estaba empeñada en explorar en la vida de grandes autores los sustentos de su creación, la manera cómo maquillaban o exaltaban la realidad vivida por ellos. Podía ser el tema de un gran libro, me decía. Leía constantemente y tomaba notas en un cuaderno, y sola o conmigo exploraba librerías. Elegía con mucho cuidado las películas y eventualmente piezas de teatro que debíamos ver. Pero no se ocupaba de la casa ni de la cocina, de modo que no tuve más remedio que contratar por horas una muchacha colombiana para encargarla de las faenas domésticas.

Pese a todo, yo veía como una fortuna hasta entonces inesperada, como un regalo de la vida, encontrarla al regresar a casa leyendo o escribiendo a la luz de una lámpara de mesa, rubia, bella, con una lumbre de alegría en sus ojos claros cuando me veía aparecer, siempre aguda en sus observaciones sobre lo que yo podía referirle o sobre lo que ella creía haber descubierto en cualquiera de sus incesantes lecturas. No era en esos momentos la niña desvalida que yo había querido proteger, sino una muchacha de juicios siempre bien sustentados; un día, estaba seguro, acabaría recogiéndolos en un libro capaz de revelarla como escritora. En cuanto a mí, sentía que gracias a ella había dejado atrás, pensaba entonces que para siempre, una vida solitaria en aquel apartamento de la rue de Grenelle, alquilado con muebles algo decimonónicos años atrás, cuyo silencio en las noches parecía acentuado por el solemne tictac de un reloj de pared.

Fue una suerte para mí que al fin una pareja de amigos llegados de Colombia rompiera de manera providencial el aislamiento de Irene. No recuerdo ahora cómo aparecieron en casa. Me parece recordar que traían una carta y algún regalo de mi hermana Raquel. Pablo y Luz Estela estaban recién casados y venían con el propósito de instalarse en París. Eran muy jóvenes. Me parecía increíble, dada su edad, que ella, Luz Estela, hubiese terminado su carrera de Medicina en la Universidad Nacional de Bogotá e iniciado estudios de psiquiatría que ahora esperaba completar en Francia. Por el hecho de ser hija de francesa, hablaba y escribía francés tan bien como el castellano. Suave, discreta, bonita, con un frecuente destello de humor en los ojos, parecía observarlo todo con la misma seriedad y cuidadosa atención que más tarde, cuando se hizo conocer como una calificada psiquiatra, reservaría a sus pacientes. Pablo, su joven marido, era, en cambio, inquieto, cálido y locuaz, siempre dispuesto a hacer o a celebrar una broma. Vestido siempre de manera informal, de ojos muy vivos, crespo y con una barba oscura que le enmarcaba el rostro, había puesto de lado su carrera de arquitecto para consagrarse a su verdadera vocación, que era la pintura.

A mí, de entrada, los dos me cayeron muy bien. Temía, sí, que Irene mantuviese con ellos la esquiva reserva que guardaba ante cualquier desconocido o incluso con próximos amigos míos. Pero no sucedió así. Luz Estela atrajo de inmediato su interés y su simpatía. El milagro, quién lo creyera, lo hizo Virginia Woolf. Irene, por aquellos días, se había sumergido en el diario de la escritora inglesa. Buscaba allí la clave de los desvaríos que la habían llevado a la muerte. En algún aparte había descubierto que Virginia Woolf reconocía su dificultad de vivir en dos esferas: la novela y la vida, así como la de mantener compostura y circunspección delante de extraños. ¿No estaba allí la clave de los trastornos psíquicos que había sufrido al final de su vida? Y fue justamente Luz Estela quien le aportó respuesta a tales inquietudes. Ocurrió por casualidad cuando ella y su marido, recién llegados, tomaban un café en el salón biblioteca de nuestro apartamento. Luz Estela reparó en el Diario de la Woolf sobre la mesa de trabajo de Irene. No lo había leído, pero sí una biografía de ella e incluso un libro escrito por Leonard, su marido. Recordaba la carta que le había dejado a él antes de suicidarse ahogándose en un río. «Estoy segura de que, de nuevo, me vuelvo loca... He empezado a oír voces.» «Podía ser —dijo Luz Estela— un caso de esquizofrenia y en todo caso de trastornos psicóticos.» Y no sé a qué horas, al saber que ella estudiaba psiquiatría, Irene buscaba saber qué trastornos podía acarrear un rechazo a la realidad. Fue el comienzo de sucesivas conversaciones que sostenían las dos, mientras Pablo y yo conversábamos de muchas otras cosas, de la situación política de Colombia o de las exposiciones que estaban presentándose en París. Era un placer para mí acompañarlo a ver alguna de ellas. Tenía un sentido muy agudo para descubrir la composición de un cuadro y sobre todo su atmósfera, cualidad para él esencial en cualquier obra de arte. Aún guardo en mi apartamento de Roma un bodegón suyo pintado en grises y azules que tiene un secreto y refinado encanto.

El caso es que Irene, desprovista de cualquier recelo, acabó entendiéndose muy buen con ellos. A veces íbamos al cine o cenábamos en un restaurante de Saint-Germain-des-Prés. Luz Estela se empeñó en enseñarle español, y la verdad es que en poco tiempo logró que ella hiciera grandes avances. Actuaba con Irene como si ésta fuera su hermanita menor. Parecía conocer muy bien dónde estaban sus puntos frágiles. La escuchaba con atención y atendía sus confidencias sobre el género de vida que había resuelto asumir. Gracias a esa actitud que era a la vez afectuosa y profesional, la de una amiga y la de una psiquiatra, acabó abriéndome los ojos sobre los riesgos que pesaban sobre mi esposa. Recuerdo que requerí por primera vez su ayuda cuando Irene creyó que se hallaba embarazada. Recuerdo la impresión que me produjo cuando al llegar a casa a la hora del almuerzo la encontré en el salón, con una levantadora blanca de seda y una expresión consternada en el rostro como si acabase de recibir una terrible noticia, la muerte de su padre o de su madre. «Creo que estoy encinta», me anunció desde el sofá donde se encontraba sentada sin que yo entendiera en el primer momento por qué lo decía con ojos y voz de pánico. Yo había creído hasta entonces que un hijo podría cambiar muy favorablemente su vida. «¿Por qué te alarma tanto?», alcancé a preguntarle. «Martín —me respondió ella—, yo creí que tú lo sabías: no puedo tener hijos; no lo quiero; es algo decidido por mí desde siempre.» Hablaba de una manera tan rotunda que yo estaba desconcertado sin saber qué decir. «Tranquilízate —acabé diciéndole—; déjame hablar con tu madre.» Y, en efecto, minutos después llamaba a Berna para hablar con la madre de Irene. La reacción inmediata que ella tuvo me hizo sentir culpable. «Yo pensaba que habían tomado medidas para evitarlo —me dijo—. Evidentemente, Irene no puede hacerse cargo de tal responsabilidad. La sobrepasa, de ahí que tanto temor me inspirara su matrimonio. Era algo que, antes de que usted apareciera, dábamos por descartado.» Finalmente, tomó la decisión de viajar a París. «Tenemos que buscar una solución», me dijo. Yo no sabía cuál podía ser. Un aborto o dar el niño en adopción eran opciones que en el fondo de mí mismo encontraba terribles, capaces de provocar en Irene una irreparable lesión. Lo que nunca llegué a imaginar ocurrió tres o cuatro días más tarde: no había tal embarazo, se trataba de un simple retraso que devolvió la tranquilidad a Irene y a su madre, y que Luz Estela atribuyó a problemas de ansiedad.

Fue la primera vez que ella, Luz Estela, se atrevió a ponerme en estado de alerta sobre el estado psíquico de Irene. «Ten cuidado —me dijo—. Ella es una persona tímida, frágil, introvertida, que evita las multitudes y a quien el contacto social puede dejarla extenuada. A eso se le suele llamar fobia social, pero es algo más profundo, algo que puede provenir bien por falta o por exceso de afecto en la niñez. Tal vez esto último le ocurrió a Irene. Sus padres, que habían perdido su primer hijo, la protegieron demasiado y le impidieron madurar afectivamente, adaptarse a la realidad, manejar las relaciones de un entorno social, ser una mujer emancipada, hacerse cargo de un hogar y asumir las tareas que supone la llegada de un hijo. Irene no se siente con capacidad de cuidarlo porque ella misma necesitaría de los cuidados que debe prodigar a una criatura. Tuvo la inmensa suerte de encontrarte a ti y puede sentirse muy bien a tu lado mientras tú la mantengas en una especie de pecera y la dejes vivir en el mundo de sus fantasías literarias. Pero ten mucho cuidado, Martín. Debes mantenerte siempre con ella en estado de alerta.»

Hoy aquellas palabras de Luz Estela las veo como un anuncio de lo que inevitablemente vendría.

37

Por la ventanilla del avión que lo lleva a Apartadó, Martín observa un vasto y majestuoso panorama de montañas que se pierde en el horizonte bajo la primera centellante luz del día. Todo abajo parece silencioso y desierto, por completo ajeno a la pujante ciudad llena de altos edificios y de ríos de automóviles en las avenidas que ha quedado atrás. Las montañas sobre las cuales corre por momentos la sombra del avión parecen a primera vista deshabitadas. Sólo observándolas con cuidado se descubre en el flanco de alguna de ellas el trazo de una carretera y, de pronto, gracias al campanario de su iglesia, alguna pequeña aldea perdida en uno de sus pliegues. «Tierra de colonos», piensa Martín recordando algún texto que llegó a escribir años atrás para pintar a Antioquia, la región donde Pablo Escobar había erigido su imperio. Hablaba entonces de cómo había surgido allí, muchos años atrás, una laboriosa cultura de laderas con sembrados de maíz y café de una calidad inigualable gracias al componente volcánico de la tierra. Los arrieros que encontraba en los caminos guardaban, como en ninguna otra parte de Colombia, la huella de su ancestro español. Parecían personajes de *El Quijote*. Las regiones que ahora recorrían, en otros tiempos habitadas por gente pacífica como ellos, vivían ahora bajo el terror de las guerrillas y de los paramilitares financiados por el narcotráfico.

En cuanto el avión inicia su descenso hacia el aeropuerto, Martín descubre con sorpresa un cambio del paisaje divisado por la ventanilla. Han desaparecido las montañas y ahora, en un territorio plano, dilatado, sin quiebres, se extienden por todos lados vastas plantaciones de banano. Ciñen la pista de aterrizaje y rodean el aeropuerto y las carreteras que parten de allí. Es difícil imaginar que una región de laboriosos cultivos sea teatro de una guerra cruenta y sin fin.

Bajando a tierra con los demás pasajeros por la escalerilla del avión, Martín respira un aire tibio y húmedo con un intenso olor vegetal. «Es como el aliento del trópico», piensa. Olor de tierra caliente, decía su tío Adolfo. Le sorprende de pronto ver cómo los pasajeros, hombres y mujeres de aspecto rural, en vez de entrar a la edificación del aeropuerto, se dirigen a una cinta rodante, instalada a un costado de la edificación, donde unos y otros van poniendo bultos y otros equipajes de mano para ser revisado por un escáner bajo la atenta vigilancia de dos guardas. ¿Buscan armas o drogas?, se pregunta Martín a tiempo que deja su maletín en la cinta. Le sorprende el saludo que más allá del escáner, detrás de los guardas, le hace un oficial en traje de campaña.

—Buenos días, señor Ferreira —dice extendiéndole la mano cuando Martín se acerca al lugar donde él lo espera—. Soy el sargento Múnera y tengo órdenes de mi general de llevarlo a la Brigada. Permítame su maletín. ¿Qué tal el vuelo?

—Más rápido de lo que yo imaginaba. Es todavía muy temprano, ¿verdad?

—Ocho y media de la mañana. Acompáñeme, por favor.

El sargento lo conduce a una camioneta militar de vidrios oscuros estacionada frente al aeropuerto al lado de dos viejos vehículos cubiertos de polvo.

—¿Queda muy lejos la Brigada? —pregunta Martín temiendo que deba emprender ahora por tierra un largo viaje.

—Al contrario, muy cerca —responde el sargento mientras coloca la pequeña maleta de Martín en el baúl de la camioneta—. En realidad, este aeropuerto está más próximo a Carepa, el municipio donde está la Brigada, que a Apartadó.

Han dejado atrás el aeropuerto, y ahora el sargento conduce la camioneta velozmente por una carretera que se interna entre las plantaciones de banano. Azules sacos de plástico suspendidos de los árboles protegen los verdes racimos de plátano de la codicia de pájaros e insectos. Martín pasea una mirada distraída por aquella profusa vegetación sin poder escapar a una sorda aprehensión que desde el amanecer, desde el momento mismo en que despertó en su cuarto de hotel en Medellín, lo roe por dentro. Le repugna de algún modo la sola idea de ir al encuentro del hombre que acabó con la vida de su hermano. ¿Qué clase de asesino espera descubrir y enfrentar? Nada más cobarde que matar a alguien envenenando su comida. «¿Por qué continúa en el ejército?», se pregunta. Después de cumplir su horrenda misión, lo lógico es que se hubiese incorporado a la guerrilla. A menos, piensa Martín, que esté cumpliendo tareas de espionaje. Todo es posible en un mundo donde la guerrilla y el tráfico de droga mueven fichas secretas. Benjamín lo sabía. También él movía las suyas. Había logrado, por ejemplo, gracias a los informes obtenidos de un «marquetaliano», hombre de confianza del Paisa, saber dónde se ocultaba éste. Y tal hallazgo, por cierto, le había costado la vida. El Paisa, a su turno, se había servido de un infiltrado de las FARC para vengarse. ¡Qué mundo este! Tan distinto del mío, piensa Martín, recordando de pronto su vida en Roma, Simonetta, los cafés de la Plaza del Panteón, los músicos entonando siempre las mismas viejas canciones, su apartamento del Trastevere, los cuervos marinos que oía gritar o reír sobre los techos y cúpulas en la noche. Recuerda el retrato de Irene. Parecía sonreírle desde el centro del estante donde guardaba sus libros. ¿Podrá otra mujer ocupar un lugar parecido en su vida? Esta pregunta lo abruma siempre. Prefiere no pensar en ello, ni en cuál será el rumbo de su vida en los años que le quedan por vivir. ¿Quedarse en Roma? ¿Trasladarse a Madrid como se lo había propuesto la agencia de prensa? Hace tiempo que ha decidido hacerse cargo del presente inmediato sin trazarse planes para el futuro. Vivir el presente, vivirlo plenamente, con sus compromisos y urgencias, sin encerrarse en melancólicas reflexiones sobre el futuro, lo pone a salvo de cualquier incertidumbre. «Caminante no hay camino, se hace camino al andar»... Machado tenía razón.

—Estamos llegando —le oye decir al sargento.

En efecto, las plantaciones han desaparecido y ahora desde la camioneta divisa a su izquierda la paredilla que encierra los vastos campos de la Brigada y en medio de ellos varias edificaciones, así como diversos grupos de soldados en los senderos que las unen.

Al llegar a la entrada donde se lee el nombre de la Décima Séptima Brigada los guardias que custodian la puerta dejan pasar la camioneta a tiempo que le lanzan un saludo al sargento.

Árboles de espesos follajes sombrean los extensos prados. A Martín le sorprende ver a la sombra de ellos, sentados o en cuclillas, grupos de soldados muy jóvenes con los rostros pintados como si fuesen figuras de teatro.

—Esperan el helicóptero —le explica el sargento—. Cuando hay una operación urgente el helicóptero hace varios viajes llevando tropa. No hay manera de llevarlos a todos al mismo tiempo. Son unidades del Batallón Antiguerrilla.

Martín se estremece. De pronto el hombre que ha venido a buscar es uno de ellos.

—¿Por qué tienen el rostro pintado?

—Camuflaje —sonríe el sargento—. Esta mañana, muy temprano, había docenas de ellos maquillándose, como si fuesen muchachas alistándose para un baile de carnaval.

«O como los espartanos», se dice Martín recordando lo leído sobre ellos en algún libro: la manera como peinaban sus cabelleras, brillaban y adornaban su escudo y su traje de guerra antes de una batalla.

La camioneta pasa al lado de un campo de aterrizaje con grandes árboles a los lados y en un costado un estrecho puente pintado de blanco tendido sobre una pequeña quebrada.

La camioneta acaba deteniéndose frente al Casino de Oficiales, donde está previsto el alojamiento de Martín. Dentro se abre un amplio vestíbulo de limpias baldosas con un alto techo de madera, abierto por un lado hacia los campos y dispersas edificaciones de la Brigada y, por otro, a una piscina con una hilera de mesas y parasoles verdes a los lados. Hay en un extremo una mesa con varias sillas y, en el otro, una mesa de billar.

Atendiendo a un llamado del sargento, una muchacha vestida con delantal acude para abrirle la puerta de una de las habitaciones del Casino. Parece un confortable cuarto de hotel con una cama doble, una mesa de noche, un pequeño escritorio, un armario y un baño.

El sargento deposita sobre un taburete el maletín de Martín.

—Póngase cómodo, señor Ferreira. Vuelvo dentro de un cuarto de hora para llevarlo donde el comandante.

Martín abre su maletín y pone la poca ropa que trae en una gaveta del armario. Luego toma su cuaderno de notas, el mismo donde hace apuntes cada noche, y después de pasar revista a las páginas escritas la víspera, lo vuelve a depositar en un bolsillo interno del maletín. Recuerdos y más recuerdos, ¿qué hacer con ellos?, se hace la pregunta de siempre. Son mis compañeros de viaje. Quizá de algo sirvan más tarde. ¿Una novela, algo que rescate del olvido tantas vivencias suyas? Quizá, no lo sé, se dice. Sale del cuarto, cruza al lado de la piscina y se detiene en el amplio vestíbulo ahora desierto del Casino. Pasea la mirada por los extraños árboles tropicales que se abren al otro lado, en torno a un prado que al parecer sirve de pista de aterrizaje, y vuelve a ver a lo lejos a los soldados de rostros pintados que aguardan en cuclillas la llegada de un helicóptero. Finalmente, decide salir a la entrada del Casino para esperar al sargento, y para sorpresa suya lo encuentra allí, esperándolo, a bordo de la camioneta.

El Comando de la Brigada no se encuentra lejos del Casino. De modo que, luego de bordear el campo de aterrizaje, sólo le lleva pocos minutos al sargento para depositarlo a la entrada de la edificación y de los soldados que delante de ella montan guardia.

Al bajarse del vehículo, a Martín le sorprende que el propio comandante de la Brigada, advertido de su llegada por una llamada del sargento, lo esté aguardando en la entrada. Vestido en traje de campaña, robusto, curtido, algo en sus anchas facciones y en su porte parece delatar en él un origen campesino.

—Bienvenido, ilustre periodista —lo saluda extendiéndole la mano. Bajo sus cejas rotundas, los ojos lo observan con una expresión amistosa—. Es un gusto muy grande para nosotros tenerlo en estos parajes de la Patria.

—Muchas gracias, general.

El comandante le presenta a su ayudante, un oficial pequeño y delgado que ha permanecido muy cerca de él.

—Capitán García, para servirle —dice al saludar a Martín.

—Lo he designado para que lo acompañe mientras usted permanezca con nosotros. Conviene que usted sepa lo que ocurre en esta región.

En ese instante, se escucha en el cielo claro de la mañana el zumbido todavía lejano de un motor. Martín sabe ya muy bien que ese sonido representa para todos los hombres que han vivido por años una guerra algo muy especial, sea el apoyo cuando están en combate, el oportuno anuncio de que serán rápidamente evacuados si se encuentran heridos, la llegada de comidas o de cartas o la esperanza de auxilio si se encuentran heridos.

Haciéndose sombra con una mano, el general levanta la vista.

—Ya está de regreso —murmura, señalando a través de los destellos del sol matinal un helicóptero que luego de inmovilizarse en lo alto empieza a descender con una cautelosa lentitud.

Obedeciendo las señas de un oficial, los muchachos de rostros pintados con extraños trazos marrones, negros y verdes, que hasta ese momento permanecían sentados o en cuclillas a la sombra de los árboles, se van incorporando sin prisa.

Meciéndose en el aire como lo haría una gran barcaza en el agua del mar, el helicóptero desciende lentamente hasta posarse en tierra, exactamente dentro del círculo trazado en el vasto prado vecino. Sus grandes aspas cortan el aire luminoso de la mañana con un fuerte rumor de sedas desgarradas.

El general se vuelve hacia el oficial que lo acompaña.

—Dígales que no se demoren en tierra, que partan cuanto antes con el resto del contingente. —Y luego, volviéndose hacia Martín—: Vamos adentro, a mi despacho.

Mientras cruzan el limpio vestíbulo de la edificación, el general le explica que aquél es el cuarto vuelo que esa mañana hace el helicóptero con tropa del Batallón Contraguerrilla.

—¿Alguna operación especial? —inquiere Martín.

—Sí, esta mañana los bandidos del quinto frente de las FARC montaron un retén en la vía que cruza el Cañón de la Llorona, y secuestraron a varios civiles. Por fortuna, lo supimos de inmediato y enviamos tropa en su persecución. Desgraciadamente sólo disponemos de un helicóptero, así que tuve que ordenar tres viajes más del mismo aparato, con refuerzo.

«Una operación de guerra», se dice Martín. «Mal momento para lo que me trae a este lugar. Uno de los soldados enviados debe de ser el que busco.» Encontrarlo le parece más irreal que nunca.

—Adelante —lo invita el general abriendo la puerta de su despacho.

De pronto, al entrar, desaparece para Martín el aire cálido y húmedo que venía respirando desde su llegada para encontrarse en un despacho elegante y refrigerado. Delante del amplio escritorio de caoba con una silla giratoria y un cuadro de Bolívar en la pared, se abre un salón alfombrado y penumbroso por los visillos que filtran la luz del sol en las ventanas. La alfombra que cubre parte del piso, el sofá y las sillas de cuero, la pulida mesa de conferencias con taburetes a su alrededor, parecen los de un despacho ministerial en Bogotá y no la oficina de una remota guarnición militar como aquélla.

Después de colocar su gorra en el paragüero de la entrada, el general invita a Martín a tomar asiento en la mesa de conferencias cerca de la ventana, la misma donde deben sentarse los oficiales de su Estado Mayor.

—¿Le ofrezco un café?

Segundos después de haber tocado un timbre aparece un soldado a quien le da la orden. Luego, el general toma asiento en la cabecera de la mesa. Durante un segundo observa a Martín con aire reflexivo.

—Así que vino a Colombia con motivo de la muerte de su hermano, mi coronel Ferreira.

Martín asiente.

—Gran oficial. Hombre muy valioso —murmura el general en el tono de una condolencia. Guarda silencio unos cuantos segundos mientras su mirada parece buscar algún recuerdo lejano. Sonríe de pronto como si hubiese atrapado uno—. No daba tregua, tenía siempre sus propias teorías sobre nuestra lucha.

Martín cree advertir en sus palabras un vago quiebre entre apiadado e irónico.

—Teorías de lucha no siempre bien comprendidas, según parece —dice Martín con algo de suspicacia en la voz, recordando los frecuentes roces que tenía Benjamín con los altos mandos.

El general tiene una mirada de extrañeza como si se estuviese preguntando el significado de estas palabras.

La entrada de una camarera con el café le permite cambiar el rumbo de la conversación. Mientras pone azúcar en su pocillo, el general levanta la mirada hacia Martín y decide preguntarle acerca del motivo de su visita.

—Tengo entendido que usted desea hablar con un soldado de nuestro Batallón de Contraguerrilla, un soldado que se encontraba en Cartagena del Chairá cuando murió mi coronel Ferreira, su hermano. ¿Qué informe espera de él?

Martín experimenta una repentina inquietud, como si el militar alimentara alguna sospecha sobre sus intenciones.

—Nada muy preciso —decide contestar con cautela—. En realidad estoy escribiendo un texto sobre mi hermano, y desearía seguir de cerca la pista de sus últimos días. Todo informe me sirve.

El general asiente en silencio.

—¿Era muy cercano a él ese soldado?

—Creo que sí.

—¿Cómo se llama?

—Jiménez. Jacinto Jiménez.

El general parece vivamente sorprendido.

—¿Jacinto León Jiménez? —precisa.

—Sí, ¿lo conoce usted?

—Muy bien —responde el general—. Muy bien. Aunque sólo tiene pocos días con nosotros y pocos también como soldado regular, es uno de los mejores hombres del Batallón Contraguerrilla. A primera vista no lo parece porque es un muchacho muy extraño. Tímido, retraído, solitario. Pero en cada misión afronta el papel de puntero y es capaz de correr riesgos que nadie se atrevería a correr. Desafía la muerte en cada operación donde participa.

Martín lo escucha con estupor.

—Triste y solitario —murmura como para sí mismo.

—Muy religioso, además. Pero creo comprender qué le ocurre —agrega de pronto el general—. Las FARC le mataron a su madre. Por eso se alistó voluntariamente como soldado profesional. Quiere hacerles pagar a los bandidos ese crimen.

Martín se siente invadido por un profundo desconcierto. Lo asalta un temor. ¿Se habrá equivocado Cástulo, el guerrillero que le dio el informe sobre Jiménez? ¿Habrá sido engañado por el comandante de las FARC para encubrir al verdadero asesino de Benjamín? Tiene ahora el temor de haber seguido una pista falsa.

—¿Dónde está Jiménez? —se decide a preguntarle al general.

—Salió con el primer contingente esta mañana muy temprano. Como se lo contaba, es siempre nuestro puntero. Por su experiencia, su capacidad para mantenerse en constante alerta, toma el primer lugar en el avance de las tropas. Casi siempre corre el riesgo de ser víctima de francotiradores y campos minados. Por eso todos lo admiran y respetan, pues lo habitual en otras unidades es que este puesto de riesgo sea rotado o decidido al azar. En la nuestra él siempre toma esta posición.

En ese momento, como si lo hubiese oído, irrumpe en el despacho el oficial pequeño y delgado que se hallaba junto al general en la entrada de la Comandancia; su ayudante, el capitán García.

—Excuse, mi general, parece que estamos en combate —anuncia con apremio mientras se precipita al verde aparato metálico de radio que se encuentra a un costado del escritorio.

—¿En combate? —pregunta con idéntico apremio el general levantándose con prisa de su asiento en la mesa de conferencias. Rápidamente se acerca al escritorio para tomar el teléfono ligado al equipo de radio por un cable que le extiende el capitán.

En ese momento, con la misma prisa, ingresan en la oficina dos oficiales más. También ellos se acercan al radio, donde se están escuchando dos voces. A Martín le resulta extraño oír que una de ellas se identifica como Pantera 3 mientras la otra, más lejana y no muy clara, repite una y otra vez la palabra Escorpión 6.

El general interviene a su turno con impaciencia, interrumpiéndolos:

—Pantera 3, descríbame por favor la situación. ¿Hay combate?

Mientras el interpelado responde de manera confusa, Martín se levanta de su silla, se acerca al grupo y sin poder evitar la curiosidad que le inspira el confuso diálogo escuchado por la radio, le pregunta en voz baja al capitán Jiménez, el ayudante:

—¿Quiénes son Pantera 3 y Escorpión 6?

—Pantera 3 es el coronel jefe de operaciones. Está aquí cerca, hablando por radio con el mayor que comanda la tropa, identificado como Escorpión 6.

De pronto se oye al fin con claridad la voz del jefe de operaciones:

—Mi general, hable usted directamente con Escorpión 6. Él le informa de manera más completa.

—Siga, Escorpión 6 —dice el general en voz alta hablando por el teléfono—. Aquí Pantera 6. Necesito saber cuál es exactamente la situación en que se encuentran.

—Pantera 6, con todo respeto repito lo que estaba informando a mi coronel... Solicito me disculpe, me refería a Pantera 3 —corrige de inmediato su error—. Después de liberar a los tres secuestrados, dos hombres y una señora extranjera, que los bandidos tuvieron que abandonar en su retirada, continuamos monte arriba en su persecución, pero por desgracia, según parece, nos montaron un campo minado para cubrir su retirada. El caso es que estalló una mina que hirió a dos de nuestros hombres, dos soldados que iban adelante...

El general lo interrumpe con una voz colérica:

—¿Campo minado? Escorpión 6, ¿cómo no tomó las precauciones del caso? ¿No le advirtió acaso Pantera 3 lo que debe hacer en esa zona, refugio de los bandidos?

La voz del mayor suena trémula, asustada:

—Pantera 6, Pantera 6 —repite—. No conozco la zona. Llegué el sábado, Pantera 6, sin imaginar que debía afrontar tan pronto esta clase de operaciones...

—¿Ya evacuó a los heridos? —le interrumpe de nuevo el general con exasperación.

—Lo que ocurre, Pantera 6, es que cuando estábamos evacuándolos disparó un francotirador desde alguna parte del monte hiriendo de gravedad en el pecho al... a Santo Tango.

Los oficiales que acompañan al general cambian con él una mirada alarmada.

—¿Santo Tango herido? —pregunta el general—. Mire, Escorpión 6, no se mueva. Manténgase ahí con máxima protección mientras llegan refuerzos. Asegure el área, tome todas las medidas del caso. Usted me responde por la seguridad de la aeronave en la zona de aterrizaje. Organice la señalización y todo lo necesario para la evacuación de los heridos. Prepare todo lo necesario para orientar al helicóptero. No podemos permitir que lo impacten, es lo único que tenemos. Y no quiero más bajas. No quiero más bajas. Confirme, Escorpión 6.

—Confirmado, Pantera 6. Es muy difícil la situación, pero ya nos ponemos en eso.

—Lo dejo con Pantera 3 —concluye el general.

Demudado, cuelga bruscamente el teléfono.

—De modo que dos heridos y... un muerto —dice—. Porque muerto está el subteniente si recibió un tiro en el pecho. No podemos recogerlo de inmediato. —Su mirada encuentra a Martín—. Periodista, ¿se da cuenta cómo es esta guerra nuestra en esa zona que ellos dominan, el Cañón de la Llorona? Domínguez, el subteniente es uno de nuestros mejores troperos. Irreemplazable, dada su experiencia en la región. El helicóptero no puede recogerlo con vida. Y lo peor es Jiménez, el soldado que usted busca, periodista, debe de ser uno de los heridos por la mina.

38

«¡Qué pesadilla!», se dice Martín, recordando lo que le ha tocado presenciar en la Brigada hasta ese momento. A instancias del comandante se ha retirado a descansar unos minutos mientras llega el helicóptero con los heridos. Un rayo del vivo sol de la tarde entra a la habitación por la ventana y el zumbido del aire acondicionado se escucha en lo alto, mientras va pasando revista en su memoria a los sucesivos anuncios que en presencia suya iba recibiendo por radio el general. Lo ve de nuevo, ya no en su oficina sino en la del jefe de operaciones, un inquieto e irascible coronel, mientras los dos intentaban localizar con la misma desesperada impaciencia un lugar seguro para el aterrizaje del helicóptero a fin de recoger a los heridos, a tiempo que esperaban la llegada de los refuerzos y del personal de primeros auxilios al lugar donde se encontraba el contingente. Finalmente, recuerda Martín, cuando habían logrado el aterrizaje del helicóptero en una zona segura se habían confirmado los temores del general y demás oficiales que lo acompañaban: el teniente había muerto; otros dos soldados estaban heridos por las esquirlas de una mina.

Martín mira su reloj, y como calcula que el helicóptero está a punto de llegar se incorpora de la silla y se alista para salir al campo de aterrizaje. Mientras cruza el vestíbulo del Casino, una inquietud que ha mantenido viva en el fondo de sí mismo vuelve a torturarlo. ¿Será el soldado que busca uno de los heridos? Recuerda que se le considera un puntero en las acciones militares y como tal es el más expuesto a recibir el disparo de un francotirador o pisar una mina. Y si tal es el caso, ¿qué puede decirle a un hombre que llega con las piernas destrozadas? No puede evitar un sordo desasosiego. Al cruzar el puente blanco sobre la quebrada que se extiende al lado del Casino, divisa a lo lejos, en un costado del amplio prado donde suele aterrizar el helicóptero, al general y varios de sus oficiales. También ve muy cerca de ellos a una ambulancia y algunos enfermeros con batas blancas. Cuando se aproxima al grupo, escucha en lo alto el ruido del helicóptero. Los militares que lo esperan siguen su lento descenso cubriéndose el rostro con una mano para esquivar los reflejos del vivo sol de la tarde. El zumbido de las aspas girando sobre el aparato ahoga sus voces. Los hombres que ha visto al pie de la ambulancia con blusas blancas son los primeros en avanzar hacia el lugar de aterrizaje, portando dos camillas. El general y los restantes militares los siguen cuando el helicóptero acaba de posarse en tierra. Martín, sintiéndose de algún modo intruso, los acompaña. «Llegó al fin la hora», piensa. De pronto, al verlo, se acerca a él el capitán García, el ayudante del general.

—Mi general me ha preguntado por usted. Acerquémonos a él, señor Ferreira.

Martín lo sigue. Por la rampa que acaba de extenderse detrás de aquel helicóptero de transporte militar, ve descender en primer término al mayor que comandaba las operaciones seguido por un grupo de soldados que en orden van alineándose en el prado al otro lado de donde se encuentran los oficiales. Simultáneamente, por una escalerilla lateral, en la parte delantera del aparato, bajan dos hombres y una mujer muy alta y rubia vestida con ropa deportiva.

—Son los civiles liberados —murmura el capitán.

El general, acompañado por el mayor que se ha reunido con él, se aproxima para saludarlos. Habla con ellos unos minutos antes de pedirle a un oficial que los acompañe hasta las instalaciones del Casino.

Se vuelve hacia Martín cuando éste se acerca.

—Lo estaba buscando. Me gustaría que hablara con ellos,

los civiles secuestrados, ¿los vio usted? Venían de Medellín invitados a una finca bananera cuando los retuvieron. La mujer es americana. Les quitaron todo: dinero, cartera, papeles, hasta la llave del auto. Y cuando se dieron cuenta que ella era una gringa se olfatearon la posibilidad de un jugoso rescate.

—Pues debe usted sentir, general, que hizo lo que había que hacer —le dice Martín buscando apaciguar las inquietudes que le ha escuchado a lo largo del día—. Logró rescatarlos.

—Pero ahí está el precio —replica el general señalándole a un herido que acaba de salir del helicóptero. Camina con dificultad, apoyándose en un soldado al bajar la rampa. Otro más lo sigue. Los camilleros acuden para instalarlos en las camillas que han tendido en el prado.

El general invita a Martín:

—Venga conmigo.

El mayor los acompaña.

—Éstos no resultaron tan afectados como los otros, los que están ahí adentro —dice éste, mientras se acercan a los dos soldados heridos que acaban de ser tendidos en las camillas por los enfermeros—. Las esquirlas de la mina no les destrozaron ningún hueso.

—¿Qué les ocurrió a ustedes? —les pregunta el general cuando se detiene al lado de los dos muchachos heridos. ¿Iban adelante cuando entraron en el campo minado?

—No, mi general. Íbamos varios metros atrás del compañero que pisó la mina —responde uno de ellos haciéndose sombra con un brazo porque el sol le da de lleno en la cara.

—Tuvieron suerte —dice el general—. No necesitamos enviarlos a Medellín. Aquí, en Carepa, les harán las curaciones del caso. —El general se vuelve hacia los camilleros—. Ahora llévenlos a la ambulancia.

Toma del brazo a Martín para ayudarlo a subir la rampa por la cual minutos antes habían descendido el mayor y los soldados.

Dentro, en la penumbrosa cabina del helicóptero, Martín respira un olor denso, viciado («olor a muerte», piensa), antes de descubrir que sobre cada una de las dos banquetas laterales que se alargan hasta el fondo están tendidos los heridos. La luz que viene de fuera, del prado, permite ver sus rostros, muy pálidos y todavía tiznados por los trazos verdes y negros del camuflaje que, como máscaras tétricas, se habían puesto en el rostro aquella mañana. Los pantalones de campaña desgarrados dejaban ver sus piernas envueltas en vendajes manchados de sangre. Uno de ellos parecía dormir tal vez bajo el efecto de algún anestésico que le hubiesen suministrado los equipos de primeros auxilios llegados al lugar de evacuación. El otro, en cambio, un muchacho de pelo castaño cortado al rape y unos extraños ojos claros que parecen brillar como encendidos por la fiebre, sonríe el reconocer al general que, acompañado por Martín y por el mayor, se ha detenido junto a él.

—Mala suerte, muchacho —le dice dirigiéndole una mirada taciturna.

—Mala suerte, sí, mi general, pero esté seguro, mi general, de que yo me recupero y vuelvo al combate —responde el herido con vivacidad.

«No sabe lo que le aguarda», piensa Martín recordando los muchachos con las piernas recién amputadas que había visto en el Hospital Militar de Bogotá, días atrás; absortos, tristes, al lado de los grandes ventanales que dejaban ver una vista panorámica de la ciudad. De pronto el relámpago de una fulgurante premonición lo estremece. «Es él —se dice con una brusca certeza—. Él, el puntero, el que he venido a buscar. Él, y no puedo hacer otra cosa que mirarlo y callar.»

—Ustedes van a ser llevados esta noche o mañana de Medellín a Bogotá —le dice el general al soldado herido—. Está confirmado.

Lentamente el general se da la vuelta y avanza hacia el cuerpo tendido sobre una colchoneta al fondo de la cabina.

—Aquí tenemos al teniente —murmura con voz ronca.

A Martín, que está a su lado, le parece encontrar una imagen ya vista por él en lugares azotados años atrás por la guerra, como El Salvador o Nicaragua. Sobre la colchoneta su cara sin color parece de cera, volteada hacia un costado y con la boca ligeramente entreabierta como si aún buscara aire para respirar. La chaqueta de su uniforme tiene una vasta mancha de sangre.

—Era un hombre joven —comenta Martín en voz baja.

—Y lo más duro para mí —murmura el general con una profunda expresión de tristeza en el rostro— fue darle la noticia a su esposa. Se habían casado hace poco tiempo. Ella espera un niño.

Se vuelve hacia el mayor:

—¿Cómo fue que cayó?

—Estaba protegiendo la evacuación de los heridos. Se había quedado atrás, vigilando el monte que quedaba a nuestras espaldas. —El mayor se detiene al observar que un soldado entra en la cabina.

—¿Por qué se ha devuelto? —le pregunta.

—Vine a buscar mi fusil y mi morral, mi mayor. Lo había dejado aquí para ayudar a uno de los dos heridos que dejamos en las camillas.

El mayor parece de pronto reconocerlo.

—Oiga, no fue usted el soldado que rescató al teniente cuando cayó herido?

—Sí, mi mayor.

—Cuéntele a mi general cómo fue herido el teniente. Usted iba con él.

El soldado, un muchacho pequeño, flaco, con una mirada inquieta, le recuerda a Martín el aspecto algo campesino que a su edad tenía Benjamín. Se lleva la mano al gorro para saludar al general, antes de responder:

—Estábamos cuidando la evacuación mi teniente Domínguez y yo —afirma con la fría seguridad de quien tiene gran experiencia en el combate y narra una acción de valor—. Retrocedíamos despacio, sin perder de vista el monte donde sabíamos que estaban ellos, los de las FARC, cuando sonó un disparo. Mi teniente alcanzó a dar dos pasos y cayó. A mí también me dispararon, pero me había tirado al suelo. Disparé hacia el monte. Y de pronto no hubo más respuesta desde allí. Me levanté y tiré hacia allí una granada. Luego jalé por los pies al teniente hasta un rastrojo. Luego me lo eché al hombro y lo saqué de la zona de peligro. Si lo hubiese dejado allí, aunque ya estuviese muerto, podía convertirse en un trofeo para el enemigo.

El general, que lo ha escuchado con atención, se vuelve hacia Martín.

—Ahí tiene su hombre —le dice, sonriendo. Y luego, dirigiéndose al soldado que está tomando su fusil—: Jiménez, este ilustre periodista quiere hablar con usted. Es don Martín Ferreira, hermano de nuestro muy querido coronel Benjamín Ferreira, recientemente fallecido, a cuyas órdenes se hallaba usted en Cartagena del Chairá.

Martín, todavía bajo la sorpresa de la revelación que acaba de escuchar, observa una mirada asustada del soldado.

—Como usted ordene, mi general —dice Jiménez con un temblor en la voz.

—Baje usted con él, periodista. Busque un lugar tranquilo donde puedan conversar. Hombre afortunado, este Jiménez. Tiene, como verá, las siete vidas del gato.

La grama del campo parece encendida por una claridad crepuscular cuando Martín, seguido por el soldado, desciende la rampa del helicóptero. Todavía hay un grupo de oficiales a un lado de la pista, esperando, sin duda, el despegue del aparato.

Con el fusil al hombro y su morral a la espalda, Jiménez levanta hacia Martín una mirada inquieta en cuanto se encuentra a su lado.

—A sus órdenes, señor —murmura con una voz insegura.

Martín lo observa en silencio preguntándose si aquella inquietud que él percibe en su rostro delata el temor de encontrarse con él. «¿Será el asesino de Benjamín?», se pregunta. Jacinto León Jiménez, una rata, le había dicho Cástulo, aunque nunca lo había conocido. Tenía sólo el informe de Polanco, el comandante de las FARC.

—Tenemos que hablar —le dice al soldado, y de algún modo a él mismo su voz le suena amenazante—. Pero no aquí. —Pasea su mirada en su entorno, y al fondo, hacia la parte más tranquila y desierta del campo, descubre un árbol corpulento y de espeso follaje—. Venga conmigo.

Como si recíbiese la orden terminante de un superior, Jiménez asiente en silencio con una expresión tensa. En silencio sigue a Martín. Avanza a su lado, mirando hacia el suelo como si quisiera eludir con él cualquier contacto visual. Los dos van dejando atrás la gente agrupada en torno al helicóptero. Las dudas siguen taladrando el cerebro de Martín. «Si es un infiltrado de las FARC, que sigue recibiendo sus órdenes —piensa—, no es comprensible que actúe en los combates en la forma resuelta como parece hacerlo. Dispara, lanza granadas contra los guerrilleros. Eso dice. ¿Será verdad? O es inocente, ¿pero entonces por qué el susto que uno ve en su mirada?»

A su espalda escucha los rotores del helicóptero que inicia ahora su despegue. «No debo andarme con rodeos», piensa Martín. Alza la mirada hacia el árbol grande y frondoso al cual se aproximan y por encima de él, muy lejos, en el horizonte, divisa un último resplandor de sol que tiñe las nubes de un soberbio color lavanda.

Cuando llegan al árbol, Martín se vuelve hacia el soldado:

—Deje en el suelo su morral y ponga el fusil en el tronco.

Jiménez obedece, intranquilo. Sus pantalones están manchados con la sangre del herido que ayudó a bajar del helicóptero. Uniendo sus manos a la altura del pecho, sin poder evitar un azorado y rápido parpadeo, se dispone a escuchar a Martín. Gotas de sudor le ruedan por la cara, donde aún se advierten, desteñidos por el calor, los trazos del camuflaje que debía haberse pintado por la mañana.

—Usted se llama Jacinto León Jiménez, ¿verdad?

—Sí, señor.

—¿Y usted conoció a mi hermano, el coronel Benjamín Ferreira?

—Sí, señor.

—¿Sirvió a sus órdenes como soldado campesino en Cartagena del Chairá?

—Así es —confirma el soldado. Su respiración agitada parece la de un hombre que estuviese realizando un enorme esfuerzo. Baja la vista como si le costara trabajo sostener la mirada de

Martín. Y con los ojos fijos en el suelo y sus dos manos entrelazadas, agrega con voz temblorosa—: Era un gran militar, valiente, generoso.

Martín no quiere andarse con rodeos:

—Y, sin embargo, fue usted el que puso veneno en su comida...

Lo dice en voz baja, sin furia, en el tono de quien hace o busca una confidencia.

Jiménez, sin despegar los ojos del suelo, empieza a temblar. Le tiembla la boca, le tiemblan las manos que mantiene entrelazadas a la altura del pecho. Antes de que la voz se le rompa en un sollozo, levanta la cara con ojos húmedos, dilatados por un incontrolable espanto:

—Me tocó —balbucea—. No pude hacer otra cosa. Me tocó. Mi familia...

No puede decir más. Por un instante parece que dejara escapar un borbotón de risa, pero son sollozos que le sacuden el pecho.

Dirige a Martín una mirada implorante.

—Nunca, nunca, acabaré de pagar lo que hice —murmura ahogado en llanto.

Martín percibe que esas palabras le brotan con un ímpetu desgarrador, y se siente invadido por un súbito e inesperado sentimiento que no sabe si es de perplejidad o compasión. Saca un pañuelo del bolsillo y se lo extiende.

—Cálmese —le dice—. Vamos al Casino, donde no hay nadie ahora, y me lo cuenta todo.

39

—Gracias, señor —dice Jiménez, todavía con una expresión de zozobra y una voz tensa, recibiendo el vaso de agua que le ha traído Martín.

La mano le tiembla al llevárselo a la boca. Se han sentado en la única mesa que hay en el vestíbulo del Casino, muy cerca de la piscina y de sus parasoles. La última luz del día que viene de allí, de un suave color violeta, deja el lugar en penumbras.

Sin atreverse a recargarse en su silla, las rodillas muy juntas y sus manos siempre entrelazadas, el soldado pasea por el recinto una mirada inquieta:

—¿Usted cree que puedo sentarme aquí? Es un lugar para oficiales...

—No se preocupe por eso —le responde Martín en un tono que busca tranquilizarlo—. Hable con calma. Cuéntemelo todo. Usted era un soldado campesino que estaba a las órdenes de mi hermano... ¿no es así?

—Así es, señor. Yo prestaba mi servicio militar como soldado campesino. ¿Sabe en qué consiste eso? Es una invención del Gobierno para que los campesinos podamos prestar servicio militar sin abandonar del todo nuestras tierras. Así, yo podía trabajar en mi finca casi toda la semana. Sólo los viernes, sábados y domingos debía permanecer en el Batallón. Mi finca quedaba a un par de horas de Cartagena del Chairá.

—¿Había guerrilla en ese lugar?

—La había, sí señor. La había. Desde muchos años atrás. Tal

vez desde siempre, debería decirle. Crecimos con ella en los alrededores. Por allí andaba siempre la llamada columna Teófilo Forero. Su comandante en la región es conocido como Polanco. No es su verdadero nombre, pero así se le llama en la guerrilla. Es un campesino de la región reclutado con siete hermanos suyos por las FARC. Los hay en todos los rangos, desde comandante de escuadra hasta comandante de frente.

—Descríbame a Polanco —pide Martín.

—Es moreno, bajito, a primera vista muy amable; no da gritos, habla en voz baja, sonriendo siempre. A uno le da miedo porque aun sin perder la risa puede decirle a cualquiera que no obedezca sus órdenes dándole una palmadita en la espalda: «Mire, mañana le toca morir; vaya, organice sus cositas, le voy a hacer el favor de darle un día más de vida.» Y no es un chiste, sino una sentencia que cumplen sus hombres. Así es Polanco. Todos, en mi región, le teníamos miedo porque detrás de sus palabras amables y saludos hay un verdadero matón capaz de liquidar no a una sino a dos, tres o más personas o a toda una familia si se lo propone. También es conocido por sus travesuras con las mujeres. Le gustan las muchachas muy jóvenes, casi niñas; siempre escoge las más bonitas de la región. En cada vereda tiene una o dos. Y ellas aceptan sus avances o sus exigencias por miedo de que si se resisten saben con seguridad que algo puede sucederle a sus familias. Cuando ve en una finca a una muchacha bonita, monta muy cerca su campamento hasta que logra hacerla suya. Ése es el hombre.

—¿Usted lo veía con frecuencia?

—Sí, porque al menos una vez por mes pasaba por nuestra finca. A nombre de la guerrilla había comprado muchas fincas con todo lo que tienen adentro. A la gente le toca vendérselas porque si no les toca irse, a menos que acepten convertirse en administradores de lo que antes era suyo. La guerrilla les paga todo, el ganado, los caballos y hasta los perros. Todo lo tiene censado, todo queda en los cuadernos de los comandantes. Después, Polanco va finca por finca revisándolo todo, la leche, la producción de quesos y cuántas reses están por vender. A la gente le toca obedecer, porque si no ya sabe lo que puede ocurrirles. De modo que uno se acostumbra a encontrarlo. Una noche, cuando volvía a mi casa, allí estaba, sentado en nuestra salita, conversando con mi mamá y con mi hermanita, una niña de sólo seis años, sentada en sus piernas. «Oiga —me dijo al verme—, muy bonita su hermanita. Tiene que portarse bien, hacer lo que toque para que no le pase nada. Es de verdad muy bonita.» Mi mamá lo miraba inquieta. A ella nunca le gustó Polanco. Lo veía como si fuera un bicho venenoso. Debía saber que esas palabras suyas encerraban algo malo, peligroso. Había visto, además, que fuera de la casa había varios guerrilleros montando guardia. Temía que algo me hicieran ellos por ser soldado campesino. El caso es que Polanco me esperaba. Me hizo sentar a su lado. «Tranquilo —me dijo viendo mi inquietud—; tenemos algunas cositas que charlar.» Y luego, dirigiéndose a mi madre le dijo: «Vaya, viejita, prepáreme un cafecito mientras charlo algunas cositas con su hijo.» Con la angustia que estaba sintiendo, mi madre obedeció. «Vengo a darle oportunidad de que se gane unos pesos», me dijo luego Polanco. Puso a la niña en el suelo, se levantó y salió para llamar a uno de los guerrilleros. Sin que yo supiera todavía qué buscaba con ello, regresó con unos fajos de billetes que puso sobre la mesita de la sala. «Ahí tiene cinco millones de pesos. Cinco millones, nada menos. Y usted puede ganarse esa platica del modo más fácil. Tiene que hacernos un trabajo. Un trabajito muy sencillo. Sabemos que su coronel es muy buena gente; charla con todo el mundo; come con los soldados y comparte su comida, ¿no es así? Ahora déjeme explicarle cuál será su trabajo. Mire —dijo luego sacando del bolsillo de su chaqueta una bolsa de plástico que contenía una jeringa y dos frasquitos—: uno de estos frascos tiene polvo, el otro líquido. Usted hace lo que más fácil le resulte: mezclar este polvo con el arroz o algo que se vaya a comer el coronel; o si usted le ofrece de pronto una naranja, se las arregla para inyectar líquido en la fruta antes de ofrecérsela. No sabe a nada, de modo que el coronel puede comerse la naranja tranquilamente. Y nadie va a saber lo que pasó. Nadie. Es un trabajito sencillo, le repito. Y cuando usted lo haya realizado y nosotros lo hayamos confirmado, usted recibirá la misma plata que ahora le entrego, otros cinco millones. Esto es apenas un adelanto para que usted se sienta motivado.» Debió ver en mi cara el susto y el horror que me produjo su propuesta, porque después de poner de nuevo a mi hermanita sobre sus rodillas, soltó con voz muy tranquila la amenaza que tenía preparada: «Si usted se nos niega a hacer ese trabajo, pues no tendremos más remedio que llevarnos a esta linda niña y algo malo le puede suceder a su mamá. Con nosotros las cosas son siempre claras. Para cada cosa hay premios o castigos, así de simple.»

«Y así fue todo», se dice Martín con amargura, dominando el deseo de dar por terminada aquella atroz confesión. Le repugna oír el resto; lo presume. Pero el soldado, como si adivinara su pensamiento, se apresura a agregar:

—Yo nunca pensé en aquel momento hacer lo que me pedía. Recibí, sí, la bolsa y el dinero y guardé todo eso en mi mochila. Si me negaba cumplía su amenaza de inmediato. Yo sólo quería ganar tiempo mientras veía qué podía hacer. Pensaba contárselo todo a mi coronel. Él sabría ayudarme, pensaba. En cambio nada le dije a mi madre. Si le hubiese contado, me habría obligado a devolver el dinero de inmediato pasara lo que pasara. Así era ella. De modo que cuando me preguntó qué quería Polanco me limité a decirle: «Sólo algunos informes, mamá; sólo eso.» «Cuídate, me dijo, cuídate mucho, ese hombre es capaz de cualquier cosa.» Yo no pude dormir aquella noche. Debía volver al Batallón al día siguiente. «Tengo que contarle a mi coronel lo que está ocurriendo, me decía. Y, le juro, señor, que lo intenté con desesperación en esos tres días. Le juro que ése era mi propósito...»

La voz se le rompe de nuevo como si un nudo en la garganta le impidiera seguir hablando.

—Cálmese, tome agua de nuevo.

El soldado vuelve a beber un sorbo de agua.

—Siga, contándome —le dice Martín dominando el sentimiento de horror que le oprime el pecho. Su voz no suena como una orden; parece más bien la invitación persuasiva de un confesor.

—En ese fin de semana, escapándome de mi grupo y de los oficiales que nos entrenaban, intenté verlo. Imposible. Mi coronel andaba a la carrera, en uno y otro sitio, fuera del batallón. Le dejé recado con un asistente suyo. «Dígale que tengo que hablarle de algo muy urgente.» Pero fue inútil. Sólo vine a verlo en nuestro rancho de tropa a la hora del almuerzo, el domingo. Esta vez no venía a comer con nosotros sino a hablar unos minutos con los soldados. Bastaba que él se acercara a una mesa para que lo rodeara un grupo para escucharlo. Él hacía y contestaba preguntas. Haciendo un esfuerzo por hacerme escuchar en medio de risas y comentarios me acerqué temblando y le dije que quería hablar a solas con él. Si le contaba lo sucedido delante de otros soldados el cuento iba a regarse por todas partes, Polanco lo sabría y sin vacilar podría ordenar la muerte de mi madre. El coronel, pensando que yo sólo actuaba así por timidez, me dijo. «Hable, hombre, dígame lo que quiere, para eso estoy aquí.» Pero debió ver mi zozobra porque cambiando de tono me dijo amistosamente que lo buscara la semana siguiente. No se me ocurrió hacer o decir otra cosa. Me he repetido mil veces que he debido decirle, pasara lo que pasara, «es un asunto de vida o muerte, coronel. Atiéndame a solas ahora mismo». No fui capaz de hacerlo. Soy muy tímido. Así que muerto de miedo aquella misma tarde regresé a la finca. Y como era de esperarse, Polanco esperaba mis noticias. No lo encontré en la casa, pero sí había dejado allí un guerrillero con la orden de avisarle mi llegada. No esperé que fuera a darle ese aviso por temor de que me hiciera preguntas delante de mi madre. Así que fui hasta su campamento que no estaba muy lejos. Le dije a medias la verdad. Que no había tenido ocasión de cumplir el encargo, pues mi coronel Ferreira sólo había aparecido a la hora del almuerzo y no había venido a comer sino sólo a charlar con los soldados. Polanco se quedó pensativo. Luego, con mucha calma, me dijo: «Agradezca que le voy a dar una oportunidad más, una sola, para realizar el trabajo pedido. Si no es capaz de cumplir esa misión, será mejor que se despida de una vez de su madre y de su hermanita porque nunca las volverá a ver. Y usted mismo es mejor que no vuelva si quiere seguir con vida. Con nosotros las cosas son siempre claras. No aceptamos medias tintas. Para cada cosa hay premios o castigos, así de simple. De modo que más bien agradézcame que le dé esta última oportunidad.»

«Qué estupidez», piensa Martín con un terrible desasosiego vislumbrando en su cerebro todas las alternativas que habían podido salvar la vida de Benjamín. De haber sabido lo que se tramaba contra él, su hermano habría encontrado un sinfín de recursos para salvar la vida de aquel muchacho, de su madre y de su hermana. Una rápida operación militar a tiempo que aquella familia quedaría protegida por el Batallón. O habría sido capaz de actuar como si hubiese absorbido el veneno. Se habría hecho trasladar en una ambulancia al aeropuerto supuestamente para ser llevado de urgencia a Florencia o Bogotá. De este modo, mientras se adelantaba una acción del ejército en aquella zona, Polanco hubiese creído que la misión encomendada por él se había cumplido.

—¿Y finalmente qué hizo usted? —le pregunta a Jiménez con una impaciente amargura.

—Me persiguió la mala suerte...

—¿Es decir?

—Volví al día siguiente, lunes, al Batallón en busca de mi coronel. Y no lo encontré. No estaba. Había una reunión de altos mandos en Florencia, me dijo su ayudante, el sargento. Sólo volvería hasta el viernes, de modo que regresé a la finca. «¿Qué te pasa?», me preguntaba mi madre una y otra vez viéndome intranquilo, asustado. Pero nada podía decirle. Era capaz de ir donde Polanco para gritarle que semejante maldad no podía yo cometerla. No lo permitiría. Y Polanco daría la orden de matarla, así de simple. El viernes, en vez de presentarme a la hora y en el lugar donde se reunían los soldados campesinos, me dirigí al búnker donde mi coronel despachaba al lado de la emisora desde la cual acostumbraba a hablar al comienzo y al final del día. Pero la mala suerte parecía seguirme. Estaba en un operativo, me dijo el sargento, sin indicarme dónde. Yo temblaba pensando todo el tiempo en mi madre, en mi hermanita, en lo que iba a ocurrirles. Polanco no iba a creer que el coronel estaba ausente. El domingo, a la hora del almuerzo, mi coronel tampoco apareció. Me quedé en el batallón, desesperado. «¿Qué hago?», me preguntaba. A la hora de la comida, entré al Batallón. Llevaba siempre escondidos dentro de mis botas los dos frascos y la jeringa para pasar sin problemas las requisas. Estaba comiendo cuando, para mal de mis pecados, para horror de mi vida, señor, apareció su hermano, el coronel...

—Y usted cumplió su misión —agrega Martín con una expresión sombría. Por un instante, vuelve a ver a Benjamín, cuando era todavía un adolescente; lo recuerda en Guateque hablándole de sus lecturas e investigaciones en la biblioteca del liceo, y siente que las lágrimas le suben a los ojos—. Bueno, para terminar. Dígame dónde puso el cianuro. ¿Cómo lo hizo?

Jiménez empieza a temblar.

—En un vaso de agua panela con limón. Lo preparaban para todos en el rancho. Sin que nadie se diera cuenta saqué de mis botas, bajo la mesa, el frasco con líquido y derramé su contenido en el vaso de agua panela desde antes de que apareciera su hermano. Tenía todo el tiempo aquel vaso metálico, un vaso de acero, al alcance de la mano mientras trataba de comer. Pensaba todo el tiempo en lo que podía ocurrirles a mi madre y a mi hermana si no cumplía la orden de Polanco. Y al mismo tiempo sentía horror. No podía probar bocado. En el fondo, deseaba que no viniese el coronel, pero al mismo tiempo si Polanco no aceptara mis razones, por ciertas que fueran, ¿qué nos ocurriría? Y en eso andaba divagando, cuando él, su hermano, apareció. Estuvo en una mesa, luego en otra y finalmente se acercó a la mesa donde yo estaba. Nos saludó, y no fui capaz de ofrecerle en aquel momento la limonada. Lo hice cuando ya se iba en un auto conducido por un soldado. Como un autómata corrí hacia el auto, me acerqué a la ventanilla y le pregunté si quería una limonadita. Y le alargué el vaso. Aterrado, vi que se lo tomaba. «Que no le ocurra nada, que se salve», rogaba yo a Dios.

El vehículo arrancó veloz y yo no lo volví a ver. Al día siguiente, lunes, cuando los soldados nos formábamos antes de irnos para nuestras casas, la noticia de que el coronel había amanecido muerto se regó como pólvora en todo el Batallón. Muerto de un infarto, decían.

Martín se incorpora de la silla con una sensación de repugnancia. «Un estúpido, una rata, tenía razón Cástulo», piensa Martín dirigiendo una mirada de desprecio al soldado que vuelve a temblar observándolo. Ya sólo queda hacer conocer esta horrible confesión al general para que él se haga cargo de entregarlo a la Justicia.

—Supongo que acabó cobrando la otra mitad de la recompensa —comenta en un tono que destila amargura.

Jiménez baja la cabeza y sin dejar de temblar se muerde las dos manos entrelazadas a la altura del pecho.

—No, no fue así —murmura con voz ronca—. Mi mamá lo supo todo y no pudo soportar el horror de lo que yo había hecho. Y lo peor me faltaba por verlo. Mi madre... —alcanza a decir, pero un ahogo le impide seguir hablando.

—¿Qué le pasó a ella? —pregunta Martín.

—Supo de inmediato lo sucedido. Polanco se lo hizo saber como si también para ella fuera una gran noticia. Estaba feliz. Su hijo es un héroe nuestro —dijo—, a tiempo que ponía un saco con fajos de billete sobre la mesa. Ella reaccionó de un modo que sorprendió a Polanco. «¿Qué pasó? —me preguntaba a gritos—. ¿Usted le hizo algo al coronel? No puedo creerlo. Y si es así, no va a recibir un centavo. Y si algo recibió ya, lo devuelve. ¡Qué asco! Es lo último que esperaba de un hijo mío.» Yo sólo sentía horror y vergüenza. Salí de la sala, fui a mi cuarto, saqué los primeros cinco millones que me había dado antes Polanco y puse los fajos sobre la mesa. Polanco los recogió en silencio. «Allá ustedes, esto ya es asunto suyo, dijo antes de retirarse. Al final, usted, Jacinto Jiménez, hizo el trabajo y eso es lo que cuenta para nosotros.»

Martín permanece de pie, al lado de su silla.

—¿Su madre conocía a mi hermano? —pregunta.

—Claro que sí; ella y los campesinos de la región. Lo estimaban mucho. Atendían las órdenes de la guerrilla sólo por miedo. La tenían siempre en sus predios, en cambio el ejército sólo rara vez pasaba por allí. Pero quien realmente los ayudaba era su hermano. Mi coronel Ferreira había mandado al Servicio Nacional de Aprendizaje a muchos hijos de campesinos que yo conocía para capacitarlos; les repartía drogas, semillas, les facilitaba herramientas y como conocía muy bien el campo introdujo en esta zona cultivos de caña de azúcar. Cuando mi hermanita cayó enferma, creo que era *leishmaniasis*, mi coronel consiguió que la internaran en un hospital infantil de la población y suministró el medicamento para todo el tratamiento. ¿Se da usted cuenta del horror que le produjo a mi madre que yo fuera el causante de su muerte? Cuando yo le dije que aquello lo había hecho yo para que no les ocurriera nada a ella ni a mi hermanita, se puso a llorar. Me pidió que buscara a un sacerdote amigo de su hermano y le confesara mi pecado. Y así lo hice. Me pidió que rezara, que pidiera perdón a Dios y al propio coronel, que debía estar en el cielo porque era un hombre muy bueno. Y le hice caso. Rezo, rezo mucho. Pero, como le dije antes, lo peor no había ocurrido todavía.

—¿Qué pasó? —dice Martín.

—Mi madre se dedicó a visitar las veredas para hablar con los campesinos. Sabía que ellos lamentaban la muerte del coronel. Y que en cambio sufrían cuando la guerrilla reclutaba a sus hijos. Era una cuota que cada familia debía cumplir. «No debemos aceptar que se les enseñe a matar», les decía. Había militares buenos, como el coronel. ¿Por qué guerrilleros hijos de campesinos iban a matar soldados campesinos que eran como sus hermanos? También hablaba de las minas que según las FARC debían aceptar y cuidar cada campesino para que, cuando fuera necesario, la guerrilla venía a recogerlas para ponerlas en ciertos caminos donde pasaba la tropa. «Donde mueren soldados, mueren también campesinos», les decía mi madre. Y todos estaban de acuerdo. Pero tenían miedo de no obedecer las órdenes que Polanco les daba. Para animarlos a decirle a la guerrilla lo que pensaban y sentían, mi madre en una Junta de Acción Comunal a la que asistían también milicianos y comandantes de la guerrilla, pidió la palabra y habló con toda franqueza. Era como si quisiera reparar de algún modo lo hecho por mí. Todo eso cayó muy mal. Polanco lo supo. Milicianos suyos llegaron a la casa para hablar con ella. «Bueno, señora —le dijeron—, lo que está diciendo favorece al enemigo. Eso tiene sus consecuencias. En estos días la vamos a llamar para que nos explique por qué anda diciendo estas cosas.» Y así ocurrió. Dos días después otros milicianos vinieron a recogerla. Yo quería acompañarla, pero no me dejaron. «Usted tiene que seguir aquí en la casa —me dijeron—. Sólo necesitamos a su mamá y a su hermana.» Las vi alejarse con ellos. En la noche no habían vuelto. Yo salí a buscarlas. Preguntaba en todas partes para dónde habían cogido. Algunos vecinos las habían visto. «Aquí las metieron en un carro», me dijo uno de ellos. Y otro, un señor a quien llamábamos don Ricardo, me dijo: «Yo vi a su mamá; iba llorando y alcancé a oír lo que le decían: "Ya ve vieja, pa'qué se puso a hablar, es mejor tener la boca cerrada."» Desesperado intenté llegar donde Polanco. Sabía dónde estaba su campamento. Dos milicianos me detuvieron en el camino. «¿Pa'dónde va?» «Quiero hablar con el comandante», les dije. «No, me contestaron; usted no puede pasar. Y mire, dijo uno de ellos, a su mamá es mejor que no la busque. Si la quiere encontrar tiene que ir río abajo. Río abajo deben ir pedacitos de ella. Y a su hermanita no la va a encontrar. Ella sí está enterita, pero no la volverá a ver.»

Jiménez rompe a llorar. Martín lo observa en silencio, estremecido de horror.

—¿Qué hizo entonces?

En medio de sollozos, Jiménez refiere:

—Después de dejar mi finca en manos de un vecino y de cargar con lo que pude fui donde el comandante del Batallón y le dije: «Yo quiero ser soldado profesional.» Cumplí todos los trámites. Entre pudrirme en una cárcel confesando lo ocurrido y luchar contra ellos sin medir riesgos, decidí lo segundo. Mi coronel Ferreira habría preferido eso. Yo le rezo, le rezo siempre. Le pido perdón y yo sé que él me escucha. Me ha salvado la vida, estoy seguro. Como pasó hoy, cuando el teniente cayó a mi lado; gracias a él, estoy seguro.

Martín lo escucha con una extraña zozobra. ¿Qué pensaría Benjamín? Él no creía en venganzas ni en castigos. Cierra los ojos. Y como si él le dictara sus palabras, se oye decir:

—Yo no soy creyente. Y, sin embargo, me atrevería a hablar en nombre de mi hermano como si estuviese oyéndonos. Perdonaría lo que usted hizo. Estoy seguro. De modo que —dice levantándose lentamente de la silla— esto que usted me ha contado quedará como un secreto entre nosotros. Siga combatiendo por su país. Haga de cuenta que es una decisión de Benjamín.

Jiménez alza hacia él una cara bañada en lágrimas.

—Gracias, señor, así lo haré hasta el último día de mi vida —murmura con una voz trémula, palpitante, estremecida por la sorpresa y la emoción.

40

He vuelto hace una hora a esta ciudad de aires y resplandores otoñales. Nadie sabe aún que he regresado. He puesto leños en la chimenea y en el equipo de sonido un CD con fados de Amália Rodrigues. La última luz del crepúsculo enciende el flanco de los cerros que se divisan desde el ventanal. Todo está en orden, tranquilo, protegido, ajeno a la guerra que he visto de pronto arder en un confín del país. A nadie le interesa lo que aquí ocurre, decía el general mientras comíamos anoche en el comedor del Casino con los tres civiles liberados. Tenía razón. Lo que veíamos en la pantalla del televisor eran imágenes del Carnaval de Barranquilla. Disfraces, alegres comparsas y desfiles me recordaban las fiestas de Lima mientras Sendero Luminoso incendiaba el país. Dos mundos. Y esta mañana, en Medellín, durante la misa fúnebre del teniente, tuve la impresión de despedirme definitivamente de aquel mundo donde también Benjamín había encontrado la muerte. El féretro había sido cubierto con una bandera colombiana y seis soldados montaban guardia en torno. En el primer banco de la iglesia, estaba yo con el general y sus oficiales: habíamos llegado en helicóptero minutos antes. No logro olvidar a la joven viuda del teniente que estaba al lado nuestro. Es una muchacha que no debe tener más de diecisiete años. Está embarazada. La veo, muy pálida, vestida de negro, un rosario enrollado en sus manos, los ojos llenos de lágrimas fijos en el ataúd que guardaba el cuerpo de su marido.

La muerte, de modo brusco, inesperado, había cambiado el

rumbo de su vida. Cierro los ojos y pienso de pronto en Irene. También ella desapareció de manera repentina cuando me había propuesto estar siempre a su lado, sin desampararla. Era frágil. Me amaba. Y yo había descubierto que a su lado tenía la lumbre y el calor que siempre me habían faltado. Mientras oscurece en la ventana oigo a Amália Rodrígues cantando «ó meu amor de algún día» y vuelvo a recordar los años milagrosos que pasamos con Irene en Lisboa. Jamás imaginé que Lisboa iba a ser nuestro refugio, lejos de París donde me creía establecido para siempre. Fue ella la que sucumbió al encanto de una ciudad que parecía detenida en el tiempo. La tomó como suya. Yo había venido con Irene sólo para cumplir algún compromiso con mi agencia, interesada en seguir de cerca los sucesos de Portugal un año después de la llamada revolución de los claveles. Y de pronto, a instancias de ella, de Irene, encontré que desde Lisboa, ¿por qué no?, podía seguir enviando páginas mías que tenían lectores en diversos diarios de América Latina. Adquiría, al fin, una independencia frente a los compromisos laborales del pasado. Empezaba a ser conocido. Podía ser libre, decidir el lugar donde quería quedarme. Y luego de dejar a un amigo nuestro apartamento en París con el mismo contrato de alquiler que yo tenía de tiempo atrás por un precio muy ventajoso, nos mudamos.

¿Qué nos sedujo a Irene y a mí de Lisboa? Lo he escrito. Su encanto, dije, como el de Roma, es íntimo, de algún modo secreto. No es perceptible de inmediato como el de París; Lisboa no tiene el esplendor teatral de Venecia, ni los rincones medievales de Praga, ni las reminiscencias imperiales que aún quedan en Viena. Y sin embargo... Lo que a Irene le fascinó fue la manera como aparecía el pasado, un pasado nostálgico, en esas plazuelas dormidas que se abren de pronto a la vuelta de una calle, con sus árboles exóticos traídos de confines coloniales, sus ancianos solitarios sentados en algún banco de madera a orillas de un estanque donde navegan patos tan parsimoniosos como ellos y sus estatuas de sabios y poetas olvidados. También está el pasado en palacios en ruinas o en esas casas a veces vestidas de azulejos o pintadas de colores inusitados —fresa, verde menta, rosado o amarillo canario— y en los viejos tranvías amarillos que suben o bajan por calles empinadas con una quejumbre de hierros. Teníamos un hermoso apartamento en la Praza das Flores. Nos encantaba aquella plaza serena, con sus cuidados jardines de grama, los blancos senderos que la cruzaban y sus altos árboles, desnudos en invierno y florecidos en primavera. No recuerdo, a la hora de escribir estas líneas, si son esas jacarandas que en abril cubren el paisaje de Lisboa con sus flores de color violeta. Lo que sí podría situar con toda exactitud en una esquina perdida de la plaza es el tranquilo café donde desayunábamos todas las mañanas escuchando el rumor de los pájaros, y en los días de fiesta risas y gritos de niños que jugaban bajo los árboles, vigilados por sus abuelos. Ropa puesta a secar colgaba de algunos balcones. Muchas mañanas Irene permanecía en la terraza de aquel café con algún libro y su cuaderno de notas mientras yo me refugiaba en el apartamento delante de mi ordenador para seguir las noticias de América Latina, el área privilegiada de mis informaciones. Aquel donde vivíamos parecía un barrio de viejos. Alguna anciana, acompañada de un gato soñoliento, nos saludaba desde su ventana. De noche las calles parecían un decorado de teatro, con sus faroles de luces trémulas y un silencio roto apenas por el paso quejumbroso y lejano de un tranvía.

Durante un largo tiempo, tal vez un año o más, compartíamos con Irene una extraña y apacible soledad. Escribíamos. Irene adelantaba su extraño libro sobre el mundo real de célebres escritores y la manera como lo recogían en sus obras de ficción, libro finalmente publicado en Suiza y Alemania después de su muerte. Y yo, al lado de mis crónicas, acabé por escribir un libro de poemas que, milagrosamente descubierto y traducido más tarde por un poeta portugués amigo, fue publicado en Portugal en los dos idiomas y sólo más tarde en España. No es de extrañar que hubiese sido acogido por una editorial de Lisboa, pues en él quedó la huella de lo visto, vivido y sentido en aquel país al lado de Irene. Ella, por cierto, parecía otra, muy distinta a la que en Berna y en París, alejada de cualquier entorno social, se refugiaba en sus libros. Ahora comprendo que sin proponérmelo de manera consciente yo había logrado seguir las indicaciones de Luz Estela, nuestra amiga psiquiatra. «Irene —me había dicho— no tendrá problemas y se sentirá muy bien contigo mientras tú la mantengas en una especie de pecera.» Y esa pecera, en Lisboa, donde se movía libremente sin más compañía que la mía, fue la ciudad entera, los lugares que frecuentábamos y los que con el tiempo íbamos descubriendo con la misma fascinación. Recuerdo, por ejemplo, la terraza del Hotel do Chiado, adonde algunas tardes íbamos a tomar una copa de vino, a esa hora en la que un crepúsculo dorado va languideciendo en la colina dominada por el castillo San Jorge. Veíamos las torres de la catedral alzándose sobre las empinadas calles del barrio Alfama y toda una pedrería de luces tempranas descendiendo sosegadamente hacia el Tajo. Nos gustaba recorrer, en las mágicas inmediaciones del Castillo, plazuelas y calles donde, a partir de cierta hora, sólo se ven gatos furtivos en la lumbre esquiva de antiguos faroles. En la misma línea de hallazgos, encontramos alguna vez, en una vieja zona de depósitos cercana al río, un restaurante, el Alcântara Café, que parecía salido de una película de los años treinta. Porteros y bonitas y refinadas muchachas vestidas de negro nos recibían como si llegáramos a una función de gala. Nos gustaban también los restaurantes de las Docas que se alargan a orillas del Tajo y al pie del soberbio puente 25 de abril cuyos arcos brillan como un enorme encaje de luces azules en la oscuridad. Nos gustaba contemplar el inmenso río cuyo delta tiene la majestad del océano, y respirar en la brisa el olor del mar acompañado por el del bacalao que se fríe en las cocinas. «Nunca he sido tan feliz», me decía Irene poniendo su mano sobre la mía. Tal vez yo habría podido decir lo mismo. A tiempo que seguía cursos intensivos de portugués en una de las escuelas de Berlitz, ella se empeñó en estudiar de cerca la vida y la obra de Pessoa. Le divertía sentarse en una terraza de la Brasileira, al lado de una estatua del poeta que aparece como si fuese un parroquiano más, sentado delante de una mesa, sólo que para siempre inmóvil, esculpido en bronce.

Poco tiempo después de habernos establecido en Lisboa, los

padres de Irene vinieron a visitarnos. No podían ocultar su asombro y su alegría al ver cómo su hija había cambiado, la seguridad y la placidez que mostraba mientras los paseaba por la ciudad. «*E un cambio miraculoso*», me decía su madre. Aquella visita, ahora lo recuerdo, fue el comienzo de nuestros viajes por los más variados rincones de Portugal. En un automóvil que había comprado años atrás en París viajamos con Irene y sus padres a Aveiro y a Oporto. Acabamos descubriendo entonces los más bucólicos paisajes del Duero, primero desde una posada de Regua y luego en un remoto y encantador hotel que parecía una casa de campo. Con el tiempo volvimos una y otra vez a estos lugares mágicos. Descubrimos alguna vez una ciudad que fascinó a Irene, Amarante, con sus calles estrechas, su viejo puente de piedra sobre el río y un antiguo convento que se levanta a espaldas de las montañas.

Con el transcurso del tiempo, algunos amigos rompieron nuestro aislamiento. Fueron apareciendo en torno a mis actividades de periodista sin que Irene los rehuyera, como había ocurrido en París. Para entonces ella tenía razones para explicar aquel extraño aislamiento suyo que yo había presenciado en Suiza cuando la conocí y que tanto me había inquietado luego en París, después de nuestro matrimonio. Irene me recordaba que Camus, para explicar el personaje de *El extranjero*, hablaba de juegos de representación donde la mentira se convierte en norma social. Ella no quería —me decía una y otra vez— moverse en la vida como si estuviese en una escena de teatro. Y yo, escuchando aquellas explicaciones y viendo cómo se desenvolvía en Lisboa sin tropiezo alguno, había terminado por creer que no padecía fragilidad psíquica alguna, como había dicho Luz Estela, nuestra amiga psiquiatra. Tanto más que mis amigos fueron también los suyos. Se los hacía conocer, es cierto, fuera de cualquier tumultuoso acto social, de uno en uno, llevándolos a casa y luego a un refinado restaurante llamado O Conventual, que estaba al lado del inmueble donde teníamos nuestro apartamento. Recogido, casi secreto, justificaba su nombre. Personas finas y encantadoras, escritores, críticos o poetas, aquellos amigos que fuimos haciendo parecían encerrados en un mundo elitista de otros tiempos. Todos ellos tomaban muy en serio a Irene. Admiraban su pasión por los libros y se interesaban por las investigaciones que adelantaba en torno a famosos escritores y poetas. Recuerdo en especial a Nuno, un joven poeta que yo había conocido en *Diario de Noticias*. Autor de varios ensayos sobre Pessoa, interesó a Irene en la obra y la vida del poeta portugués. Recuerdo también a Philippe y a Sophie, una pareja francesa radicada de tiempo atrás en Lisboa. Director del Centro Cultural franco portugués, cuya biblioteca visitaba Irene con frecuencia, él la orientaba en sus búsquedas. Sophie, su bonita mujer, era traductora a distancia de una casa editorial francesa. Fue ella quien nos presentó a Christine, la más cercana amiga que tuvimos en Portugal. Por cierto, al conocerla jamás pensé que llegara a serlo de Irene. Parecía representar el mundo que ésta siempre había rehusado. Fina, menuda, cubierta con un soberbio abrigo de piel cuando la conocimos en una noche de invierno, algo en ella se asociaba desde el primer momento al mundo secreto y aristocrático que aún no había desaparecido en Portugal. A sus sesenta años, en la boca, la fina y bien delineada nariz y sobre todo en unos ojos claros que tenían alegres destellos al reír, conservaba todavía rastros de la bella mujer que había sido. Con el tiempo, sabríamos que pertenecía a las más conocidas y selectas familias de Lisboa. Viuda, como Simonetta, y sin duda muy rica, viajaba incansablemente por Europa alojándose en buenos hoteles o en casas de campo de amigos que parecía tener en todas partes, como si le resultara penoso permanecer en un solo lugar. Pensé que aquel que tuvimos por primera vez con ella iba a ser un efímero encuentro. Aunque se interesaba en libros y exposiciones, no tenía nada en común con Irene. Pues bien: me equivoqué. No sé cómo, luego de haber recorrido los anticuarios de la vecina Rua San Bento, se le ocurrió pasar una tarde por nuestro apartamento. Encontró a Irene, la invitó al solitario café de la plaza y acabó haciéndole a ella una confidencia que selló su amistad. No se cómo se produjo. El hecho es que, respondiendo a una pregunta de Irene, le habló de su marido, muerto dos años atrás. «La mía con él —le dijo— fue una relación tan íntima y profunda, tan especial como la que me parece haber advertido entre tú y tu marido. Éramos inseparables. No podía imaginar mi vida sin él.» Y luego le refirió que, después de su muerte, la soledad le pesaba tanto que le era imposible permanecer mucho tiempo en el apartamento donde habían vivido los dos. Pero tampoco, le decía, podía buscar otro porque allí estaban los libros, cuadros y recuerdos de él. «A veces —agregó—, me parece que voy a verlo de nuevo. Y es tan opresivo sentir que se ha ido para siempre, que huyó a otros lugares, trato de aturdirme, de ver amigos y ciudades, teatros, conciertos y museos, como lo hacía con él, pero no es igual.» Y, según me contaría Irene, al conocernos había encontrado en nosotros una relación tan especial como había sido la suya. «De ahí que los sintiera tan próximos a mí.» Irene sintió que estas palabras habían tocado un punto sensible de su propio ser, y Christine dejó de ser la mujer de mundo que había creído ver para asumirla casi como una hermana. Nos llevaba a restaurantes de Cascais o del Barrio Alto, al Club del Fado, en Alfama, a exposiciones y salas de concierto, y en una Semana Santa a una finca suya en el norte, cuya casa —una especie de palacio— se alzaba sobre una colina desde la cual se divisaba todo el valle del Duero. Nunca he podido olvidar aquel paisaje de ensueño, tranquilo, luminoso, con un silencio que el trino de los pájaros o el lejano rumor de un pequeño tren que corría muy cerca del río en vez de romperlo lo hacían más profundo. «Deberíamos quedarnos aquí para siempre», me decía Irene con un brillo muy especial en los ojos. Pero no era del todo una broma. Quizá respondía a un sueño suyo que no se atrevía a proponérmelo y hacerlo realidad.

Sin embargo, en el fondo, aquella vida empezaba a inquietarme. Me sentía de pronto como si estuviese pisando ya los linderos de la vejez. La agencia que ofrecía mis artículos me hacía saber que en ellos se advertían análisis a distancia sin las vivencias propias de quien escribe desde el lugar mismo de los acontecimientos como había sido siempre el caso de mis crónicas y reportajes. Este perfil, me decía la agencia, era el que de tiempo atrás me había abierto espacios en diarios y revistas. No debía perderlo. De modo que atendiendo una apremiante petición suya hice un primer viaje a Nicaragua, país enfrentado en una feroz guerra entre sandinistas y «contras», luego de enviar a Irene a casa de sus padres en Berna. Meses más tarde, apremiado por las alarmantes noticias relacionadas con las acciones de Pablo Escobar en Colombia, acepté la propuesta de viajar allí, animado además por la idea de visitar a Raquel y a Benjamín, siempre sorprendidos por mi larga ausencia. Por primera vez desde que nos habíamos casado dejé sola a Irene. No imaginaba que hubiera en ello riesgo alguno después de haberla visto desenvolverse sin las aprehensiones, ni los temores de otros tiempos en Lisboa. Confiaba además en la cercana compañía de Christine. La propia Irene me aseguró que podía estar tranquilo. Mantendríamos un diario contacto telefónico.

¿Cómo olvidar hoy lo ocurrido? Sin temor alguno, volví a mis antiguas tareas de reportero. Investigué a fondo la vida de Pablo Escobar, me ocupé de contar cómo actuaban en Medellín sus tenebrosas bandas de sicarios y las ramificaciones que extendía el narcotráfico en zonas ocupadas por la guerrilla, sus recientes cultivos de coca y sus laboratorios en la selva. Pero cada día, estuviese donde estuviese, me las arreglaba para llamar a Irene. «¿Cuándo vuelves?», solía preguntarme, sin que yo percibiera en ella ningún rastro de angustia. Sólo empecé a inquietarme cuando al llamarla una tarde y luego al anochecer no me contestó. Tampoco al día siguiente. Pensé que Christine la habría invitado a su palacete en las riberas del Duero. Pero cuando pude comunicarme con ésta y me informó que tampoco Irene atendía sus llamadas, tuve la brusca impresión de que algo grave le estaba ocurriendo. «Ve a nuestro apartamento», le dije a Christine. «Y si nadie te responde, llama por favor a los bomberos y haz saltar la cerradura.» Algo más de una hora después, Catherine me daría la noticia que me obligó a buscar el primer vuelo a Madrid con enlace a Lisboa. Irene estaba inconsciente. Al parecer, había tragado todas las pastillas de un tubo de somníferos. Catherine estaba llevándola en una ambulancia al Hospital de Santa María. «La veo muy mal —me dijo—. Vente de inmediato.»

No he podido olvidar el pánico que sentía mientras volaba a Lisboa. Antes de subir al avión, había logrado hablar con el médico del pabellón de urgencias del Hospital de Santa María. «Su situación es de pronóstico reservado», fue todo lo que llegó a decirme. Recuerdo aquel viaje infernal atormentado por la idea de que Irene estaba muriendo. Me culpaba. ¿Cómo había pasado por alto esa fragilidad suya que sus propios padres conocían de sobra? ¿Por qué me había hecho ilusiones de que había adquirido al fin cierta independencia y seguridad en sí misma?

A mi llegada al aeropuerto de Lisboa no fui capaz de llamar a Christine. Temía lo peor. Era un cálido mediodía de verano. El sol parecía reverberar en las calles. Dejé mi equipaje en consigna en el aeropuerto y tomé un taxi para dirigirme al hospital. El corazón me latía enloquecido cuando entré en el vestíbulo del hospital de Santa María y pregunté por ella. La mujer vestida de blanco que atendía la recepción me miró de un modo extraño. Quedé helado cuando luego de hablar por teléfono me dijo que el doctor que estaba de guardia quería verme. Me hizo conducir a su despacho. Recuerdo el aire cauteloso, reservado, que tenía aquel médico cuando me invitó a sentarme delante de su escritorio. «Pensamos por un momento que era imposible salvarla», llegó a decirme. «Se trata de un caso de suicidio», y luego con una mirada severa y desconfiada que parecía la de un detective y no la de un médico me lanzó una brusca pregunta: «Hay algún problema entre ustedes?» «Ninguno», murmuré yo con un espantado asombro. Y debió verme tan tembloroso y pálido que se apresuró a tranquilizarme. «Véala —me dijo—; está muy débil, pero puede hablar. No hace sino preguntar por usted. Su madre está con ella.»

Una enfermera me llevó al cuarto del pabellón de urgencias donde se encontraba Irene. Y ahora sólo recuerdo su viva y conmovida reacción al verme. Pálida, con un camisón blanco, se incorporó en la cama abriéndome los brazos. Me besaba la cara, sollozando: «Perdóname. Te he hecho sufrir, perdóname. No sé por qué lo hice, perdóname», repetía. Sólo más tarde me refirió lo ocurrido. Había sido impulsada por un sueño que tomó como una premonición. «Soñé que habías decidido dejarme, y eso no lo pude soportar.»

41

—No esperaba que decidieras irte a Roma tan pronto —murmura Margarita, y en sus palabras y en un destello de sus ojos, Martín cree percibir una triste zozobra que lo inquieta.

Afuera ha caído la noche, y en la íntima penumbra de aquel restaurante todavía vacío donde se encuentran, los rasgos de ella, apenas iluminados por la llama oscilante de una vela puesta sobre la mesa, parecen más finos y bellos que nunca.

—Para decirte la verdad, pensé que al fin te quedarías en Colombia —agrega de pronto dejando traslucir en la mirada la profundidad de su inquietud.

Martín guarda silencio, confundido. No esperaba esta reacción de ella, y no logra impedir que en el fondo de sí mismo aflore un sentimiento de culpabilidad. Por primera vez percibe que ella ha tomado la relación surgida entre ellos como algo capaz de cambiar el rumbo de sus vidas y no como una aventura efímera, *sans lendemain*. Y no es justo con ella dejar prosperar esta impresión, se dice. No es justo, pero ¿qué decisión entonces debería tomar?

—Dime qué piensas —murmura ella, como si estuviese siguiendo el curso de sus pensamientos.

—No quiero, Margarita, que veas mi regreso a Roma como una despedida. No puedo irme y olvidarme de ti. Algo serio y profundo ha surgido entre los dos. No lo esperaba, pero es así. Sólo que no sé qué decisión debemos tomar.

—Es más sencillo de lo que tú piensas —sonríe ella—. Deberías quedarte.

—¿Quedarme? —repite él con desconcierto.

Nunca había pasado por su mente esta eventualidad. Quedarse en Bogotá es algo que ha estado siempre fuera de sus cálculos. No sabría dónde ubicarme, se dice, y por un instante vuelve a verse sentado en medio de los amigos de Margarita escuchando un domingo los chismes de un mundo social que nunca ha sido el suyo. Pero tampoco es suyo el mundo de Raquel, de emergentes enriquecidos, ni el terrible que fue el de Benjamín.

—La verdad es que aquí no me hallo —dice con humor—. Tampoco tú, por lo que me has contado.

—No, mientras me encuentre sola —replica ella.

Martín la observa en silencio, y ella le sostiene la mirada.

—¿Lo crees, realmente? —dice él—. Aquí nunca lograrás ser libre. Ni yo tampoco. No podríamos vivir a espaldas de tu mundo, de tus amigos.

La expresión de ella se ensombrece.

—Cuando hay amor, eso pierde toda importancia, ¿no crees?

Martín calla sin poder reprimir un sentimiento de inquietud que lo invade. Acaba de recordar a Irene, todo lo que por amor a ella debió aceptar.

—De pronto tienes razón —acepta él—. El amor puede cambiarle a uno la vida. Lo sé, lo he vivido.

Margarita lo observa con curiosidad.

—Estás pensando en ella, en esa misteriosa mujer que fue tu esposa.

—¿Por qué misteriosa? —inquiere Martín.

—Nunca me hablas de ella. ¿Realmente fue un amor que te cambió la vida?

—Tal vez sí.

—¿Cómo era?

Martín calla unos segundos, mientras en su memoria se dibuja la figura de Irene sentada en su casa de Berna, junto a la ventana, como la primera vez que la vio.

—Frágil. Culta, inteligente, pero en el fondo de ella fue siempre una niña.

—¿De qué murió?

—De algo repentino, de un aneurisma cuando se hallaba en casa de sus padres.

—Debiste sufrir mucho.

—Mucho —asiente Martín—. Fue algo inesperado.

—¿Tuviste otros amores después de ella?

—No.

—¿Estas seguro? —pregunta ella con un brillo suspicaz en los ojos.

Martín sonríe.

—Desde luego no puedo asegurarte que hice votos de castidad. Pero esa extraña perturbación que llamamos amor sólo la siento ahora. Y creo que la culpable de ese mal, completamente inesperado para mí, has sido tú.

—Me cuesta trabajo creerlo.

—Debes de estar acostumbrada a oír declaraciones que, en realidad, son galanterías con fines de seducción. Pero no es mi caso. Digo sólo lo que siento; si me conoces, debes saberlo.

—Es verdad —admite ella con una súbita lumbre de ternura en los ojos mientras le toma una mano—. Y ahora dime, ¿qué será de nosotros? No quieres vivir aquí...

—Soy desde siempre un expatriado, Margarita. Desde muy joven, y sin embargo tampoco he echado raíces profundas en otra parte, ni siquiera en París. Pero allí, en Lisboa o en Roma me siento libre, me muevo en medios diversos. Y sin embargo, jamás he perdido contacto con este país nuestro. Vivo entre dos aguas. ¿No te gustaría intentar esta experiencia?

Ella lo mira sorprendida:

—¿Qué quieres decir?

—Pues que me gustaría tenerte a mi lado, en Roma. Es una apuesta atrevida, lo sé. Pero no veo qué puedas ganar quedándote aquí. Tienes un hijo que ya vuela con sus propias alas. Vendrías a verlo, claro. Visitarías este mundo tuyo sin sumergirte enteramente en él. Vivirías también entre dos aguas, libre, al fin. ¿No te tienta esta idea?

Los ojos de ella brillan con un destello vivaz.

—Eres un peligro, Martín. Pero la verdad es que me sentiría muy triste si no aceptara tu apuesta.

42

Abro este cuaderno por última vez antes de regresar a Roma, y no logro creer que en dos días voy a encontrar de nuevo mi vida de siempre en una ciudad que ahora, vista a la distancia, parece como nunca un sueño. ¿Oiré de nuevo, cruzando a la medianoche la Plaza del Panteón, frente a las terrazas de los cafés alumbradas por velas puestas en campanas de vidrio, la música de los acordeones entonando las viejas canciones italianas de siempre? ¿Me seguirá por las calles del Trastevere el aroma de las castañas asadas y sobre los tejados y cúpulas el grito de los cuervos marinos que vienen del Tíber? ¿De regreso a casa, me detendré de nuevo una noche en la Plaza Navona para descubrir que una estática Nefertiti, vestida de blanco y con el rostro teñido del mismo color, inmóvil al pie de la fuente que tiene figuras de mármol esculpidas por Bernini, es una amiga mía cuyos ojos brillaran de alegría al verme? Sí, otro mundo, tan distante y ajeno a este que espero dejar mañana. Cuando quede atrás el pacífico y verde paisaje de la sabana, con sus cultivos de flores, y vea el intrincado paisaje de la cordillera bajo las alas del avión, recordaré el mundo donde transcurría en medio de infinitas tensiones la vida de Benjamín, la fragorosa guerra emboscada en los ámbitos más remotos de este país, con sus miles o millones de desplazados, los mismos que venden frutas o piden limosna en los semáforos de la ciudad en medio de la indiferencia de las clases altas de Bogotá que habitan las zonas privilegiadas donde ahora me encuentro. La propia Raquel, de quien me acabo de despedir, parece haber olvidado su origen campesino, la vida dura que de muchacha llevó en misérrimas pensiones de esos barrios del sur que aquí ni siquiera alcanzan a divisarse. Raquel es una mujer admirable, dueña de una empresa con ramificaciones en el continente, para quien el éxito se mide sólo en dinero. De ahí que nunca haya entendido el destino que eligió Benjamín. Tampoco el mío. Si atendiera sus consejos, yo podría haberme hecho rico trabajando en sus empresas y compartiendo su mundo en vez de llevar una vida incierta en Europa.

La verdad es que no me arrepiento de la vida que he llevado. Recuerdo a veces al tímido muchacho de diecisiete años que en Cartagena se disponía a embarcarse en la tercera clase del barco italiano Américo Vespucio, rumbo a Europa. Recuerdo que entonces, mirando desde la cubierta del barco las aguas del Caribe en la luz del atardecer, pensaba que había dejado atrás para siempre una dura vida de muchacho huérfano y pobre bajo la única protección de mi pobre tío que se ganaba la vida como contador. Recuerdo el París de aquellos tiempos, Saint-Germain-des-Prés, sus cavas penumbrosas donde al compás de una furiosa música de jazz se movían con un ritmo veloz pálidas muchachas que yo miraba con secreta fascinación; mi buhardilla en el último piso del hotel Madison; Gisèle Santamaría, la mujer más bella que yo había conocido hasta entonces, desnudándose al pie del lecho con lentitud después de preguntarme con travesura si era verdad que yo no había hecho nunca el amor; las campanas de Saint-Sulpice que resonaban entre las paredes del cuarto a la hora del crepúsculo y aquellos domingos en casa del Patriarca, el jardín desde el cual se veían correr las aguas lentas del Sena tras una hilera de álamos, y los amigos que allí nos dábamos cita, tan apasionados como yo por el arte, los libros y los viajes. Mis largos viajes en tren a los más inspirados lugares que yo quería conocer: Viena, en invierno, con sus palacios y ruinas cubiertas de nieve; Venecia y Roma en un verano lleno de luz; los canales de Ámsterdam en la niebla del otoño, sus jóvenes prostitutas medio desnudas en las vitrinas y los versos que yo iba dejando en un cuaderno sentado en la penumbra de los cafés. Recuerdo

cómo, terminada mi vida de estudiante, me alojaba en la buhardilla de un ruinoso inmueble cerca de la Place des Abbesses, y el
hambre, sí, mientras aguardaba que una mañana, al abrir mi buzón, encontrara un sobre con un cheque inútilmente esperado;
el hambre, por cierto, que no llegaba a ser engañada a mediodía
con una *baguete* y un pedazo de queso, no me hizo renunciar al
propósito de que pasara lo que pasara en París me iba a quedar.
Y así ocurrió. Recuerdo ahora el júbilo secreto que experimenté
un mediodía en la Place de la Bourse cuando recibí mi primer
cheque de la France Presse. Creía haber ganado al fin mi apuesta, y tal vez así fue porque más tarde tendría otro sueldo en la
Radio France Internacional. Lo que nunca pude imaginar fue el
azar que me permitió hacerle una entrevista a Perón, entonces
exilado en Caracas, y de ahí en adelante convertirme en el corresponsal de la agencia de servicios especiales de prensa cuyo
director me fuera presentado por Jean. La poesía, lo recuerdo
muy bien, empezaba a ser sólo un secreto pecado, compartido
apenas con unos cuantos amigos, hasta que uno de éstos me
obligó a enviar con seudónimo una selección de mis poemas
inéditos al concurso de poesía Ciudad de Ronda y lo gané.
Como poeta y no como periodista mi nombre apareció entonces por primera vez en los diarios españoles y por inevitable re-
percusión en Colombia. Pero de la poesía no se come, decía mi
tío Eladio, y tenía razón. Pasado aquel ruido benefactor volví a
mis crónicas en torno a sucesos del continente.

Todo eso, es cierto, lo he venido recogiendo noche tras noche en este cuaderno sin saber qué me empuja a hacerlo, quizá
con destino a un libro futuro de evocaciones; un libro que a lo
mejor a nadie le interesará. De mí se esperan análisis o recuentos
de lo sucedido en América Latina, ante todo eso y no huellas de
una vida de tránsfuga. Tal vez recogiendo recuerdos dispersos
quisiera encontrarle un sentido a lo vivido por mí. Tal vez no lo
tenga. Los propósitos que uno se traza, por férreos que sean,
rara vez logran robarle al azar sus inesperados caprichos.
¿Cómo podría yo imaginar, por ejemplo, que Irene iba a aparecer en mi vida dándole un giro inesperado? He contado en estas

páginas la primera visión que tuve de ella, una bella muchacha rubia sumergida en un salón lleno de libros que acabaría encantada de compartir conmigo sus impresiones sobre un libro de Tolstói. He contado mis visitas a Berna y más tarde, ya casados, nuestra vida en París, luego en Lisboa y cómo aquellos años tranquilos y reconfortantes a su lado quedaron atrás para siempre después de su inesperada y absurda tentativa de suicidio. Me pedía perdón, no sé qué me ocurrió, me decía besándome las manos en el cuarto del Hospital de Santa María donde nuestra amiga Catherine la había llevado. Pero fue entonces cuando comprendí que nuestra amiga Luz Estela, la joven psiquiatra, tenía razón. Irene no estaba preparada para afrontar la realidad y moverse en la vida con algún margen de independencia. De acuerdo con sus estructuras psíquicas, me había dicho Luz Estela, Irene tenía un yo muy débil, frágil; sólo podía vivir en un mundo de fantasía, sumergida en sus propios ideales. «No tendrá problemas mientras la mantengas en una especie de pecera», me decía Luz Estela, y aunque nunca pensé haberme equivocado casándome con ella, ni me pasó por la mente dejarla, ella, Irene, debía alimentar siempre este temor. El hecho es que cualquier ausencia mía prolongada la sumergía en una secreta angustia. Después de lo ocurrido en Lisboa, decidí que nunca más podía dejarla sola. Si me era imprescindible realizar un viaje, le llevaba a casa de sus padres o bien llamaba a su mamá para que le hiciera compañía. Sobre esta base acepté el compromiso de realizar una gira por diversos países del continente para un libro que preparaba Euro-press. Irene se había quedado en Berna para mayor seguridad. Pero algo, de nuevo inesperado, encontré a mi regreso. Irene, según su madre, se mostraba en los últimos días extraña, como ensimismada; comía poco, le era difícil quedarse dormida y a veces se despertaba en la madrugada con una profunda crisis de ansiedad. Esa ansiedad, en efecto, se le reflejaba en el rostro mientras me extendía sus manos para atrapar las mías. Decidí que la viera un psiquiatra conocido de los padres de Irene. Después de examinarla, de hablar con ella, conmigo y con sus padres, su recomendación fue la de ubicarla, al menos por un tiempo, decía, en una clínica de reposo cercana a Zúrich. «Allí va a encontrarse muy bien —me decía en su francés con un pesado acento alemán—. Es una casa de campo con jardines, juegos de mesa, terapia ocasional donde no tendrá que ocuparse de nada y será atendida por un personal cariñoso dentro de una rutina y un orden que podrá tranquilizarla.» Yo me opuse. Conociendo a Irene, sabía que necesitaba tenerme cerca de ella. «Si es así —me dijo el psiquiatra—, vamos a confiar en la química; ansiedad y depresión admiten tratamientos especiales que pueden dar resultados. Y los dieron, en realidad. Irene volvió a comer y a dormir normalmente, volvió también a sus notas y lecturas mientras yo permanecía a su lado. Alojado en aquella casa donde la había conocido, tenía la impresión de haber vuelto a los tiempos anteriores a nuestro matrimonio. Tomados de la mano paseábamos como entonces por los bosques que se extendían al otro lado de aquel chalet. A veces, con su padre y su madre, que parecían felices de recobrar a su hija, dábamos en auto largos paseos por una región de montañas nevadas y lagos brumosos de una rara belleza. Irene parecía más amorosa conmigo que nunca. Me pedía que la tomara entre mis brazos. «Qué habría sido de mi vida sin ti», me repetía siempre en voz baja. Me aseguraba que su ansiedad había desaparecido, gracias a mí y a las milagrosas pastillas que le había recetado el psiquiatra y me aseguraba que ya nada impedía nuestro regreso a Lisboa. Oyéndola, su madre y yo nos mirábamos con una secreta inquietud. Llegamos a pensar que la mejor opción era la de trasladarnos a Berna y alquilar un apartamento cerca de los padres de Irene. Pero fue el propio psiquiatra quien consideró inconveniente este proyecto. Habló a solas conmigo. Dejar a Irene cerca de sus padres era volver a la situación de dependencia en que yo la había conocido, me dijo. En cambio en Lisboa tenía una vida más libre, con amigos e intereses comunes que le permitirían ir ganando confianza en sí misma. Podría acompañarme en mis viajes a América Latina. Con usted se siente segura de sí, argumentaba el psiquiatra. De modo que fue ese concepto suyo el que nos indicó el camino a seguir. Yo me adelanté unos pocos días para ocuparme de nuestro abandonado apartamento, pagar cuentas pendientes y tomar contacto con la empleada que se ocupaba de las tareas de limpieza y cocina.

Me detengo aquí. Cierro los ojos, y me encuentro con la imagen de Irene despidiéndose de mí en la verja de su casa, imagen que se confunde con la primera, la del día en que nos conocimos, la misma que me permitió descubrir lo que sentía por mí cuando llegó a preguntarme con un vago temblor en la voz: ¿volveré a verte? Sí, una y otra imagen se reúnen misteriosamente. Porque al tomar el taxi que debía llevarme al aeropuerto volví a verla detrás de la verja, como entonces, lanzándome un beso con la mano. Fue, en realidad, su despedida definitiva. De mí, de la vida. Me estremece, como entonces, recordar aquella terrible llamada de su madre dos días después. Irene estaba en el hospital, muy grave, me decía con la voz quebrada por unos bruscos sollozos. Aquella mañana, al salir del baño, había caído de repente al suelo. Inconsciente, sus padres la habían trasladado en una ambulancia al hospital. Tardé en comprender lo que la madre intentaba explicarme. Según los médicos, se trataba de un aneurisma cerebral cuya gravedad no se podía saber aún. Había recuperado el conocimiento, pero no lograba articular palabras aunque hacía esfuerzos para ello. No sé cómo logré llegar a Berna al anochecer de aquel mismo día. La poca vida que le quedaba estaba en sus ojos. Me miraba como si quisiera implorarme algo. Pero tal vez en esa mirada había más tristeza que angustia. Murió aquella misma noche. Después del funeral, no sabía ni adónde ir, ni cuál podría ser mi vida sin ella. Recuerdo que antes de abandonar la casa de sus padres, mis ojos se detuvieron en el sillón donde ella se sentaba, al lado del ventanal; el mismo donde se hallaba cuando la conocí, y no pude evitar que los ojos se me nublaran de lágrimas. De ella nunca hablo, como si fuese un secreto que sólo ha quedado en un libro de poemas y en alguna fotografía perdida entre mis libros, en mi estudio del Trastevere. A veces, mirándola, llegué a envidiar a los creyentes que esperan encontrar en otra vida lo que han perdido en ésta.

Me digo que debo seguir moviéndome con el mismo ímpetu

de siempre, sin permitir que años y recuerdos me confinen en el pasado. Espero recoger en varias crónicas lo que he visto en Colombia siguiendo los rastros de Benjamín. Su vida ilustra mejor que nada el drama desconocido de este país mío. Me queda el enigma de los años que me restan por vivir. ¿Qué me aguardará ahora en Roma? Siempre creí que tarde o temprano Simonetta y yo acabaríamos compartiendo los últimos años de nuestra vida. El afecto puede ser una forma pacífica y estable del amor. No podía imaginar que de pronto, sin que supiera a qué horas, surgiera otra mujer. ¿Qué ocurrirá con ella? Ignoro si el mundo de Margarita llegará a ser compatible con el mío. El tiempo lo dirá. En el fondo, sigo siendo el adolescente tímido que temblando subía a un barco, rumbo a Europa, sin saber adónde lo llevaban sus sueños.

Alzo la mirada hacia la ventana y veo las luces de esta ciudad, la mía, la que voy a dejar mañana. Debo aceptar que la vida, mientras no llegue la muerte, es siempre una novela inconclusa, y tal vez lo mejor para un poeta es que este enigma subsista.